銀幕女神的七個新郎

泰勒・詹金斯・芮德——著
新新——譯

The Seven Husbands of Evelyn Hugo

TAYLOR JENKINS REID

獻給莉拉

擊潰父權體制吧，寶貝！

《紐約論壇報》

艾芙琳・雨果拍賣禮服

普里雅・安特里／報導　　二〇一七年三月二日

影壇傳奇人物艾芙琳・雨果剛剛宣布委託佳士得進行拍賣，這位六〇年代時尚指標名人的拍賣品是十二件她最令人難忘的禮服，募得的資金將提供乳癌研究之用。

七十九歲的雨果向來是迷人與優雅的同義詞，以性感又禁慾的風格廣為人知，許多穿搭被公認為真正的時尚經典，長存好萊塢的記憶。

對於想擁有雨果一小部分歷史的人，引起興趣之處不僅在禮服本身，也在這些禮服亮相的時空背景。本次拍賣品包含雨果在一九五九年奧斯卡頒獎典禮上的米蘭達・勒康多翡翠綠禮服、一九六二年出席《安娜・卡列妮娜》首映會的藍紫色澎紗大圓領禮服，以及她在一九八二年以《只為我們》拿下奧斯卡時的那件深藍絲質麥可・馬克多斯。

雨果向來佔據好萊塢許多緋聞版面，原因之一就是她的七段婚姻，其中與電影製作人哈利・卡麥隆的婚姻持續了數十年。這兩位好萊塢名人的女兒康娜・卡麥隆就是促成這次拍賣會的機緣；卡麥隆小姐去年剛滿四十一歲即因乳癌病逝。

出生於一九三八年的艾芙琳・伊蓮娜・賀瑞拉是古巴移民之女，在紐約市的地獄廚房一帶長大。一九五五年時，她設法擠身好萊塢，染了一頭金髮，並改名為艾芙琳・雨果。幾乎在一夜之間，雨果就打入好萊塢的上層階級，在鏡頭前活躍超過三十年，直到八〇年代晚期才引退，並且和金融家羅伯・詹姆森結婚。詹姆森是三屆奧斯卡得主希莉亞・聖詹姆斯的哥哥。雨果活得比七任丈夫都久，目前寡居紐約曼哈頓。

非凡的美貌、充滿魅力與性感大膽的經典形象，使得世界各地的電影觀眾一直都為雨果深深著迷。這場拍賣預料將募得高達兩百萬美金。

1

「妳進來我辦公室一下好嗎？」

我轉頭看了看四周，接著看向法蘭琪，試著確認她說話的對象究竟是誰。我指著自己：「妳是在叫我嗎？」

法蘭琪沒什麼耐心。「對，莫妮克，我在叫妳。所以我才會說『莫妮克，妳進來我辦公室一下好嗎？』」

「抱歉，我只聽到後半句。」

法蘭琪轉身。我抓起筆記本跟上去。

法蘭琪有點令人生畏。我不確定如果按照傳統的標準，她算不算有魅力，因為她的打扮很樸素，眼睛分得很開，不過你就是會忍不住盯著她看，同時滿心讚嘆。每當法蘭琪現身，她那超過一百八十公分但纖細苗條的體型、短短的爆炸頭，還有對亮色與大件珠寶飾品的偏愛，讓每個人都會注意到她的存在。

她是我接受這份工作的部分原因。我還在念新聞學院的時候就很景仰她，也讀過這本雜誌中她所寫的文章；她現在負責雜誌的經營，我也正為這本雜誌服務。老實說，看到一位黑人女性負責經營管理對我來說是一大鼓舞。我身為擁有黑人父親和白人母親的混血兒，法蘭琪的榜樣讓我覺得自己哪天也能負責管事。

「坐下吧。」法蘭琪坐下來，朝著透明壓克力辦公桌對面的橘色椅子比了一下。

我冷靜地坐下來，翹起腿，讓法蘭琪先開口。

「好吧，狀況讓人有點困惑。」她看著自己的電腦。「艾芙琳．雨果那邊要一篇報導，獨家專訪。」

我下意識想說**天哪**，不過同時也想到**妳為什麼要跟我說這些**？「專訪的主題是什麼？」我問道。

「我猜是關於她的禮服拍賣。」法蘭琪說道。「她想盡可能多募一點錢給美國乳癌基金會，我想這對她來說很重要。」

「不過對方不願意證實？」

法蘭琪搖頭。「對方唯一願意確定的，就是艾芙琳想說點什麼。」

艾芙琳．雨果是有史以來最大咖的電影明星之一。她甚至用不著「特別」說點什麼，大家不管怎樣都會想聽。

「這會是我們的大頭條，對吧？我是說，她是活生生的傳奇。她不是結了八次婚之類的嗎？」

「七次。」法蘭琪說道。「還有沒錯，這個專訪非常有潛力。這就是為什麼我希望接下來這部分妳能擔待我一下。」

「這是什麼意思？」

法蘭琪深深吸了口氣，臉上的表情讓我覺得自己就要被開除了。不過她接著說：「艾芙琳特別指定要妳。」

「我？」這是五分鐘內我第二次嚇到，竟然有人想和我聊聊。我得加強自信，雖然那是個最近才剛受到打擊的部分。不過我幹嘛假裝自己什麼時候有過自信心了？

「老實說，我的反應也是這樣。」法蘭琪說。

現在換「我」老實說：這有點冒犯到我了。不過這也理所當然，我知道她為什麼這麼說。我到《當代人生》不滿一年，多半是寫點不要不緊的文章。在那之前，我在《評論網》寫文章，那是個即時事件與文化平台網站，自稱新雜誌，不過其實就是個標題聳動的部落格。我主要寫時下生活新聞，關於流行話題與議題。

自由接案幾年之後，《評論網》這份工作救了我一命。不過我抗拒不了《當代人生》給我的工作機會。為了在傳奇人物身邊工作，我把握機會加入這裡。

上班的頭一天，我經過的牆面上裝飾著改變文化的經典封面，其中一個封面人物是一九八四年的女性社運者黛比．帕默爾，裸身的她站在曼哈頓的摩天大樓上擺拍；還有一張是一九九一年正在帆布上作畫的羅伯特．透納，文字說明提到他罹患愛滋病。能夠成為《當代人生》世界的一份子感覺很不真實。我一直都想要看到自己的名字被印在光滑的雜誌頁上。

不過很不幸的，過去十二期以來，我只問過有錢人一些保守的問題，但我在《評論網》的前同事們不但文章被瘋傳，還試圖改變世界。所以簡單來說，我對自己的表現也不太滿意。

「聽好，不是說我們不愛妳，我們很喜歡妳。」法蘭琪說道。「我們認為妳注定要在《當代人生》做些大事，不過我希望這次專訪能指派比較有經驗的頂級強棒。所以我想先跟妳坦白，妳的名字不在我們提給艾芙琳團隊的名單。我們提了五個大記者，然後他們的回覆長這樣。」

法蘭琪把她的螢幕轉向我，給我看一封湯瑪斯．威爾曲寄來的信，我只能假設這個人是艾芙琳．雨果的公關。

寄件者：湯瑪斯．威爾曲
收件者：法蘭琪．楚波
信件副本：傑森．史達明；萊恩．鮑瓦爾

如果採訪者不是莫妮克．格蘭特，那艾芙琳就退出專訪。

我震驚地抬頭看向法蘭琪。艾芙琳竟然對我有興趣，說實話這讓我有點受寵若驚。

「妳**認識**艾芙琳．雨果嗎？是這麼回事嗎？」法蘭琪把電腦螢幕轉回去時問我。

「不認識。」她竟然會問我這個問題，我很驚訝。「我看過她幾部電影，但那對我來說有點算是上個時代了。」

「妳和她沒有什麼私人關聯嗎？」

我搖搖頭。「絕對沒有。」

「妳不是出身洛杉磯嗎？」

「對啊，但我在猜，艾芙琳．雨果和我唯一可能的關聯，就是我爸過去曾經在她的劇組工作過。他是電影劇組的劇照攝影師。我可以問問我媽。」

「很好。謝謝妳。」法蘭琪滿臉期待地看著我。

「妳希望我現在就問嗎？」

「可以嗎？」

我掏出口袋裡的手機傳訊息給我母親：**爸有在艾芙琳．雨果的電影劇組做過嗎？**

我看著螢幕上浮現對方正在輸入的點點點，抬頭發現法蘭琪試圖偷瞄我的手機。她似乎發現自己有點越界，沒有繼續偷看。

我的手機響了一聲。

我母親回覆：**或許吧？他工作過的劇組太多了，很難全部都記得。怎麼啦？**

我回：**說來話長，總之我想搞清楚自己會不會和艾芙琳．雨果之間有什麼關聯。想說爸可能認識她？**

我媽回傳：**哈！不會的。妳爸在片場從來不會跟名人混。虧我很努力叫他讓我們認識幾個有名的朋友。**

我笑了。「看起來是沒有。我和艾芙琳・雨果沒有關係。」

法蘭琪點點頭。「好吧，這樣，另外一個推論是，她的團隊想選個比較沒影響力的人，這樣他們就能控制妳，還有報導的走向。」

我感覺到手機又震動了一下。**我這才想起來，我想要寄一盒妳爸之前的作品過去。一些非常棒的東西。我是想留在手邊，不過我認為放在妳身邊更好。我這週就寄。**

「妳覺得他們想找顆軟柿子。」我對法蘭琪說道。

法蘭琪溫柔一笑。「多多少少吧。」

「所以艾芙琳的員工查了雜誌資訊，然後在初階寫手那欄找到我的名字，並且覺得他們可以把我耍得團團轉。現在是這個意思嗎？」

「我是這麼擔心的。」

「那麼妳告訴我這些是因為……」

法蘭琪斟酌著說法：「因為我不認為妳會被耍得團團轉。我認為他們低估了妳。而且我想要這個封面報導。我想要創造頭條話題。」

「妳的意思是？」我在椅子上動了動。

法蘭琪雙手一拍，按著桌面靠向我。「我在問，如果要妳直接面對艾芙琳・雨果，可以嗎？」

如果我想過今天會被問到什麼問題，這句大概連前九百萬名都排不上：妳敢不敢直接面對艾芙琳・雨果？我不知道。

「可以。」我總算開口。

「就這樣？就只有『可以』？」

我想要這個機會。我想寫這篇文章。我已經厭倦總當最低階的人。我需要打一場該死的勝仗。

「我他媽的可以？」

法蘭琪點點頭，考慮著：「好點了，不過我還沒被說服。」

我已經三十五歲了。我寫東西已經不只十年。我想要有一天能出書。我想挑選自己的報導主題。我想要成為那種，艾芙琳．雨果這樣的人聯絡的時候，大家會爭先恐後地指定的角色。我在《當代人生》這裡沒有好好發揮。如果我想要達成自己的目標，狀況必須改變，有些人得讓路給我。而且一切必須進行得快一點，因為我只剩下這份該死的工作。如果我想要改變現況，我得改變自己做事的方式，方式大概得激烈點。

「艾芙琳想要我。」我說。「妳想要艾芙琳。法蘭琪，看起來應該不是我需要說服妳，而是妳要來說服**我**。」

法蘭琪沉默，視線越過輕觸的指尖直盯著我。我就是想要聽起來不好對付，不過可能做得有點過頭。

在我嘗試重訓，而且直接從四十磅的重量開始時，也有同樣的感覺。一開始就太多太快，明擺著就是不清楚自己在做什麼。

我用盡一切阻止自己收回說出口的話，以及不瘋狂道歉。我母親教我要有禮貌，要表現得矜持端莊。一直以來，我的應對進退都建立在「服從就是一種禮貌」這個原則上。不過那樣的良善沒能讓我有太多進展。這個世界比較尊重認為自己能主宰一切的人。我從來不能理解，不過我已經懶得再去反抗。我來這邊上班是因為有一天想成為像法蘭琪這樣的人，或許比法蘭琪更有影響力。我想做點重要的大事，想讓自己能引以為豪，想在這個世界上留下印記。而我現在距離這個目標遠得很。

這陣靜默持續了非常久，久到我想我可能會撐不住，緊張感每分每秒都在增加。不過先撐不住的是法蘭琪。

「好吧。」她站起來，伸出一隻手。

我帶著湧上的震驚和越來越高漲的驕傲感，伸出了自己的手。我特別注意用強勁的力道握手，因為法蘭琪握起手來就像一把老虎鉗。

「莫妮克，好好幹。只為我們，也為了妳自己，拜託了。」

「我會的。」

握完手後，我走向她辦公室門口。「她可能看過妳在《評論網》寫的輔助性自殺專題。」就在我踏出她的辦公室前，法蘭琪說。

「什麼？」

「那是很令人驚嘆的一篇文章。她或許就是因此想要妳。我們也是這麼找上妳的。那是個很棒的專題。不只因為題材很熱門，更因為妳，那篇專題好極了。」

這是我頭幾篇真正有意義的文章之一，是我自己想寫的題材。我當初被分派到微綠色蔬菜主題，討論這個風潮尤其在布魯克林餐廳越來越熱門的狀況，之後我就著手寫稿，訪問了公園坡市集的當地農夫，不過在我承認自己不知道葉菜類哪裡吸引人之後，他說我聽起來就像他妹妹。她一直是個愛吃肉的人，直到去年才為了對抗腦癌變成只吃有機食物的素食者。

我們聊著聊著，他提起自己和妹妹加入輔助性自殺的支持團體，對象是那些生命即將抵達終點的人，以及愛著他們的親友。這個團體中有非常多人都為了有尊嚴的死亡而努力奮鬥。健康飲食救不了他妹妹，而且她已經受了很多苦，他們都不希望再有更多折磨。

我當下就知道，我非常希望能夠讓那個支持團體的人發聲。

我回到《評論網》的辦公室，表示自己想做這個主題。我以為會被退件，畢竟我近期關於文青流行還有名人剖析的提案都被退了。不過我沒想到自己拿到可以繼續進行下去的指示。

我為此非常努力，我參加在教堂地下室舉辦的集會，訪問團體的成員，然後寫了又改、改了又寫，直到我認為那篇報導呈現出幫助受苦之人結束生命的複雜性，表現出其中的仁慈寬容以及所牽涉的道德規範。

這是我最自豪的文章。我不只一次在下班之後重讀那篇報導，想提醒自己的能力所在，提醒自己分享真人實事帶來的滿足感，無論這麼做需要承受多少困難。

「謝謝妳。」我告訴法蘭琪。

「我只是說妳很有才華。這篇可能就是妳的代表作。」

「不過也可能不是。」

「對，可能不是。」她說。「不過無論如何，這篇好好寫，那下一篇可能就會是了。」

《真相網》

艾芙琳．雨果和盤托出

茱莉亞．桑多斯報導　　　　二〇一七年三月四日

萬人迷、活生生的傳奇、世上最美金髮尤物艾芙琳．雨果正準備拍賣她的禮服，據傳她還同意接受專訪，此前她已有數十年不曾接受訪問。

拜託告訴我，她終於準備好談談她那一堆該死的老公。（四個我能理解，五個大概吧，如果真的很努力的話六個還行，可是七個？七任丈夫？更別說我們都知道的，她和國會議員傑克．伊斯頓在八〇年代初傳過緋聞。真是有、一、套。）

如果她不全盤托出關於丈夫的故事，我們祈禱她至少提到自己是怎麼擁有那對眉毛吧。我的意思是，**艾芙琳啊，分享一下祕訣吧！**

只要看看她過去的照片，閃亮的金髮、兩道筆直如箭矢的深色眉毛，深古銅色的皮膚，和那對金棕色的眼珠，你會忍不住停下手邊的事直直盯著她看。

我都還沒提到她的身材呢！

沒有半點屁股，纖細骨架上就是一對豪乳。

我整個成年生活差不多都在努力朝這樣的身材而努力。（附註：差得非常遠。可能因為我這個禮拜每天午餐都吃義大利筆管麵。）

唯一讓我激動的部分就是：艾芙琳想選誰都可以。（嗯哼，我嗎？）不過她卻選了《當代人生》雜誌的新人？她大可以選其他人。（嗯哼，我嗎？）為什麼是莫妮克．格蘭特這個小妮子（而不是我）？

啊，好吧。我只是嫉妒那個人不是自己。

我真的該在《當代人生》找個工作。所有的好東西都被他們拿走了。

留言：

Hihello565：就連《當代人生》自己的員工都不想繼續幹了。管理階層在搞些廣告主審查那類的鳥事。

Pppppppppps 回覆 Hihello565：對啦，好喔。我怎麼覺得，如果國內最受敬重、最精緻的雜誌給了你一份工作，你會接受的。

EChristine999：艾芙琳的女兒不是最近才因為癌症病死嗎？我感覺最近剛看過報導。真是太令人心痛了。對了，還有艾芙琳那張在哈利．卡麥隆墓前的照片？讓我難過了好幾個月。多美好的一家人。她失去了他們，真令人難過。

MrsJeanineGrambs：我一點都不在乎艾芙琳．雨果，**別再寫這些人的事了**。她的婚姻、她的緋聞，還有她大部分的電影都只證明了一點：蕩婦。《凌晨三點》對女人來說就是恥辱。把你們的注意力放在那些值得的人身上。

SexyLexi89：艾芙琳．雨果可能是有史以來最美的女人。《派對女孩》裡面那幕，她裸著身體從水中起身，而鏡頭就在拍到乳頭前一刻整個黑掉。太讚了。

PennyDriverKLM：艾芙琳．雨果萬歲！她讓金髮和濃眉成為時尚標誌。艾芙琳，請接受我的致意。

YuppiePigs3：太瘦了！不是我的菜。

EvelynHugoIsASaint：這個女人捐了上百萬美金給受虐婦女和 LGBTQ+ 組織，現在她拍賣禮服用做癌症研究，但大家只想聊她的眉毛？認真嗎？

JuliaSantos@TheSpill 回覆 EvelynHugoIsASaint：我想這話很有道理。抱歉。我要為自己辯解一下，她是從六〇年代開始成為精明厲害的商人，也從那時開始賺錢。如果沒有她的才華和美貌，她絕對不會擁有那樣的權勢，而要不是她當初的製片公司，她絕無可能如此漂亮。不過也對，妳說的有道理。

EvelynHugoIsASaint 回覆 JuliaSantos@TheSpill：呃。抱歉我講話這麼刻薄。我沒吃午餐。我的錯。說起來，這篇文章《當代人生》做得不會有你們一半好。艾芙琳應該選你們。

JuliaSantos@TheSpill 回覆 EvelynHugoIsASaint：對吧？？？說起來莫妮克．格蘭特到底哪位？**無聊**。她給我等著吧……

2

我從來就不是個影癡，更不可能對老牌好萊塢明星感興趣。不過艾芙琳的人生——至少現在從報章雜誌上看到的內容，足夠拿來拍至少十部肥皂劇。

她很早婚，十八歲就首度離婚。接下來的那場熱鬧的婚事由製片公司安排，她嫁給好萊塢金童唐恩・艾德勒。謠傳她之所以離開，是因為挨了他的揍。她以法國新浪潮電影回歸影壇，接著迅速結束和歌手米克・里弗的賭城閃婚。下一段迷人的婚姻，對象是時髦的雷克斯・諾斯，最後以雙雙出軌告終。哈利・卡麥隆和她之間則有一段美麗的愛情故事，他們生下了女兒康娜。繼他們令人心碎的離婚消息之後，她和過去合作過的導演麥斯・吉拉德有過一段短暫的婚姻。謠傳她和年輕的國會議員傑克・伊斯頓有過一段情，這也結束了她和吉拉德的關係。還有最後一段，她和金融家羅伯・詹姆森的婚事，傳說起因是艾芙琳想要給之前一同工作過的女星好看，那名女星正是羅伯的妹妹：希莉亞・聖詹姆斯。她這些位丈夫都已經過世，所以只剩艾芙琳能對往事發表意見。

至少可以說，如果我想讓她聊聊這些，我還有很多準備工作要進行。

今天晚上我又在辦公室待得比較晚，不過總算在九點前下班。我的公寓很小。最適合的比喻應該是「迷你沙丁魚罐頭」。不過在搬空了一半的東西之後，這麼小的地方感覺上竟變得如此空曠，真的很神奇。

大衛五週前搬出去，但那些他帶走的碗盤，還有他母親去年給我們當作結婚禮物的茶几，我還沒找到替代品。天啊，我們甚至沒能撐到一週年紀念日。

我走進門口，手提包往沙發一擺，再一次感覺到他的小心眼，他真的沒必要連茶几都搬走。他這次的升職因為需要轉調工作地點，公司慷慨提供了包含全套傢俱的舊金山工作室。我猜他把茶几放在儲藏室，一起堆進去的應該還有他堅持屬於自己的那個床頭櫃，以及我們所有的食譜。我不懷念食譜，我不開伙。可是如果說到上面刻著「祝莫妮克與大衛百年好合」的東西，妳應該也會覺得自己擁有一半的所有權。

我掛起外套，不知道第幾次思考著哪個問題比較接近事情的真相：是大衛接受新工作、在**沒有我**的狀況下搬去舊金山？還是我拒絕**為了他**離開紐約？我脫掉鞋子，同時再一次決定答案應該介於兩者之間。不過我接著就想到：「他真的離開了。」想到這件事我還是很心痛。

我點了炒河粉，接著去沖澡。我把水溫調得很高，接近滾燙的熱度。我喜歡水溫熱到幾乎讓人燙傷。我喜歡洗髮精的味道。蓮蓬頭下或許就是我最幸福的地方。在蒸汽中全身覆蓋著肥皂泡泡，我不覺得自己像棄婦莫妮克．格蘭特，甚至不像陷入瓶頸的作者莫妮克．格蘭特。我，莫妮克．格蘭特，只是奢華沐浴產品的擁有者。

拋開這些思緒，我擦乾身體，穿上睡褲，撩開臉上的頭髮，剛好趕上送餐員上門的時間。

我捧著塑膠容器坐下，試著看看電視。我打算發個呆。我想讓自己的腦袋做點什麼，而不是淨想著工作或大衛。不過我一吃完飯就知道這樣沒有用。我還不如去工作。

一想到要採訪艾芙琳．雨果，負責控制她講述的語句，或者試著不讓她控制我，一切都非常嚇人。過度準備是我常有的狀況。不過講得更準確一點，我一直都有點像隻鴕鳥，情願把自己的頭埋進土裡，避免面對我不想面對的事。

於是接下來三天，我只一個勁地調查艾芙琳．雨果。我花了好幾個工作天，找出關於她的婚姻和緋聞的報導，晚上則用來看她的老電影。

我看了她在幾部電影的演出剪輯，《卡羅萊納日落》、《安娜．卡列妮娜》、《珍寶美人》以及

《只為我們》。我看了她在《派對女孩》裡跨出水中的動圖太多次，甚至在睡著之後，夢裡也一次又一次重播。

看著她的電影，我開始覺得自己有點愛上她了。在晚上十一點到凌晨兩點之間，整個世界都入睡時，她的臉孔在我的筆電螢幕上閃動，她的聲音充滿我的房間。

所有人都會認同，她美得驚人。大家常常提起她筆直濃密的眉毛，還有一頭金髮，不過最讓我移不開視線的是她的骨架。她的下巴線條很有力，顴骨很高，豐厚的嘴唇更是登峰造極。她的眼睛很大，不過形狀不太圓潤，眼型就像放大版的杏仁。深色的肌膚在淡髮色的襯托下，看起來有股海濱風情，不過同時也很優雅。我知道這不可能是天生的，這麼金燦的頭髮和古銅色的皮膚，但我卻感覺**應當**如此，人類生來就該看起來像這樣。

歷史學家查爾斯・瑞汀曾經說過，艾芙琳的五官感覺起來是**必然如此**，他會這麼說，我想有一部分就是因為這種感覺。他說她的臉龐「如此精緻，近乎完美，只要看著她，就會感受到她的特色，那樣的組合、那樣的比例，註定是遲早要出現的。」

我把一些艾芙琳的照片加入釘選，她在五〇年代穿著緊身毛衣搭配子彈胸罩、她和唐恩・艾德勒出現在日落製片的停車場，這幾張媒體用的照片拍攝於他們新婚不久，還有六〇年代早期，她一頭長直髮搭配厚瀏海，身著短褲。

還有一張照片，她穿著白色洋裝，坐在乾乾淨淨的海灘上，頭頂上巨大柔軟的黑色帽子罩住大半張臉，陽光照亮白金色的頭髮和右半邊的側臉。

我自己的最愛是一張黑白照片，拍攝於一九六七年的金球獎。她坐在走道上，鬆鬆地綰起頭髮。一身淺色蕾絲禮服，領口開得很低，充分展露她的乳溝，右腿從裙子的高衩處伸出。

她身邊坐著兩名男子，沒有留下名字的兩人盯著她，而她看著舞台。她身邊的男人盯著她的胸口。再旁邊那名男子直盯著她的大腿。這兩個人似乎都被迷倒了，希望能再多看那麼一點。

或許我對那張照片想太多了，不過我開始注意到一個規律：艾芙琳總是讓你掛念在心，想望著就多得到那麼一點。而且她永遠都會拒絕你。

就算在觀眾最常討論到的性愛場景，一九七七年的《凌晨三點》中的一段，她在唐恩．艾德勒的身上以背對他的女上男下體位扭動著，她露出整個胸部的時間也不到三秒。有個流傳數年的說法是，這部電影之所以如此賣座，是因為有些情侶會看好幾次。

她是怎麼知道該給出多少，又該保留多少？

而現在這樣的拿捏會改變嗎？因為她有話想說？她好幾年來都這樣吊著觀眾的胃口，她也會這麼對我嗎？

艾芙琳．雨果是否就會這麼做——剛好讓我心癢難耐，但永遠不真正揭露任何事？

3

我在鬧鐘響起前半個小時就醒了。我開了信箱，收到的郵件裡包括一封來自法蘭琪的信件，主旨全部的字母都大寫，彷彿對著我尖聲叫嚷：「**讓我知道最新進展**」。我替自己做了簡單的早餐。

我套上黑色休閒褲，白色上衣，搭配最愛的人字紋外套，把一頭長捲髮收束進頭頂上的髮髻。我沒戴隱形眼鏡，選了鏡片最厚的那副黑框眼鏡。

我望向鏡子才發現，大衛離開之後我瘦了。因為我的體型向來苗條，多餘的重量似乎比較會先跑到屁股或臉上。我跟大衛在一起之後（不只約會的這兩年，還有婚後十一個月），體重增加了一些。大衛很愛吃，而他一早起床跑步運動的同時，我繼續睡。

現在看著自己的倒影，我很振作，身材也更加纖細，我感覺到一股自信。我看起來很棒。我感覺很棒。

踏出家門前，我抓起母親去年聖誕節送我的駝色喀什米爾圍巾。然後我一步一步走進地鐵，來到曼哈頓，進入上城區。

艾芙琳的住所就在第五大道邊，從她家可以看見紐約中央公園。我在網路上查過太多關於她的事，所以我知道，她擁有這棟房產，以及位於西班牙南部馬拉加的一棟濱海別墅。她在六〇年代晚期就擁有這棟房產，這是她和哈利・卡麥隆一起買下的房子。然後她在羅伯・詹姆森五年前過世時繼承了濱海別墅。我投胎的時候，拜託提醒我下輩子要當個可以拿到票房分紅的電影明星。

艾芙琳的住所是石灰岩材質的戰前學院派風格，至少從外觀上看起來非常不同凡響。我還沒踏進去就受到歡迎，來自英俊而且年紀稍長的門房，他的眼神很溫柔，笑容很和善。

「我能為您效勞嗎？」他說。

我發現自己就連開口講出來都不太好意思。「我是來見艾芙琳．雨果。我名叫莫妮克．格蘭特。」

他笑著替我開門。很明顯的，他在等我。他帶著我去等電梯，按下頂樓的按鈕。「格蘭特小姐，祝您有個愉快的一天。」他說完之後，就被隔在電梯的門板外。

我準時十一點鐘按響了艾芙琳公寓的門鈴。穿著牛仔褲和深藍色襯衫的女子應了門。她看起來大約五十歲，或許還更大一點。她是亞裔，黑色的直髮向後紮成馬尾，手上拿著一疊拆了一半的信件。

她微笑著伸出手，看著我也伸出手，她說：「妳一定是莫妮克。」她似乎真心樂於見到其他人，而我已經喜歡上她了。雖然我嚴肅地向自己保證過，要對今天碰上的一切保持中立的心態。

「我是葛麗絲。」

「嗨，葛麗絲。」我說。「很高興認識妳。」

「我也是，快進來吧。」

葛麗絲讓開來，招呼我進門。我在地上放下提包，脫掉了外套，

「妳可以把外套放在這裡。」她說著打開門廳裡的一個櫃子，遞給我一個木頭衣架。外套櫃的尺寸跟我公寓的洗手間差不多大。艾芙琳比上帝還有錢，這不是什麼祕密。不過我得努力不要讓這一切嚇到我。她很美，她很有錢，她還很有才能，而且性感又有魅力。我只是個普通人。我得想辦法說服自己，我和她的立足點是一樣的，不然專訪就進行不了。

「很好。」我微微笑。「謝謝。」我把外套套上衣架掛起來，然後讓葛麗絲關上櫃子。

「艾芙琳正在樓上準備。我能替妳準備什麼嗎？水、咖啡，還是茶？」

「請給我咖啡。」我說。

葛麗絲把我帶進一間起居室。屋內明亮寬敞，一面牆是落地的白色書架，還有兩把蓬軟的米色椅

子。

「請坐。」她說。「妳喜歡怎麼樣的呢？」

「我的咖啡嗎？」我不太確定地問道。「可以加鮮奶油嗎？我的意思是，牛奶也可以，不過鮮奶油會很棒。或者妳有什麼都行。」我想辦法冷靜下來。「我是說，如果方便的話，我想加點鮮奶油。妳看得出來我很緊張嗎？」

葛麗絲微微一笑。「有一點。不過妳沒什麼好擔心的。艾芙琳人很好。她很挑剔，也不太習慣吐露心思，可能需要花點時間適應。不過我曾經替很多人工作過，如果我說艾芙琳比其他人更好，妳可以相信我。」

「她付錢請妳這麼說的嗎？」我問道。我本來想開個玩笑，不過說出口的句子聽起來比預計的更加尖銳且隱含控訴。

幸運的是，葛麗絲笑了。「她去年確實送我和先生去倫敦還有巴黎玩，當作我的聖誕禮金。所以對啊，間接來說，我想她是有付錢請我說這些。」

天啊。「哇，那說好了。妳哪天辭職的話，我想接下妳的工作。」

葛麗絲笑了。「說好了。還有妳那杯加點鮮奶油的咖啡等等就來。」

我坐下來滑手機。我收到我媽的訊息，她祝我好運。我點開準備回覆，但我一聽到樓梯上傳來腳步聲，就失去了好好打字的能力，我拼不好「早一點」，結果被自動校正改成「糟一點」。我轉過頭，看著七十九歲的艾芙琳·雨果走向我。

她就跟任何一張照片中一樣令人屏息。

她有著芭蕾舞者般的身段。她穿著修長的黑色彈性長褲，搭配灰藍色條紋長版毛衣。她就和過去一樣纖細，而我之所以知道她在臉上動過手腳，是因為不靠醫生的話，她這種歲數的人不可能擁有這樣的外貌。

她的皮膚充滿光澤，有一點點泛紅，彷彿才刷洗乾淨。她戴著假睫毛，或者接了睫毛。她的臉龐曾經有稜有角，現在稍稍凹陷，不過臉頰帶著淡淡的紅潤色澤，嘴唇是偏深的裸色。她的髮長過肩，白、灰與金色美麗地交雜，淡淡的顏色框出她的五官。我很確定她的頭髮一定經過繁複的處理，不過效果就像一位坐在陽光下的優雅老婦人。

她那雙濃密而筆直的深色眉毛曾經是她的招牌，已經隨著時間而變淡，而且現在與她的髮色相同。她走到我身邊，我注意到她腳上沒穿鞋，踩著的是厚重的針織襪子。

「妳好啊，莫妮克。」艾芙琳說道。

她講起我名字的那股輕鬆與自信，讓我有點驚訝，聽起像是認識了我好幾年。「妳好。」我說。

「我是艾芙琳。」她主動和我握了手。我突然發現，在每個人都知道妳、全世界都早就認識妳的狀況下，講出自己的名字，會產生一股特殊的力量。

葛麗絲端著白色的咖啡杯組走了進來。「來吧。加了一點鮮奶油。」

「非常感謝妳。」我接過咖啡杯。

「我也喜歡這樣喝咖啡。」艾芙琳說道，雖然很不好意思，但我得承認這讓我非常激動。我覺得自己彷彿取悅了她。

「妳們倆還需要我準備什麼嗎？」葛麗絲問道。

我搖搖頭，艾芙琳沒有開口。葛麗絲離開了房間。

「過來吧。」艾芙琳說道。「我們去客廳那裡，坐得舒服一點。」

我抓起手提包，艾芙琳接過我手上的咖啡，替我端了進去。我曾經讀過個人魅力的定義是「激發奉獻精神的能力。」在她替我端著咖啡的此刻，我忍不住想起這件事。如此有權有勢的女子進行如此謙遜而卑微的舉動，這樣的組合確實令人著迷。

我們踏進一個開著落地窗，巨大且明亮的空間。柔軟的石板藍色沙發對面擺著幾把牡蠣灰的椅子。我們腳下厚厚的地毯是明亮的象牙白，往前看去，眼前黑色的大鋼琴令人訝異，窗口照進來的光線打在鋼琴上。牆面上掛著兩張放大黑白照片。

沙發上那張是在片場的哈利・卡麥隆。

壁爐上的那張是艾芙琳一九五九年版本的《小婦人》電影海報。艾芙琳、希莉亞・聖詹姆斯和另外兩位女演員的臉孔佔滿畫面。四名女子可能是五〇年代家喻戶曉的明星，但只有艾芙琳和希莉亞撐過時間的考驗。現在看起來，艾芙琳和希莉亞看起來似乎比其他人更閃亮。不過我很確定這不過是後見之明。我看到的是自己想看見的東西，而且還因為我知道她們後來的發展。

艾芙琳把我的咖啡杯擺在漆成黑色的咖啡桌上。「坐吧。」她在一張絨毛椅上坐下，盤起雙腿。

「妳想坐哪裡都可以。」

我點點頭，放下包包。我抓著筆記本，坐在沙發上。「所以妳準備拍賣禮服。」我一邊調整坐姿一邊說。

我點開我的筆，準備傾聽。

就在此時，我聽到艾芙琳說：「其實，妳是被我騙來這裡的。」

我直盯著她，當然是我聽錯了吧。「不好意思？」

艾芙琳重新在椅子上坐好，然後看著我。「我把一堆衣服交給佳士得拍賣沒什麼好說的。」

「這樣啊，那——」

「我叫妳來是想討論些別的事。」

「什麼事呢？」

「我的人生故事。」

「妳的人生故事？」我非常震驚，我得非常努力才能理解她在說什麼。

「一份自白。」

艾芙琳．雨果的自白代表著……我不知道。那很可能是年度頭條。「妳想在《當代人生》刊登自白嗎？」

「我不想。」她說。

「妳不想進行自白？」

「我不想在《當代人生》上進行這件事。」

「那我為什麼在這裡？」我甚至比剛剛還困惑。

「我要把故事給妳。」

我看著她，努力搞清楚她到底在說什麼。

「妳打算正式發表妳的回憶錄，然後妳打算跟我一起進行，而不是《當代人生》？」

艾芙琳點頭。「現在妳聽懂了。」

「妳到底想做什麼？」我就這樣得到一個機會，這個世界上最令人好奇的人說要告訴我她的人生故事，而且還「沒有為什麼」。這不可能，我一定是漏掉了什麼。

「我會把我的人生故事告訴妳，這對我們兩個人都有利。不過老實說，主要得利的人是妳。」

「我們現在討論的這件事到底有多深入？」或許她想要來點不痛不癢的回顧。在她指定的地方刊登幾則輕鬆的故事？

「關於一切。好事、壞事，還有醜事。無論妳打算怎麼下標，總之我會把我所作所為的一切真相通通告訴妳。」

哇喔。

我還以為會和她討論關於禮服的問題，想想覺得自己很蠢。我放下筆記本，然後輕輕地把筆也擺上去。我想要非常慎重地處理這一切。彷彿一隻美麗精緻的鳥飛向我，並且直接停在我的肩上，而要是我沒有採取完全正確的行動，牠可能會飛走。

「好吧，如果我沒有想錯，妳是說妳打算告解自己的種種罪過——」

艾芙琳的姿勢之前都非常放鬆，可說相當抽離，此時卻改變了。她的身體前傾著靠近我。「我從沒提到告解，也根本沒提到罪過。」

我稍稍後退，我毀了一切。「我道歉。」我說道。「我的說法很糟。」

艾芙琳一語不發。

「雨果小姐，我很抱歉。這一切對我來說都有點超現實。」

「妳可以叫我艾芙琳。」她說。

「好吧，艾芙琳，接下來呢？說起來，我們兩個人到底要做些什麼？」我拿起咖啡杯就口，啜了一點咖啡。

「我們不會進行《當代人生》的封面主題。」她說道。

「好的，那部分我明白。」我放下杯子。

「我們要寫一本書。」

「我們要嗎？」

艾芙琳點頭。「妳和我。」她說。「我讀過妳寫的東西。我喜歡妳寫得清楚又簡潔。我很欣賞妳不廢話的風格，而且我認為我的書就需要這一點。」

「妳是要我當妳回憶錄的代筆作家嗎？」這實在太棒了。我絕絕對對沒想到這些。「這回事」就是待在紐約的好理由。超讚的理由。舊金山可不會發生這種事。

艾芙琳再度搖了搖頭。「莫妮克，我要把人生故事交給妳。我會告訴妳所有事實，然後妳會寫一本關於我的書。」

「接下來我們會在封面印上妳的名字，告訴所有人妳寫了這本書。這就是代筆作家。」我又拿起咖啡杯。

「我的名字不會放上去。那時候我已經死了。」

我被嗆到，結果口中的咖啡噴到白色地毯。

「噢我的天啊。」我放下咖啡杯時開口，聲音可能有點太大。「我的咖啡灑到妳的地毯了。」

艾芙琳不怎麼在意，但葛麗絲敲敲門，透過門縫探出頭。

「還好嗎？」

「不好意思，我灑了我的咖啡。」我說道。

葛麗絲打開門走了進來，她看了一眼。

「真的很抱歉。我只是有點驚訝。」

我對上艾芙琳的視線，我不是很懂她，不過我很清楚她要我保持安靜。

「不要緊。」葛麗絲說道。「我會處理。」

「莫妮克，妳會餓嗎？」艾芙琳起身。

「不好意思？」

「我知道街尾有家店的沙拉很棒。我請客。」

現在才剛中午，而且在我焦慮的時候，我首先會沒有食慾，不過無論如何我答應了，因為我隱隱約約地覺得這不是真的在詢問我的意見。

「很好。」艾芙琳說道。「葛麗絲，妳能先幫我們打給佐畢諾嗎？」

艾芙琳攬住我的肩膀，不到十分鐘，我們已經走上紐約上東區修剪整齊的人行道。

清冷的空氣讓我有點驚訝，我注意到艾芙琳緊緊抓住她的外套。

陽光下比較容易看清她老化的徵兆。她的眼白看起來有點渾濁，手上的膚色看起來也變得透明。她的血管上那些藍色的軌跡，讓我想起我的祖母，我曾經很愛她皮膚那種像紙一樣柔軟的觸感，皮膚因為水腫而失去彈性，受壓後停留在原處。

「艾芙琳，妳說自己已經死了是什麼意思？」

艾芙琳大笑。「我的意思是，等我死掉之後，我想要妳出版授權的回憶錄，而且作者掛妳的名字。」

「好吧。」我表現得像是聽到有人對自己講這些事相當平常。然後我意識到，不，這很誇張。「無意冒犯，但妳是在說妳快死了嗎？」

「親愛的，所有人都快死了。妳快死了、我快死了，那個人也快死了。」

她指著前方，有個中年男子正在蹓一條毛髮蓬鬆的黑狗。他聽見她說的話，看到她的手指指向他，然後意識到是誰在說話。他臉上的表情就像是腦袋一時轉不過來。

我們轉往餐廳的方向，踏了兩層台階進了門口。艾芙琳坐進後方的桌子。沒有服務生替她帶位。她就只是很清楚要往哪邊走，而且假設其他人都會接受安排。穿著白襯衫黑褲子、繫著黑領帶的服務生來到桌邊，放下兩杯水。艾芙琳的水杯沒有加冰塊。

「特洛伊，謝謝你。」艾芙琳說道。

「碎沙拉嗎？」他問道。

「我的話，當然，不過我不確定我朋友要點什麼。」艾芙琳說道。

我拿起餐巾放上大腿。「碎沙拉聽起來很不錯，謝謝。」

特洛伊微微一笑之後就離開了。

「妳會喜歡碎沙拉的。」艾芙琳聽起來就像我們是朋友那樣普通閒聊。

「好。」我試著回到之前的主題。「多講一點我們要寫的書吧。」

「我已經把妳需要知道的事都告訴妳了。」

「妳只說了由我來寫，還有妳快死了。」

「妳得多注意自己的用字遣詞。」

我是覺得這不是我平常會來的餐館，而且目前的狀況也不真如我所想，不過我對於用字遣詞還是有點了解。

「我一定是沒搞懂妳的意思。我保證我的用字經過深思熟慮。」

艾芙琳聳聳肩。這段對話對她來說風險非常低。「妳很年輕，妳們整個世代對於字詞的意義都漫不經心。」

「這樣啊。」

「而且我沒說自己要告解任何『罪過』。把我要講的東西說成罪惡很容易誤導，也很傷人。無論那些時刻多麼艱困，或者在光天化日下看起來多麼令人反感，我對自己的所作所為並不後悔——至少，不是妳可能預期的那些事。」

「*Je ne regrette rien*（我無怨無悔）。」我說著拿起水杯喝了一小口。

「正是如此。」艾芙琳說道。「雖然那首歌比較是在說不要後悔，因為妳不是活在過去。我的意思是，就算到了現在，我還是會做出許多同樣的決定。說得明白點，我確實**有**後悔的事。只是……只不過不真的是什麼不光彩的事。對於我說過的謊，還有我傷害過的人，我並不後悔。有時候最正確的事做起來會很難看，我能接受這個事實。還有，我能同情我自己。我相信自己。比方說，剛剛在我家，妳講說我告解罪過時我罵了妳。這麼做不太好，我也不確定妳是否應該得到這樣的回覆。不過我並不後悔。因為我知道自己這麼做的理由，對於得出這些理由的每個思考和感受，我都盡力做到最好。」

「妳很氣**罪過**這個詞，因為那表示妳感到抱歉。」

我們的沙拉上桌，特洛伊什麼都沒說，就開始往艾芙琳的盤子磨黑胡椒，直到她微笑著舉起手。我婉拒了。

「妳不可能對某些事感到抱歉，但卻不後悔。」艾芙琳說。

「正是如此。」我說。「我懂了。我希望妳能讓我提出疑問，更進一步，這樣我們才能達成共識。就算我們當下討論到的事件，其實有許多不同的解讀方式。」

艾芙琳拿起叉子，不過就只是拿著。「對於手上掌握著我的遺物的記者，好好說明自己在表達什麼，我發現這件事非常重要。」艾芙琳說道。「如果我打算把我的人生講給妳聽，如果我打算告訴妳到底發生了什麼事，關於每一段婚姻的真相、每一部電影的實情、我愛過的人、我睡過的人、我傷害過的人、我如何妥協，以及這一切將我帶往何處，那麼我需要知道妳**了解**我。我需要知道妳會**確實**傾聽我要告訴妳的事，而不是把自己的假設放進我的故事裡。」

我錯了。對艾芙琳來說這並不是沒有風險。重要的事，艾芙琳可以講得輕鬆自若。不過現在，就在這一刻，在她花了這麼多時間去特別強調這一點的此時此刻，我意識到這是**真的**。這件事即將成真。她真的打算告訴我她的人生故事，這個故事肯定包括她的事業、她的婚姻，和她的形象背後不加掩飾的真相。她讓自己陷入極為脆弱的狀況。她給了我很大的權力。我不知道她**為什麼**要給我這些。不過這無法否定她**打算**給我的事實。至於此刻我該做的，就是讓她明白我值得她的託付，我會謹慎無比地對待她的故事。

我放下叉子。「這非常合理，如果我顯得有點輕率，我很抱歉。」

艾芙琳擺擺手。「目前的整個文化都很輕率。之前不會這樣。」

「如果我再多問幾個問題可以嗎？只要我理解目前的狀況，我保證只會專心在妳所說的事，還有妳的意思，我會讓妳感覺到被理解，我會讓妳相信除了我沒人更適合守護妳的祕密。」

我的真誠有那麼一瞬間讓她鬆懈了防備。「妳可以開始了。」她咬了一口沙拉。

「如果我要等妳過世才出版這本書，那妳打算獲得怎樣的財務收入呢？」

「我的還是妳的？」

「從妳的開始。」

「我什麼都不會有。記得嗎？我到時候都已經死了。」

「妳提過這點。」

「下一個問題。」

我偷偷地靠近了一點。「我不想表現得這麼粗魯，可是妳指的大概是多長時間。妳是要告訴我，這本書的出版得等上好幾年，直到妳……」

「死掉？」

「呃……對。」我說。

「下一個問題。」

「什麼？」

「請進入下一個問題。」

「妳沒回答前一題。」艾芙琳沒說話。

「好吧，那麼，我的收入會有多少呢？」

「這個問題有趣多了，我還在想妳怎麼花了這麼久才問起。」

「好吧，我問了。」

「妳和我會在接下來的日子碰面，不管要花上幾天的時間，我會把一切通通告訴妳。然後我們的關係就結束了，妳就可以自由地——或者我該用的詞是妳有責任——把這些寫成書，接著賣給出價最高的出版社。我再一次強調，最高價。在你們議價的過程，莫妮克，妳必須毫不留情，我很堅持這一點。讓他們付錢給妳，金額要跟他們會付給白人男性的一樣高。然後呢，等妳完成，每一分錢都是妳的。」

「我的？」我很震驚。

「妳喝點水吧。妳看起來快暈倒了。」

「艾芙琳，一本正式授權的回憶錄，而且妳會在裡面談到妳那七段婚姻……」

「所以呢？」

「就算我不議價，這本書都會賣個上百萬。」

「但妳會的。」艾芙琳喝了口水，看起來十分滿意。

我們一直避開那個最重要的問句，可是一定得問：「妳為我做這些，到底是為什麼？」

艾芙琳點點頭。她早料到這個問題。「暫時把這當成一份禮物吧。」

「可是為什麼？」

「下個問題。」

「說真的。」

「莫妮克，說真的，下個問題。」

我不小心掉了手中的叉子。醬汁的油脂滲入桌巾，象牙白的纖維染得更深也顯得更透明。碎沙拉很美味，不過洋蔥放了很多，我感覺得到周遭瀰漫著我呼出的辛辣氣息。見鬼的到底怎麼回事？

「我不是忘恩負義，不過我認為自己應該可以這麼問吧：為什麼史上最有名的女演員會選中我這個無名小卒來寫她的傳記，讓我有機會用她的故事大賺一筆？」

「根據《哈芬登郵報》的報導，我的自傳可以賣到一千兩百萬。」

「老天啊。」

「我想有點好奇心的人都會想知道吧。」

看到艾芙琳興致勃勃的樣子，把我嚇個半死似乎讓她很開心，多少讓我明白這多少算是種權力遊戲。對於可能會改變其他人生活的大事，她喜歡表現得滿不在乎。這不正是權力的定義嗎？旁觀人們為了某些自己完全不在乎的事爭個你死我活？

「別誤會，一千兩百萬是個很大的數字……」她開口說道，她不需要講完，我已經在腦中補完了這個句子。**但對我來說不是很多**。

「但艾芙琳，妳還沒回答我。為什麼？為什麼是我？」

艾芙琳面不改色地抬眼看我。「下一個問題。」

「恕我直言，您這樣不太公平。」

「我給妳機會，讓妳不但可以大賺一筆，還能直接一炮而紅。我不需要公平。反正如果妳是這樣想的，我肯定不符合妳對公平的定義。」

這一方面聽起來像是不用考慮的好差事。不過同時間，艾芙琳根本沒給我什麼具體的承諾。我可能會因為偷偷寫了這個報導而丟掉工作。我現在只剩下這份工作了。「可以給我點時間考慮一下嗎？」

「考慮什麼？」

「考慮這一切。」

艾芙琳微微瞇起眼睛。「到底有什麼需要考慮的？」

「如果我有所冒犯，那很抱歉。」我說。

艾芙琳打斷了我。「妳還沒有**冒犯**到我。」正好暗示我將來可能會激怒她。

「有很多需要考慮的。」我說。我可能會丟了工作。她可能會反悔。這本書我可能會寫得超爛。

艾芙琳傾身靠近，試著聽我說完。「比方說？」

「比方我該怎麼處理《當代人生》？他們認為妳是他們的獨家，現在整天忙著打電話給攝影師。」

「我跟湯瑪斯・威爾曲說過，什麼都別答應。如果他們自顧自地假設會有封面故事，那是他們自己的事。」

「但這也會是我的事。因為現在我知道妳不打算繼續跟他們配合了。」

「所以呢？」

「所以我該怎麼做？我該回辦公室告訴我老闆，妳不打算跟《當代人生》談，因為我們要出一本書？整件事看起來像是我趁著上班時間背著他們偷偷來，而且還偷走了他們的報導。」

艾芙琳說：「這不算是我的問題。」

「但這就是為什麼我需要考慮。因為這是**我的**問題。」

艾芙琳聽見了。從她放下水杯，靠在桌邊直接看著我的眼神，我知道她認真聽進去了。「莫妮克，現在有個一生一次的機會。妳知道的對吧？」

「當然。」

「那就幫幫自己，學著抓好命運的卵蛋吧，親愛的。聰明的話該怎麼做已經很清楚，別綁手綁腳地淨想要做乖寶寶。」

「妳不認為我應該直接向我的老闆坦白嗎？他們會覺得我偷偷摸摸想搞他們。」

艾芙琳搖搖頭。「之前我的團隊明確指名要妳，妳公司的高層回絕了我們的要求。他們之所以同意派妳過來，是因為我講得很明白，如果不是妳就免談。妳知道他們為什麼這麼做嗎？」

「因為他們不認為我——」

「因為他們有事業要經營。妳也一樣。現在妳的事業正要一飛衝天。妳必須做出選擇。我們到底要不要一起寫一本書？妳要知道，如果妳不寫，我也不打算告訴其他人。這麼一來，這些事就會被我帶進棺材。」

「為什麼妳打算把人生故事只告訴**我**？妳甚至不認識我。我不懂。」

「我完全沒有義務要讓妳懂。」

「艾芙琳，妳到底想要什麼？」

「妳問太多問題了。」

「我就是來這邊問妳問題。」

「還是一樣。」她喝了口水，吞下去之後看著我的眼睛。「等到我們說完故事，妳就不會有疑問了。」她說。「那些妳拚命想知道的事情，我保證在我們完成訪問之前一定會回答妳。不過等到我想回答我才會回答。時機由我決定。這就是我們配合的方式。」

我聽完後思考著，無論她開出什麼條件，我明白只有白癡才會一走了之。我之所以讓大衛去了舊金山，自己留在紐約，不是因為我喜歡自由女神像，而是因為我希望能爬多高就爬多高。也因為我希望自己的名字，我父親給我的名字，有一天能響亮顯目。這是我的機會。

「好。」我說。

「很好。很高興聽妳這麼說。」艾芙琳的肩膀放鬆下來，她又拿起水杯，然後微微笑了。「莫妮克，我想我喜歡妳。」她說。

我深深吸了口氣，這一刻才發現自己有多喘。「謝謝妳，艾芙琳。這對我來說很重要。」

4

艾芙琳和我回到她家玄關。「半個小時後我們辦公室見。」

「好的。」我對著走向走廊那頭的艾芙琳說道。我脫下外套掛進衣櫃。

我應該利用這段時間聯絡法蘭琪。如果我不早點向她報告，她會找上門來。

我只需要決定自己怎麼處理眼前的狀況。我該怎麼確定她不會試著搶走這個企畫？

我認為自己唯一的機會是假裝一切都按照計畫進行。我唯一的計畫是說謊。

我吸氣。

我兒時最早的記憶之一就是父母帶我去馬里布的祖馬海灘。記得那時候還是春天，海水還沒暖到令人覺得舒適的溫度。

我母親待在沙灘上，安頓我們的墊子和遮陽傘，我爸撈起我衝向海邊。我記得自己在他的臂彎中彷彿沒有重量。接著他把我的腳放進海水中，我哭了起來，告訴他水太冷了。

他同意。海水是很冷。不過他接著說：「先呼吸個五次。等妳做完，我敢保證海水就不那麼冷了。」

我看著他也把腳放進海中。我看著他呼吸。接著我也把腳放回水裡，跟著他一起呼吸。當然囉，他是對的。海水沒那麼冷。

在那之後，只要我快哭出來，我爸就會陪我呼吸。我擦破手肘、被親戚小孩說我不算黑人、我媽說我們家不能養寵物，這些時候我父親會坐下來陪我呼吸。經過這麼多年，想到那些時刻還是很令人難過。

不過現在，我站在艾芙琳的玄關深呼吸，用他教會我的方式定下心來。

冷靜下來之後，我拿起電話打給法蘭琪。

「莫妮克。」電話響到第二聲，她接起電話。「說吧，狀況如何？」

「很順利。」我說。我的聲音平穩得連自己都驚訝。「艾芙琳就是大明星該有的樣子。還是光采動人。跟以往一樣充滿魅力。」

「然後呢？」

「然後……有點進展。」

「她願意聊聊禮服之外的主題了嗎？」

我現在該說什麼來保護自己呢？「妳也知道，除了邀請一些媒體來拍賣會之外，她不太願意談其他的。我想先暫時配合她，讓她對我多點信任感，之後再想辦法施壓。」

「她願意拍攝封面嗎？」

「現在談這些還太早。法蘭琪，相信我。」我說，我真恨這些句子聽起來多麼誠摯。「我很清楚這件事多重要。不過現在，最重要的是確保艾芙琳喜歡我，這樣我才好發揮影響力，鼓吹一些我們想做的事。」

法蘭琪說：「好吧。我想要的當然不只幾套禮服的訪談錄音，不過這已經比幾十年來其他雜誌好多了，所以……」法蘭琪還在講，不過我已經沒有在聽了。我一心只注意法蘭琪甚至沒打算拿到訪談錄音。

而我打算拿的比那要多得多。

「我得走了。」我出聲告辭。「我和她幾分鐘之後就要再進行訪談。」

我掛掉電話，吐出一口氣。**我有得忙了**。

我穿過公寓時，聽見葛麗絲在廚房裡的聲響。我推開門板，看到她正在裁剪花莖。

「很抱歉打擾妳。艾芙琳請我去辦公室找她，不過我不確定辦公室怎麼走。」

「噢。」葛麗絲放下剪刀，拿毛巾擦乾雙手。「我帶妳過去。」

我跟著她爬上樓梯，來到艾芙琳的閱讀角落。觸目所及的牆壁全是純炭灰色，鋪著淺褐色地毯。深藍色窗簾垂掛在巨大的窗戶兩側，房間的另一頭則是內嵌式書櫃。灰藍色沙發正面對著巨型玻璃書桌。

葛麗絲微笑著退下，讓我自己等待艾芙琳。我把包包往沙發上一丟，打開手機螢幕。

「書桌給妳用。」艾芙琳踏進房間時說道。她遞給我一杯水。「我假設進行方式是我說妳寫。」

「我想是吧。」我說著在書桌前坐下。「我之前從來沒有試著寫過人物回憶錄。畢竟我不是個傳記作家。」

艾芙琳刻意瞄了我一眼。她面對我在沙發上坐下。「讓我先解釋一下。我母親在我十四歲時過世，那之後我就跟著父親生活。我長得越大越明白，我爸早晚會把我嫁給他的朋友或老闆，就是那些能改善他狀況的人。而且老實說，隨著我的身體發育，我越來越沒安全感，我父親不可能不試著對我做些什麼。

「我們家實在太窮，當時還得從樓上的公寓偷電。我們家有個插座是裝在他家線路上，只要需要用電，我們都會使用那個插座。如果天黑之後我需要做功課，我會插上檯燈，然後拿著書坐在燈光下。

「我的母親是個聖人。我是說真的。她非常美麗，唱歌非常好聽，心腸又好。過世前幾年，她總是會告訴我，我們一定能離開地獄廚房，直接進入好萊塢。她說她會成為世界上最有名的女人，然後幫我們買一間海邊的公寓。我幻想著我們兩個一起待在那棟房子裡，舉辦派對、暢飲香檳。後來她死了，感覺就好像從夢中醒來。忽然間，我身處在這些夢想永遠不可能實現的世界。我將會永遠困在地獄廚房。

「雖然才十四歲，但我長得很好看。喔，我很清楚，這個世界比較喜歡的女人是不清楚自己有多美的那種，不過我已經受夠了。我的外表很吸引人。聽著，我並不以此為傲。畢竟我的臉不是自己生出來的。我也沒給自己這樣的身材。不過我也不會坐在這邊假惺惺地說：**唉唷大家真的覺得我很美嗎？**我沒那麼假。

「我朋友貝弗莉認識同社區一個鄰居，這位厄尼．迪亞茲是電工。而厄尼認識米高梅公司的人。至少傳聞是這麼說的。有一天，貝弗莉告訴我，厄尼要去好萊塢吊掛燈光器材。於是那個週末我編了些理由跑去貝弗莉家，並且**恰巧**敲了厄尼的門。我非常清楚貝弗莉住哪棟。不過我敲了厄尼的門問他：『你有看到貝弗莉．古斯塔夫森嗎？』

「厄尼當年二十二歲。他完全稱不上英俊，不過看起來挺順眼。他說他沒見到她，不過我發現他直盯著我。我看著他的眼睛直勾勾地注視著我，從上到下打量了一番，一吋都沒放過我最愛的綠色洋裝。

「接著厄尼開口：『寶貝啊，妳十六歲了嗎？』我記得自己當時才十四歲。但妳知道我怎麼做嗎？我說『怎麼了嗎，我剛滿十六。』」

艾芙琳別有用意地看著我。「妳聽懂我在說什麼嗎？當妳得到改變人生的機會，無論需要付出什麼代價，做就是了。上天不會平白無故給妳任何東西，妳必須自己去爭取。如果妳要從我身上學到什麼，可能就會是這一點。」

哇。「好喔。」我說道。

「妳之前從未當過傳記作家，不過現在開始妳就是個傳記作家。」

我點頭。「明白了。」

「很好。」艾芙琳沉入沙發中。「妳想從哪邊開始？」

我抓起筆記本，看著我寫在最後幾頁的潦草筆跡。上面寫著日期和電影片名、她的經典照片，還有打著問號的幾項傳聞。然後就是我用大大的字體描了一次又一次的問句，我重複塗寫的次數多到紙面不再平整，那個問句是：「誰是艾芙琳這輩子的摯愛？」

那就她身上最大的謎團。本書最大的賣點。

七個丈夫。

她最愛的是誰？誰才是她的**真愛**？

身兼記者和消費者，那就是我想知道的。這本書不會從這個問句開始，不過或許我和她該從這件事談起。我想知道經歷這麼多段婚姻，哪一段是她的最愛。

我抬起頭，看見艾芙琳坐挺身子準備回答我的問題。「誰是妳這輩子的摯愛？哈利．卡麥隆嗎？」

艾芙琳想了一下，慢慢地回答道：「不是妳說的那樣，他不是。」

「那麼是哪樣呢？」

「哈利是我最好的朋友。他構築了我。他對我的愛是最無條件的那種。我認為他是除了女兒之外，我純粹深愛的對象。但不是的，他不是我的一生摯愛。」

「為什麼不是？」

「因為另有其人。」

「好吧，那麼誰**才是**妳此生摯愛？」

艾芙琳點點頭，彷彿早已預知到這個問題，彷彿一切正如她所料地展開。不過她接著又搖了頭。

「妳知道嗎？」她起身。「時間有點晚了對吧？」

我看著自己的手錶。現在還不到傍晚。「是嗎？」

「我覺得是。」她走向我，然後往門口移動。

「好吧。」我起身跟上。

艾芙琳攬著我，帶著我來到走廊上。「我們週一繼續。這樣的安排可以嗎？」

「呃……當然。艾芙琳，是我說了什麼不該講的嗎？」

艾芙琳帶著我下樓。「沒這回事。」她揮揮手要我別擔心。「沒這回事。」

我說不清楚這股緊張感。艾芙琳帶著我走到玄關。她打開衣帽櫃門，我抓起自己的外套。

「回到這裡？」艾芙琳說道。「週一早上可以嗎？我們十點左右開始，妳覺得如何？」

「好的。」我披上厚厚的外套。「如果妳覺得可以的話。」

艾芙琳點頭。有那麼一會兒，她盯著我的身後，不過顯然沒有特別看著什麼。然後她開口：「我花了非常多時間學著如何……繞過真相。」她說。「很難再把真相繞回來，我好像已經變得太擅長繞圈子。剛才也是，我不太確定該**怎麼**說實話，練習不太夠。這回事感覺和我的生存之道剛好相反。不過我會搞定的。」

我點頭，不知道該怎麼回答。「所以說……週一見？」

「週一見。」艾芙琳緩緩地眨眨眼睛，然後點點頭。「到時候我會準備好。」

我在寒冷的空氣中走回地鐵站。我把自己塞進擠滿人潮的車廂，抓穩頭頂上的握把。我走向自己的公寓，打開大門。

我在沙發上坐下，打開筆電回了幾封郵件。我訂了一些東西當晚餐。直到我抬起腳才想起來這裡沒有茶几。自從大衛離開以後，這是我頭一次走進這間公寓而沒第一時間想起他。

結果整個週末（從週五晚上到週六晚上出門玩，到週日早上的公園）我不停思考的不是**我的婚姻是怎麼失敗的？**而是**艾芙琳到底愛著誰？**

5

我又來到艾芙琳的書房。陽光透過窗戶直接照在艾芙琳的臉上，曝光過度的右側顯得朦朧不清。我們真的要開始了。艾芙琳與我。傳記主角與執筆者。就從此刻開始。

她身上是用腰帶束著的藏青色男款襯衫，搭配黑色貼腿褲。我穿著普通牛仔褲、T恤和休閒西裝外套。有必要的話我打算在這裡待上整天整晚，所以我才這麼穿。只要她開口，我就會在這裡聽著。

「好啦。」我說。

「好啦。」艾芙琳的聲音似乎在激我放手一搏。

她在沙發上，而我在她的書桌前，我們兩個的位置彷彿有點彼此對抗的味道。我希望她覺得我們是同一國的。因為我們就是如此，沒錯吧？雖然根據艾芙琳給我的印象，她這個人永遠也說不準。

她真的能說出真話嗎？她有辦法這麼做嗎？

我在沙發旁邊的椅子上坐下。筆記本攤在腿上，我手裡拿著筆靠向她。我拿出手機打開語音備忘錄，按下錄音。

「妳確定自己準備好了嗎？」我問她。

艾芙琳點頭。「我深愛過的人此刻都已經不在了。沒有人需要我的保護。除了我自己，也不再有人需要我說謊。世人聽著我那些捏造出來的人生故事，關注錯綜複雜的細節。但那不是……我不是……我希望他們知道真正的故事。真實的我。」

「好呀，」我說：「那就讓我看看真正的妳。我會讓這個世界了解妳。」

艾芙琳盯著我，微笑倏忽即逝。我知道她想聽到這些。不過我是認真的。

「我們按照順序來吧。」我說。「多聊點厄尼・狄亞茲吧！妳的第一任丈夫把妳弄出地獄廚房。」

「好。」艾芙琳點點頭。「從這裡開始滿好的。」

可憐的厄尼・狄亞茲

6

我的母親曾經是百老匯的伴唱伴舞女孩。她十七歲時跟著我父親從古巴移民過來。

等我年紀大了一點才發現，**伴唱女孩**也是妓女的一種代稱。我不知道她到底是不是。我希望她不是，並不是說這個職業有什麼好丟臉的，而是因為在不情願的狀況下把自己的身體交給其他人，這種感覺我略知一二，而我希望她不會需要這麼做。

她死於肺炎時我十一歲。我當然不會記得太多她的事，不過我記得她聞起來有股便宜香草味，還會做超級好吃的加利西亞雜燴肉湯（西語：*caldo gallego*）。她從不叫我艾芙琳，只說我的女兒（西語：*mija*），我覺得非常特別，好像我是屬於她的，她也是屬於我的。還有最重要的一件事，我母親想成為電影明星。她真心相信她能演電影，並且帶我們倆離開這個鬼地方，離開我父親。

我只希望跟她一樣。

我常常希望她臨死之前能說點感人的話，好讓我能記著一輩子。不過我們一直到來不及了，才明白她病得多重。她對我說的最後一句話是：*Dile a tu padre que estaré en la cama*。「告訴妳父親，我得躺著。」

她過世以後，我只趁著洗澡時掉眼淚，沒人會看見或聽到我在哭，我分不清眼淚和洗澡水。我不知道自己為什麼這麼做。我只知道兩三個月後，我終於能不流一滴眼淚地洗完澡。

後來，在她走後那年夏天，我開始發育。

我的胸部開始長大，而且沒有停止的跡象。十二歲的我必須翻遍我媽的遺物，希望能有件合適的內衣。我只找到一件太小的，不過我還是穿上了它。

滿十三歲時，我已經超過一百七十二公分，擁有閃亮的深棕色長髮、一雙長腿、淺棕色肌膚，胸部繃緊了洋裝上的釦子。成年男子看著我走過街頭，同棟公寓中有些女孩再也不想跟我來往。我非常孤單。我沒有媽媽，只有會揍人的爸爸，我沒有朋友，而且我心裡還沒準備好承受我這副女性的身體。

比利是街角十元商店的店員。他十六歲，他妹妹在學校裡面坐我隔壁。十月某日，我去十元商店買糖果時，他吻了我。

我推開他，不想讓他吻我。不過他抓住我的手臂。

「噢，來嘛。」他說。

店裡空蕩蕩的。他強壯的手臂抓得更緊。那一刻我明白，無論我是否願意，他都會得逞。

所以我有兩個選擇。我可以什麼都不拿，或者要到一點免費的糖果。

接下來三個月，我要什麼就直接從十元商店拿。作為交換，我們每個週六晚上都見面，然後讓他脫掉我的上衣。我從來不認為自己在這事上有多少選擇。被渴望代表著必須滿足對方。至少那時候我是這麼想的。

我記得那間又暗又擠的庫房，那時他把我壓在木箱上說：「妳對我有這種影響力。」

他說服自己，他之所以想要我都是我的錯。

而我相信他的說法。

看看我對這些可憐的男孩們做了什麼。我心想著。而即便如此，**這在我的掌控之下，這份力量屬於我**。

後來他甩了我，因為他膩了，而且他找到其他更刺激的對象，我既感到鬆了一口氣，又覺得自己好像失敗了。

我還為了另外一個男孩脫過上衣，因為我覺得自己必須這麼做。那時我還沒察覺到，做出選擇的人可以是**我**。

問題是，我不想要任何人。老實說，我很快就開始探索自己的身體。我並不需要男孩來讓我覺得舒服。這份體認給了我強大的力量。我對任何人都沒有性方面的興趣。不過我的確想要點**什麼**。

我想要遠遠拋下地獄廚房。

我想要離開這間公寓，離開我父親帶著龍舌蘭酒臭味的呼吸還有沉重的手掌。我想要有人照顧我。我想要一棟好房子、我想要錢。我想要拔腿狂奔，逃離我的人生。那個我媽保證過我們有一天會去的地方，我想要去那裡。

好萊塢是這麼一回事，既是一個地理位置也是一種感覺。如果妳到了好萊塢，就可以朝著南加州前進。那個地方的太陽永遠閃耀，沒有灰撲撲的大樓和骯髒的人行道，而是棕櫚樹和橘園。同時，妳也奔向電影所描繪的生活方式。

妳奔向公平且正義的世界，好人勝利、壞人落敗，妳遭遇的痛苦只會讓人變強，好讓妳在故事的結局大獲全勝。

就算日子過得奢華絢爛，生活也不會因此就變得比較容易，這件事我過了好幾年才懂。不過我才十四歲，怎麼聽得進去。

我聽說他就要前往好萊塢。所以我勉強把自己塞進最愛的綠色洋裝，然後敲了那個人的門。

看到他的表情就知道，厄尼．狄亞茲很高興見到我。

這就是我用處子之身換來的東西。一趟前往好萊塢的旅程。

厄尼和我在一九五三年二月十四日結婚。我成了艾芙琳．狄亞茲。那時我剛滿十五歲，不過我父親在結婚證書上簽了名。我認為厄尼懷疑我未成年。不過我當著他的面說謊，對他來說似乎就夠了。

他長得不差，但並不特別聰明或迷人。也就是說，他不會有太多機會和美麗的女孩結婚。我想他很清楚這一點。我認為他知道當機會來臨時要好好把握。

幾個月後，厄尼和我跳上他的四九年普利茅斯往西邊開。他開始擔任機械組場務時，我們跟他幾個朋友合住。我們很快就存夠錢，買下自己的公寓。我們住在底特律街和德朗普區。我擁有幾件新衣，錢也夠我們在週末烤肉。

我應該唸完高中。不過厄尼肯定不會檢查我的成績單，我很清楚上學是浪費時間。我來到好萊塢只有一個目標，而我打算實現它。

我沒去上學，而是每天上福爾摩沙咖啡館吃午飯，並且待到優惠減價時段。我是從八卦雜誌知道這間咖啡館，位置就在某個攝影棚隔壁。我知道名人會來這裡打發時間。

這棟外牆裝飾著草寫店名、搭著黑色棚子的紅色建築物成了我每天必定造訪的地點。我明白這麼做不太高明，但這是我唯一知道的方法。如果我想成為女演員，我必須被星探挖掘。但我不知道該怎麼做，只好在電影咖可能會出沒的地點閒晃。

我每天都去咖啡店，慢慢啜飲一杯可樂。

我實在太常去，每次又待太久，酒保終於懶得假裝他不知道我在賭什麼。

「聽好了。」過了三週之後他對我說：「如果妳打算坐在這邊眼巴巴地盼望亨弗萊．鮑嘉出現，隨妳便。可是妳必須讓自己有點用處。我不打算犧牲一個座位讓妳喝可樂。」

他年紀頗大，大概年近五十，不過他的頭髮很黑又濃密。前額的皺紋讓我想起父親。

「你希望我做什麼？」我問他。

我本來有點擔心，很怕他想要的東西厄尼已經拿走了，不過他扔給我點菜本，叫我試著接受客人的點單。

我對於如何當服務生毫無概念，不過我沒打算告訴他。「好啊。」我說。「我該從哪邊開始？」

餐廳擺滿桌子，走道十分狹窄，他比著現場的桌子。「那是一號桌，其他的妳自己算得出來。」

「好的。」我說。「我瞭了。」

我起身離開吧檯椅，走向二號桌。三位西裝筆挺的男士在位子上聊天，菜單擺在旁邊。

「嘿，小鬼？」酒保開口。

「怎麼了？」

「妳很辣。要是能賺到五元小費，代表妳適合吃這行飯。」

我接了十張點單、搞錯其中三個人的三明治，賺了四元。

四個月後，哈利．卡麥隆來到店裡跟隔壁的執行製作碰面，當時他還是日落製片廠的年輕製作人。他們各點了一份牛排。我過去送帳單，哈利抬起頭來看著我說：「天啊。」

兩週後，我跟日落製片廠簽了約。

我回家告訴厄尼，日落竟然會有人對不年輕的我有興趣，嚇了我一跳。我說當女明星會是個有趣的消遣，在我認真成為母親之前打發時間。超級胡扯。

我那時快要十七歲，不過厄尼還是以為我大個幾歲。那是一九五四年底。我每天早起前往日落製片廠。

我完全不懂演戲，不過我努力學習。我在兩三檔浪漫喜劇裡面客串演出，還在一部戰爭片裡面講了句台詞。

「為什麼他不能？」就是這句台詞。

我飾演照顧受傷士兵的護理師。醫生笑說那個士兵跟我調情，而我說：「為什麼他不能？」我演起戲來帶點紐約口音，生硬得像國小五年級的話劇表演。那時候我有太多台詞都帶著口音。說起英文像個紐約人，講起西班牙語像個美國人。

電影上映之後厄尼和我去了電影院。厄尼覺得很有趣，他的小妻子在電影裡面講了一小句台詞。

厄尼後來當上場務領班，而我雖然從沒賺過太多錢，現在卻跟他賺得一樣多。所以我問他能不能付錢去上演技課。那天晚上我做了西班牙雞肉飯，上菜的時候還特地留著身上的圍裙。我希望他認為我無害又居家。我以為只要對他不構成威脅，我就能更進一步。我花自己的錢還得問他，這讓我一陣心煩。不過我沒有其他選擇。

「當然好。」他說。「我想妳是該這麼做。妳會演得更好，誰知道搞不好哪天還能當上主角。」

我**會**當上電影主角。

我想要痛揍他一頓。

不過我自此懂得這不是厄尼的錯。厄尼沒做錯什麼。我在他面前假裝成別的樣子，接著又氣他看不透我。

過了六個月，我已經能好好講出台詞。無論怎麼說我都算不上厲害，不過我表現得夠好。

我又參與了三部電影，都是配角。我聽說有部浪漫愛情喜劇正在找人，演出史都．庫伯劇中十幾歲的女兒。我下定決心爭取那個角色。

於是我採取了我這種水準的女演員通常沒有膽量去做的事。我敲了哈利．卡麥隆的門。

「艾芙琳。」見到我他似乎很訝異。「我怎麼有這個榮幸？」

「我想演《愛不是全部》卡洛琳那個角色。」我說。

哈利示意我坐下。以執行製作來說，他長得很好看。這一行大部分製作人都有個大肚子，而且很多禿子。而哈利高挑又苗條。他很年輕。我懷疑他甚至大我不到十歲。他身上的西裝很合身，總是很襯他冰藍色的眼珠。他身上隱隱帶著中西部的特色，不在於他的外貌，而在對待其他人的方式，先溫和後強勢。

這裡這麼多男人，只有哈利不會直盯著我的胸部看。不過我其實有點介意，就好像是我做錯了什麼，他才沒注意到我。而這更加證明了一件事，如果告訴女人她只擅長性感誘人，那麼她會信以為真。我還沒十八歲就這麼想了。

「艾芙琳，我沒打算瞎扯。亞里・蘇利文絕對不會把那個角色給妳。」

「為什麼不？」

「妳的風格不對。」

「那是什麼意思？」

「沒有人會相信妳是史都・庫柏的女兒。」

「我當然可以是。」

「妳沒辦法。」

「為什麼？」

「**為什麼？**」

「對，我想知道為什麼。」

「妳的名字是艾芙琳・狄亞茲。」

「所以呢？」

「我不能把妳放進一部電影裡面，然後假裝妳不是墨西哥人。」

「我來自古巴。」

「對我們來說沒什麼差別。」

才不是沒什麼差別，不過我看不出來跟他解釋這些有什麼好處。「好吧。」我說。「那部蓋瑞・杜邦的電影呢？」

「蓋瑞・杜邦的話，妳不能演女主角。」

「為什麼不行？」

哈利盯著我，好像在問我真的要他說出來嗎？

「因為我是**墨西哥人**嗎？」我問他。

「因為蓋瑞・杜邦的電影要的是金髮乖女孩。」

「我可以當個金髮乖女孩。」

哈利看著我。

我加把勁。「哈利，我想要那個角色。你很清楚我辦得到。你們目前手頭上最有意思的女孩就是我。」

哈利笑了。「妳很大膽，我肯定妳這點。」

哈利的祕書敲了敲門。「卡麥隆先生，抱歉打擾了，您得在一點到柏本克。」

哈利瞄了眼手錶。

我揮出最後一擊。「哈利，考慮一下。我是個好演員，而且我可以表現得更好。不過你們在小角色上浪費了我。」

「我們很清楚自己在做什麼。」他起身。

我跟著站起來。「哈利，你認為我一年之後的職涯發展會是如何？演出一個有三句台詞的老師？」

哈利走向我身後打開了門，催我離開。「我們再看看。」他說。

雖然輸了這場，但我打定主意要贏得最終勝利。於是下一回我在攝影棚用餐區看到亞里・蘇利文時，我在他跟前掉了錢包，然後彎身撿東西的時候「不小心」讓他好好欣賞了一下。他跟我對上了眼，然後我像是別無所求一樣地走開，彷彿我完全不知道他是哪位。

一週後，我假裝在執行製作辦公室迷了路，結果在走廊上撞見他。他是個胖子，不過這種體重很適合他。他的眼珠是非常深的棕色，很難看出瞳孔，臉上幾乎永遠都帶著午後才會冒出來的鬍渣影子。不過他笑起來很好看。我只專心在他的笑容上。

「狄亞茲太太。」他打了招呼。他知道我的名字，這讓我感到驚訝，同時間也沒那麼驚訝。

「蘇利文先生。」我應道。

「啊，請叫我亞里就可以了。」

「噢好吧，亞里你好。」我的手劃過他的手臂。

那年我十七歲，而他四十八。

那天晚上亞里的祕書下班之後，我躺在他的辦公桌上，裙子堆在腰側，亞里的臉埋在我的腿間。原來亞里特別迷戀替未成年女孩口交。過了七分鐘左右，我假裝自己不顧一切地高潮了。我不確定這個體驗是否很爽，不過我很高興自己躺在這裡，我清楚自己將因此得到想要的東西。

如果享受性愛的定義是感到愉悅，那麼我有過許多並不享受的經驗。不過如果定義是以此交換到的事物讓我開心，那麼，我深惡痛絕的也不算太多。

我離開之前看到亞里擺在辦公室裡面一整排奧斯卡金像獎的小金人。

我告訴自己，總有一天我也要拿一座。

《愛不是全部》和我想要的那部蓋瑞．杜邦電影在一週內先後上映。

《愛不是全部》砸了鍋。潘妮洛普．奎爾斯拿到和蓋瑞談戀愛的腳色，不過影評說她的表現很糟。

我剪下關於潘妮洛普的評論，附上一張便條送到哈利和亞里手上，便條紙上寫著：「我的表現會讓人驚艷。」

隔天早上，哈利的字條出現在我的拖車裡：「好吧，妳贏了。」

哈利把我叫進辦公室，告訴我他和亞里討論過後，準備了兩個很有潛力的角色。我可以在戰爭愛情片裡面擔任第四主角，飾演來自義大利的名門後裔；或者演出《小婦人》的喬。

我清楚演出喬代表著什麼，我知道喬是個白人女子，不過我還是想要那個角色，我躺下來可不只為了跨出一小步。

「喬。」我說：「給我喬。」

就這樣，我啟動明星之路。

哈利帶我認識關多琳．彼得斯，她是攝影棚造型師。小關漂淡我的頭髮，剪成及肩鮑勃頭。她調整我的眉型、修出我額頭上的美人尖。我見了個營養師，透過抽菸並且把幾頓飯換成蔬菜湯，我瘦了整整六磅。然後在演說專家的協助下，我不但擺脫紐約腔，並且徹底消除西語的痕跡。

接下來等著我的，當然就是滿滿三頁問券，我必須清楚交代自己截至目前為止的人生。我父親以什麼維生？我有空的時候喜歡做什麼？我養寵物嗎？

調查員一口氣看完我誠實的答案之後說：「噢，不行不行不行。這樣完全不行。從現在開始，妳母親意外去世，是父親把妳養大。他是曼哈頓的建築工人，夏天的週末會帶妳去康尼島遊樂場。要是有人問起，妳的嗜好是打網球和游泳，家裡那隻聖伯納犬名叫羅傑。」

我坐下來拍了超過一百張宣傳照。我頂著全新的金髮、修整過的外貌，牙齒也比之前更白。妳一定想不到他們讓我做過哪些擺拍。在海邊微笑、打高爾夫球，甚至跟某位佈景師借了一頭聖伯納犬讓我牽著牠在街上慢跑。還有我替葡萄柚調味、拉弓射箭和踏上假飛機的照片。更別說那些聖誕主題的拍攝了。我在酷熱的九月穿著深紅洋裝，坐在點了燈的聖誕樹旁假裝打開禮物盒，裡面裝著一隻小小幼貓。

對於我的服裝造型，服裝師依據哈利．卡麥隆的指示，顯得非常堅持、毫不妥協，永遠包含扣上所有鈕扣的緊身毛衣。

我並沒有凹凸有致的沙漏型身材。我的臀部平得很，跟牆壁差不多，搞不好還能在上面掛幅畫。男人對我的胸部感興趣。女人則是喜歡我的臉蛋。

老實說我不太確定自己是何時明白我們的賣點。不過就在拍攝宣傳照的那幾週，我突然懂了。我應該把自己營造成完全相反的兩個概念，難以剖析卻易於掌握的複雜形象。我應該既純真且性感，天真無辜到無法理解其他人對我產生的齷齪心思。

當然沒這回事，不過演起來很容易。有時候我認為演員和明星之間的差異就在於，明星對於擔任這個世界希望該他成為的樣子，覺得十分自在。而我對於顯得無邪又挑逗十分自在。

照片修飾的過程中，哈利．卡麥隆把我拉進他的辦公室。我知道他想談談。我知道還缺一塊拼圖。

「艾蜜莉亞．道恩如何？聽起來很順耳吧？」他說。我們倆坐在他的辦公室，他在辦公桌前，我坐在椅子上。

我思考了一下。「可以用首字母縮寫是EH的名字嗎？」我問道。我希望盡可能類似母親給我的名字，越像艾芙琳．賀瑞拉越好。

「艾蓮．軒尼詩？」他搖頭。「不行，太無聊了。」

我看著他，丟出我前一天晚上想出來的兩個字，假裝是剛剛才想到。「艾芙琳．雨果呢？」

哈利微微一笑。「聽起來有法國味。」他說：「我喜歡。」

我站起來握了他的手，還在適應金黃髮絲框住視線的感覺。

我正要轉動他門上的把手，不過哈利阻止了我。

「還有一件事。」他開口。

「好的。」

「我看了妳的訪問題目。」他直盯著我。「亞里很喜歡妳目前的轉變，他認為妳很有潛力。公司認為妳應該出門約個會，比方被人看到和彼特・格里爾或布里克・湯瑪斯之類的人一起出門。甚至約約唐恩・艾德勒。」

唐恩・艾德勒是日落最紅的演員。一九三〇年代的巨星瑪莉和羅傑・艾德勒是他父母。他是好萊塢貴族。

「這麼做會有問題嗎？」哈利問。

他不會直接提到厄尼，因為他很清楚不用說出口我也明白。

「沒有問題。」我說。「完全不會。」

哈利點頭。他遞給我一張名片。

「打給班尼・莫里斯，他是度假屋那一帶的律師。替露比・萊里打贏了她和阿麥・里格斯的婚姻官司。他會幫妳搞定。」

我回家告訴厄尼我要離開他。

他哭了整整六個小時，那天半夜他躺在我身邊，開口說：「如果妳想離婚的話，那好吧（西語：*Bien*）。」

公司給了他一筆錢，我則留下一封信，誠摯訴說離開他的痛苦。那不是事實，但正如我們婚姻始於我假裝自己愛上他，這讓我覺得自己欠他一筆，應該由我來結束。

我傷害了他，對於這件事我並不是毫無感覺，我對自己的行為感到抱歉。那時候和現在回憶起來都很過份。

不過我也清楚自己亟需離開地獄廚房、離開我父親。我了解那種感受，不希望妳父親太注意妳，擔心他隨心情決定要討厭妳，並且痛揍妳一頓，還是有點太關愛妳。還有那種彷彿可以清楚看到自己的未來的感受：妳的丈夫只是另一個版本的父親，自己根本不願意在床上臣服於他。而且你們沒有錢買肉，晚餐只能吃罐頭玉米配餅乾。

我又怎麼能譴責那個十四歲的女孩呢？她只是用盡一切手段讓自己遠離家鄉。當這個十八歲的女孩覺得可以放心離婚，我又有什麼資格說些什麼呢？

厄尼後來再婚，他和名叫貝蒂的太太生下八個小孩。我記得他九〇年代初期過世，已經有好幾個孫子。他用公司付給他的那筆錢當作頭期款在馬維斯塔買了房子，距離福斯影業不遠。我後來沒再聽說過他的消息。

如果我們同意結果好就一切都好，那麼我應該可以放心說自己並不抱歉。

7

「艾芙琳，」葛麗絲走進來喊她：「我只是想要提醒一下，您預計一個小時後和羅尼．比爾曼共進晚餐。」

「喔對，謝謝妳。」艾芙琳回道。葛麗絲一離開，她立刻轉向我。「我們明天繼續好嗎？同一時間？」

「好啊，沒問題。」我開始收拾東西。我的左腿麻了，我用腳碰觸硬木地板，試著恢復知覺。

「妳認為現在的進展如何？」艾芙琳起身送我離開的路上這麼問起。「妳能對目前的訪談寫出什麼嗎？」

「我什麼都寫得出來。」我說。

艾芙琳笑著說：「好孩子。」

「狀況還好嗎？」我剛接起電話就聽見媽媽問道。她問的是「狀況」，不過我很清楚她在問什麼，她想知道**我沒了大衛之後過得如何**。

我把手提袋放在沙發上，一邊走向冰箱一邊告訴她：「很好。」母親早就提醒過，大衛可能不是最適合我的那個人。他和我不過約會了兩三個月，我就帶他回家參加感恩節活動。

她欣賞他待人處事的方式，也很開心他主動幫忙擺設與收拾餐桌。可惜就在我們待在市區的最後一天，大衛還沒醒時，我母親說，她很懷疑他和我之間是否存在有意義的連結。她說她「看不出來」。

我告訴她，這不需要她來看。我自己就**感覺得**出來。

不過我忘不了她的疑問。有時候這個問句只是輕聲低語，但其他時候大聲地迴響。

而在我們交往剛滿一年不久，我撥電話告訴她我們要訂婚了，我希望自己的母親知道他有多好，他一下子就打入我的生活。他讓一切感覺上毫不費力，在那段時光這種感覺非常罕見，也非常珍貴。不過我還是很擔心她會再一次表達擔憂，也擔心她會說我錯了。

她並沒有。事實上，她非常支持我們。

現在想想，那可能不是贊同，比較像是出於尊重。

我拉開冰箱門的時候聽見母親說：「我一直在想……其實我是有個計畫。」

我抓住一瓶氣泡水、整籃櫻桃番茄，以及濕漉漉的布莉塔起司。「不會吧。」我說。「妳做了什麼好事？」

我媽放聲大笑。她的笑聲一向很棒。非常無憂無慮、非常年輕。我的笑聲變來變去，有時很吵，有時是氣音。還有些時候我的笑聲聽起來就像個老男人。大衛說過，他認為我的老男人笑聲最真誠，因為他覺得沒有正常人會**想要**聽起來像那樣。我已經想不起來上次這麼笑是什麼時候的事。

「我什麼都還沒做。」我媽說：「我只是想想，不過我有想要去找妳。」

我一聲不吭，嚼著剛剛咬下的那一大口起司，同時思考著這麼做的優缺點。缺點：她會批評我的每件穿搭。優點：她會準備起司通心粉和椰子蛋糕。缺點：她每隔三秒就會問一次我還好嗎？優點：至少兩三天的時間，這間公寓會有人等我回家。

我吞了口口水。最後，我說道：「好啊，這點子很棒。或許我可以帶妳去看場表演。」

「喔，感謝老天。」她說：「我票已經訂好了。」

「媽！」我發出呻吟。

「怎樣？如果妳不答應，我可以退票啊。不過妳答應了，太棒了。我大概兩週後過去一趟。這樣可以吧？」

去年我媽從教職半退休之後，我就知道這件事早晚會發生。她過去幾十年都在私立高中擔任理科部門的主任，她一提到她會退下來只教兩個班級，我就知道多出來的時間和精力得有其他的去處。

「可以呀。」我切開番茄灑上橄欖油。

「我只是想確定妳沒事。」我媽說。「我想待在妳身邊。妳不該──」

「媽，我知道。」我打斷她。「我知道。我明白的，謝謝妳跑這一趟。妳會玩得很開心的。」

這趟旅程未必會**很開心**。不過還是會不錯的。就像在不順心的日子參加一場派對。妳不想出席，不過妳知道自己該去一趟。妳知道就算自己並不享受，但能讓妳離開家裡還是很棒。

「妳收到我寄過去的包裹了嗎？」她問道。

「什麼包裹？」

「裡面放了妳爸的照片。」

「喔，沒有耶。」我說：「我沒收到。」

我們兩個人安靜了一會兒，然後我媽對我的沉默小題大作了一番。「天啊，我一直在等妳提起來，不過我實在等不下去了。艾芙琳．雨果的訪問怎麼樣？」她說：「我實在很想知道，但妳什麼都不說。」

我喝了口聖沛黎洛氣泡水，告訴她艾芙琳既直率又難懂。然後我說，她並不打算讓我在《當代人生》上寫文章，她希望我寫一本書。

「我搞不懂。」我媽說。「她希望妳幫她寫回憶錄。」

「對啊。」我說。「雖然聽起來是一件好事，但也讓人覺得很奇怪。我是說，我覺得她好像壓根沒打算接受《當代人生》的專訪。我覺得她……」我沒說完，因為我在思考自己到底想說什麼。

「覺得怎樣？」

我又想了一下。「她利用《當代人生》接近我。我不確定。不過艾芙琳想得很多，她一定有什麼打算。」

「喔，我不意外她指名要妳。妳很有本事。妳很聰明……」

我忍不住對她這段話翻了白眼，不過還是很感謝她。「媽，我瞭。不過我很確定有什麼內情。」

「聽起來不對勁。」

「我想是吧。」

「我該擔心嗎？」我媽問道。「我是說，**妳**擔心嗎？」

我沒這麼這麼直接地思考過，不過我想自己並不擔心。「我猜自己太好奇了，所以沒有很擔心。」

「這樣啊，記得把有料的故事跟妳媽分享喔。我可是花了二十二個小時才把妳生下來。我有資格聽八卦。」

我笑了，笑聲有點像個老男人。「好啦。」我說：「保證跟妳分享。」

「好囉。」艾芙琳說：「準備好繼續了嗎？」

她坐在她的位子上，我坐在書桌前。葛麗絲端來一盤藍莓瑪芬蛋糕、兩個白色馬克杯、一瓶咖啡和不銹鋼杯裝的奶精。我起身倒咖啡，加奶精，然後回到書桌前按下錄音鍵。接著我回答：「準備好了。繼續吧。接下來發生了什麼？」

要命的

唐恩・艾德勒

8

《小婦人》到頭來成了吊在我眼前的紅蘿蔔。因為我一變成「金髮尤物艾芙琳・雨果」，日落就準備了各式各樣希望我演出的電影，都是濫情的無腦喜劇那類的片子。

我接受了他們的安排，原因有兩個。其一是我沒得選，局面不是我說了算，只能同意。其二，我的星路看漲，身價飛快竄高。

我拿到的第一部主演電影是《父女情深》。我們在一九五六年拍攝這部電影。艾德・貝克演出我的單親爸爸，我們兩個同時間陷入情網。他和他的祕書，我則是跟他的徒弟。

那段期間，哈利很認真地逼我出門約會，我和布里克・湯瑪斯見了幾次面。

布里克之前是個童星，現在也深受女性觀眾歡迎，還真心認為自己可能會是救世主。光是站在他身邊，我就覺得自己會被他流露出的自戀給淹死。

某個周五晚上，我和布里克約在查森餐廳附近，哈利與關多琳・彼得斯也在。小關讓我換上漂亮的洋裝和高跟鞋，梳起髮髻。布里克本來穿著短袖上衣和吊帶褲，小關幫他換成好看的西裝。我們跳上哈利全新的大紅色凱迪拉克敞篷房車，開到八百公尺外的餐廳門口。

布里克和我還沒下車就被拍了照。我們被帶到圓形的卡座，在這個座位上，我們兩個只能緊緊貼在一起。我點了秀蘭・鄧波兒調酒。

「親愛的，妳今年多大？」布里克問我。

我說：「十八歲。」

「我猜妳在牆上也貼了我的照片囉？」

我用盡一切力氣阻止自己把飲料潑到他臉上。我只是盡量露出非常有禮貌的笑容：「你怎麼知道的？」

攝影記者拍下我們坐在一起的照片。我們假裝沒看見，假裝我們手勾著手，放聲大笑。一個小時候，我們又回到哈利和關多琳身邊，換回我們普通的打扮。

我和布里克道別之前，他轉過頭看著我笑。他說：「明天會有很多關於我們的傳聞。」

「沒錯。」

「再跟我說妳有沒有興趣弄假成真。」

我應該閉上嘴。我應該只要露出燦爛的微笑。但我說的是：「別太期待了。」

布里克看著我大笑，接著揮手道別，好像我不是才剛剛開口冒犯了他。

「那傢伙太誇張了吧。」我說。哈利已經幫我打開車門，等著我上車。

「**那傢伙**幫我們賺了大錢。」我坐下時聽見他說道。

哈利從另一側上車，他發動車子，但是還沒開車。他只是盯著我。「我的意思不是要妳跟不喜歡的男演員胡混。」他說：「不過如果其中有誰討妳喜歡，或者這不只是做給媒體拍攝的場面，對妳也有好處。公司會喜歡，粉絲也是。」

我太天真了，還以為自己已經不用繼續假裝，假裝喜歡吸引每個路過男子的注意力。「好吧。」我賭氣回道：「我會努力。」

雖然知道這對事業有幫助，但跟彼特・格里爾還有巴比・唐納文約會時，我還是沒辦法真心露出微笑。

接著哈利安排了我跟唐恩・艾德勒約會，我立刻忘記自己當初為什麼討厭這些安排。

唐恩・艾德勒邀我去市區最熱門的莫坎博俱樂部，還來我家接我。

我迎接的人一身高級西裝，手上還捧著一束百合花。相比穿上高跟鞋的我，他只高了一點。淺棕色的頭髮、榛子色的眼珠、方正的下顎，還有那抹一看到就會令人跟著笑起來的微笑。他母親當年就是以那抹微笑聞名，同樣的笑容在這張更英俊的臉上綻放。

「送妳。」他看起來有一點點害羞。

「哇喔。」我接過那束花。「真美。請進，請進。我來把它們插進水裡。」

我穿著船型寬領設計的寶藍色小洋裝，長髮挽成髻。我從水槽下面抓起花瓶，轉開水龍頭。

「你不需要這麼費心。」唐恩站在廚房裡面等我裝水，我對著他說。

「喔。但我想，我催哈利趕快安排我們見面好一陣子了。所以我至少能帶一束花，讓妳覺得很特別。」他說道。

我把花束放在櫥櫃上。「我們走吧？」

唐恩點點頭，牽起我的手。

「我看了《父女情深》。」我們搭著他的敞篷車前往日落區。

「是喔？」

「是呀，亞里給我看了早期剪接版。他說他覺得這部片會大賣。說他覺得**妳會**大紅大紫。」

「那麼**你**覺得呢？」

我們在高地的紅綠燈前停下來。唐恩看著我。「我覺得妳是我這輩子見過最美的女人。」

「夠囉。」我說。我發現自己在笑，而且滿臉通紅。

「我說真的，而且妳真的很有才華。電影播完之後我看著亞里說：『這就是我的女孩。』」

「你才沒這麼說。」我說。

唐恩舉起手。「我發誓。」

沒道理唐恩・艾德勒這樣的男人會影響到我，他跟這個世界上的男人沒有什麼不同。布里克・湯瑪斯比他更帥，厄尼・狄亞茲比他更積極，而且無論我是否愛他，他都能讓我成為明星。不過這些都不重要，最後我只能怪費洛蒙。

至少唐恩・艾德勒一開始把我當個人看。有些人一看到漂亮的花，就會衝上去摘花。他們希望把花抓在手中，他們想要擁有那朵花。他們希望花的美麗只屬於自己，為他們所有，歸他們掌控。唐恩不會這樣。至少一開始不會。唐恩很開心能親近那朵花，觀賞那朵花，並且欣賞花朵**本身**。

在那樣的年代和唐恩・艾德勒這樣的人結婚，事情會有些改變。等於是對他說：「你本來光是靠近就很開心的這漂亮東西，現在開始就屬於你囉。」

唐恩和我在莫坎博辦了許多派對。那場面真的精采。酒吧外的人群擠著想要進門。場內則是名流的遊樂園。挑高的屋頂、不可思議的演出，每桌塞滿了名人，而且到處都有鳥。關在玻璃籠子裡面，活生生的鳥。

唐恩把我引介給幾個米高梅和華納兄弟的演員。我見到邦妮・勒克蘭，她剛和大廠解約，然後用《上流寶貝》大賺一筆。我不只聽到一個人說唐恩是好萊塢的王子，第三次時他轉頭看我，低聲說：「他們太小看我了，有一天我會成為國王。」而我被他迷得暈頭轉向。

唐恩和我在莫坎博待到深夜，我們跳舞跳到腳痛。每次歌曲結束，我們都說要坐下來，但一聽到下一首歌，我們又拒絕離開舞池。

他開車送我回家，深夜的街道非常安靜，整個城市燈光昏黃。我們到了我家，他送我到門口。他沒有要求進門，只是說：「我什麼時候還能再約妳？」

「打給哈利約時間。」我說。

唐恩一手撐著門板。「不要。」他說。「真正的約會，就我和妳。」

「記者怎麼辦？」我說道。

「如果妳希望他們在場的話就沒問題。」他說：「如果妳不希望，那我也不想。」他露出誘人的甜蜜微笑。

我笑了。「好吧。」我說。「下週五如何？」

唐恩想了一下：「我能老實說嗎？」

「如果你一定要的話。」

「下週五晚上我已經安排好要跟娜塔莉・安博去巴黎的特羅卡德羅廣場。」

「喔。」

「是因為我的姓氏，我是艾德勒家的人。日落打算盡量榨光我家的名氣。」

我搖頭。「我不認為只有你家的名氣。」我告訴他。「我看過《戰火兄弟》。你表現得很棒。所有的觀眾都愛你。」

唐恩害羞地看著我，然後露出微笑：「妳真的這麼想嗎？」

我大笑出聲。他很清楚我很認真，他只是想聽我說出口。

「我才不會讓你稱心如意。」我說。

「我希望妳會。」

「夠了喔。」我告訴他：「我已經告訴你，我什麼時候有空。你高興怎麼做就怎麼做吧。」

聽我說話時，他站得直挺挺的，彷彿我才是發號施令的一方。「好吧，那我會取消娜塔莉的約會。下禮拜五，我晚上七點來接妳。」

我笑著點頭。「唐恩，晚安。」我說。

「艾芙琳，晚安。」他說。

我關上門，但他抬起手阻止我。

「今天晚上妳過得開心嗎？」他問我。

我想了一下該說什麼，還有該怎麼說。但我接著失去了控制，生平頭一次因為某個人頭暈目眩。

我說：「是我這輩子最棒的一晚。」

唐恩微笑著說：「我也是。」

隔天我們的照片出現在《花下祕聞》雜誌：「唐恩．艾德勒與艾芙琳．雨果非常登對。」

9

《父女情深》非常賣座。電影片頭甚至特別點名「隆重介紹：艾芙琳．雨果」，看得出日落對於我的新版人物設定多麼興奮。那是我的名字頭一次出現在戲院門口說明牌，也是唯一一次。

我在首映夜想起母親。要是她也在這裡，我知道她一定會眉開眼笑。我想告訴她：**我辦到了！我們兩個都擺脫了那個爛地方**。

既然電影賣得不錯，我以為日落一定會同意放我去演《小婦人》。不過亞里希望我盡快和艾德．貝克再合作一部電影。以前不太流行續集電影。我們只會改個片名並且稍微換換設定，然後再拍一部本質上沒有差別的電影。

於是我們開拍《鄰家情緣》。艾德飾演我叔叔，我在雙親過世之後由他照顧長大。我們兩個很快就各自談起戀愛，對象是住在隔壁的寡婦母子。

唐恩當時在附近片場拍攝一部驚悚片，每天劇組午休放飯，他就立刻現身。

我徹底被他迷倒，有生以來頭一次陷入愛慾之中。

我發現自己只要看到他就眼睛一亮，總是想辦法碰觸他，如果他不在身邊，我則會想辦法提起他。

哈利已經聽膩他的事了。

「小艾寶貝，我說真的。」有天下午我們兩個在他的辦公室喝一杯時他說道。「唐恩．艾德勒這個話題我已經膩了。」那時候我每天會去找哈利一次，只是看看他在做什麼。我總是把這搞得像件公事，不過就算是當時的我也明白，他大概是最接近我朋友的人。

我當然跟日落的許多女演員處得不錯。其中我特別喜歡露比・萊里。她苗條又高挑，笑聲充滿活力，身邊還有股超然冷靜的氣氛。她從不拐彎抹角，卻幾乎能迷倒任何人。

有時候露比和我，還有片場其他女孩子，我們一邊吃午餐一邊聊最近的八卦，不過如果把她們推去給火車撞能為我換到一個演出角色的話，老實說我會那麼幹。我認為她們也會這麼對我。沒有信任感，就不可能和人變得親近。不過我們不會笨到信任彼此。

但哈利不一樣。

哈利和我都想著一樣的事：我們希望艾芙琳・雨果紅到家喻戶曉。再說，我們就是喜歡對方。

「我們可以聊聊唐恩的事，還是說你比較想談談什麼時候能開拍《小婦人》。」我故意逗他。

哈利大笑。「妳知道這件事不是我說了算。」

「那告訴我亞里在拖什麼？」

「妳不會想要立刻開拍《小婦人》。」哈利說。「再等幾個月比較適合。」

「我很確定**我想**立刻開拍。」

哈利搖搖頭，起身幫自己再倒了一杯威士忌，不過他沒有給我第二杯馬丁尼。因為他知道本來就不該讓我喝酒，我也明白這一點。

「妳可能真的會紅。」哈利說道。「每個人都這麼說。如果《鄰家情緣》的票房和《父女情深》一樣好，而且妳和唐恩繼續現在的交往模式，妳可能真的變成大明星。」

「我知道。」我說。「我也希望如此。」

「所以《小婦人》要在觀眾以為妳只有一招的時候登場。」

「什麼意思？」

「《父女情深》大賣，所以觀眾知道妳很有趣，他們也知道妳討人喜歡。他們喜歡在電影裡面看見妳。」

「沒錯。」

「現在妳得再來一次。妳要讓大家看看妳有能耐再施展一次魔力。妳不是只會同一套花招的小馬。」

「好吧……」

「或許妳能跟唐恩合作一部電影。畢竟光是你們兩個在仙樂斯和特羅卡德俱樂部跳舞的照片，他們就賣到來不及加印。」

「可是——」

「聽好了。妳和唐恩合作一次。挑個發生在午後的浪漫愛情故事吧。讓所有的女孩都想變成妳，所有的男孩都想**牽著**妳。」

「好吧。」

「等到所有人都以為很了解妳，以為自己『知道』艾芙琳．雨果是什麼樣的演員之後，妳再演喬。讓全部的人都大吃一驚。這樣一來觀眾就會想著『我就知道她很特別。』」

「可是為什麼我不能現在就拍《小婦人》？然後**現在**就讓他們這麼想？」我說道。

哈利搖頭。「因為妳得給他們一點時間，讓他們對妳感興趣，讓他們慢慢認識妳。」

「你是說我應該規規矩矩。」

「我是說妳應該先規規矩矩，然後再突然讓人料想不到，這樣觀眾就會永遠愛妳。」

我聽他說完，思考了一下。「你只是在唬我，想讓我上鉤。」我說。

哈利笑了。「無論如何，反正亞里的計畫就是這樣。他要妳再拍個幾部片之後，才會給妳《小婦人》。不過他一定會把《小婦人》交給妳。」

「好吧。」我說。說到底，我也沒得選對吧？日落和我的合約還有三年。要是我惹出太多麻煩，他們隨時可以甩掉我。他們多的是對付我的方法，比方把我租借到其他製作公司、逼我接案、不付錢就攆我走，你想得到的都有可能。他們想怎麼做都行，他們擁有我。

哈利說：「妳現在的任務，就是看看有沒有辦法和唐恩搞出一部賣座的電影。這對你們兩個來說都是好事。」

我大笑。「哦，**這下**換你想聊聊唐恩的事囉。」

哈利微笑。「我不想坐在這裡聽妳滔滔不絕地說他有多迷人，這很無聊。我想知道的是你們兩個準備好正式公開戀情了沒。」

市區各處我們都去過，在所有熱門景點都拍過照片。在丹塔納義式餐廳共進晚餐、在藤蔓街的連鎖餐廳吃午飯，還在比佛利山莊網球俱樂部打網球。我們很清楚自己在做什麼，我們招搖過市。

我需要唐恩的名字跟我出現在同一個句子裡面，唐恩需要的則是讓自己成為新好萊塢的一份子。我們兩個和其他明星一同出遊的照片很有用，確立了他上流社會花花公子的形象。

不過他和我從來不聊那些。因為我們真的很喜歡待在對方身邊。結果這麼做還對彼此的事業有幫助，我們好像賺到了。

唐恩主演的電影《麻煩人物》舉辦首映。當晚他來接我，一身緞面深色西裝，手上捧著蒂芬妮盒子。

「那是什麼？」我問他。我身上是迪奧訂製款紫黑印花洋裝。

唐恩微微一笑：「打開吧。」

盒子裡躺著一枚巨大的白金鑽戒，四周嵌滿碎鑽搭配方形切割的主鑽。

我倒抽一口氣。「你是……」

我對這件事有點心理準備，不過只是因為我知道唐恩太想跟我睡，他快忍不住了。儘管他表現得非常明顯，但我遲遲不肯點頭。不過我越來越難抗拒他。我們越常在暗處接吻，越常待在豪華轎車的後座，要我推開他也越來越困難。

我從沒體會過對肉體的渴求，從來沒有那麼想被人觸碰，然後我遇見了唐恩。我經常回過神來才發現自己依偎著他，無比渴望他能觸碰我的肌膚。

我很喜歡與人做愛這件事。我有過性行為，不過那些對我而言毫無意義。但我想和唐恩**做愛**。所以我希望我們好好來。

現在就要發生了，他向我求婚。

我伸手碰觸戒指，想確認一切都是真的。我還沒碰到戒指，唐恩就闔上蓋子。「我不是在求婚。」他說。

「什麼？」我覺得自己好愚蠢，竟然容許自己做這種美夢。我艾芙琳・賀瑞拉居然假裝成艾芙琳・雨果，以為自己可以和電影明星結婚。

「反正還沒有。」

我試著不表現出失望的神色。「那就隨你便。」我轉過身背對他，讓自己冷靜下來。

「別鬧脾氣。」唐恩說道。

「誰在鬧？」我應了聲。我們關上門離開公寓。

「我打算今晚開口。」他語帶懇求，幾乎像一句道歉。「我想在首映會上。當著所有的人面前開口問。」

我心軟了。

「我只是想確定……我想知道……」唐恩抓住我的手，接著單膝跪地。他沒有再次打開戒指盒，只是誠摯地看著我。「妳會說我願意嗎？」

「我們該出發了。」我說。「你可不能在自己主演的電影首映會上遲到。」

「妳會說我願意嗎？我只要知道這個。」

我看著他的眼睛說：「我願意，你這個白痴，我為你瘋狂。」

他抓著我親吻，牙齒撞到我的下唇，有一點痛。

我要結婚了。這次是跟我愛的人。這個人讓我終於體會到自己只在電影中假裝出來的情感。

這一點比任何事都更讓我感覺到，自己終於遠遠離開地獄廚房那悲傷的小公寓。

一個小時之後，我們踏上紅毯，在眾多攝影師和媒體的眼前，唐恩．艾德勒單膝跪地。「艾芙琳．雨果，妳願意嫁給我嗎？」

我哭著點頭。他起身替我戴上戒指，接著抱起我轉圈。

等到唐恩放我下來，我在電影院的門邊看見哈利．卡麥隆，他為我們兩個鼓掌，並且朝我眨了眨眼。

《花下祕聞》

一九五七年三月四日

唐與艾，永浴愛河！

各位觀眾聽好囉：好萊塢最受矚目的情侶，唐恩．艾德勒和艾芙琳．雨果準備邁入禮堂！黃金單身漢當中最黃金的單身漢選擇光采動人的金髮巨星成為他的新娘。許多人早就看過這兩人擁吻調情，而現在他們正式決定結婚。

唐恩擁有一對把他捧在手心的爸媽，瑪麗和羅傑．艾德勒。據說他們倆非常開心艾芙琳加入這個家庭。

我們敢打包票，這場婚禮絕對是本季最大盛事。一個好萊塢名流配上一位美麗的新娘，這會是整座城市的話題。

10

我們辦了場很美的婚禮。共有三百位賓客出席，由瑪莉和羅傑·艾德勒主持。露比是我的伴娘。我身穿塔夫綢長袖禮服，船型領口的禮服外罩玫瑰蕾絲，搭配全蕾絲長裙。這件禮服是日落的首席服裝師薇薇安·沃立負責設計。關多琳幫我盤起簡單但完美的髮髻，並且別上頭紗。我們沒怎麼插手婚禮安排，幾乎全部細節都由瑪莉和羅傑處理，其餘則交給日落接手。

大家對唐恩的期待就是完全遵守父母親的規矩。就連我都看得出來，他急著擺脫父母的影子，希望自己的光彩能超過他們的明星光環。唐恩從小接受的教育讓他深信，名氣是唯一值得追求的權力，而無論在何處，他都準備好成為所有人的最愛，並且藉此成為最有影響力的角色。我深愛他這一點。

儘管我們的婚禮可能是他人一時興起的話題，我們對彼此的愛與承諾卻絕無虛假。我和唐恩牽著彼此的手，望著對方的眼睛說出「我願意」。儘管當下大概半個好萊塢的人都擠在比佛利山莊飯店，感覺起來卻像只有我們兩個人。

等到我們聽過婚禮鐘聲並且被宣布成婚，時間已經接近半夜，這時哈利把我拉到旁邊。他問我還好嗎？

我告訴他：「這一刻的我是世界上最有名的新娘。我很好。」

哈利大笑。他問我：「妳會過著幸福快樂的日子嗎？和唐恩一起開心嗎？他會好好照顧妳嗎？」

「我很確定他會的。」

我打從心底相信自己找到了那個對的人，他懂我，或者至少懂我想要成為怎麼樣的人。十九歲的我以為唐恩將會讓我從此過著幸福快樂的日子。

哈利摟著我說：「小姑娘，我很為妳開心。」

趁他還來不及抽手，我抓住他。我剛喝了兩杯香檳，感覺自己充滿活力。「你為什麼從來不做點什麼？」我問他。「我們已經認識了兩三年，你連我的臉頰都沒親過。」

「如果妳想要的話，我可以親妳的臉頰。」哈利微微一笑。

「我不是這個意思，你知道我在說什麼。」

「妳想要我們之間有點什麼？」他問我。

哈利．卡麥隆對我來說不特別有吸引力。不過他一定會被歸類為有魅力的男人。「不是，我不覺得我想。」

「但妳希望我想過我們之間有點什麼。」

我露出微笑。「如果是呢？這樣不對嗎？哈利，你可別忘了我是女演員。」

哈利放聲大笑。「妳整張臉上就寫著『女演員』幾個大字。我每天都記得清清楚楚。」

「哈利，那到底為什麼？告訴我真話。」

哈利抿了口蘇格蘭威士忌，然後抽開自己的手。「這很難解釋。」

「試試嘛。」

「妳年紀很小。」

我不耐煩地擺擺手。「這種小事對大部分的男人來說都不算什麼問題。我自己的丈夫就大我七歲。」

我看著舞池中和母親共舞的唐恩。五十多歲的瑪莉看起來還是美麗動人。她是默片年代的明星，退休前拍過幾部有聲電影。她個子很高，惹人注目的五官讓她有點令人敬畏。

哈利又喝了一口威士忌，然後放下酒杯。他似乎正在考慮。「這件事說來話長又很複雜。簡單說，妳從來就不在我的好球帶。」

我能從他講話的方式感覺到，他試著向我坦白一些事。哈利對我這樣的女生沒興趣。哈利根本就對女生沒興趣。

「哈利，你知道嗎？」我說：「你是我在這世界上最好的朋友。」

他露出微笑。我覺得他之所以笑，一部分是因為開心，另外一部分則是鬆了口氣。儘管非常含糊，但他坦承了自己。而雖然並不直接，但我接受了他。

「真的嗎？」他問道。

我點頭。

「這樣啊，那妳也是我在這個世界上最好的朋友。」

我朝他舉杯。「好朋友什麼都會告訴對方。」我說。

他笑著舉起手上的酒杯。「我才不吃那一套。」他開玩笑：「一點也不。」

唐恩過來打斷了我們。「卡麥隆，我想跟我的新娘子跳舞，你應該不介意吧。」

哈利舉起雙手，彷彿投降的姿勢。「她是你的了。」

「正是如此。」

我牽起唐恩的手，他拉著我在舞池中旋轉。他直直盯著我的眼睛。他認真地看著我，認真地看見了我。

「艾芙琳．雨果，妳愛我嗎？」他問。

「你是我在這個世界上的最愛。唐恩．艾德勒，你愛我嗎？」

「我愛妳的眼睛、妳的奶子，還有妳的才華。我愛妳沒半點肉的屁股。我愛妳的一切。光是愛妳兩個字遠遠不夠表達這一切。」

我笑著吻他。我們身邊的人塞滿舞池。唐恩的父親羅傑跟亞里・蘇利文在角落抽雪茄。過去的生活、過去那個需要厄尼・狄亞茲的自己，我感覺自己距離那樣的日子如此遙遠。

唐恩拉過我，貼在我的耳邊低語：「我和妳，我們兩個將君臨這座城市。」

我們婚後兩個月，他開始動手揍我。

11

婚後六週，唐恩和我在墨西哥瓦雅塔港拍攝《再給我一天》。這部催淚電影的主角是名叫黛安娜的富家少女，她和父母到別墅過暑假，然後和當地少年法蘭克墜入愛河的故事。父母當然反對，所以他們不能在一起。

我和唐恩新婚頭幾週過得非常幸福。我們買了新家，用大理石和亞麻裝潢這棟位於比佛利山莊的房子。在我家，幾乎每個週末都有泳池派對，下午開始暢飲香檳和雞尾酒，狂歡直到深夜。

唐恩做起愛來確實像國王。就像引領一班臣民的王者，既自信又充滿力量。我在他身下融化。情欲湧動的時候，無論他提出什麼要求，我都會同意。

他撥動我體內的開關。那個開關改變了我。我原本只把性愛當成工具，現在性愛卻成了必需品。我需要他。我需要被他看見。我在他的凝視中才活了過來。與唐恩結婚讓我看見自己的另外一面，我自己都不熟悉的那一面。我喜歡這樣的自己。

抵達瓦雅塔港後，在拍攝開始前，我們先在市區待了幾天。駕著租來的遊艇出海、潛進海中，然後在沙灘上做愛。

不過等到正式開拍，好萊塢日復一日的壓力開始滲入我們的新婚泡泡，我也感覺得到狀況不太一樣。

唐恩上一部電影《驚爆杜梅角》的票房不佳。這是他第一部西部片，也是頭一回演出動作片男主角。

《光影時刻》剛上刊的影評寫道：「唐恩・艾德勒比不上約翰・偉恩。」《點評好萊塢》則說：

「艾德勒看起來像個拿著槍的傻瓜。」我看得出來他很介意，也開始懷疑自己。將自己打造成充滿男子氣概的動作巨星對他的計畫至關重要。他父親的角色通常是搞笑喜劇片中的丑角。於是唐恩想向世人證明自己是個牛仔。

加上我剛拿下觀眾票選最佳新星獎，更是雪上加霜。

那天我們要拍攝最後的告別場景，那是黛安娜和法蘭克在沙灘上的最後一吻。唐恩和我在租來的房子裡醒來，他叫我幫他弄一份早餐。請注意，他不是「拜託」我替他弄早餐。他是大小聲地發號施令。總之我裝作沒注意到他的語氣，喊來樓下的幫傭。

她是個名叫瑪莉亞的墨西哥女子。我們剛抵達的時候我猶豫了，不確定自己該不該對當地人講西班牙語。接著，甚至在意識到自己下定決心前，我已經放慢說話語速，對每個人都講著過度標準的英語。

「瑪莉亞，妳能替艾德勒先生做點早餐嗎？」我對著話筒說完之後，轉頭問唐恩：「你想吃什麼？咖啡配點蛋？」

我們在洛杉磯有寶拉，寶拉每天早上都替他準備早餐。她很清楚他的喜好。我當時才注意到自己從來沒有留意過這些瑣事。

唐恩洩氣地抓起枕頭，壓在臉上放聲尖叫。

「怎麼啦？」我說。

「如果妳不打算成為替我做早餐的那種太太，至少要知道我喜歡吃什麼吧。」他逃進浴室。

我雖然介意但並不驚訝。畢竟我沒過多久就發現，唐恩只有心情好時才會待人和善，而只有順順利利才能讓他開心。我們在他一帆風順的時期相遇，然後在他事業正要起飛的時候結婚。我很快就知道唐恩不只有甜蜜溫柔的一面。

拍攝現場距離我們住處大約十個路口，那天稍晚唐恩開著租來的跑車，倒車離開車道前往片場。

「你準備好今天的拍攝了嗎？」我問他。我試著打起精神。

唐恩在大馬路中間停了下來，然後轉頭看著我：「妳還沒出生我就已經是個專業的演員了。」技術上來說這是實話。他還是個嬰兒就曾經出現在瑪莉的一部默片中，不過後來直到二十一歲才再次演出電影。

現在後面排了幾台車。我們擋到路了。「唐恩……」我開口，想要鼓勵他往前開。他沒在聽。我們後頭的白色卡車想繞過我們。

「妳知道艾倫．湯瑪斯昨天跟我說了什麼嗎？」唐恩說。

艾倫．湯瑪斯是他新任經紀人。艾倫．湯瑪斯一直在鼓勵唐恩離開日落，獨立接案。很多演員靠自己闖出名堂。對於大牌明星來說，離開製片公司代表著更高額的收入。而且唐恩最近越來越焦慮。他不段重複相同的話題，他想拍部大片，而且光靠那部電影就賺得比父母一輩子加起來還多。

小心那些急著想證明什麼的男人。

「大家都在問妳為什麼還叫做艾芙琳．雨果。」

「我在法律文件上的名字已經改過啦。你在說什麼？」

「在戲院的跑馬燈上面出現的，應該是『唐恩與艾芙琳．艾德勒。』大家都這麼講。」

「誰說的？」

「大家。」

「大家是誰？」

「他們覺得我們家妳說了算。」

我把頭埋進掌心。「唐恩，別說傻話。」

又一台車繞過我們，我看到他們認出唐恩和我。我們就快成為《花下祕聞》八卦雜誌的跨頁報導，內文是好萊塢的金童玉女吵得不可開交。他們大概會下個諧音標題，比方「艾德勒夫妻愛吵架？」

我在猜唐恩跟我同時間想到了那些八卦標題，因為他放開煞車，把車開到劇組。等到我們停好車，我開口：「真不敢相信，我們遲到快四十五分鐘。」

對此，唐恩回道：「是啊，不過呢，我們姓艾德勒，我們可以遲到。」

我非常不喜歡那種語氣。我等到兩個人都踏進拖車才開口：「每次你用那種態度講話，聽起來就像個混帳。那裡可能還有其他人會聽見，你不該講那些話。」

他正在脫外套。管服裝的工作人員隨時會出現。我應該直接離開，回到自己的拖車。我應該隨便他去。

「艾芙琳，我想妳沒搞清楚。」唐恩說。

「怎麼說？」

他一大步站到我面前。「親愛的，我們不是平等的。如果我表現得太和善讓妳忘記這一點，那真是抱歉。」

我說不出話來。

「我覺得這該是妳最後一部電影。」他說。「我們差不多該生孩子了。」

他的事業並沒有照他的希望發展。而如果他不是這個家族中最知名的明星，他當然也不會允許我搶走那個地位。

我直視著他說：「當然。絕對。不行。」

接著他賞了我一巴掌。這一巴掌很突然、很快速、很用力。

一切發生得太快，我甚至來不及搞清楚發生什麼事，只感覺到臉上的皮膚熱辣刺痛，幾乎不敢相信有人打了我。

如果你從沒被打過巴掌，那麼讓我告訴你，這件事令人非常難堪。雖然絕大部分是因為無論是否打算哭出來，雙眼都會充滿淚水。震驚的情緒以及其中蘊含的絕對力量會刺激你的淚腺。被打了一巴掌之後，你絕對無法若無其事。你只能靜止著直直盯視前方，任由臉孔漲紅、眼睛暴凸。

所以我就這麼做了。

就跟父親打我的時候一樣。

我的手撐著下巴，感受著手掌下的肌膚散發熱度。

助理導演過來敲門。「艾德勒先生，請問雨果小姐在這裡嗎？」

唐恩開不了口。

「鮑比，等等。」我說。我自己都嚇了一跳，聲音聽起來非常鎮定，而且似乎充滿信心。聽起來就像這輩子從沒被人打過。

在這輛拖車裡面我很難照到鏡子，唐恩的身體擋住了。我對著他抬起下巴。

「看起來很紅嗎？」我說道。

唐恩根本不敢正眼看我。不過他瞄了一眼之後點了點頭。他看起來像個滿心羞愧的小男孩，彷彿我在質問他是不是打破隔壁鄰居的窗戶。

「去外面跟鮑比說我有點女人的狀況。他會因為尷尬所以不好意思多問。然後叫你的服裝助理去我的拖車，到那邊跟你會合。叫鮑比請我的助理半小時後來這邊找我。」

「好的。」他說完拿起外套溜出去。

他一離開拖車，我就把自己反鎖起來，整個人癱在牆上，等到確定不會有人看見，我的眼淚立刻掉下來。

我距離自己出生地將近五千公里。我已經想辦法讓自己選擇對的時機，出現在該出現的地方。甚至換了名字、改變髮型、矯正牙齒、雕塑身材。我學著如何演戲。結交適合的朋友。我嫁進有名望的家族。大多數的美國人都知道我的名字。

但還是……

還是一樣。

我爬起來抹掉眼淚，要自己振作起來。

我在梳妝台前坐下，三面圍著打光燈的鏡子就在眼前。我真是太蠢了，還以為自己身在電影明星的更衣室就再也不會碰上任何麻煩。

幾分鐘之後，關多琳敲門，準備替我整理頭髮。

「馬上好！」我大喊。

「艾芙琳，我們得動作快點。你們已經沒趕上預計的時間表了。」

「等一下！」

我看著鏡中的自己，明白無法強迫那些脹紅的痕跡退掉。問題在於我是否信任小關。在那一刻我下定決心，我不得不信任她。我站起來開門。

「哦親愛的，妳看起來嚇壞了。」她說道。

「我知道。」

她仔細地看著我，然後明白自己看見了什麼。「妳摔倒了嗎？」

「對。」我說：「我摔倒了。跌個四腳朝天，還撞到櫃子。下巴撞得最慘。」

我們兩個人都清楚我在說謊。

至到今天，我還是不確定小關之所以主動開口問我。是為了不讓我費心說謊，還是希望我不要提起真正發生了什麼事。

我不是那個年代唯一挨揍的女人。當時許許多多的女性都有跟我相同的遭遇。對於這種事，社會上有個約定俗成的應對方式。首先就是不要談。

一個小時後我被送到片場。我們拍攝的地點就在海邊一棟大樓的外面。唐恩坐在導演後面的椅子上，木頭椅腳深深陷入沙灘的沙裡。他朝我跑來。

「親愛的，妳還好嗎？」他的語調輕快，聽起來非常關切，有那麼一瞬間我以為他忘記發生了什麼事。

「我還好，我們趕快開始拍攝吧。」

我們站好位子，收音助理替我們別上麥克風。道具場佈組確認現場的打光。我把雜念趕出腦袋。

「預備，預備！」導演大喊。「羅尼，那個轟隆隆的聲音是怎麼回事……」對話讓他分了心，他邁步離開鏡頭。

唐恩遮住自己的麥克風，接著一手按在我胸口，蓋住我的麥克風。

「艾芙琳，我很抱歉。」他在我耳邊低語。

我後退一步，震驚地看著他。以前從來沒有人因為打了我而道歉。

「我永遠不該動妳一根寒毛。」他說道。他的眼眶滿是淚水。「我覺得自己很丟臉。我竟然動手傷害了妳，」他看起來那麼痛苦。「只要能讓妳原諒我，我什麼都願意做。」

或許我還是離想像中的幸福快樂結局不遠。

「妳可以原諒我嗎？」他問。

或許一切不過是誤會。或許這不代表需要改變些什麼。

「我當然可以。」

導演跑回攝影機後方，唐恩跟著站好，放開了我們兩個人的麥克風。

「好……開拍！」

唐恩和我藉由《再給我一天》雙雙入圍奧斯卡。而在我看來，普遍的共識是，入圍獎項和我們兩個人的演技無關，觀眾只是喜歡看到我們倆一起演出。

其實我到現在還是不太確定，我們兩個人在這部電影裡面到底表現得如何。我拍了這麼多電影，只有這一部我看不下去。

12

有個男人打了妳一次，後來他道歉，妳以為這件事再也不會發生。

接著妳告訴他，妳不確定到底想不想擁有自己的家庭，然後他又揍了妳一頓。妳告訴自己，他這麼做也是情有可原。畢竟妳提起這件事情的方式不夠周全。說真的，妳有天會想要自己的家庭，只是不確定該怎麼在生養孩子的同時拍攝電影。不過妳應該說得清楚一點。

隔天早上他跪在地上向妳道歉，還送妳一束花。

第三次你們吵的是該去羅曼諾夫吃飯還是待在家裡。當他把妳推到後面的牆壁上，妳明白重點在於你們的婚姻展現在大眾面前的**形象**。

第四次是在你們兩個都沒拿到奧斯卡的時候。妳身著翡翠綠單肩絲質禮服，而他一身燕尾服。他想借酒澆愁，在典禮後的派對上喝了太多。事發當下你們已經回到車道，妳正準備下車進屋。沒能得獎讓他很沮喪。

妳安慰他沒關係。

他回說妳不懂。

妳提醒了他，妳也沒得獎。

他說：「對呀，不過妳爸媽是長島出身的垃圾。沒人對妳有任何期待。」

妳知道自己不該，但還是開口：「你這個混蛋，我家在地獄廚房那區。」

他打開車門把妳推出車外。

等到他隔天早上含著淚爬向妳，其實妳對他已經失去信任。不過妳現在也**只能如此**。

就像妳拿安全別針夾起禮服上的破洞，就像妳用膠帶貼起窗戶上的裂縫。

找出問題的源頭太麻煩，接受道歉還比較容易，所以我就陷在那個狀態裡。那正是哈利．卡麥隆到更衣室來告訴我好消息的時候。《小婦人》可以開拍了！

「妳是二姐喬，露比．萊里飾演大姐瑪格，喬伊．納森是小妹艾米，飾演貝絲的則是希莉亞．聖詹姆斯。」

「希莉亞．聖詹姆斯？奧林匹亞那個女明星？」

哈利點點頭。「為什麼皺眉頭？我還以為妳會超開心。」

「噢。」我轉頭面向他：「我很開心。真的非常開心。」

「妳不喜歡希莉亞．聖詹姆斯？」

我對著他微微一笑。「那個十來歲的小賤貨會用她的演技把我比下去。」

哈利仰頭大笑。

那年初希莉亞．聖詹姆斯已經佔據許多新聞版面。她年僅十九就在戰爭片中飾演守寡的年輕母親。大家都在說她明年肯定入圍奧斯卡。正是製片心目中會屬意飾演貝絲的演員。

也正是我和露比會討厭的那種人。

「艾芙琳，妳今年二十一，老公是當今最有名的電影巨星，還剛入圍奧斯卡。」

哈利說得有道理，不過我的顧慮還是一樣。希莉亞會是個大問題。

「沒問題，我準備好了。我準備來個此生最他媽讚的演出，觀眾看過電影之後，只會說：『貝絲是哪位？後來死掉的那個妹妹喔？她怎麼啦？』」

「我對妳有百分之百的信心。」哈利抱了我一下。「艾芙琳，妳棒透了。全世界都知道這件事。」

我微笑。「你真的這麼想嗎？」

關於明星，有件事每個人都該知道。我們喜歡有人告訴我們，我們受到眾人崇拜與喜愛，而且希望你能講了又講。我後來總會遇到觀眾湊上前來：「我知道妳肯定不希望聽我講個沒完，但妳真的非常棒。」對此我總會假裝開玩笑般地回應：「多聽一次總是不錯。」但事實上，讚美是會上癮的。妳得到越多讚美，妳就需要越多讚美才能維持心情平衡。

「真的。」他說。「我真的這麼想。」

我站起來，想要離開椅子抱抱哈利。不過就在這個過程中，燈光打亮我的顴骨，還有我眼睛下方圓形的痕跡。

我看著哈利的視線掃過我的臉。

他看得見我藏起來的淡淡瘀青，我的厚厚粉底透出表皮下的青紫色。

「艾芙琳……」他開口。他的大拇指撫過我的臉，彷彿需要親自感受以確定眼前所見。

「哈利，別這樣。」

「我要殺了他。」

「你不會殺他。」

「艾芙琳，我和妳，我們是最好的朋友。」

「我知道。」我說：「我知道。」

「妳說過好朋友什麼都會告訴對方。」

「我講的時候你就知道我在胡說。」

我盯著他，他也盯著我。

「讓我幫忙。」他說：「我能做什麼？」

「你可以確保我在毛片裡面看起來很棒，比希莉亞好看，比其他每個女明星都好看。」

「我不是這個意思。」

「但你只能幫我這些。」

「艾芙琳……」

我抿著嘴。「哈利，我們什麼都不會做。」

他懂我的意思。我不能離開唐恩・艾德勒。

「我可以跟亞里談談。」

「我愛著他。」我轉身扣上我的耳環。

這是實話。我和唐恩之間存在很多問題，但許多人也都這樣。

而且他燃起了我體內的什麼，除了他以外沒有其他男人曾給我這種感受。有時候我恨自己想要他，恨自己因為受到他的關注而開心，恨自己依然需要他的認可。但我的確如此。我愛他，我想要他在我的床上。我也想要待在鎂光燈下。

「討論完畢。」

沒過多久又有人來敲我的門。露比・萊里來了。她正忙著拍攝連續劇，在劇中飾演年輕的修女。她穿著黑色的修女服和白色斗篷，手上拎著頭巾。

露比問我：「妳聽說了嗎？哦，哈利人在這兒呢。那妳肯定聽說了。」

哈利大笑。「妳們兩個三週後開始彩排。」

露比俏皮地拍拍哈利的手臂。「不對啦，不是那件事！妳聽說希莉亞・聖詹姆斯要演貝絲了嗎？那個小賤人會讓我們看起來演技不精。」

「哈利，你看吧？」我說道。「希莉亞・聖詹姆斯會毀了一切。」

13

我們準備開始彩排《小婦人》的早上，唐恩送早餐到床上叫醒我。半顆葡萄柚配一根點燃的菸。我覺得這件事超級浪漫，因為我就想要這樣的早餐。

「寶貝，祝妳今天順利。」他換衣服準備出門，一邊對我說：「我知道妳會讓希莉亞・聖詹姆斯看看，什麼叫做真正的女演員。」

我笑著祝他今天順利。我吃掉葡萄柚，把托盤留在床上，然後起床淋浴。

沖完澡後，我看到我們的女傭寶拉正在收拾房間。她從羽絨被中挑出我的菸屁股。我本來放在托盤上，不過一定是掉出來了。

我不是很整潔的人。

昨天晚上的衣服還在地上、拖鞋在櫃子上、毛巾則在水槽裡。

寶拉就是個女傭，而且她沒有特別喜歡我。我至少明白這一點。

「妳可以晚點再收拾嗎？」我對她說：「真的很抱歉，不過我趕著去片場。」

她露出客氣的微笑，然後離開房間。

其實我沒真的在趕時間。我只是想要換衣服，而我沒打算在寶拉面前做這件事。我不想讓她看見身上的瘀青，肋骨上那些深紫色還泛著淡黃的痕跡。

唐恩九天前把我推下樓梯。雖然已經過了這麼多年，我還是覺得自己有必要替他說句話。這件事沒有聽起來那麼糟。我們當時正走下樓梯，他推了我，我就摔了大概四級階梯，然後跌在地上。

說來滿不幸的，我跌向門邊用來擺鑰匙和郵件的桌子。我左側著地，而最上層抽屜的把手直接撞到我的肋骨。

聽到我說肋骨可能斷了，唐恩說：「喔不寶貝，妳還好嗎？」好像推我的人不是他似的。

我像個傻瓜般回答：「我想還好。」

瘀血不會消失得那麼快。

寶拉一下子又衝回房裡。

「抱歉，艾德勒太太，我忘記——」

我整個人驚慌失措。「天啊，寶拉！我請妳先出去！」

她轉身離開。要說最讓我不爽的事，就是如果她打算賣八卦，為什麼不賣這個？為什麼她不跟全世界說唐恩．艾德勒會打老婆？為什麼她反而針對**我**？

兩個小時後，我抵達《小婦人》的片場。攝影棚已經變成新英格蘭小屋，窗邊甚至有積雪。

露比和我決定共同對付希莉亞．聖詹姆斯，避免她從我們手上偷走整部電影的焦點，畢竟貝絲這個角色只會讓觀眾掉眼淚。

妳不能跟女演員講道理，說什麼雞犬升天、雨露均霑。演藝圈對我們來說不是這樣。

不過就在頭一天彩排結束之後，露比和我跑去餐點區喝咖啡，那時我就確定希莉亞．聖詹姆斯根本沒搞懂我們多麼討厭她。

「我的天啊！」她找上我和露比：「我好怕。」

她穿著灰長褲搭配淡粉色短袖毛衣，配上得天獨厚的鄰家女孩臉蛋。又大又圓的淺藍雙眸、長長的睫毛以及澎潤的雙唇，一頭莓紅色長髮。她非常完美。

我的美貌有點距離感，一般人模仿不來。男人也很明白，自己不可能接近我這樣的女生。

露比舉止高雅，那是一種冷漠的美。露比很帥氣、露比很潮。

但希莉亞不同，她彷彿可以被人捧在掌心，彷彿只要你做得對，可能就有辦法娶她當老婆。

露比和我都注意到了，那是一種親和力。

希莉亞在餐點區烤了片麵包，抹上厚厚的花生醬，然後咬了一口。

「妳到底在怕什麼？」露比說道。

「我完全不知道自己在幹嘛！」希莉亞說道。

「希莉亞，妳不會以為我們都來『唉喲糟糕』那套吧。」我說。

她凝視著我。她讓我感覺到過去從來沒有人真正看見我。就連唐恩都沒有。「我受傷囉。」她說。

我覺得有點不好意思。不過我沒打算配合她。「我沒有特別的意思。」我說。

「妳絕對有。」希莉亞回道。「我想妳有點憤世嫉俗。」

露比發揮酒肉朋友本色，假裝聽見行政人員在叫人，轉頭離開現場。

「整座城市都在說妳明年會入圍奧斯卡，我只是沒辦法相信這樣的女人會懷疑自己飾演貝絲・馬區的能力。那可是最值得品味也最讓人喜愛的角色。」

「如果真的如此，為什麼**妳**不接演那個角色呢？」她問我。

「希莉亞，我年紀太大了。不過謝謝妳這麼問。」

希莉亞露出微笑，我知道自己的表現正中她的下懷。

這就是我為什麼開始喜歡希莉亞・聖詹姆斯。

14

艾芙琳說：「我們明天從這邊繼續吧。」天色早就已經黑了。我轉頭一看才發現房間裡擺著吃剩的早餐、午餐和晚餐。

「好吧。」我說。

「對了！」我開始收拾東西的時候她開口：「我的公關收到妳的編輯寄來的信。他們問起六月號封面。」

「喔。」我說。法蘭琪已經問了幾次進度。我知道自己需要回她電話，向她更新目前狀況。我只是……不太確定自己的下一步。

「我想妳還沒跟他們提起這些計畫。」艾芙琳說。

我把電腦收進背包。「還沒。」我討厭自己開口的時候透露出的那一點膽怯。

「沒關係。」艾芙琳說。「我不是想要說妳什麼，妳別擔心。我也不是什麼誠實寶寶。」

我大笑出聲。

「妳就自己看著辦吧。」她說。

「我會的。」我說。

我只是還不太知道，到底該怎麼辦。

我到家時，母親寄來的包裹就擺在大樓門口。我拿起包裹，發現重得不像話。結果我用腳推著包裹滑過磁磚，每次一階拖上樓梯，然後拉進我的公寓裡。

打開包裹我發現裡面裝著好些父親的相簿。

每本相簿封面的右下角都印著「詹姆斯・格蘭特」。

我忍不住就地坐下，開始一張張翻閱相簿。

片場劇照拍下了導演、知名演員，無聊的龍套角色與行政人員——你講得出來的工作人員都找得到。我爸熱愛他的工作，他喜歡拍攝那些沒注意到他的人。

我還記得，大概他過世前一年左右，他去溫哥華工作兩個月。我和媽媽去拜訪過兩次，不過那邊比洛杉磯冷多了，感覺上他離開家好久。我問他為什麼。為什麼他不能在家工作就好？為什麼他一定要接下那份工作？

他告訴我，他想做那些讓自己充滿活力的工作。他說：「莫妮克。等到妳長大，妳也要這麼做！妳得找到讓自己充滿雄心壯志的工作，而不是讓自己感覺越來越渺小。好嗎？說好了喔？」他伸出手，而我握了他的手，彷彿談定一筆交易。那時候我六歲。我八歲那年，我們失去了他。

我一直記著他說過的話。我十幾歲的時候發了瘋似地想找到可以熱烈投入，能夠讓靈魂以某種形式成長的事物。這可不是什麼容易的差事。高中時我父親已經過世許久，我試著參與劇場演出、試過合唱團、試過足球和辯論。在某次頓悟般的時刻，我甚至嘗試攝影，希望讓我父親深深著迷的事物也能拓展我的靈魂。

不過要等到唸南加州大學（USC），大一時某次作文課，作業是寫篇關於同班同學的個人檔案，我終於有了胸口接近飽脹的感受。我喜歡寫作，喜歡寫存在真實世界的人物。我喜歡以令人回味的方式闡述現實世界。我喜歡透過分享故事讓人與人產生連結。

我順著心之所好進入紐約大學新聞學院就讀。接著前往紐約公共電台（WNYC）實習。我憑著那份熱忱開始自由接案，寫一些令人不好意思的生活記事，靠著一張張支票勉強過日子。之後總算加入《評論網》，我認識在那裡重新設計網站的大衛，接著是《當代人生》，然後現在才有機會碰見艾芙琳。

那是溫哥華某個寒冷的日子，我父親在那天說過的一件小事根本上構成我整個人生的基礎。其實我某些瞬間也有疑惑過，如果我爸沒死，我還會這麼聽他的話嗎？如果他給的建議感覺起來不是那麼有限，我還會字字句句緊抓不放嗎？

最後一本相簿的後面幾頁，我無意中發現幾張不屬於電影場景的照片。這些照片拍攝的是一場烤肉聚會。我在幾張照片裡認出背景人群中的媽媽，最後的是一張我和爸媽的照片。

我最多不超過四歲，我吃著手上的蛋糕，直直盯著鏡頭。母親抱著我，父親摟著我們兩個。那時候大部分的人都還是叫我的名字，伊莉莎白。伊莉莎白．莫妮克．格蘭特。

媽媽以為我長大之後，大家會叫我莉莎或莉莉。不過我父親非常喜愛莫妮克這個名字，總是忍不住這麼叫我。我常常提醒他我名叫伊莉莎白，他則告訴我，我想要叫什麼名字都行。他過世的時候，我和母親都很清楚，我應該是莫妮克。按照他喜歡的方式去做每件事，至少能稍稍減輕我們的痛苦。就這樣，我的暱稱成了真正的名字。母親常常提醒我，名字是父親送我的禮物。

這張照片令我震撼，我的爸媽站在一起的樣子好美。詹姆斯與安琪拉。為了打造自己的生活，為了生下我，我知道他們付出了什麼代價。白人女子和黑人男性這樣的組合在八零年代早期，雙方家庭都不會太高興。我爸過世前我們經常搬家，想要找到能讓我父母生活起來比較自在、比較有歸屬感的社區。

直到開始上學，我才遇到長相看起來跟我一樣的小孩。她名叫俞莉。父親來自多明尼加，母親是以色列人。

她喜歡踢足球。我喜歡玩辦家家酒。我們做什麼都沒有交集。不過只要有人問她是不是猶太人，她會說「我是半個猶太人。」我很喜歡這個回答。我不認識其他**半個**什麼的人。

有很長一段時間，我覺得自己身處分裂的兩個世界。

後來我父親死了，我感覺自己一半來自母親的世界，而失去了另外一半。我感覺彷彿被撕裂，感覺不再完整。

不過現在看著這張照片，我們三個在一九八六年的合照，我穿著連身褲，我父親穿著馬球衫，母親身上是牛仔外套，我們看起來**屬於**一體。我不喜歡自己是一半什麼、一半什麼，比較希望是整個什麼。希望自己是他們的女兒。希望自己是被愛著的。

我好想念我爸。我一直都很想他。不過正是這樣的時刻，在我好像終於要做點什麼讓自己滿心期盼的工作時，我多麼希望至少能寄封信給他，告訴他我在做什麼。而且我還希望他能回我一封信。

我清楚知道他會寫些什麼。像是「妳讓我很驕傲。我愛妳。」之類的句子。不過我還是很想收到一封。

「好啦。」我對自己說。艾芙琳書房裡面的那個座位變成我第二個家。我早上本來習慣喝星巴克，但現在變成需要葛麗絲的咖啡。「我們從昨天停下來的地方繼續。妳正準備拍攝《小婦人》，開始吧！」

艾芙琳笑了。「妳已經很熟了。」她說道。

「我學得快。」

15

彩排開始一週後，唐恩和我躺在床上。他問起狀況如何，我坦承希莉亞就跟我料想得一樣好。

「嗯，《蒙哥馬利鎮》本週會重新拿下票房冠軍。戰局又回到我的主宰。加上我的合約今年底就要到期了。只要能讓我高興，亞里．蘇利文什麼都願意。寶貝，只要妳一句話，她就會咻一聲消失在片場。」

「不。」我的手貼上他的胸口，頭靠在他的肩頭。「沒關係。我是女主角。她是女配角。我不打算太操心這種事，而且說起來她有些地方我還滿喜歡。」

「妳有些地方我也還滿喜歡。」他說著把我拉到身上。一時之間，我徹底忘記自己在擔心什麼。

隔天中午放飯，喬伊和露比出門去買火雞沙拉。希莉亞對上我的視線。「妳不想出門買杯奶昔嗎？」她問道。

日落的營養師不會想看到我去買奶昔。不過如果他不知道這件事，他就不會在意了。

十分鐘之後，我們坐著希莉亞那輛一九五六年份嫩粉色雪弗蘭小車，一路開往好萊塢大道。希莉亞的開車技術爛透了。我緊緊抓著門把，彷彿那樣就能救我自己一命。

希莉亞在日落大道和卡胡恩加路口停下來。「我想去趟舒瓦。」她露齒而笑。

在白天休息時段，所有人都會去舒瓦晃晃。而且每個人都知道《攝影玩家》的薛尼．司寇凱每天都在舒瓦外面等著照相。

希莉亞想出現在那裡。她希望其他人看到我跟她一起去。

「妳在玩什麼把戲？」我問她。

「我沒在玩什麼把戲。」她裝得一副被我的說法冒犯的樣子。

「希莉亞啊。」我對著她擺擺手。「我比妳在這行多混了幾年。妳是新來的傻菜鳥。我們不一樣。」

綠燈了，希莉亞猛踩油門。

「我來自喬治亞州。」她說著。「離薩凡納市很近。」

「所以？」

「我只是要說，我沒那麼傻。派拉蒙還會派人護送我回家。」

竟然有人特地飛去說服她參與這部電影，這個事實對我來說有點驚人，甚至可說是個威脅。我得流血流汗流淚，自己打拚出通往好萊塢的路，而在希莉亞還不是什麼大人物之前，好萊塢就已經主動送上門。

「或許吧。」我說。「不過親愛的，我還是知道妳在玩什麼把戲。沒人會為了奶昔跑去舒瓦。」

「聽好。」她再次開口時語調有些微改變，聽起來比較真誠。「我需要一兩篇報導。如果想要儘早開始自己主演電影，我需要別人叫得出我的名字。」

「所以這整個買奶昔的活動，只是想讓人看到妳跟我走在一起？」我覺得好像受到冒犯。不但被人利用，而且還被人小看。

希莉亞搖搖頭。「不，才不是。我想要跟妳一起買杯奶昔。然後等我們離開奶昔店，我在想**我們應該去一趟舒瓦**。」

希莉亞在日落和高地大道路口急煞。我已經知道這就是她開車的風格。一腳同時踏住油門和煞車。

「往右轉。」我說。「什麼？」

「往右轉。」

「為什麼？」

「希莉亞，在我打開車門跳出去之前，他媽的右轉就是了。」

她看著我的眼神彷彿眼前是一個瘋子，不過這也很合理。我才剛威脅她如果不轉彎，我就自殺。

她右轉高地大道。「前面紅綠燈左轉。」我說。

她沒有問問題，只是按照指示轉彎。接著她轉上好萊塢大道。我叫她路邊停車。然後我們走向西西布朗。

「他們的冰淇淋比較好吃。」我們踏進店門口時我說。

我要她有自知之明。除非我想要，除非是我的主意，不然我沒打算被人拍到和她走在一起。我絕對不會任由名氣不如我的人隨便擺布。

希莉亞察覺到我的想法，她點點頭。

我們兩個坐下來，櫃檯後的店員上前來點單，突然間說不出話來。

「呃……」他說。「妳們需要看菜單嗎？」

我搖搖頭。「我知道自己想點什麼。希莉亞妳呢？」

她看著他。「請給我巧克力麥芽。」

我看著店員直盯著她的樣子，我也看著她手臂併攏，身體微傾。她似乎沒有意識到自己的動作強調了胸部曲線，而這一點令人更加著迷。

「我要草莓奶昔。」我說。

等他的視線轉向我，我發現他驚訝地瞪大眼睛，彷彿想要盡可能一次將我的樣子收進眼底。

「妳是……艾芙琳．雨果嗎？」

「不是。」說完，我笑著對上他的眼睛。我的語調帶點譏誚，又像在逗他，每次在這裡被人認出來，我都用同樣的語調回應。

他慌慌張張地退開。

「開心點！毛毛！」我看著希莉亞說道。她低著頭看向光滑的檯面。「至少妳還能帶走一杯更好喝的奶昔。」

「我讓妳不開心了。」她說。「因為舒瓦的事對吧！我很抱歉。」

「希莉亞，如果妳想成為想像中的大明星，那就得學會兩件事。」

「什麼事呢？」

「首先，妳必須試探其他人的底限，而且不要因此感到抱歉。不開口要求的話，其他人什麼都不會給妳。如果妳試著開口卻被人拒絕，那就接受這件事。」

「第二件事呢？」

「如果妳打算利用其他人，做得漂亮點。」

「我不是想利用妳──」

「希莉亞，妳想。我其實覺得無所謂。如果我需要利用妳，我完全不會猶豫。我也不會期待妳在利用我這回事上考慮太多。妳知道我們兩個不一樣的地方在哪裡嗎？」

「我們兩個不一樣的地方太多了。」

「妳知道我想強調的重點是什麼嗎？」我說道。

「是什麼？」

「我很清楚自己在利用別人。我接受自己在利用別人。而那些妳花在說服自己妳**沒在**利用別人的力氣，我都用來讓自己做得更好。」

「妳很得意嗎？」

「因此而能達成的事讓我很得意。」

「妳在利用我嗎？現在？」

「就算我真的在利用妳，妳也永遠不會知道。」

「所以我才開口問妳。」

店員拿著我們點的兩杯奶昔回到結帳櫃檯。他看起來已經替自己加油打氣過，所以才有辦法把奶昔遞給我們。

「沒有。」店員一離開，我就對希莉亞說。「沒有什麼？」

「我沒有在利用妳。」

「哇，真令人鬆了一口氣。」希莉亞說道。她居然輕易地相信了我，天真到甚至令人不舒服，我很震驚。雖然我說的是實話，但她還是接受得太過輕鬆。

「妳知道我**為什麼**沒有在利用妳嗎？」我說。

「這杯奶昔應該超級好喝。」希莉亞說著喝了一口。她回話的速度，還有語調裡頭那股滄桑感，我很吃驚，忍不住笑出聲。

希莉亞後來成為我們這一代拿下最多奧斯卡大獎的演員。而且總是演出印象強烈、充滿戲劇效果的角色。不過我一直覺得她很適合喜劇。她的反應好快。

「我之所以不利用妳，是因為妳沒辦法給我什麼。至少目前還沒。」

希莉亞縮了一下，又喝了口奶昔。我也靠近桌子喝了一口自己那杯。

「我不覺得真的是那樣。」希莉亞說道。「我同意妳比我還有名，嫁給好萊塢的金童是有這樣的效果。不過艾芙琳，除此之外我們處於同樣的地位。妳有過幾次很棒的演出。我也一樣。現在我們演出同一部電影，而且我們接演的理由都是因為想拿一座奧斯卡。我們打開天窗說亮話，就這一點來說，我比妳搶先一步。」

「怎麼說呢？」

「因為我是比妳更好的女演員。」

我暫停自己吸著濃稠奶昔的動作，轉身面向她。

「妳怎麼知道的呢？」

希莉亞聳聳肩。「我在猜那不是什麼可以量測出來的東西。不過那是事實。我看過《再給我一天》，妳的表現真的很好。可是我的演出更棒。妳也很清楚這一點。那就是為什麼妳和唐恩差點就要把我踢出劇組。」

「我們沒有。」

「你們有。露比跟我說的。」

我不氣露比告訴希莉亞這些事，誰會因為家裡養的狗對著郵差狂叫生氣呢？他們就是會這麼做。

「喔，好喔。所以妳是比我更優秀的女演員。然後當然囉，唐恩和我可能討論過要把妳趕出劇組。那又怎樣？又不是什麼大事。」

「那正是我的重點。我比妳有才華，妳比我有能力。」

「然後？」

「然後妳說得沒錯，我不太擅長利用別人。所以我想試試看其他的方法。我們幫彼此一把吧！」

我有點迷惘，又開始喝奶昔。「怎麼做？」我說。

「收工之後，我會幫妳對戲。我教妳我知道的一切。」

「然後我跟妳去舒瓦？」

「妳幫我做那些妳已經達成的事，幫助我成為明星。」

「可是接下來呢？」我說。「我們最後都會既有名又有能力？競爭這座城市裡面每個演出機會？」

「我想有可能變成那樣。」

「那其他的可能呢？」

「艾芙琳，我真的很喜歡妳。」

我看著她的側臉。

她對著我笑了。「我知道這大概不是這裡的女演員會做的事，不過我沒打算跟大家一樣。我真的很喜歡妳。我喜歡在大螢幕上看到妳。我喜歡妳每次一出場，我一時之間除了妳什麼都看不見。妳的膚色其實深到和金髮不搭，但我喜歡這兩個應該不搭的特點卻在妳身上看起來如此自然。還有說實話，我喜歡妳算計又惡劣的這一面。」

「我才不惡劣。」

希莉亞笑出來。「哦，妳絕對很惡劣。因為我會讓觀眾發現妳們的演技有多爛，所以想把我踢出劇組？惡劣。艾芙琳，那樣就是惡劣。還有到處吹噓自己利用別人？也很糟糕。不過我真的很喜歡妳講起這些事的樣子。我喜歡妳的坦率，一點都不害羞。這裡有太多女人成天都在說謊。我喜歡妳只在有好處的時候才信口開河。」

「這份冗長的讚美清單似乎包含了很多罵我的話。」我說。

希莉亞聽完之後點點頭。「妳很清楚自己想要什麼，妳會努力爭取。我認為這裡每個人都知道艾芙琳．雨果會成為當代最紅的巨星。那不只因為妳是美麗的花瓶，而是妳決心要成為巨星，現在也正一步一步實現。我希望成為那個女人的朋友。那就是我想要的。真正的朋友。不像露比．萊里這樣，沒有背刺，不在背後說閒話。我想要友誼。因為我們彼此了解，所以會變得更好，也過得更好。」

我考慮著她的提議。「我們會需要幫彼此綁辮子之類的嗎？」

「日落付錢給人負責髮型的事，所以不用。」

「我會需要聽妳傾吐男人的問題嗎？」

「當然不用。」

「那我要做什麼呢？我們花時間待在一起，試著陪伴彼此？」

「艾芙琳，妳之前從來沒交過朋友嗎？」

「我之前當然有過朋友。」

「跟妳很親密的那種，真正的朋友呢？」

「謝謝妳的關心喔，但我有個真正的朋友。」

「是誰？」

「哈利．卡麥隆。」

「哈利．卡麥隆是妳的朋友？」

「他是我最好的朋友。」

「那好吧。」希莉亞向我伸出手。「我會成為妳第二好的朋友，僅次於哈利．卡麥隆。」

我握住她的手，實實在在地晃了一下。「好。明天我會帶妳去舒瓦，然後我們一起排戲。」

「謝謝妳。」她笑得那麼燦爛，好像得到了世上最想要的東西。她抱住我，分開之後，店員直盯著我們。

我說要結帳。

「店家招待。」他說。我認為這是天底下最蠢的事，因為最不該得到免費食物的就是有錢人。

「妳能替我轉告妳老公，我很愛《驚爆杜梅角》嗎？」店員看到我和希莉亞準備離開，對我說道。

「什麼老公？」我盡可能表現得扭扭捏捏。

希莉亞大笑，而我對著她露齒而笑。

不過我心裡真正的想法是：**我不能跟他說這個。他會覺得我在取笑他，然後就會揍我。**

《花下祕聞》

一九五九年六月二十二日

冷若冰霜的艾芙琳

一對俊男美女，怎麼沒興趣生幾個小孩填滿那五個漂漂亮亮的房間呢？這問題得問問唐恩．艾德勒與艾芙琳．雨果夫妻。

或者直接問問艾芙琳。

唐恩想要個寶寶，而我們也殷殷期盼這兩個美麗的明星會生出怎麼樣的孩子。無論他們懷上男孩或女孩，我們都會大聲歡呼。

但艾芙琳不要。

艾芙琳只想談論自己的演藝事業，還有即將上映的新片《小婦人》。

還不只這樣，艾芙琳甚至不打算保持屋子的整潔，或者處理她丈夫簡單的要求，更不想費事對女傭好一點。

她忙著跑出家門，跟希莉亞．聖詹姆斯這樣的單身女孩窩在舒瓦！

可憐的唐恩守在家裡，渴望著一個孩子，但艾芙琳卻成天在外面享受自己的生活。

整個家裡都是艾芙琳、艾芙琳、艾芙琳。以及不滿足的丈夫。

16

「真的嗎？這種報導？」我把雜誌甩到哈利的辦公桌上。他當然早就看過了。

「沒那麼糟。」

「但是不好。」

「對，是不太好。」

「為什麼沒有人處理這件事？」我問。

「因為《花下祕聞》已經不聽我們的了。」

「這是什麼意思？」

「他們不在乎事實真相，也不在乎跟明星之間的關係。他們想登什麼就登什麼。」

「他們在乎錢吧？」

「他們在乎，不過比起我們能支付的數字，針對你們婚姻的來龍去脈，發表一些自以為是的意見能讓他們賺到更多。」

「你們可是日落製片廠啊。」

「讓我提醒妳一下，我們賺的錢已經不像過去那麼多了。」

我喪氣地垂著肩膀。面對著哈利的辦公桌坐下。一陣敲門聲傳來。

「我是希莉亞。」她透過門板開口。

我過去替她開門。

「我想妳看過那篇報導了。」我說。

希莉亞看著我。「沒那麼糟。」

「但是不好。」

「對，是不太好。」

「謝謝啊。你們兩個真是一對好搭擋。」

希莉亞和我一週前結束《小婦人》的拍攝。我們兩個，再加上哈利與關多琳，一行四人隔天去了穆索與法蘭克餐廳，吃了頓牛排配雞尾酒大餐慶祝。

哈利已經把好消息透露給我和希莉亞，亞里認為我們兩個的提名是十拿九穩。

每天晚上下戲之後，希莉亞和我會在我的拖車待到很晚，排練我們的戲。希莉亞是方法演技論者。她會試著「成為」自己所扮演的角色。那不太適合我。不過她的確教會了我，讓我學會怎麼在這些虛假的的場景中表現真實的情緒。

那個時期的好萊塢很奇怪。似乎有兩條平行的軌道朝著彼此前進。

好萊塢本來是製片廠彼此競爭的遊戲，他們擁有王牌演員，劃定自己的勢力範圍。接著新好萊塢出現了，他們瞄準的是觀眾的心，講究方法演技的演員演出講求真實的電影，角色不乏反英雄，而且不總是有完美的結局。

我和希莉亞度過的晚上，會一起配著晚餐抽完一包菸，乾完整瓶紅酒，我到那時候才開始注意到這些新的狀況。

不過無論她對我產生什麼影響，一定都是好的那種，因為亞里．蘇利文認為我能贏下一座奧斯卡。這一點讓我更喜歡希莉亞。

我們的每週一次熱門地點（比方牛仔大道）巡禮，感覺起來已經不像是幫她一把。替她引來一些注意力這件事我做得很開心，我是真心喜歡她的陪伴。

當我坐在哈利的辦公室，假裝他們兩個不肯幫忙，我知道自己其實是跟兩個最喜歡的人在一起。

「唐恩說了什麼？」希莉亞問。

「我很確定他正想辦法找到我。」

哈利眼神尖銳地看著我。要是唐恩讀到報導時心情不好，他很清楚可能會發生什麼事。「希莉亞，妳今天要拍戲嗎？」他問。

她搖搖頭。「《比利時的驕傲》下禮拜才會開拍。我只排了午餐後試一下裝。」

「我會調整妳的試裝時間。妳和艾芙琳去購物吧？我們可以先撥個電話給《攝影玩家》，讓他們知道妳們人在羅伯森。」

「讓其他人看到我跟單身女孩希莉亞．聖詹姆斯在市區到處跑？」我說道。「聽起來就像我不該做的事。」

我忍不住不停回想那篇蠢文章的內容。**她更不想費事對女傭好一點**。

「那個爆料的小賤人。」想通之後我忍不住脫口而出，用力捶了一下椅子的扶手。

「妳在說什麼？」哈利說。

「我該死的女傭。」

「妳認為是女傭向《花下祕聞》爆的料。」

「我很確定是女傭向《花下祕聞》爆的料。」

「好吧，那她被開除了。」哈利說。「我可以叫貝司提過去，然後叫她今天就走。妳今天回到家就不會看到她了。」

我想了一下自己有什麼選擇。

我最不想看到的發展就是，因為我不願意和唐恩生個寶寶，結果美國人就不想再看我的電影。當然，我知道大部分看電影的人不會說得這麼白。他們可能甚至不知道自己是這麼想的。不過他們會閱讀這樣的報導，等到我推出下一部電影，他們會想著，雖然他們說不上來，但我身上有些什麼他們不喜歡的特質。

大家不會太喜歡把自己擺第一的女人。但也不會尊重無法搞定太太的男人。這篇報導讓唐恩也不太好看。

「我得跟唐恩談談。」我說著站了起來。「哈利，你能請羅帕尼醫生今天晚上撥個電話到我家嗎？大概六點左右？」

「為什麼？」

「我需要他打電話找我，然後在寶拉接電話時，他的語氣必須很嚴肅，好像要跟我講什麼大事。他聽起來要擔心到能引起她的興趣。」

「好吧……」

「艾芙琳，妳有什麼打算？」希莉亞抬眼看我。

「等到我接過電話，他要照著這樣說，一字不差。」我拿起一張紙開始寫字。

哈利看完之後遞給希莉亞。她看著我。

我們聽見敲門聲，還沒人回應唐恩就走了進來。

「我到處找妳。」他說。他聽起來不像生氣，但也不是開心。不過我很了解唐恩，他的情緒沒有中間狀態。沒有熱情相迎就代表冷淡。「我想妳已經讀過這篇屁話了？」他手裡拿著雜誌。

「我有個計畫。」我說。

「妳他媽當然有個計畫。最好有人想點辦法。我可不要被人當成怕老婆的混蛋。卡麥隆，到底怎麼回事。」

「唐恩，我正在處理。」

「很好。」

「不過我覺得你應該先聽聽艾芙琳的計畫。她出招前你應該先知道接下來的安排。」

唐恩坐在希莉亞對面的椅子上。對她點點頭。「希莉亞。」

「唐恩。」

「恕我直言，我覺得這件事應該是我們三個人討論就好？」他說。

「當然了。」希莉亞起身。

「不行。」我伸手阻止她。「留下來。」

唐恩看著我。

「她是我朋友。」

唐恩翻了個白眼，然後聳聳肩。「艾芙琳，所以計畫是怎樣？」

「我要假裝自己流產。」

「這麼做是幹嘛？」

「如果大家認為我沒給你一個寶寶，大家會討厭我，也可能會看不起你。」儘管這正是發生在我們之間的狀況。當然，這裡沒人會戳破這一點。不過事實差不多就是這樣。

「但如果大家認為是她懷不上，那麼就會同情你們兩個。」希莉亞說道。

「同情？妳在說什麼鬼話？同情？我才不想被人同情。被人同情有什麼用。同情又不能賣電影。」

此時哈利開口說：「他媽的當然可以。」

電話在六點十分響起，寶拉接起電話後衝進臥室，告訴我醫生在線上。

我在唐恩身邊接起電話。

羅帕尼醫生唸出為他寫的劇本。

我哭了起來，能多大聲就多大聲，免得寶拉偏偏這一次決定不要多管閒事。

半小時後，唐恩下樓告訴寶拉我們得請她離開。他的態度不太好，他的態度剛好爛到讓她不爽。

畢竟，妳只是**有可能**把雇主流產的消息透露給八卦小報；但妳**絕對**會告訴八卦小報，那對開除你的王八蛋流產了。

《花下祕聞》

一九五九年六月二十九日

祝福唐恩與艾芙琳，他們需要上天保佑！

坐擁一切的夫妻卻無法擁有他們真心盼望的事物……

在唐恩．艾德勒與艾芙琳．雨果的家中，其實另有隱情。雖然艾芙琳看似不理睬唐恩對於生孩子的期望，事實卻出乎意料。

我們一直以為是艾芙琳拒絕唐恩，不過她其實非常努力。儘管艾芙琳與唐恩非常希望屋子裡能有小唐恩與小艾芙琳的身影，上天的安排卻不如所願。

每當他們發現自己往「成家」靠近了一步，事情就會出現悲傷的轉折，這個月已經是悲劇三度發生。

讓我們向唐恩與艾芙琳送上最大的祝福。

諸君，看來金錢真的無法買到幸福。

17

唐恩對於這個策略還是有點保留，而哈利不願意告訴我他在忙什麼，這表示他正在跟人約會。但我想大肆慶祝。

於是我邀了希莉亞過來，我們兩個一起乾掉一瓶紅酒。

「妳沒有女傭了。」希莉亞在廚房裡面尋找軟木塞開瓶器時問道。

「對啊。」我嘆氣。「製片公司要先審查所有的應徵者。」

希莉亞找到開瓶器，我遞給她一瓶卡本內紅酒。

我在廚房待了這麼久，卻沒有人緊緊盯著我，說要幫我準備三明治或替我找東西，這種感覺很超現實。身為一個有錢人，你的房子會有一部分感覺起來不像你的。廚房就是那部分。

我看了看自己的櫃子，試圖回想酒杯放在哪裡。「啊。」我找到了：「在這裡。」

希莉亞看著我拿給她的杯子。「這是香檳杯。」

「喔，對耶。」我把杯子擺回原位。我家還有兩款不同容量的杯子，我拿給希莉亞看。「哪個才對。」

「比較寬口的。妳不知道玻璃酒杯的分類嗎？」

「玻璃酒杯、餐盤餐具，我一點都不懂。寶貝，還記得嗎？我是暴發戶。」

希莉亞笑著倒滿我們的酒杯。

「我之前要不是窮到負擔不起這些，就是有錢到有人會幫我安排好一切。從來沒有卡在中間的時候。」

「我就喜歡妳這一點。」希莉亞給我一杯酒，自己拿起另外一杯。「我一輩子都不愁吃穿。我父母搞得自己好像喬治亞州的貴族。而我所有的兄弟姐妹——除了我哥哥羅伯之外——都像我爸媽。我姊姊蕾貝卡認為我演戲是丟了家族的臉。不是因為什麼好萊塢，而是因為我竟然在『工作』。她說這很不像樣。我很愛他們，也恨他們。不過我想家人就是那樣吧。」

「我不知道。」我說。「我沒有幾個家人。說實話一個也沒有。」就算我父親和其他在地獄廚房的親戚曾經想過，他們也無法聯絡我。我也不會想他們想到睡不著。

希莉亞看著我。對於她與生俱來但我卻沒能擁有的一切，她似乎既不可憐我，也不覺得不自在。

「給了我更多欣賞妳的理由。」她說。「妳擁有的一切都是自己爭取來的。」希莉亞與我碰杯。「敬妳。」她說：「因為妳如此銳不可擋。」

我笑著喝酒。「來吧。」我帶著她離開廚房到客廳。我把酒杯擺在高腳茶几上，走到唱片機旁。我拿從整疊唱片底下抽出比莉．哈樂黛的《緞衣淑女》。唐恩討厭比莉．哈樂黛，可是唐恩不在這裡。

「妳知道她真正的名字嗎？她叫做伊萊諾拉．法岡。」我告訴希莉亞。「比莉．哈樂黛這個名字美多了。」

我在藍色簇絨沙發上坐下。希莉亞面對著我跪坐著，空出來的手放在腳上。

「妳的呢？」她問。「真的是艾芙琳．雨果嗎。」

我緊緊抓著酒杯，說了實話。「賀瑞拉。艾芙琳．賀瑞拉。」

希莉亞其實沒什麼反應。我本來擔心她會說「哇，妳**真的是**緞衣女子。」也沒說「我就知道那是藝名」，但她沒有，也沒提這個姓氏聽起來很合理，畢竟我比她和唐恩膚色還深。她什麼都沒講，只說「那是個很美的名字。」

「妳的呢？」我問。我站起來走向她坐著的位子，想要縮短我們之間的距離。「希莉亞．聖詹姆斯……」

「詹姆森。」

「妳說什麼？」

「我的真名是希希莉亞．詹姆森。」

「很棒的名字。妳為什麼改名。」

「我自己改的。」

「為什麼？」

「因為這聽起來就像住在你家隔壁的女孩。但我一直想成為那種光看到就讓人覺得『今天真幸運呀』的女生。」她歪著頭喝光了手上的酒。「就像妳這樣。」

「噢，夠了。」

「妳才夠了。妳該死地清楚自己看起來多棒。妳對身邊的人有多大影響力。要是能擁有妳那樣的胸部和嘴唇，我什麼都願意做。妳光是衣著整齊地出現，就能讓其他人在心裡脫光妳全身的衣服。」聽到她用這樣講起我，討論男人看我的方式，我臉都紅了。我之前從來沒有聽過女人用這種方式討論我。

希莉亞拿走我手中的酒杯，然後把紅酒倒進自己的喉嚨裡面。「我們需要再喝一點。」她在空中晃晃杯子。

我笑著把兩支酒杯拿進廚房。希莉亞跟在我身後。

她靠在我的流理台邊看我倒酒。

「我第一次看《父女情深》的時候，妳知道我在想什麼嗎？」她說。比莉．哈樂黛現在只是隱隱約約的背景音樂。

「什麼？」我把杯子遞給她。她接過酒杯之後先放下，坐上流理台才重新拿起酒杯。她穿著深藍色七分褲，白色無袖高領上衣。

「我認為妳是這個世界上有史以來最美麗的女人，我們其他人都該直接放棄努力。」她喝掉半杯酒。

「妳才沒有放棄。」我說。

「我有。」

我啜了口杯子裡的紅酒。「妳在亂說話。」我告訴她。「妳這麼稱讚我，好像自己一點都不起眼。但妳根本超級吸引人。妳這雙大大的藍眼睛，曲線有致的身材……我想我們兩個在一起，真的是讓那些男人大飽眼福。」

希莉亞微微一笑。「謝謝妳。」

我喝完自己這杯，然後把酒杯放下。希莉亞把這當成挑戰，也喝光了手裡的酒。喝完之後用指尖擦過嘴角。我幫我們兩個再倒了一點酒。

「這些不入流又鬼鬼祟祟的東西，妳是怎麼學會的？」希莉亞問道。

「我完全聽不懂妳在說什麼。」我故意回道。

「妳其實很聰明，只是幾乎所有的人都只看到妳透露的假象。」

「我嗎？」我說。

希莉亞冷到起了雞皮疙瘩，所以我建議我們回到比較溫暖的客廳。沙漠吹來的風讓這個六月夜晚變得涼爽。等到我也覺得冷了，我問她知不知道該如何升火？

「我看過其他人升火。」她聳聳肩。

「我也是。我看過唐恩升火。但我自己從來沒升過。」

「我們可以試試。」她說：「我們想做什麼都行。」

「好呀！」我說。「妳再去幫我們開一瓶紅酒，我來試著猜猜看怎麼升火。」

「好主意！」希莉亞披上毛毯跑進廚房。

我跪坐在壁爐前面，戳起剩下來的灰。接著拿起兩塊木頭，交叉擺好。

「我們需要報紙。」她回到客廳時開口。「而且我覺得根本不需要酒杯。」

我抬起頭，看到她直接從瓶子裡面大口喝酒。

我笑了，抓起桌上的報紙丟進壁爐。「太棒了！」我跑上樓抓起《花下祕聞》說我是冷淡的婊子那期。我跑下樓拿給她看：「我們把這本燒掉！」

我把雜誌丟進壁爐裡面，並點燃一根火柴。

「來吧！」她說。「燒死那些混蛋。」

火舌舔過頁面，頁面捲起之後就這麼維持了一會兒，火勢接著延燒。我又點了一根火柴丟進去。我想辦法維持了幾堆餘燼悶燒，還有幾張紙燒出的一小簇火焰。

「好喔。」我說。「我很有信心，慢慢就會有進展的。」

希莉亞走到我身邊，把酒瓶遞給我。我就著瓶口喝了一點。「妳喝得還不夠吧。」我本來要把酒瓶還給她，聽到她的話我大笑著又把瓶口拉回來。

這是一瓶昂貴的紅酒。我喜歡自己把這瓶酒當水喝，彷彿酒一點都不算什麼。**來自地獄廚房的窮女孩喝不起這款酒，也不可能不把酒的價格當一回事。**

「夠囉，夠囉，還來。」希莉亞說道。

我想跟她玩，故意不放手。

她的手握著我的手。她抽手的力道跟我一樣猛。我接著說：「好啦，都歸妳啦。」但是我說得太晚，放手得太快。

她的白襯衫上灑滿紅酒。

「喔天啊。」我說：「對不起。」

我接過酒瓶，放在桌上，然後拉著她的手上樓。「我可以借妳一件上衣。有一件超級適合妳的。」

我帶著她走進臥室裡的更衣室。我看著希莉亞四處張望，看著我和唐恩的臥室。

「我能問個問題嗎？」她說。她的聲音聽起來縹渺中帶點憂鬱。我以為她會問我是否相信鬼魂或者一見鐘情。

「當然。」我說。

「妳保證會跟我說實話嗎？」她坐在床角問。

「不確定欸。」我說。

希莉亞放聲大笑。

「不過妳想問就問吧。」我說。「問了我們就知道囉。」

「妳愛他嗎？」她問。

「唐恩嗎？」

「還有誰？」

我想了一下。我曾經愛過他。我曾經非常愛他。但我對他還有愛意嗎？「我不知道。」我說。

「一切都只是為了知名度嗎？妳只是想成為艾德勒家的人嗎？」

「不，不是這樣的。」我說。

「那是怎樣呢？」

我走到床邊坐下。「我愛不愛他，或為了哪個特定的理由還跟他在一起，我都說不太上來。我愛他，但更多時候我恨他。我跟他在一起當然與他的家族有關，但也因為我們過得很開心。我們曾經非常開心，現在有時候也很開心。這很難解釋。」

「他會影響到妳嗎？」她說。

「影響非常大。有時候我太想跟他待在一起，自己都有點不好意思。我不知道一個女人該不該有我這麼強烈的渴望，我非常想要唐恩。」

唐恩可能讓我明白，我有能力去愛別人，也有能力渴望他，但他也讓我明白，妳可能很渴望某個不喜歡的人，可能**正因為**妳不喜歡對方，所以才會有那樣的渴望。現在應該是叫做「和討厭的對象打砲」，不過這其實是人類很自然的肉體經驗，只是用了很粗糙的名詞去形容。

「忘了我的問題吧。」希莉亞站起來。我看得出來她很介意。

「我去拿衣服。」我說著走向衣櫃。

那是我的最愛之一，紫丁香色的光澤感襯衫。但我穿起來不太合身，幾乎包不住我的胸部。

希莉亞比我嬌小，身型更加細緻。

「這件給妳穿。」我把襯衫給她。

她接過之後看了看衣服。「顏色太美了。」

「就是啊。」我說。「我從《父女情深》的劇組偷來的，別說出去。」

「我希望妳現在已經知道，跟我說祕密是很安全的事。」希莉亞一邊講著一邊脫下上衣。

對她來說這應該只是脫口而出的句子。不過對我來說意義非凡。我在想，大概不只因為是從她口中說出來的。而是因為在她說出口的**當下**，我發現自己自己相信她。

「我知道，我知道的。」我說。

大家都以為親密感關乎性愛，但其實親密感關乎真實。

你發現自己能對某個人說實話，你能在那人面前展現真實的自己，當你拋盔棄甲地站在某個人面前，而對方的回應是：「跟我在一起，你很安全。」這，就是親密。

根據這樣的標準，我跟希莉亞共處的時刻是我此生中與他人最親密的時刻。

這件事讓我如此充滿謝意與感恩，我想要抱著她永不放開。

「我不確定自己穿起來可以嗎？」希莉亞說道。

「穿穿看。我打包票妳穿會合身，穿起來剛好的話，這件就是妳的了。」

我想要給她一大堆東西。我想要自己擁有的東西都變成她的。我不知道愛一個人是不是就像這樣。我已經知道與某個人**墜入愛河**是怎麼回事。我感覺得出來，我也演得出來。但這是去**愛著**某個人、照看對方、共度難關，並且想著，**無論發生什麼事，我們都一起面對**。

「好吧。」希莉亞說。她把襯衫丟到床上。接著脫下自己的上衣，我發現自己直盯著她肋骨上蒼白的皮膚。我看著她純白色的內衣，發現她的胸部看起來跟我的不同，我的胸部被內衣集中托高，而她的內衣純粹穿來裝飾。

我順著她身上的雀斑，視線一路滑向右邊臀部。

「呃，嗨。」唐恩說道。

我嚇了一跳。希莉亞倒抽一口氣，手忙腳亂地穿回上衣。

唐恩大笑起來。「這裡到底發生什麼事？」他逗我們。

我走向他說：「什麼都沒有。」

《光影時刻》

一九五九年十一月二日

跑趴女孩的生活

希莉亞．聖詹姆斯真是在這裡闖出了名聲。這可不只因為這個女演員聲名看漲，更因為這位喬治亞州來的甜心很懂得交朋友。

其中最受矚目的就是大家的最愛，電影明星艾芙琳．雨果。到處都能看到希莉亞和艾芙琳的身影，她們購物、聊天，甚至找到時間去比佛利山莊高球俱樂部比賽一場。

更讚的是，這對好朋友近期應該會安排許多場四人約會。有人在特羅卡德購物中心看到希莉亞，她身邊不是別人，正是羅伯特．洛根，大家都知道他和艾芙琳的老公唐恩．艾德勒是好朋友。

好看的約會對象、令人嚮往的朋友，再想想她未來會拿到手的小金人，希莉亞．聖詹姆斯的日子真是令人羨慕！

18

「我不想這麼做。」希莉亞說道。

她穿著低胸深V領訂製款黑色禮服。那是我絕對不敢穿出門的款式，因為肯定會被人以為我跑出來賣身。她脖子上那條鑽石項鍊是唐恩說服日落借她的。

日落通常不太會幫忙獨立接案的女演員，不過希莉亞想要鑽石，我希望希莉亞心想事成。而多半時候，唐恩也希望我心想事成。

唐恩花了好一番工夫遊說亞里・蘇利文讓他再試一把，終於演出了第二部西部片《正義之士》。而這次，評論家的看法徹底翻轉。唐恩終於「硬起來」。他第二次嘗試擔任動作明星就讓所有人心服口服。

也就是說唐恩手上有一部票房冠軍，所以他想要什麼，蘇利文都會給他。

這串鑽石項鍊就是這麼掛上希莉亞的脖子，正中央的紅寶石正歇在她的胸口。

我又穿了翡翠綠，這身打扮已經漸漸成為我的招牌。這次是露肩霧面綢緞，全長的禮服在腰部收緊，領口一圈珠飾。我放下頭髮，髮尾上過捲子。

希莉亞站在我的梳妝台前整理裙撐，我看著她說：「妳必須這麼做。」

「可是我不想。我的意願就不重要嗎？」

我拿起搭配禮服的手拿包。「不太重要。」我說。

「妳知道妳不是我老闆吧。」她說。

「我們為什麼變成朋友？」我問她。

「現在真的要討論這個？我根本就記不得了。」她說。

「因為與其各自單打獨鬥，我們一起努力的成果會更好。」

「所以呢？」

「所以要是討論到接下哪個角色，還有該怎麼演出，這是誰來做主？」

「我來。」

「如果是討論我們的電影首映呢？這件事誰來處理？」

「我猜是妳。」

「妳猜得沒錯。」

「艾芙琳，我真的很討厭他。」希莉亞說。她正在毀掉自己的妝。

「放下那顆腮紅。」我說。「小關把妳打扮得很美。別毀了她完美的作品。」

「妳有在聽我說話嗎？我說我討厭他。」

「妳當然討厭他。他很狡猾。」

「沒有其他人選了嗎？」

「目前沒有。」

「我不能自己去嗎？」

「出席妳的電影首映夜？」

「為什麼我不能和妳一起就好呢？」

「我要跟唐恩一起。妳跟羅伯特一起。」

希麗亞皺著眉，回頭瞪著鏡子。我看到她瞇起眼睛癟著嘴，彷彿正想著自己多麼生氣。

我拿起她的手提包交給她。該出發了。

「希莉亞，能不能別這樣？如果妳不願意做這些能讓報紙提起妳的事，妳到底在這邊做什麼？」

她起身扯過我手上的提包，接著走出房間。我看著她下樓，笑容滿面地走進客廳，接著撲進羅伯特的臂彎，彷彿對方是人類的救星。

我走向唐恩。他總是一身俐落的燕尾服，絕對是現場最好看的男人。不過我已經對他感到厭倦。那句俗話是怎麼說的？每個完美的女人身邊，總有個搞膩她的男人。嗯，雖然沒有人提過，但這句話換個性別也成立。

「要出發了嗎？」希莉亞說話的語氣，彷彿等不及要勾著羅伯特的手臂出席電影首映。她是個厲害的女演員，從沒有人否認過這一點。

「我不想繼續浪費時間。」我說著勾起唐恩的手，竭盡全力抓緊生活的浮木。他低下頭，先是看著我的手臂，接著望向我的臉，好像非常驚喜於我的貼近。

「好啦，來看看我們的小婦人演出的《小婦人》吧！」唐恩說道。我差點忍不住甩他一巴掌。他欠人揍個一下，或者好幾下。

轎車載著我們來到星光大道的中國戲院。

好萊塢大道封閉部分路段迎接我們的到來。

我們的司機就停在希莉亞和羅伯特後面，電影院門外四台車中最後一輛。

如果電影中會出現多名女演員，而製片公司又希望排場盛大一點，那麼他們會想辦法讓所有的演員分別搭車，但同時到場，而且還會安排妳們各自挽著黃金單身漢作伴——除了我，我的黃金單身漢就是丈夫。

陪著我們出席的男人先跨出車門，然後站在門邊伸出手等待。我看著露比跨出車門，接著喬伊，然後是希莉亞。比起其他人，我多等了一拍。接著我伸腿踩上紅毯。

「妳是現場最美的女人。」唐恩對著來到身旁的我低語。他當然認為現場最美的女人是我，這件事我早就清清楚楚。如果他不是打從心底這麼想，那麼他一開始就不會跟我在一起。

基本上男人不會因為喜歡我的個性而跟我在一起。

我不是說個性迷人的女孩該可憐那些漂亮女生。我只是覺得純粹因為外貌受到喜愛，與我做了什麼完全無關，這樣的感覺不太好。

我們全都往戲院內前進，兩旁的攝影師喊著我們的名字。一時之間只聽到往我的方向飛過來的名字。「露比！喬伊！希莉亞！艾芙琳！！」「艾德勒夫婦！看這邊！」

被閃光燈還有群眾的鼓譟聲包圍，我幾乎聽不見自己的思緒。不過一直以來我都這麼訓練自己，我假裝非常平靜，好像被人當成動物園裡的老虎就是我最自在的狀態。

唐恩和我牽著手，對著每顆閃光燈露出微笑。紅毯底端站著幾個拿著麥克風的男子。露比正在跟其中一個人說話，喬伊和希莉亞應付著另外一個。第三個人把麥克風擺到我眼前。

這個小個子有著小小的眼睛的和圓圓的鼻子。就是大家會講的那種適合廣播的臉。

「雨果小姐，電影上映您覺得興奮嗎？」

我一邊消化這個蠢問題，同時盡可能露出和善的笑容。「我一輩子都等著扮演喬。今天晚上我非常興奮。」

「妳也在拍片的過程中交到了好朋友。」他說。

「怎麼說？」

「妳和希莉亞．聖詹姆斯小姐，妳們看起來是很好的朋友。」

「她非常棒。當然在電影裡面也表現得很出色。」

「她和羅伯特．洛根似乎打得火熱。」

「噢，這你就得問他們了。我不清楚。」

「是妳湊合他們兩個的嗎？」

唐恩打斷了訪問。「我覺得問得差不多了。」他說。

「唐恩，您和太太打算什麼時候開始經營家庭呢？」

「兄弟，我說問夠了就是夠了。謝謝！」

唐恩推著我往前進。

我們走到戲院門口，看著露比和男伴，還有喬伊和男伴進入戲院。

唐恩撐著門板等我。羅伯特則替希莉亞撐著另外那片門板。

我突然有個主意。

我牽起希莉亞的手，拉著她轉身。

「對著大家揮揮手吧！」我笑著說：「就當我們兩個是該死的英格蘭女王。」

希莉亞燦笑著照做。我們兩個人，穿著黑色和綠色的禮服，頂著紅髮和金髮，一個人擁有很讚的屁股，另一個則有很讚的奶子；我們就這麼站在戲院門口對所有人揮手，彷彿君臨天下。

露比和喬伊不在這裡，所有的人只為了**我們**鼓譟。

我們轉頭走進戲院，走向我們的座位。

「盛大的一刻。」唐恩說。

「我知道。」

「再過幾個月，妳會用這部片拿獎，我則會以《正義之士》贏得最佳男主角。我們的前途無可限量。」

「希莉亞也會被提名入圍。」我對著他輕聲說。

「大家看完電影之後，聊的會是妳。」他說。「我很確定。」

我回過頭看到羅伯特正在跟希莉亞咬耳朵。她笑得像是他真的說了什麼有趣的話題。不過幫她拿到那些鑽石的人是我，也是我讓我們兩個的漂亮照片成為明天的頭條。但同時間，她表現得彷彿他非常迷人，讓她願意脫下衣服。我心裡只想著，他根本不知道她屁股上那道雀斑排成的線。我知道，而他不知道。

「唐恩，她的演技真的很好。」

「喔，別再提她了。」唐恩說道。「無時不刻都他媽的提到她，我已經聽膩了。那些人應該問妳關於**我們**的事，而不是問起她。」

「唐恩，我……」

他甚至沒等我講完，堅定地揮手叫停，無論我打算說什麼，對他來說都沒有用。

燈光暗下來，觀眾也跟著安靜。螢幕上開始投出演職員表，接著出現我的臉。

所有人都盯著眼前，螢幕中的我開口說：「沒有禮物，聖誕節還算哪門子聖誕節嘛！」

不過等到希莉亞說出：「可是我們有父親、母親，還有彼此啊！」我就知道焦點已經不是我了。

每個人看完電影之後，一定會忙著討論希莉亞．聖詹姆斯。

這個事實應該會讓我感到害怕，或者嫉妒，或者不安。我應該想辦法先出招，比方說她太過正經，或者讓說她到處跟人睡。畢竟要毀掉女人的名譽，最快的方法就是暗示她沒有好好處理自己的性生活，看似**根本不渴望性**，卻又**過得很滿足**。

不過我不但沒有用接下來的一個小時四十五分鐘療傷，甚至還得忍住嘴角的笑意。

希莉亞一定會拿下奧斯卡。這件事明擺在那裡，就像每個人臉上都有一個鼻子。我並未因此感到妒忌，反而非常快樂。

貝絲過世時我哭了出來，並且隔著羅伯特和唐恩捏了捏她的手。唐恩對著我翻了個白眼。

我心裡想著：**他晚點會找個藉口揍我，不過這才是真正的原因。**

我人在班尼迪克峽谷，亞里・蘇利文的豪宅，唐恩和我沿著彎彎繞繞的街道來到這裡，一路上沒怎麼交談。

我想他也一樣，一看到希莉亞的登場就知道了。觀眾接下來就只會看著她。

等到司機停好車，我們也進門之後，唐恩丟下一句「我得去找約翰」就不見人影。

我找不到希莉亞。

身邊反而圍著只會拍馬屁的沒用傢伙，他們喝著甜甜的雞尾酒，希望艾森豪總統這個話題能讓他們跟我搭上關係。

「不好意思，我現在有點忙。」我對某個頂著荒謬鮑伯頭的女子說道。

對方正在大聊希望之鑽。

收集稀有寶石的女人，拼了命想跟我共度一夜春宵的男人，這兩種人看起來沒什麼兩樣。整個世界對他們來說都是物品，而他們滿心想著把某件物品據為己有。

「哦，小艾，妳在這兒啊。」露比在走廊上逮到我。她手上端著兩杯綠色雞尾酒，語調不冷不熱，聽不太出來在想什麼。

「今晚玩得開心？」我問道。

她四處張望，接著一手抓起兩支酒杯，一手拉過我的手肘，過程中甚至灑了點酒。

「唉唷，露比。」我開始擔心了。

她朝著右邊的洗衣房暗暗點了下頭。

「到底是……」我說。

「艾芙琳，妳能不能就打開那扇該死的門？」

我轉開門把，讓露比拉我進房間，她關上門。

「來。」她在黑暗中遞給我一杯酒。「這杯我本來是幫喬伊拿的，不過妳就喝了吧。反正跟妳的禮服很搭。」

眼睛逐漸適應房間昏暗光線的同時，我從她手上接過酒杯。「這杯酒的顏色跟我的禮服一樣算妳走運。有半杯差點灑在我的裙子上。」

露比伸長空出來的手，扯了頭頂上的電燈開關。小小的房間瞬間亮起，光線刺痛我的雙眼。

「露比，妳今晚真是一點都不得體。」

「艾芙琳．雨果，妳認為我還在意妳的看法嗎？好啦，我們現在該怎麼辦？」

「什麼事該怎麼辦？」

「什麼事？就是希莉亞．聖詹姆斯那回事。」

「她怎麼了？」

露比沮喪地垂下頭。「艾芙琳，我的天啊。」

「她的演出非常精采，我們還能怎樣？」我說道。

「我早就告訴哈利會是這種情況，他卻說不會有事。」

「那妳希望我怎麼做？」

「妳也輸了啊，還是妳沒看出來？」

「我當然看得出來！」我當然非常介意。不過我也很清楚自己會拿下最佳女主角獎。希莉亞和露比則必須爭奪最佳女配角。「露比，我不知道該說什麼。我們對希莉亞的看法都是對的。她不但演技好、長相漂亮又魅力非凡，既然已經輸了，或許體認到這一點，然後接受現實也是件好事。」

露比看著我的表情彷彿我剛剛一巴掌甩在她臉上。

我沒有其他想說的，可是我也出不去，露比擋住了門口。於是我舉杯，兩大口喝光。

「我認識並且敬佩的艾芙琳不是這樣的。」露比說。

「喔，露比，說夠了吧。」

她乾掉自己的那杯酒。「大家都在傳妳們兩個的事，之前我不相信。不過現在……我不知道我還能相信什麼。」

「大家都在傳些什麼？」

「妳也知道。」

「我真的一點頭緒都沒有。」

「妳為什麼要讓事情變得這麼難？」

「露比，妳硬把我拖進洗衣房，對我吼一些我也無法控制的事情。難搞的人可不是我。」

「艾芙琳，她是個**女同性戀**啊。」

屋子裡的派對聲雖然有點模糊，但仍清晰可聞。可是在露比說完那句話之後，在**女同性戀**這個詞鑽進耳朵之後，我的心跳得好快，只聽得見自己的心跳聲。我已經注意露比後來又說了什麼，只能抓到特定字句，比方**女孩**、**拉子**還有**不正常**。

我胸口的皮膚感覺如此滾燙，耳朵也在發熱。

我盡力讓自己冷靜下來，等到我終於冷靜了一點，等我聽進露比要說的話，我才知道她想告訴我的事。

「順帶一提，妳該好好處理妳家老公。他在亞里的房間，有個米高梅的婊子在幫他吹。」

她說話的時候我心中閃過的居然不是：**天啊我老公偷吃**。我只想著：**我得找到希莉亞**。

19

艾芙琳從沙發上站起來，拿起手機請葛麗絲點了我們的晚餐，是轉角那間地中海料理。

「莫妮克？妳想吃什麼？牛肉還是雞肉？」

「我想點個雞肉吧。」我盯著她，等她坐下來繼續講故事。不過我雖然等到她坐下，她卻只是盯著我。她既沒有覆述剛剛告訴我的事，也不主動招認我已經懷疑一陣子的事。於是我別無選擇只能直接開口。「妳知道嗎？」

「我知道什麼？」

「知道希莉亞．聖詹姆斯是女同性戀。」

「我不就在說嗎？」

「這樣啊。」我說。「不過……」

「不過什麼？」艾芙琳非常平靜，非常沉著。我不確定，她到底是很清楚我在懷疑什麼，而終於準備好告訴我事情真相，還是我錯得離譜，所以她完全不懂我在想歇什麼。

而且在我知道答案之前，不太確定自己想不想把問題問出口。

艾芙琳緊抿著嘴，直盯著我看。此時我注意到，她等我開口的時候，胸口激烈地起伏，她很緊張。她並不像自己表現出來的那麼自信。畢竟她是女演員。和艾芙琳相處這麼多時間我也該明白，她並非總是一目瞭然。

所以我問了她那個問題，讓她自己決定準備好說到什麼程度。「誰是妳這輩子的摯愛？」

艾芙琳看著我，我知道她還需要輕輕推上一把。

「艾芙琳，沒關係的。真的沒關係。」

這是件大事。不過這沒有關係。現在的環境已經跟以前不一樣了，雖然我得承認也不是完全令人安心。

不過還是一樣。

她可以開口。

她可以告訴我。

如果她想，現在，當場，就可以承認。

「艾芙琳，誰是妳的摯愛？妳可以告訴我。」

艾芙琳看著窗外，深深吸了好幾口氣，接著開口：「希莉亞．聖詹姆斯。」

艾芙琳坦誠的那一刻，這個房間很安靜。然後她笑了，那是個明亮燦爛真誠的微笑。她自顧自地大笑出聲，然後注意力又回到我身上。「我覺得自己愛了她一輩子。」

「那麼……在妳的這本傳記之中，妳已經準備好出櫃了嗎？讓大家知道妳是女同志？」

艾芙琳闔上雙眼，一開始我以為她正在消化我剛剛講的事，不過她一睜眼，我馬上明白她只是不敢相信我有多蠢。

「妳到底有沒有認真聽我說了些什麼。我愛著希莉亞，但在那之前我也愛著唐恩。事實上，要不是唐恩後來變成了貨真價實的混蛋，我可能永遠不會和別人陷入愛河。我是雙性戀者。莫妮克，別因為想讓我符合某種樣板，就忽略另一半的我。別那麼做。」

這些話聽起來刺耳，非常刺耳。其他人只因為妳展露在外的樣子，就預設妳是怎麼樣子的人，這種感受我很明白。我這輩子都在試著向其他人解釋，儘管我看起來是個黑人，但其實是兩個種族的混血兒。我也花了這輩子所有的時間去了解，重要的是讓其他人述說自己是怎麼樣的人，而不只是用簡化的標籤去認識對方。

我過去那麼討厭其他人這麼對我，但現在我卻這麼對待艾芙琳。她和某一名女子的感情故事讓我直接把她歸類為同性戀，而不是等她告訴我，自己是個雙性戀者。

這正是她想表達的重點吧？這就是為什麼她希望能正確地被他人理解，而且還仔細挑選用字。因為她希望看起來就是自己真正的樣子，包含各種陰暗且不太光彩的往事。我也有同樣的希望，希望其他人能看見我真正的樣子。

所以這次是我搞砸了。我就是搞砸了。雖然我非常想要輕鬆地帶過此事，假裝什麼都沒有發生，但我知道現在最該做的就是道歉。

「我很抱歉。」我說道。「妳說的一點都沒錯。我應該詢問妳的認同，而不是自以為是。請讓我重來一次：妳準備在這本書出櫃，告訴大家妳是一位雙性戀女性嗎？」

「沒錯，我已經準備好了。」她點頭。艾芙琳雖然還有一點生氣，但似乎對我的道歉很滿意。我們準備好繼續下去了。

「妳究竟是怎麼知道的呢？」我問她。「妳怎麼知道妳愛著她？妳大可以發現她對女人感興趣，然後完全沒意識到自己對她有意思。」

「這個嘛，我的丈夫在樓上跟別人亂來，也算幫了一把。我發現自己對那兩個人都感到非常嫉妒，我很驚訝。發現希莉亞是同性戀這件事令我嫉妒，因為這表示她和其他女人在一起，或者曾經在一起過，她的生活中不只有**我**。而我還在派對現場，自己的丈夫就和其他女人在樓上亂搞，這讓我很尷尬，還覺得自己的生活受到威脅。我本來以為自己生活在完美的世界裡，既可以親近希莉亞，又能跟唐恩保持剛好的距離，讓他們兩個都不再需要世界上其他的人。但就在那一刻，這個奇怪的泡泡破了。」

「在過去那樣的年代，我可以想像，妳大概很難一下子就得到這樣的結論吧：妳愛上某個跟妳相同性別的人。」

「當然很難！要是我這輩子都在試著抵抗對女性的好感，那麼我可能有點概念。可是我沒有。大家都教我要喜歡男人，而且儘管不是很長久，但我確實也發現了自己對男人的愛與慾望。但我其實想一直待在希莉亞身邊；其實我非常在意她，甚至把她的快樂看得比我自己還重要；其實我時常想起她裸著上身站在我面前的時刻……然後把這些訊息拼湊在一起，就像一加一等於二，妳會知道這一切代表我愛上了一個女人。不過至少對那時候的我來說，我並沒有意識到這件事。如果妳根本沒有注意到這樣的關聯，要怎麼得到這該死的結論？」

她接著說。「我以為自己終於交到女生朋友。我以為因為老公是個混蛋，所以自己的婚姻早就完蛋。順帶一提，這兩點都是真的。不過沒能呈現出事件的全貌。」

「那妳怎麼做？」

「在那場派對上嗎？」

「對呀，妳先去找誰？」

「這個嘛，他們其中一個先來找我了。」艾芙琳說。

20

露比丟下我離開了，我拿著空掉的雞尾酒杯坐在烘衣機旁。

我得回到派對上。不過我僵著身體站在原地，腦中想著：**我得出去**。我就是沒有辦法轉開門把。

可是門自己打開了。是希莉亞。派對的喧鬧明亮從她身後湧進房間。

「艾芙琳，妳還好嗎？」

「妳怎麼找到我的。」

「我碰到露比，她說妳在洗衣房喝酒。我還以為她在講什麼其他的地方。」

「並不是。」

「我看得出來。」

「妳跟女人上床嗎？」我問道。

希莉亞嚇了一跳，闔上門板。「妳在說什麼？」

「露比說妳是女同性戀。」

希莉亞沒有正眼看我，她的視線落在我身後。「誰管露比說了什麼。」

「妳是嗎？」

「妳是打算立刻跟我絕交了嗎?就是這麼回事嗎？」

「不是。」我搖頭。「當然不是。我……永遠都不會這麼做，永遠不會。」

「那是怎麼樣？」

「我只是想知道。」

「為什麼？」

「妳不認為我有資格知道嗎？」

「看情況。」

「所以妳是嗎？」我問。

希莉亞握住門把準備離開。我下意識靠過去抓住她的手腕。

「妳在做什麼？」她說。

我喜歡握著她手腕的感覺。我喜歡她的香水味滲入這小小空間。我傾身吻了她。

我不知道自己在做什麼。我的意思是，我無法完全控制自己在做什麼，而且我實際上**不知道**該怎麼吻她。該用我親吻男人的方式親她嗎？還是該有點不同？我也不知道自己這個舉動背後蘊含多少情感。我並不真切明白那份感情有多麼巨大、多麼冒險。

這棟房子屬於好萊塢最大的製片公司，到處都是製作人、明星，而且大概還有十來個會向《花下祕聞》雜誌放消息的人，我這個女明星就在這裡吻著另一位女明星。

但當下我滿心只想著，她的嘴唇好軟。她的皮膚好細。我只在乎她吻了回來，手裡握著的不再是門把，而是我的腰。

她的雙唇濕潤，聞起來帶著紫丁花香。她甜蜜的氣息中夾雜著辛辣的香菸和薄荷甜酒味。

她整個身體靠上來。我們胸口相貼，她用骨盆磨蹭我，我只想著他們沒有那麼不同，卻又完全不一樣。唐恩身體平坦的部位，她的卻是鼓起。唐恩的身體漲起的部分，她的卻是平坦。

但妳能感覺到心臟在胸口跳動，而且身體告訴妳還想要更多，妳迷失在另一個人的氣息、味道與感受之中，而這些完全相同。

希莉亞先抽身。「我們不能待在這裡。」她用手背擦過嘴唇。大拇指摩挲著我的下唇。

「希莉亞，等等。」我試著阻止她。

不過她離開房間，關上了門。

我閉起眼睛，不確定怎麼讓自己平靜下來，該如何叫腦袋別再吵鬧。

我深呼吸，然後打開門踏上樓梯，一步跨過兩階。

我打開二樓每一扇門，直到找到我想找的那個房間。

唐恩正在把襯衫著下襬塞進西裝褲裡，身穿金色串珠洋裝的女子在一旁穿鞋。

我往外跑。唐恩跟了過來。

「我們回家談談。」他說著抓住我的手肘。

我甩開他的手，尋找著希莉亞。可是到處都沒有看到她的身影。此時哈利從門口走進來，看起來非常清醒，完全沒有醉意。有個略顯醉態的製作人攔下唐恩，並且聊起一部劇情片，我丟下還站在樓梯上的唐恩，奔向哈利。

「你整晚上哪去了？」我問哈利。

他露出微笑。「我要保密。」

「你能帶我回家嗎？」

哈利先看著我，視線接著移向還站在樓梯上的唐恩。「妳要丟下丈夫自己先回家？」

我搖頭。

「他知道嗎？」

「他如果不知道，那他就是個白癡。」

「好吧。」哈利點了頭，看起來順從又充滿信心。我想做的事就是他會去做的事。

我坐上哈利的雪佛蘭副駕，唐恩走出大門剛好看到他倒車出庫。他跑向副駕駛座，但我沒有搖下車窗。

「艾芙琳！」他大喊。

我很高興我們中間那面車窗消融了他聲音當中尖刻的聲調，也降低了音量，讓他聽起來距離很遙遠。我喜歡自己能夠掌控是否要清楚聽見他的聲音。

「我很抱歉。」他說。「事情不是你想的那樣。」

我直盯著前方。「我們走吧。」

我害得哈利必須選邊站，讓他的處境十分為難。不過哈利很棒，他對此面不改色。

「卡麥隆，你敢把我的妻子帶走！」

「唐恩，我們早上再來討論吧！」哈利透過窗戶對他喊道，催下油門開上峽谷間的馬路。

等到我們抵達日落大道，我的心跳已經沒那麼快了，我轉身面對哈利，然後開始對他說話。聽到我說唐恩和一個女人在樓上，他只是點點頭，彷彿正如他所料。

「你看起來怎麼不是很驚訝？」我問道。我們正好經過鄧西尼和日落交叉路口，這個地點剛好能展現比佛利山莊的美景。道路變得寬敞，與樹林併行，草地都經過完美的修剪，人行道上乾乾淨淨。

「唐恩總是特別偏愛剛認識的女人。」哈利說。「我不太確定妳知不知道這回事。或說妳是否介意。」

「我不知道，而且我介意。」

「喔，我很抱歉。」他說著看了我一眼，視線很快又轉回路上。「如果是這樣的話，我早該告訴妳。」

「我想我們有很多事都沒跟對方講。」我看著窗外說道。有個人正在遛狗。

我需要某個人。

在那一刻，我需要一個朋友。一個能訴說實情的人，一個接納我的人，一個對我說我會沒事的人。

「如果我們真的這麼做呢？」我說？

「對彼此說實話？」

「對彼此無話不說。」

哈利看著我。「我不想讓妳承受這種重擔。」

「我的無話不說也可能會成為你的重擔。」我說。「我可不是沒擔當的人。」

「妳是個古巴人，而且還是個渴望權力、機關算盡的婊子。」他微笑著對我說。「那些祕密沒那麼糟。」

我仰頭大笑。

「妳也知道我是什麼樣的人。」他說。

「我知道。」

「但現在妳還可以似是而非地否認，妳不一定要親耳聽見或看到這些事實。」

哈利左轉，轉進一片平地而非丘陵。他要把我載去他家，而不是我家。他害怕唐恩可能會對我做出什麼事。我也有點怕。

「或許我已經準備好了。準備當個真正的、忠心耿耿的朋友。」我說。

「親愛的，我不確定是否該讓妳必須保守祕密。那很棘手。」

「我認為那個祕密比我們兩個以為的更常見。」我說。「我覺得或許我們所有人多少都有點那樣的祕密成分存在。我可能也有了一點那樣的祕密。」

哈利右轉，開進他的車道。他停好車之後面向我。「艾芙琳，妳跟我不同。」

「我可能有一點……」我說：「我可能是，希莉亞也可能是。」

哈利轉回去面對方向盤，思考著。「對，」他終於說：「希莉亞可能也是。」

「你知道？」

「我猜的。」他說。「我還猜她可能……對妳有意思。」

我感覺自己像地球上最後一個注意到眼前發生什麼事的人。

「我要離開唐恩。」我說。

哈利平靜地點頭。「聽到妳這麼說我很高興。」他說。「不過我希望妳清楚這代表什麼。」

「哈利，我知道自己在做什麼。」我錯了，我根本不知道自己在做什麼。

「我只是想提醒妳，唐恩不會簡簡單單接受這個決定。」哈利說道。

「那我就該繼續裝模作樣下去嗎？容許他到處睡，然後想到就揍我幾拳？」

「當然不該。妳知道我從沒那麼說。」

「那呢？」

「我希望妳對於接下來的行動做好準備。」

「我不想再談這些事。」我說。

「沒關係。」哈利說。他開門下車，然後繞過來替我打開車門。

「來吧，小艾。」他溫柔地說著，然後朝我伸出手。「這是個累人的晚上，妳需要休息一下。」

忽然之間我覺得非常疲倦，彷彿一被他點破我才發現自己一直這麼累。我跟著哈利走進他家。

他的客廳沒放什麼東西但很雅致，擺著木製和皮製的傢俱。壁龕和出入口都是弧形，牆壁漆成純白。牆壁上只在沙發上方掛著一件藝術品，紅與藍的馬克・羅斯科。我想起哈利不是為了錢才成為哈萊塢製作人。沒錯，他的房子很棒。不過裡面沒有任何東西是用來炫耀，沒有東西是擺給其他人看的。對他來說就是個用來睡覺的地方。

哈利就像我，哈利進入這個產業是為了那份成就感。他進入這個產業是因為他能保持忙碌、保持敏銳，而且能有一席之地。

哈利就像我，我們投身於此主要為了一份自尊。

我們兩個也很幸運，畢竟儘管出於意外，但我們在其中找到了人性。

我們兩個爬上迴旋梯，哈利帶我到客房。床上鋪著薄薄的床墊和厚厚的羊毛毯。我用香皂洗掉臉上的妝，哈利輕輕拉下我禮服後的拉鍊，然後給了我他的睡衣。

「需要什麼的話，我就在隔壁房間。」他說。

「謝謝你。謝謝你為了我做的這一切。」

哈利點點頭。他轉身，但就在我拉開毛毯時，他又回過身來。「艾芙琳，我們的利害關係並不一致。」他說道。「對妳有利的，對我來說則不是。妳懂的吧？」

我盯著他，試著搞清楚我到底懂不懂。

「我的工作是為製片公司賺錢。如果妳按照公司的想法去做，那麼我的工作就是讓妳開心。不過亞里最想要的是——」

「——讓唐恩開心。」

他望著我。我聽懂了。

「好，我懂了。」我說。

哈利羞赧地露出微笑，然後關上門離開。

妳大概以為我會整晚翻來覆去睡不著，擔心將來的事，擔心自己吻了女人是怎麼回事，擔心自己到底是不是要離開唐恩。

但拒絕接受現實就是這時候好用。

隔天早上，哈利載我回我家。我已經準備好面對一場大戰。但我到家時唐恩根本不在。當下我就明白我們的婚姻結束了，而本來以為由我來做的決定，已經被人搶先一步。唐恩既沒有等我回家，也沒打算努力挽留我。唐恩已經不知上哪裡去，在我離開他之前先一步離我而去。

至於等在我門口的人，是希莉亞．聖詹姆斯。

哈利還在車道上等著我。我踏上門口的台階走向她，轉身揮手示意他可以離開。他離開之後，我那條樹木夾道的美麗街道就安靜了下來，就像所有人想像中剛過七點的比佛利山莊該有的樣子，我牽起希莉亞的手，帶她進屋。

「我不是……」我關上門的同時，希莉亞開口。「我只是……以前唸高中時我有個最好的朋友。她和我——」

「我不想聽這些事。」我說。

「好。」她說：「我只是……我不是……我沒有毛病。」

「我很清楚妳沒有毛病。」

她看著我，想了解我到底想要從她身上得到什麼，而她又該坦白些什麼。

「讓我告訴妳，我知道的事。」我說。「我知道我曾經愛過唐恩。」

「那件事我知道！」她戒備地回應。「我很清楚妳愛著唐恩，我一直都很明白這件事。」

「我說我**曾經愛過**唐恩。但我已經有好一陣子不認為自己還愛著他了。」

「喔，好。」

「現在我只想著妳。」

說完，我上樓開始打包。

21

我在希莉亞的住處躲了一週半，那裡可說是我的煉獄。每天晚上，希莉亞都和我一起睡在她床上，只有睡覺。

白天的時間，我會待在她的公寓看書，她則去拍華納兄弟的新電影。我們沒有接吻。只有彼此手臂相碰時，停留得稍微久了一點，而且從來沒有對上視線。不過到了夜半，到了我們兩個應該都睡著之後，我會感受她貼在我背後的身體，我會緊緊靠在她身上，感覺她腹部的暖意，感覺她靠在我肩膀上的下巴。

有幾天早上我會在她的頭髮間醒來，然後我會深深吸氣，希望能盡量呼吸她的氣息。

我知道自己想要再吻她一次。我知道自己想碰觸她。但我不太確定該怎麼做，也不太清楚這一切怎麼進行。要把黑暗洗衣房的一吻當作意外很簡單。要說服自己對她的感覺只是柏拉圖式的其實也沒那麼難。

只要我控制自己，**只有偶爾**沉溺於對希莉亞的想望，我就能告訴自己一切都不是真的。同性戀在這裡格格不入。我愛哈利如同親兄弟，我不認為喜歡同性就是壞人，但我也還沒準備好成為其中一員。

於是我告訴自己，我和希莉亞之間的火花只是我們之間的一點小小怪癖。在這點互動僅止於小小怪癖的時候，這個說法很有說服力。

但有時候事實會直接垮下來，逼妳面對。其他時候事實只是充滿耐心地靜靜等待，等到妳再也沒力氣否認。

對我來說，這發生在某個週六早晨，當時希莉亞正在淋浴而我在煮蛋。

有人敲門，我打開門，看到唯一樂見的訪客。

「嗨哈利。」我說著靠過去抱他。我很注意手上還滴著蛋液的刮勺，免得沾到他漂亮的牛津襯衫。

「看看妳，」他說：「妳在煮飯！」

「我知道。」我退開，邀他進門。「天下紅雨囉。你要來點蛋嗎？」

我帶著他進廚房。他瞄了下平底鍋。「妳對早餐的掌握度如何？」他問。

「如果你是想知道自己的蛋會不會焦掉，答案是很有可能。」

哈利笑了，他把一個又大又厚的信封放在餐桌上。信封碰到桌面上砰的聲音已經給了我夠多線索，我知道裡面裝著什麼。

「我來猜猜。」我說。「我要離婚了。」

「顯然是的。」

「離婚原因呢？我想律師應該沒有勾選通姦和暴力行為這兩項吧。」

「遺棄。」

我挑眉。「真聰明。」

「原因不重要。妳知道的。」

「我知道。」

「妳應該看完這份文件，或者請個律師看過。總之有個大重點。」

「跟我說說。」

「妳會得到那棟房子，保留妳賺到的錢，還有他的一半財產。」

我看著哈利，覺得他好像想要把布魯克林大橋賣給我。「他為什麼會這麼做？」

「因為妳永遠禁止向任何人談起這段婚姻中發生的任何事。」

「他也同樣禁止嗎？」

哈利搖頭。「不，沒有寫在協議裡面。」

「所以我不能講，他卻能跟整個城市的人說？他怎麼會覺得我會願意。」

哈利低頭看了一下桌面，接著有點膽怯地抬頭看我。

「日落不要我了，對嗎？」

「唐恩希望妳離開製片公司。亞里打算把妳借給米高梅和哥倫比亞。」

「然後呢？」

「然後妳就得靠自己了。」

「喔，那還好。希莉亞就沒有製片公司，我可以辦到。我會像她那樣找個經紀人。」

「妳是可以，我也覺得妳該試試看，只不過……」哈利說道。「不過怎樣？」

「唐恩希望亞里投票反對妳獲得奧斯卡提名，而且他同意了。我想他打算把妳租借出去，而且故意讓妳發展不順。」

「他不能那麼做。」

「他可以。他也會這麼做，因為唐恩就是他的金雞母。製片公司狀況都不好。大家不像之前那麼常去看電影，他們只能對《煙硝》的續集寄予重望。日落被迫賣掉電影院後，營收就持續萎縮。我們之所以沒沉船，是因為還有像唐恩那樣的當家巨星。」

「還有像我這樣的明星。」

哈利點點頭。「可是──很抱歉這麼說，不過我認為妳要能看清整個產業的狀況──比起妳，更多觀眾願意為了唐恩把屁股挪進電影院。」

我覺得羞愧又窘迫。「這很傷人。」

「我知道。」哈利說道。「我很抱歉。」

浴室裡的水聲停了，我聽見希莉亞踏出淋浴間。一陣微風穿過窗戶。我想關上窗戶，但卻沒有動作。

「所以就這樣了。如果唐恩不想要我，那麼也沒有人想要我。」

「如果唐恩不想要妳，他也不希望其他人擁有妳。我知道這兩者只有小小的差異，不過……」

「不過稍微有點安慰。」

「沒錯。」

「那就是他打算出的招？唐恩毀了我的生活，然後用一棟房子加上不到一百萬美元要讓我乖乖閉嘴。」

「那是很大一筆錢。」哈利說道，彷彿這點很重要又很有意義。

「你知道我在意的不是錢。」我說。「至少，那不是我的首要考慮。」

「我知道。」

希莉亞穿著浴袍走出浴室，水氣拉直她的頭髮。「喔嗨，哈利。」她說。「我一下下就好。」

「不需要為我加快動作，我正要離開。」他說道。

希莉亞笑著走進臥室。

「謝謝你跑這趟。」我說。

哈利點點頭。

「我成功過一次，我可以再來一次。」我送他到門口時說道。「我可以從頭來過，重新打造這一切。」

「妳打定主意要做的事都會完成，這點我毫無疑問。」哈利握著門把準備離開。「艾芙琳，我想……我希望我們還是朋友。我們還可以——」

「夠了。」我說：「我們是最好的朋友，想要的話能告訴對方一切。那一點並沒有改變。就算我跟日落翻臉了，你還是愛我的吧？」

「沒錯。」

「我也還是愛你的，所以就這樣。」

哈利露出如釋重負的微笑。「對，就是我和妳。」他說。

「我和你，永遠忠誠。」

哈利離開公寓，我看著他上了車。接著我轉身，背抵上門板。

我就要失去自己賴以維生的一切，失去一切，只剩下錢。

我還有錢。

那也算點什麼。

接著我才明白，我的生命裡還有別的在等我，是我渴求著、而且終於可以自由擁有的事物。

我發現對自己渴望的事物說謊耗費太多精力，而就在我和好萊塢最有名男人的婚姻即將結束的此刻，在我的背抵著她家公寓門板的當下，我已經沒有力氣了。

我不再思考這代表著什麼，我起身走進希莉亞的房間。

她面對著梳妝台吹頭髮，身上還穿著浴袍。

我走到她身邊，盯著她漂亮的藍色眼睛說：「我想我愛妳。」

接著拉開她浴袍的帶子。

我的動作很慢。我把動作放得非常慢，在浴袍敞開前，給她無數個阻止我的機會。但她沒有那麼做。

她只是坐得更挺，更大膽地望著我，並且在我動作的同時，撫上我的腰。帶子的結一鬆，浴袍就敞了開來，剩下裸著身子的她坐在我面前。

她的皮膚白皙又光滑。她的胸部比我想像中豐滿，乳頭是粉紅色的。她的小腹很平坦，只有肚臍下面一點點圓潤的凸起。

隨著我的視線繼續往下，她微微打開雙腿。

我本能地吻了她。我撫上她的胸部，用我想要的方式，接著則是我希望自己被碰觸的方式。她的呻吟聲令我忍不住顫動。

她吻著我的脖子和胸口。她將我的襯衫拉過頭頂，脫了下來。她盯著我，看我裸露的雙乳。

「妳好美。」她說。「比我想像中更美。」

我紅著臉把頭埋進掌心，我覺得很不好意思，因為我是如此失控、一切如此令我難以承受。

她拉開我的手，深深地看著我。

「我不知道自己在做什麼。」我說。

「沒關係，」她說：「我知道。」

那天晚上，希莉亞和我裸著身體，擁抱著彼此入睡。我們不再假裝不小心碰到對方。早上起床時她的頭髮散在我的臉上，我大聲而且驕傲地深深吸了口氣。

在這幾面牆之後，我們毫不害羞。

《花下祕聞》

一九五九年十二月三十日

艾德勒和雨果切了！

唐恩．艾德勒又是好萊塢最黃金的單身漢了嗎？

唐恩和艾芙琳散了！唐恩決定結束和艾芙琳．雨果為時兩年的婚姻。看到這對愛侶分道揚鑣令人傷感，不過這個消息並不那麼令人吃驚。我們都聽過些傳聞，唐恩的星路越走越順，而艾芙琳為此嫉妒又多有怨言。

幸好唐恩剛跟日落製片廠續約（老闆亞里．蘇利文肯定樂呵呵），今年預計還有三部片要上映。唐恩的事業沒有半點停頓！

至於艾芙琳，儘管她的新片《小婦人》叫好又叫座，日落接下來的新片《吃角子老虎》將由露比．萊里取代她的角色。

艾芙琳和日落製片廠之間也已經走到落日之時了嗎？

22

「妳怎麼能那麼有自信？可以那麼堅定地下定決心？」我問艾芙琳。

「妳是說唐恩離開我的事？還是我的事業一落千丈的事？」

我說：「應該都有吧！我知道妳有希莉亞，所以有點不一樣，可是情況還是很困難。」

艾芙琳微微偏過頭。「跟什麼不一樣？」

我有點迷失在自己的思緒中：「嗯？」

「妳說我有希莉亞，所以有點不一樣。」艾芙琳重複道：「跟什麼不一樣？」

「抱歉，我……在想事情。」我說。我瞬間想起自己的感情問題，還不小心在這個應該是單方面的訪談對話中問出口。

艾芙琳搖搖頭。「不用抱歉。只要告訴我，是跟什麼不一樣？」

我看著她，發現自己打開了一扇沒辦法輕易闔上的門。「跟我即將到來的離婚。」

艾芙琳微微一笑，幾乎像《愛麗絲夢遊仙境》中的那隻柴郡貓。「有趣囉。」她說道。

她對於我的弱點露出那種滿不在乎的態度，讓我很困擾。是我不該提起這件事。我知道的。可是她對此可以更親切一點。我袒露了自己。我袒露了傷口。

「妳已經簽字了嗎？」艾芙琳問道。「可以考慮在莫妮克的克字中間畫個小愛心，我就會這麼做。」

「離婚這件事，我猜自己沒辦法像妳看得這麼輕鬆。」我說。我的語調毫無起伏。雖然考慮過委婉一點，可是……我才不要。

「當然沒辦法囉。」艾芙琳溫和地回應：「要是這個年紀就能辦到的話，那妳大概是個憤世嫉俗的人。」

「但在妳當時的年紀？」我問。

「考慮到我經歷過的一切？那代表我是個現實的人。」

「這整件事本身非常值得憤世嫉俗，不是嗎？離婚就是損失。」

艾芙琳搖搖頭。「心碎是損失，離婚只是一張紙。」

我低下頭，看到自己用藍筆在紙上重複描著同一個方塊。筆跡已經快要扯破紙面。我沒停筆，但也沒有用上更多力氣。只是不停地讓墨水劃過方格的邊線。

「如果妳現在正覺得心碎，我非常同情。」艾芙琳說。「我對心碎的感覺毫無不敬之意，那會讓人以為自己彷彿被劈成兩半。不過唐恩的離開並沒有讓我心碎，我只覺得自己婚姻失敗。這兩件事完全不同。」

聽見艾芙琳這麼說，我停下了手中的筆，抬頭望向她。

我不知道這些事為什麼需要艾芙琳開口告訴我。

我不知道自己之前為什麼從沒想過這些差異。

這天晚上我走到地鐵的路上，我看到法蘭琪打了今天第二通電話。

一直等到在布魯克林下車，踏上回家的那條街，我才拿起手機回覆。已經快九點了，所以我決定傳簡訊：**抱歉，才剛離開艾芙琳家。現在時間太晚了，明天聊一下嗎？**

我打開大門的時候收到法蘭琪的訊息：**今天晚上沒問題，盡快回電給我**。

我翻了個白眼；我就別想唬過法蘭琪。

我放下包包，在公寓中來回踱步。我該怎麼跟她說？就我看來，我有兩個選擇。

我可以說謊，告訴她一切都很好，六月號的題目按照計畫進行，我已經想辦法讓艾芙琳講一些比較有意思的事。

我也可以說實話，然後可能被開除。

不過我也開始覺得被炒魷魚或許沒那麼糟。我之後會有本書可以出版，而且這本書非常可能替我賺進上百萬。那樣一來，我之後可能還有機會接到其他名人傳記的邀約。繼續下去我總有一天可能會找到自己想寫的主題，還有信心任何出版商都會買單。

不過我不知道這本書什麼時候賣得掉。如果我真正的目標是希望自己能負責任何想要寫的報導，那麼和名人之間的關係就非常重要。因為偷走頭條而被《當代人生》雜誌開除，對我的名聲來說可能不太好。

我還沒決定好自己的計畫，手中的手機就響了。

來電顯示：法蘭琪・楚波。

「喂？」

「莫妮克。」法蘭琪的聲音不知怎地聽起來既關切又惱人。「艾芙琳那邊怎樣？快跟我說。」

我不停思考著該怎麼做，法蘭琪、艾芙琳和我才能都得到自己想要的。不過我突然明白，自己唯一能控制的就是讓**我自己**得到**我**想要的。

而且我為什麼不能？

說真的。

為什麼站在一切之上的人**不該**是我？

「嗨法蘭琪，很抱歉我一直沒什麼空。」

「沒關係、沒關係。」法蘭琪說道：「只要妳能問到好材料就好。」

「我有問到好東西，不過很遺憾，艾芙琳已經不打算讓《當代人生》刊這些東西。」

法蘭琪那頭的沉默震耳欲聾。接著毫無起伏、陰沉沉的「妳說什麼？」打破了沉默。

「我已經花了好幾天試著說服她。就是因為這樣我才沒空回妳電話。我一直在向她說明，她必須讓《當代人生》寫一篇報導。」

「她不感興趣的話，為什麼要找我們？」

「她想要我。」我說。我沒有補充任何說明。我既沒試著解釋**她為什麼想要**，也沒說**她想要我**，**我對這一切都感到很抱歉**。

「她利用我們來接觸妳？」法蘭琪的語氣聽起來彷彿這是她所能想到最沒禮貌的事情。不過其實法蘭琪是利用我接觸到艾芙琳，所以嘛……

「沒錯，我想她是的。」我說。「她有興趣的是一本完整的自傳故事，由我來撰寫。我配合她，希望能改變她的心意。」

「一整本**自傳**？妳們要把我們的報導換成一本書？」

「那是艾芙琳想要的。我試著說服她別這麼做。」

「妳成功了嗎？」法蘭琪問道。「說服她了嗎？」

「沒有，還沒。」我說：「不過我覺得自己有機會。」

「好吧。」法蘭琪說：「那就去說服她。」

我就等這一刻。

「我想我可以給妳一大篇足以登上頭條的艾芙琳．雨果專題報導。」我說。「如果我真的辦到了，那我希望能升職。」

我聽得出來法蘭琪起了疑心。「怎麼升？」

「自由編輯。我按照自己的安排上下班，自己挑報導的主題。」

「不行。」

「那我就沒有說服艾芙琳配合《當代人生》的動力了。」

她沒出聲，但有一股緊張感。我彷彿聽見法蘭琪評估著自己的選項。在決定好要說些什麼之前，她似乎也不期待我會先開口。最後她說：「如果妳能幫我們搞到一篇封面故事，而且讓她同意拍一組照片，我就讓妳當自由撰稿人。」

我正在考慮她的提議，法蘭琪就打了岔：「我們只有一個自由編輯的缺。火爆蓋爾被趕出自己掙來的職位感覺起來不太對。我想妳可以理解這一點吧。我只能給妳自由撰稿人的位子。我不會太干涉妳寫的主題。如果妳可以很迅速地證明自己的身價，妳會跟其他人一樣升得很快。莫妮克，這個提議很合理。」

我又思考了一下。自由撰稿人似乎很合理。自由撰稿人聽起來很讚。「好吧。」我說。接著，我多要求了一點。因為在一切剛開始的時候，艾芙琳說過，我必須堅持得到最好的酬勞。她說的沒錯。

「我希望薪水能跟職稱一起調整。」

聽到自己這麼直接要錢讓我畏縮。不過聽見法蘭琪說「好啊，當然，沒問題。」，我立刻放鬆了繃緊的肩膀。我吐出一口氣。「不過明天妳就要給我確定的答覆，」她接著說道：「還有拍照的行程下周前就要安排。」

「好，妳會的。」我說。

法蘭琪掛電話前說：「我覺得妳幹得很好，但我也很不爽。請讓這篇報導棒到我不得不原諒妳。」

「別擔心，我會的。」我說。

23

隔天早上我走進艾芙琳的辦公室，緊張到背上冒汗，汗水沿著背脊浸濕衣服。

葛麗絲端來一份冷切肉拼盤，然後和艾芙琳聊起夏天的里斯本。與此同時，我忍不住直盯著醃黃瓜。

等到葛麗絲離開，我轉身面對艾芙琳。

「我們得談談。」我說。

她大笑。「說真的，我覺得我們一直以來就只做了這件事啊。」

「我的意思是關於《當代人生》。」

「好吧，談談。」她說。

「我需要知道這本書可能出版的時間表，之類的。」我等著艾芙琳的回覆。我等著她給我一些動作、表情或句子，任何代表答案的回應。

「我在聽。」她說。

「如果妳不告訴我這本書什麼時候真的能賣，那我就是冒著失去工作的風險去做一些好幾年後、甚至可能幾十年後，才能收到錢的事。」

「妳對於我的壽命真的期望很高。」

「艾芙琳。」她還是沒有認真討論這件事讓我有點氣餒。「我需要知道這本書什麼時候會出，或者我就得讓《當代人生》在六月號摘錄一些。」

艾芙琳考慮著。她交疊雙腿坐在面對我的沙發上，身穿緊身黑色牛仔褲，灰色背心罩著寬鬆的白色針織衫。「好吧。」她點點頭：「妳可以給他們一篇當作六月號的內容，隨便妳挑。條件是妳別再提時間表之類的事。」

我盡量不要表現出開心的樣子。目標已經完成一半，完成之前還不能鬆懈。我必須繼續施壓。我必須提出問題，而且能夠接受拒絕。我必須知道自己值得多少代價。

畢竟艾芙琳想從我這邊得到某些東西。她需要我。我不知道為什麼，也不知道她想要什麼，不過我很清楚如果不是這樣，我根本不會坐在這裡。對她來說我有價值，這點我很清楚。現在我必須利用這一點。就像如果她是我的話會採取的行動。

所以來吧。

「妳得拍一組照片，當雜誌封面。」

「不行。」

「這沒得商量。」

「所有事情都能商量。妳得到的還不夠嗎？我同意部分摘錄。」

「妳和我都清楚，妳的照片多有價值。」

「我說了不行。」

好吧。來吧，我辦得到。我只需要做艾芙琳會做的事。我必須對著艾芙琳・雨果展現**艾芙琳・雨果**的手段。「妳得同意拍雜誌封面，否則我就退出。」

艾芙琳調整了坐姿靠近我。「妳說什麼？」

「妳希望我來寫妳的人生故事。我想要寫妳的人生故事。但這是我的條件。我沒打算為妳丟了自己的工作。而我能保住工作的方式就是寫一篇艾芙琳・雨果的報導外加封面照片。所以妳可以說服我為此丟掉工作，不然就得配合雜誌，而前者唯一的可能性就是告訴我這本書什麼時候賣得掉。讓妳來選。」

艾芙琳盯著我，我覺得自己超出她原本的預期。那讓我心情很好，我很難忍住嘴角的微笑。

「妳是不是玩得很開心啊？」她說。

「我正在努力保護自己的利益。」

「沒錯，不過妳也很擅長這種事，我覺得妳有點樂在其中。」

我終於露出微笑。「我向最厲害的前輩學習。」

「妳是這樣沒錯。」艾芙琳說道。她揉揉鼻頭。「封面照？」

「封面照。」

「好吧，封面照。不過作為交換條件，週一開始，妳醒著的時間都要過來。我盡快把所有要說的事告訴妳。而且現在開始，只要我一開始沒有回答的問題，妳就不能再問第二次。我們說好了嗎？」

我從書桌後起身，走向艾芙琳，然後伸出手。「一言為定。」

艾芙琳笑了。「看看妳。」她說：「繼續這樣下去，總有一天妳也會君臨天下。」

「不敢當，謝謝妳。」我說。

「好啦好啦好啦。」她並不嚴肅地說：「趕快坐好，開始錄音。我可沒多少時間陪妳耗。」

我照作，然後看著她。「好喔。」我說：「妳和希莉亞談戀愛，而且和唐恩離婚，看來妳的事業掉入谷底。接下來呢？」

艾芙琳過了一下才回答，而我在那刻突然明白，她同意了一件曾發誓永遠不做的事，那就是替《當代人生》拍攝封面照片，只為了把我留下來。

艾芙琳因為某個理由想要我。而且那個理由非常重要。

現在我終於開始意識到，或許我該感到害怕。

好騙的米克・里弗

《光影時刻》

一九六〇年二月一日

艾芙琳，嫉妒的綠色不適合妳

艾芙琳．雨果上週四挽著哈利．卡麥隆現身一九六〇年觀眾票選獎。然而身上那件翡翠綠及膝洋裝卻沒能如往常那般驚艷全場。艾芙琳的招牌綠色似乎漸漸招人厭煩。

於此同時，希莉亞．聖詹姆斯的淡藍色塔夫綢襯衫洋裝則令人讚嘆，尋常打扮中加入了迷人又令人耳目一新的變化。

可惜冷若冰霜的艾芙琳整個晚上都避開了往日的好友。她完全沒跟希莉亞說上話。因為當天晚上是由希莉亞摘下最有前途女星獎嗎？艾芙琳是否承受不了這個事實呢？還是因為希莉亞以她們共同演出的《小婦人》獲得奧斯卡最佳女配角提名，但艾芙琳的女主角卻沒消沒息？

看來艾芙琳．雨果嫉妒得臉都綠了。

24

亞里把我從日落所有製作中的電影抽掉，並開始將我出租給哥倫比亞。我已經被逼著拍了兩部無聊的浪漫喜劇，爛到幾乎可以確定會一敗塗地，結果其他的製片公司也不太想用我拍戲。

唐恩面帶微笑出現在《生活》雜誌封面，優雅地從海中上岸，彷彿那是他此生最美好的一天。

一九六〇年的奧斯卡獎季，我已經正式成了不受歡迎人物。

「妳知道的吧，我可以帶妳一起出席典禮。」哈利那天下午打電話問候我，他說：「只要妳一句話，我就會上門接妳。我確定妳會套上美呆了的禮服，讓所有人都嫉妒我能挽著妳的手。」

我正在希莉亞的公寓，準備趁著她的髮型和化妝團隊抵達之前離開。她人在廚房喝檸檬水，避免吞下任何食物以免穿不下她的禮服。

「我知道你會這麼做。」我對著電話說道。「可是我們兩個人都明白，現在跟我站在一起，只會傷害你的名聲。」

「不過我是說真的。」哈利說道。

「我知道你是說真的。」我說。「不過你也很清楚吧，我那麼聰明，不會接受這個提議。」

哈利大笑。

「我的眼睛看起來泡泡腫腫的嗎？」掛掉電話之後希莉亞問我。她瞪大雙眼緊盯著我，彷彿這麼做能幫我回答她的問題。

我沒看出有什麼不尋常的地方。「妳的眼睛看起來非常美。反正妳也知道小關，她會讓妳看起來美到不行。妳在擔什麼心？」

「噢天啊，艾芙琳。」希莉亞逗我。「我們都知道我在擔什麼心。」

我摟上她的腰。她穿著緞面睡袍，一圈蕾絲鑲在輕薄的布料邊。我穿著短袖針織衫和短褲。她的頭髮濕濕的。希莉亞頭髮沒乾的時候，聞起來不太像洗髮精，而像陶土。

「妳會得獎。」我拉著她靠近自己。「根本不用比。」

「我可能不會。他們可能會把獎給喬伊或者艾蓮．麥森。」

「他們如果把獎頒給艾蓮．麥森，還不如直接扔進洛杉磯河算了。至於喬伊，上帝祝福她，她跟妳沒得比。」

希莉亞一瞬間紅著臉把整個頭埋進掌心，然後視線又回到我身上。「我是不是讓人無法忍受？」她說。「我把這件事看得太重了對不對？還逼著妳跟我說這些，妳自己都……」

「在走下坡？」

「我要說的是被投了反對票。」

「如果妳讓人無法忍受，就讓我當那個忍受妳的人。」我說著吻了她，在她的唇瓣上嚐到檸檬味。

我看了下錶，知道造型團隊隨時會出現，於是抓起鑰匙。

為了不讓人看到我們同時出現，我們兩個非常努力。我們真的只是朋友的時候是一回事，但現在既然我們有些事得隱瞞，我們就得開始藏。

「我愛妳。」我說道：「我對妳有信心。祝妳好運。」

我握上門把正準備離開，聽到她對我喊著。「如果我沒有得獎，」水珠從她的濕髮上滴下來，沾濕睡袍的帶子：「妳還會愛我嗎？」

在我看到她的眼神之前，還以為她在開玩笑。

「就算妳是住在紙板屋的無名小卒，我還是愛妳。」我說道。我之前從沒這麼說過。我之前也從來沒有這個念頭。

希莉亞笑得更燦爛。「我也一樣。紙板屋還有其他的部分都一樣。」

幾個小時之後，我回到過去跟唐恩共享，而現在可以說由我獨有的家，替自己調了一杯蔓越梅口味的鱈魚角調酒，窩在沙發上轉到ＮＢＣ頻道，看著我所有的朋友，還有我愛著的那個女人走過潘塔奇戲院的紅毯。

一切在螢幕上看起來更是美輪美奐。我其實不想透露這個，不過親自到場會發現戲院比較小，明星們看起來沒那麼光彩奪目，舞台也沒那麼令人印象深刻。

這些全都是為了讓在家觀賞轉播的觀眾自覺像個局外人，典禮現場彷彿是一間你不夠格踏進的俱樂部，而你就像俱樂部牆壁上的蒼蠅。儘管不久前我還身處那個世界的中心，但這一切對我來說竟然產生這麼大的影響力，讓我深深迷戀那裡的一切。

等到頒發最佳女配角獎的時候，我已經吞下兩杯雞尾酒，同時深深陷入自怨自艾。可是鏡頭一擺向希莉亞，我發誓自己立刻清醒，為了她雙手緊扣，好像只要我抓得越緊，她就越有機會摘下獎座。

「得獎的是……希莉亞．聖詹姆斯，《小婦人》！」

我跳起來為她大聲喝采，熱淚盈眶地看著她走上台。

她就站在那裡，手握獎座站在麥克風前，一襲美妙的船型領禮服、耳環上的鑽石和藍寶石閃閃發光，以及毫無瑕疵的完美臉蛋，我徹底被她迷倒。

「我要感謝亞里．蘇利文以及哈利．卡麥隆。感謝我的經紀人羅傑．科頓。感謝我的家人。還要感謝這個由女性組成的角色班底，我覺得自己非常幸運能成為其中的一份子，感謝喬伊和露比。還有艾芙琳．雨果。謝謝妳們。」

聽她講出我的名字，我心裡滿是驕傲快樂與愛意。我為她開心得要命，接著竟然做了件非常丟臉的蠢事。我吻了電視螢幕，吻上她灰白色調的臉頰。

而且先是聽到**吭噹**聲，我才意識到疼痛。希莉亞朝著觀眾揮手致意後離開舞台，而我發現自己撞掉了牙齒一角。

不過我不在乎。我太開心、太興奮了，想要恭喜她，告訴她我多麼以她為榮。

我又調了杯雞尾酒，逼自己看完剩下的大場面。等到他們頒完最佳影片，開始播放工作人員名單，我關掉電視。

我知道哈利和希莉亞應該會整晚都在外面。於是我關燈上樓睡覺。我卸妝，擦上保養用的冷霜，然後拉開被單。我自己一個人住，我很寂寞。

希莉亞和我討論過，結論是我們不能住在一起。她對這件事不像我那麼肯定，不過我鐵了心遵守這個決定。就算我現在事業陷入谷底，她的卻正在起飛。我不能讓她冒險，不能為了我。

我躺在枕頭上，不過眼睛睜得大大的，然後我聽見有人把車開上車道。我看到希莉亞滑下一台車，跟司機揮手道晚安。她的手上拎著一座奧斯卡。

「妳看起來很舒服。」希莉亞到我臥室的時候說道。

「過來這裡。」我對她說。

她喝了幾杯酒。我好愛她喝醉的樣子。她基本上沒變，但整個人比較開心，而且非常活潑雀躍，有時候我都擔心她會飄起來飛走。

她衝過來，跳進床上。我吻了她。

「寶貝，妳好棒，我覺得好驕傲。」

「我整晚都在想妳。」她說。她手上還抓著奧斯卡，而且我看得出來獎座很沉，因為它不停從她的手裡倒向床墊。留給她刻上名字的地方一片空白。

「我不知道是不是可以把這一個帶回家。」她微笑著。「不過我不想還回去。」

「妳怎麼不出門慶祝一下？妳應該參加日落舉辦的派對。」

「我只想和妳一起慶祝。」

我拉著她靠近我。她踢掉腳上的鞋子。

「沒有妳，什麼都沒有意義。」她說。「除了妳之外，一切不過是堆狗屎。」

我仰頭大笑。

「妳的牙齒怎麼了？」希莉亞問起。

「很明顯嗎？」

希莉亞聳聳肩。「我想應該不會，但純粹是因為我已經把妳每一吋肌膚都記在心底。」

一兩個禮拜前，我裸身躺在希莉亞旁邊，任由她好好看我，看遍我身上每吋肌膚。她說過想要記得所有細節。她說整個過程就像是研究畢卡索的畫作。

「很糗。」我告訴她。

希莉亞坐起身，一臉興致盎然。

「我吻了電視螢幕。」我說。「妳得獎了。我吻了螢幕上的妳，結果撞到牙齒。」

希莉亞笑得太誇張，甚至發出咯咯的笑聲。奧斯卡咚的一聲倒在床墊上。然後她翻到我身上，手臂環抱著我的頸項。「這是人類文明史上最可愛的舉動！」

「我應該明天一起床就打電話給牙醫。」

「我猜也是。」

我拎起她的奧斯卡獎座，盯著那個小小的塑像。我自己也想要一個，要是我能再稍微堅持，繼續維持跟唐恩的關係，我今天晚上也會拿下一座。

她還穿著禮服，但高跟鞋已經不知去向。少了固定的髮夾，她的髮絲散落，口紅糊了，不過耳環仍閃閃發光。

「妳跟奧斯卡得主做過愛嗎？」她說。

亞里．蘇利文和我有過非常接近這個定義的體驗，不過我不認為這是跟她坦承的好時機。反正這個問題的重點在於，我是否感受過這樣的時刻。我當然沒有。

我親吻她，感受她捧起我的臉蛋，然後看著她脫下禮服爬上我的床。

我的兩部電影非常失敗。希莉亞的浪漫愛情片大賣。唐恩演出廣受歡迎的驚悚片。露比．萊里在《荒野之星》的演出被評為「震懾人心的完美」還有「實在無與倫比」。

我自學製作肉餅和熨燙褲子的技能。

接著我看完法國新浪潮導演的《斷了氣》。我離開電影院，直接回家打給哈利．卡麥隆說：「我在想，我要去巴黎一趟。」

25

希莉亞要去加州大熊城拍片三週。我很清楚不能跟去，也不能去探班。她很堅持每週都回家一趟，不過聽起來風險太高。

畢竟她單身，我擔心「單身女子非得回家做什麼？」這個疑問太貼近核心，因此決定這陣子正是跑法國一趟的好時機。哈利在巴黎的電影業界有點人脈。他為了我偷偷打了幾通電話。

我和製片與導演們碰面，當中有幾個人認得我，有幾個只是看在哈利的面子，然後就是麥斯・吉拉德，那個新浪潮導演界的閃亮新星，而且他從沒聽過我的名字。

「妳是*une bombe*（一顆炸彈）。」他說。

我們在巴黎時髦的聖傑曼德佩區，窩在一間安靜酒吧後側的卡座。晚餐時間剛過不久，不過我還沒機會吃東西，麥斯喝著勃根地白酒，我面前則是一杯紅酒。

「聽起來像在稱讚我。」我喝了一口。

「我過去不知道有沒有碰過這麼有魅力的女人。」他盯著我。他的口音太重，我的身體自然地靠了過去。

「謝謝。」

「妳會演戲嗎？」他說。

「我的演技比我的臉更好。」

「那是不可能的。」

「真的。」

我看到麥斯開始行動。「妳願意試演個角色嗎？」

能得到角色要我刷馬桶都可以。「前提是那個角色很棒。」我說。

麥斯微微一笑。「這個角色讚透了，是個電影明星。」

我緩緩地點頭。努力不讓自己看起來太過急切，必須控制身體的每一吋。

「先把劇本寄給我，我們再談。」我喝掉剩下的酒，站了起來。「麥斯，抱歉我要先離開了。祝你有個美好的夜晚。我們保持聯絡。」

我當然不可能和某個根本沒聽過我名字的人耗上整晚，讓對方以為我有一堆時間可以跟他閒坐在酒吧裡面。

我知道他目送我離開，不過我拿出全身上下所有的自信走出酒吧門口——別看我最近過得挺慘，我對自己還是很有信心的。我回到旅館房間，換上睡衣，點了客房服務餐點，最後打開電視。

睡前，我寫了封信給希莉亞。

我的親親希希，千萬別忘記，日出日落都少不了妳的笑容。至少對我來說如此。妳是這顆星球上唯一值得膜拜的存在。

愛妳的，艾德華

我對摺信紙，塞進寫著她家地址的信封，然後關上燈閉起眼睛。

三個小時後，我被旁邊桌子上刺耳的電話鈴聲吵醒。

我還沒完全醒來，惱怒地接起電話。「Bonjour（您好）？」我說。

「艾芙琳，我們可以講英文。」話筒傳出麥斯口音濃重的英語。

「我下下週要拍一部片，我打來是想問妳有沒有空加入。」

「兩週後嗎？」

「差不多。我們拍片的地點距離巴黎六個小時車程，妳可以吧？」

「什麼樣的角色？要拍多久？」

「電影叫做《Boute-en-train》。反正我們現在是這麼叫它。我們要在安錫湖拍兩週。那之後的拍攝妳不需要在場。」

「Boute-en-train是什麼意思？」我試著複述他講出來的詞，不過聽起來用力過度，我發誓絕不重來。別做自己不擅長的事。

「意思是派對中的靈魂人物，那就是妳。」

「派對女孩？」

「就是那種會成為生活焦點的人。」

「我的角色是？」

「每個人都會愛上她這樣的女人。這個角色本來是寫給一個法國女人，不過今晚我想過了，如果妳願意願意接演，我就不用她了。」

「那樣不太好。」

「她不是妳。」

我露出微笑，對於他的魅力與熱情感到驚喜。

「這部電影的主角是兩個順手牽羊偷點小東西的男人，他們正要逃往瑞士，可是卻被半路碰上的美麗女子分心。他們三個決定到山上探險。我坐在這裡讀著劇本，心裡一直在想，這個女人可不可以來自美國。我覺得可以。我覺得那樣的話電影會更有趣。在這個時間點碰到妳，算我好運。所以呢？

妳願意接演嗎？」

「讓我睡一覺再決定。」我說。我知道我會接下，因為這是我唯一拿得到的角色。可是如果妳看起來很好說話，就不可能有什麼太好的發展。

「好啊，」麥斯說道：「當然沒問題。妳之前在螢幕上裸體過，對吧？」

「沒有。」我說。

「在這部電影裡面，我覺得妳應該上空。」

如果我非得裸上身，發生在法國電影裡正好不是嗎？而如果說法國人得向誰提出這個要求，我難道不是最好的對象嗎？我很清楚自己一開始是怎麼紅的？我也知道可以再來一次。

「我們明天討論好嗎？」我說。

「我們明天一早立刻討論。」他說：「艾芙琳，我手邊那位女演員，她就願意露胸部。」

「麥斯，時間很晚了。我一早就撥電話給你。」我掛上電話。

我閉上眼睛，深深吸氣，腦中同時閃過兩個念頭：這個演出機會跟我的形象多麼不符，以及我多麼幸運能得到這個邀約。調整自己忘掉過去接受現況是件苦差事。幸運的是，我不需要掙扎太久。

兩週後，我回到拍片現場。這次我徹底擺脫日落製片廠給的設定，不再是那個每顆扣子都緊緊扣上的無辜女孩。這次我想做什麼都可以。

整個拍攝期間，麥斯都表現得很明顯，他只想著要佔有我。從他逮到機會偷瞄我幾眼的方式，我也看得出來，我之所以能吸引麥斯這位電影導演，部分也是來自我對於麥斯這個男人的吸引力。

拍攝就快完成時，麥斯來到我的更衣室，他說：「Ma belle, aujourd'hui tu seras seins nus.」當時我已經聽過夠多法語，我理解他說想要自己拍攝我從踏出湖水的那一幕。如果妳出現在法國電影裡面，而且是有著傲人上圍的美國電影明星，那麼妳很快就會知道法國男人講起「seins nus」就是在聊妳上空的事。

只要這麼做能讓我的名字再次回到大眾眼前。我完全願意脫掉上衣展露我的資產。只不過於此同時，我瘋狂地愛著一個女人。我身上每一吋都渴望著她。我了解在女人裸露的身體上可以得到的愉悅。

於是我告訴麥斯，他想怎麼拍我都配合，只不過有個提議，我認為能讓整部電影更吸引人。

我知道自己提了個好主意，因為我很清楚想要扯掉一個女人身上的衣服是什麼感覺。

麥斯聽完我的提議，**他**也知道那是個好主意，因為他很清楚，想要扯掉**我**身上的衣服是什麼感覺。

麥斯在剪輯時，把我踏出湖面的速度放到最慢，接著剪在觀眾能看到我整個胸部前的千分之一秒。畫面就這樣直接黑掉，像是有人蓄意破壞影片，或者你看到的剛好是沒剪好的版本。

所有的觀眾那麼期待，但無論重看多少次，無論暫停的時機按得多麼完美，這份期待永遠落空。

所以才會這麼有效：無論性別與性向為何，我們都喜歡被挑逗。

拍完《Boute-en-Train》六個月後，我成了全球巨星。

《光影時刻》

一九六一年九月十五日

歌手米克．里弗向艾芙琳．雨果訴情衷

結束前一晚特羅卡德羅廣場的演出之後，米克．里弗有幾分鐘的時間被我們的問題包圍。米克端著古典雞尾酒，顯然喝了不只一杯酒的他非常樂於回答問題……

他透露自己很高興能跟女高音歌手薇若妮卡．勞威離婚，因為，根據他的說法：「我配不上那樣的淑女，她也不該搭上我這種貨色。」

被詢問到目前是否有約會對象，他承認自己和好些位女士約過會，但他很樂意放棄所有的對象換得和艾芙琳．雨果共度一晚的機會。

前任艾德勒太太最近才證明自己是火辣的性感尤物。她演出法國導演麥斯．吉拉德的最新作品，《派對女孩》整個夏天賣遍歐洲，現在正要席捲過往有過美好時光的美國。

「到目前為止我已經看過三次《派對女孩》。」麥克告訴我們。「我還會再看第四次。她跨出湖面的那一幕我就是想一看再看。」

那麼他打算帶艾芙琳出門約會嗎？

「我會娶她，這就是我的打算。」

妳聽到了吧，艾芙琳？

《點評好萊塢》

一九六一年十月二日

艾芙琳．雨果演出安娜．卡列妮娜

全城的話題人物艾芙琳．雨果正式簽約，即將主演福斯影業的史詩鉅片《安娜．卡列妮娜》。她也將與哈利．卡麥隆一起製作這部電影，這位製作人過去曾在日落工作。

雨果小姐與卡麥隆先生過去在日落合作過多部賣座電影，如《父女情深》還有《小婦人》。這將會是脫離日落大傘之後他們頭一部電影。

卡麥隆向來以出眾的品味，以及更為出色的生意手腕聞名，他表示之所以離開日落，正是因為和公司老闆亞里．蘇利文有諸多意見不合。不過福斯影業顯然急著要和雨果以及卡麥隆合作，他們支付大筆簽約金，並提供票房分紅。

大家都在看雨果下一部電影將會如何。《安娜．卡列妮娜》是個有意思的選擇。可以確定的是，只要艾芙琳願意稍微露一下肩膀，觀眾們會飛也似地湧進電影院。

《花下祕聞》

一九六一年十月二十三日

唐恩・艾德勒與與露比・萊里訂婚？

瑪麗和羅傑・艾德勒上週六舉辦派對，派對現場據說有點失控！現場賓客們很訝異這場派對不只是為了唐恩・艾德勒而舉辦……

更正式公佈了唐恩訂婚的消息，對象不是別人，正是日落製片公司當今的女王露比・萊里。

兩年前唐恩與性感美女艾芙琳・雨果離婚，在那之後唐恩和露比走得越來越近。據聞，唐恩承認早在露比和艾芙琳一同拍攝《小婦人》的時候，他就注意到了露比。

在此恭賀唐恩與露比的喜訊，不過我們也忍不住猜想，面對艾芙琳一飛沖天的名氣，唐恩作何感想。她是當今太陽底下最火辣的尤物，要是我們曾經放過了她，我們應該會懊悔地偷踢自己。

總之，祝福唐恩與露比！希望這段婚姻能夠長久。

26

那年秋天我受邀參加米克．里弗在好萊塢露天劇場的演出。我接受的原因不是想見到米克．里弗，而是晚上出個門似乎很好玩。而且我還有點驚訝於他在通俗小報上的求愛。

希莉亞、哈利和我決定一起出席。我絕對不會只跟希莉亞出門，不會在有那麼多人虎視眈眈的狀況下。不過哈利是個完美的緩衝。

當晚，洛杉磯的空氣比我預期的還要涼爽。我穿著七分褲和短袖針織衫。剛剛剪了瀏海，撥成旁分。希莉亞穿著藍色直筒連身裙和平底鞋。向來非常時髦的哈利身上則是休閒褲搭配牛津襯衫。他手上掛著一件扣子超大的駝色針織衫，以免我們有人覺得冷。

我們的位子在第二排，身邊還有幾個哈利在帕拉蒙的朋友。走道另一側，我看到艾德．貝克帶著可以當他女兒的年輕女子，但我沒那麼天真。我決定不打招呼，不只因為他還是日落這台機器的一部分，更是因為我從來就不喜歡他。

米克．里弗登上舞台，女生開始喝采歡呼，聲音大到希莉亞不得不遮住耳朵。他深色西裝上的領帶鬆開，烏黑的頭髮往後梳，有那麼一點不整齊。如果問我，我會說他在後台喝了一兩杯。不過看起來對他完全不造成影響。

「我不懂。」希莉亞靠向我的耳朵。「他們看上這傢伙哪一點？」

我聳肩。「我想是他長得好看吧。」

米克走向麥克風，聚光燈跟著他移動。他抓起麥克風立架的姿勢既熱情又輕柔，彷彿那是其中一個大喊他的名字的女孩。

「而且他很清楚自己在做什麼。」我說。

希莉亞聳肩。「我永遠都會選布里克・湯瑪斯，而不是他。」

我皺著臉搖搖頭。「不，相信我，布里克・湯瑪斯是個混蛋。妳要是碰上了他，不出五秒就會吐。」

希莉亞大笑。

「我覺得他很可愛。」

「妳才不覺得。」我說。

「我覺得他比米克・里弗更可愛。」她說。「哈利？你覺得呢？」

站在另一邊的哈利靠過來。他的低語太輕柔，我差點沒聽到。「雖然很尷尬，但我得承認自己和這些尖叫的女孩有同感。」他說。「米克在床上吃餅乾，我可能不會把他踢下床。」

希莉亞笑了。

「你們太過分了。」我看著米克從舞台的一側走到另一側，輕聲哼著歌。「演唱會之後我們要吃什麼？」我問他們兩個。「那才是要緊的問題。」

「我們不去後台嗎？」希莉亞問道。「禮貌上不是該這麼做嗎？」

米克唱完第一首歌，所有觀眾鼓掌歡呼。哈利鼓掌的時候靠在我身上，這樣一來希莉亞就能聽見他在說什麼。

「希莉亞，妳拿到了一座奧斯卡。」他說。「妳他媽的想幹嘛就幹嘛。」

她鼓掌，同時仰頭大笑。「好吧，那我得吃份牛排。」

「就吃牛排。」我說。

我不知道是因為笑聲、歡呼聲還是因為所有人都在鼓掌。我身邊有那麼多噪音，那麼多由人群產生的混亂。在那個片刻，我忘記了自己的身分。我忘記自己人在哪裡。忘記自己是誰。忘記我跟誰在一起。

我抓起希莉亞，牽著她的手。她訝異地低下頭。我同時感覺到哈利也盯著我們兩個的手。

我抽手，不過就在我修正自己所作所為的同時，我看見前排一名女子正盯著我們。她看起來三十幾歲，羅馬貴族般的五官、小小的藍眼睛，以及塗得非常完美的鮮紅唇膏。她盯著我，垂下嘴角。

她看到我。

她看到我牽著希莉亞的手。

她也看到我抽手。

她不但知道我做了什麼，還知道我不打算讓她目睹這些。

她瞪著我，小小的眼睛看起來變得更小。

她身邊那個男人大概是她丈夫，而要是我曾經希望她沒認出我來，這個希望也在她轉頭耳語時破滅了。我看著他的視線從米克．里弗移到我身上。

眼神中帶著隱隱厭惡，彷彿他不確定自己的猜測是否屬實，不過光是那個念頭就已經讓他想吐，而且讓他有那樣的念頭都是我的錯。

我想賞他們兩個人一巴掌，告訴他們我做什麼都不關他們的事。不過我知道不能這麼做。這麼做並不**安全**。我不安全，我們不安全。

米克唱到間奏的橋段，往前走到舞台邊對觀眾說話。我下意識站起來替他歡呼。我跳上跳下，比這裡任何一個人都大聲。我其實沒有多想，我只是想要那兩個人別再說話，別在彼此耳邊低語或對讓何人開口。我希望這個口耳相傳的八卦遊戲可以始於那名女子，終於那名男子。我希望一切結束。我想要自己能**有點其他的事好忙**。所以我儘可能大聲鼓譟，像那些站在廣場後方的青少女們，像我的生命取決於此，因為或許真的如此。

「我有沒有看錯？」舞台上的米克說道。他的手舉在眉毛上方，擋住射向眼睛的聚光燈。他正看著我。「還是說我的夢幻女郎就在眼前？」

《花下祕聞》

一九六一年十一月一日

艾芙琳．雨果與希莉亞．聖詹姆斯親密共枕？

多親密算太親密呢？

身為奧斯卡得主的鄰家女孩希莉亞．聖詹姆斯，演出過多部賣座強片，同時也是金髮甜心、性感尤物艾芙琳．雨果的多年友人。不過最近，我們開始懷疑這兩人是否有點什麼。

內部人士都在傳說這兩個人是……一對。

當然囉，許許多多的女性友人會一起去逛街，也會共喝一杯飲料。不過希莉亞的車子就停在艾芙琳的屋子外面，那棟房子還正是她曾經與唐恩．艾德勒共度良宵的住所。

那幾面牆後到底發生了什麼呢？

無論是什麼，顯然不是什麼正經事。

27

「我打算跟米克．里弗出門約會。」

「妳他媽的最好是。」

如果希莉亞非常生氣，她的胸口與臉頰都會脹得通紅。這次，她脹紅了臉的速度前所未見。

我們正在她的週末住所，棕櫚泉的戶外廚房。春天到了。她正忙著烤漢堡排給我們倆當晚餐。

自從那篇報導上刊，我就不願意被人見到和她在洛杉磯同進同出。狗仔還不知道她在棕櫚泉這邊的住處。於是我們好幾個週末都一起待在這裡，週間在洛杉磯則各過各的。

希莉亞一向對我的計畫言聽計從，就像個善良好欺負的配偶，因為這麼做比起跟我吵架輕鬆許多。不過現在我提議和其他人約會，這下就太超過了。

我知道自己很過分。但這正是重點所在，應該吧。

「妳得聽我的。」我說道。

「妳才應該聽**我的**。」她重重闔上烤肉架的蓋子，朝我揮舞著銀色的夾子。「我會按照妳安排的那些小把戲，但我不會答應我們有誰要去**約會**。」

「我們沒得選。」

「我們有很多選項。」

「如果妳想要保住工作的話就沒有。如果妳想要保住這棟房子的話就沒有。如果妳想要留著我們的朋友的話就沒有。更不用說警方會找上門。」

「妳太擔心了。」

「希莉亞，我沒有太擔心。而且這一切很恐怖。不過我想說的是，他們都知道。」

「一小篇小報報導**以為**他們什麼都知道。那不一樣。」

「你說得對。現在還早，我們來得及阻止。」

「這個傳聞也可能自己消失。」

「希莉亞，妳明年有兩部電影要上，至於我的新片早就是整個城市的話題。」

「正是如此。就像哈利總是掛在嘴邊的那句，這代表我們想做什麼都可以。」

「不對，這代表我們有許多東西可以失去。」

希莉亞很氣，她從我的手提包裡面翻出香菸，然後點起一根。「這麼說，妳就想要這樣？妳想要把生命的分分秒秒都用在隱藏我們真正的認同？不讓人知道我們到底是誰？」

「這裡所有人每天都這麼做。」

「是嗎？我不想這樣。」

「是嗎？那妳就不該成為名人。」

希莉亞直盯著我，一邊不停抽著菸。濾嘴沾上了她唇膏的粉色。「艾芙琳，妳是個悲觀主義者，悲觀到底。」

「希莉亞，那妳想怎麼做？還是我該自己打電話給《花下祕聞》？或者直接連絡聯邦調查局？我可以捎句話給他們。『沒錯，希莉亞·聖詹姆斯和我關係不正常！』」

「我們沒有不正常！」

「希莉亞，這我知道，妳也知道。但其他人都不懂。」

「或許他們會明白的，只要他們試試看。」

「他們根本不會費這個心思。妳懂了沒？沒有人想要理解我們這樣的人。」

「可是他們應該要的。」

「寶貝，我們都有太多應該做的事。可是世界不是那樣運作的。」

「我討厭這段對話。妳讓我覺得很糟。」

「我知道，我很抱歉。不過這感覺起來很糟糕不代表事實不是如此。如果妳想保住工作，妳就不能讓其他人覺得妳和我不只是朋友。」

「那如果我不想要保住工作呢？」

「妳是想的。」

「不，這麼想的人是**妳**。然後妳就覺得我也一樣。」

「我當然想。」

「妳知道的，我會放棄一切。所有的一切。金錢、工作還有名氣。我會放棄一切只為了跟妳在一起，只為了普普通通地和妳在一起。」

「希莉亞，妳不明白自己在說什麼。我很抱歉，可是妳就是不懂。」

「現在真正的狀況是，妳不願意為了**我**而放棄一切。」

「不對，現在的狀況是，妳只是個半吊子，覺得如果演藝圈這條路行不通，那妳可以回薩凡納靠爸媽過活。」

「妳憑什麼跟我講錢的事？妳早就口袋滿滿。」

「對啊我是，因為我拚得要死要活，還跟一個會痛揍我的混帳結過婚。而且我之所以那麼做都是為了成名，為了過上我們現在能過的日子。如果妳認為我不會努力保住一切，妳就是腦袋不正常。」

「至少妳承認了，這是妳的想法。」

我搖搖頭，捏著鼻樑。「希莉亞妳聽我說。妳愛那座奧斯卡嗎？擺在床頭櫃上，妳睡覺前都要摸兩下的那個東西？」

「別──」

「大家都在說，這麼年輕就得獎，妳一定是那種會得不只一次大獎的演員。我希望妳是。妳不想嗎？」

「我當然想。」

「而只因為妳認識了我，妳就打算讓其他人奪走那樣的機會嗎？」

「呃，沒有，可是──」

「希莉亞，妳聽我說，我愛妳。我不能讓妳為了一個不會有人支持的決定，就拋下努力得到的一切，還有妳不可思議的演技。」

「可是如果我們不試試看……」

「希莉亞，沒有人會挺我們的。我很清楚被整座城市拒於門外的感受。我好不容易重新回到舞台上，我知道在妳想像的世界裡，我們像聖經中的大衛那樣起身對抗巨人歌利亞，並且贏得勝利，但不會有這種事。我們對這個世界坦白一切，他們接著就會埋了我們。我們會被關進監獄，或者被送進精神病院。妳明白重點嗎？我們可能會被收押，沒有那麼難以想像，這些事都發生過。妳可以肯定沒有人會接我們的電話，就連哈利都不會。」

「哈利一定會的。哈利……也跟我們一樣。」

「這正是為什麼他絕對不能再被發現和我們有聯絡。妳不懂嗎？對他來說這一切更加危險。如果某些人知道了這件事，他真的可能會因此被殺。這就是我們所處的世界，跟我們有所接觸的人都會被仔細檢視。哈利沒辦法承受這些，我絕對不會讓他落到那樣的處境。讓他失去努力得來的一切？讓他實際上以身犯險？不會的。不行，我們不能牽扯到別人。獨來獨往的兩個邊緣賤民。」

「可是我們還有彼此。對我來說那樣就夠了。」

她哭了，眼淚沾著她的睫毛膏滑過臉頰。我摟著她，用大拇指擦過她的臉頰。「寶貝，我好愛妳，非常非常愛妳。有一部分就是因為那些事。妳是個浪漫的理想主義者，擁有美麗的靈魂。我希望這個世界已經準備好成為妳眼中的樣子。我希望地表上其他人能夠像妳期望的那麼好。不過他們不是。這是個醜陋的世界，沒有人願意至少別妄下定論。等到我們丟掉工作、聲敗名裂，等到我們失去朋友，然後最終失去了我們的錢，我們就會變成一無所有的窮人。我之前過過那種日子，我不能讓妳遭遇這些。無論如何我會盡力避免妳過上那樣的日子。妳聽到沒有？我愛妳，所以不能讓妳只為我而活。」

她貼著我喘氣，眼淚不停往外冒。有那麼片刻，我以為她的眼淚會淹沒後院。

「我愛妳。」她說。

「我也愛妳。」我在她耳邊輕聲說道。「我對妳的愛勝過世界上其他一切。」

「這不是個錯誤，」希莉亞說：「愛著妳不該是個錯誤。這怎麼會是錯的呢？」

「寶貝，那不是錯誤，不是的。」我說：「錯的是**他們**。」

她靠著我的肩膀點頭，把我抱得更緊了點。我揉揉她的背，聞著她的髮香。

「只是我們對此沒什麼辦法。」我說。

她冷靜下來，從我的懷抱中抽身退開，重新拉開烤架。她翻著漢堡肉排，沒有再看我一眼。「妳有什麼打算？」她說。

「我打算讓米克．里弗跟我閃婚。」

她的眼睛看起來已經哭得很瘦，但現在眼睛又紅了。她抹掉眼淚，直直盯著烤肉架。「那對我們來說代表什麼？」她說。

我站在她背後環抱著她。「不會是妳以為的那樣。我打算看看能不能讓他和我閃婚，之後就會讓這一切失效。」

「妳認為這之後他們就不會盯著妳了嗎？」

「不，我知道在這之後他們只會更用力盯著我，不過他們會想看到其他的線索。他們會叫我妖女或白痴。他們會說我對男人的品味很差？他們會說我是個不及格的太太，說我太容易衝動。不過他們若想要以上任何一項成立，他們就不能說我和妳搞在一起。因為這樣就搭不上他們的故事。」

「我懂了。」她抓過盤子，夾起烤架上的漢堡排。

「很好。」我說。

「妳覺得該做什麼就去做。不過我之後不要再聽妳提起這些事，而且我希望這件事盡快完成，盡快結束。」

「好。」

「等到這件事情結束，我想要同居。」

「希莉亞，我們不能那麼做。」

「妳剛剛說這麼做很有效，我們的事不會有人再提。」

問題是，我也想要同居。我非常非常想。「好吧。」我說：「等這件事情過去，我們來談談同居的事。」

「好。」她說：「那就一言為定。」

我想跟她握手為定，不過她擺手表示不用。她不想要為了那麼難過、那麼不得體的約定握手。

「如果米克・里弗那邊行不通呢？」她問道。

「行得通的。」

希莉亞終於抬頭看我。她似笑非笑：「妳覺得自己很美，美到沒有人可能抵擋妳的魅力是嗎？」

「事實上，沒錯。」

「好啦。」她稍微踮起腳尖吻了我：「我想事實就是這樣。」

28

我穿著奶油白色低胸小洋裝，綴著厚重的金色珠飾。長長的金髮往後綁成高馬尾，配上鑽石耳環。**我閃閃發光**。

要讓男人跟妳閃婚，頭一件事就是賭他敢不敢去一趟拉斯維加斯。

為了這件事，妳得先待在洛杉磯某間夜店外面，然後兩個人一起喝上幾杯。他急著想要跟妳拍幾張合照，妳得壓抑自己想要翻白眼的衝動。妳知道每個人都在玩弄別人。在他玩弄妳的同時，妳也得做些什麼才公平。不過意識到你們兩個想從對方身上得到的東西其實剛好互補，這讓妳安心了點。

妳想要緋聞。

他想要全世界知道他上了妳。

這兩件事其實相同。

妳考慮跟他挑明了講，解釋妳想要什麼，並且說明妳願意給他什麼。不過妳已經成名夠久，所以妳知道，除了必要的事，永遠別向其他人多說什麼。

所以妳沒有說**希望我們可以登上明天報紙頭版**，妳說的是：「米克，你從來沒去過拉斯維加斯嗎？」

等他嗤笑一聲，彷彿不敢相信妳問**他**，**他**有沒有去過拉斯維加斯，妳知道這會比想像中簡單許多

「你知道的，有時候我就是想搖搖骰子。」妳說。性暗示慢慢進行，讓一切隨著時間漸漸增長，效果會比較好。

「寶貝，妳想搖骰子嗎？」他說，而妳點了頭。

「不過時間可能太晚了。」妳說。「而且我們人都在這裡了。我想這裡也還行吧。我玩得很開心。」

「我兄弟可以叫台飛機，載我們飛一趟。」他彈了下手指。

「不好啦。」妳說。「這樣太誇張了。」

「為了妳不誇張。」他說？「為了妳做什麼都不誇張。」

妳很清楚他真正的意思是，**對我來說，什麼都不誇張**。

「你真的可以那麼做嗎？」妳說。

一個半小時後，妳就在飛機上了。

妳喝了幾杯，坐在他大腿上，任由他的手掌到處游移，接著拍開他的手。他得對妳非常渴望，還要相信只有這麼做才能擁有妳。要是他不夠想要妳，要是他認為有其他的方法可以得到妳，那一切就全完了。妳就輸了。

飛機降落之後，他問起是否該在金沙酒店訂個房間，此時妳得抗議。妳必須表現得十分震驚。妳必須用一種假設他早就清楚的語氣，堅定地告訴他，妳只會跟結婚對象發生關係。

對此，妳得表現得又執著又心碎。他必須認為：**她想要我。而只有結婚，我們才能做愛**。

妳會有那麼片刻對自己感到懷疑，不確定自己的所作所為是否很壞。不過接著妳想起來，這個人接下來會睡了妳，並且得到他想要的東西之後就跟妳離婚。反正這裡沒有無辜的人。

妳會給他想要的，所以算是公平交易。

妳走向牌桌，玩了一兩輪。一開始妳一直輸，他也是，妳擔心這樣會讓你們清醒。妳知道衝動行事的關鍵，在於對方相信妳難以攻克。要不是風擋了他們的路，誰會沒事注意到風的存在。

妳喝著香檳，因為這會讓一切似乎都值得慶祝，讓今晚感覺像場**盛大活動**。

有人開始認出你們，妳開心地同意和他一同入鏡。每次拍照，妳都緊緊抓著他。妳一點都不低調地讓他知道：**如果我屬於你，生活就會像這樣**。

妳在轉盤桌上連贏好幾把。跳上跳下，興高采烈地歡呼。因為妳很清楚，自己這麼做的時候，他的眼睛會看著什麼地方。妳讓他知道，自己注意著他的視線。

妳讓他的手擺在自己的屁股上，看著轉盤再度轉動。

這一次妳贏下這把之後，屁股直接抵著他，讓他靠在身上，開口說：「妳想離開這裡嗎？」

妳說：「我不覺得這是好主意，待在你身邊我很難控制自己。」

妳不能先提出結婚。妳剛剛已經先講過了。妳得等著他說出來。他對著記者這麼說過，他會再說一次。不過妳得先等等，不能著急。

他又喝了一杯酒。你們兩個又贏了三把。

妳讓他的手摩挲妳的大腿，接著推開他。現在凌晨兩點，妳很累了。妳好想念妳此生的摯愛，妳好想回家。待在她身邊，聽著她輕輕地打呼，看著她睡覺，妳寧可這樣，好過待在這個地方。這裡沒有半個地方討妳喜歡。

不過妳喜歡待在這裡將能帶給妳的未來。

妳想像著，在某個世界中，妳們兩個週六晚上可以一起出門吃晚餐，而且沒有人會多想什麼。這個想像那麼簡單又那麼渺小，讓妳想哭。為了如是盛大的生命，妳一直以來那麼那麼努力，現在妳想要的不過是小小的自由，普普通通去愛，平平靜靜生活。

今天晚上感覺起來像是為了那樣的生活而付出的，一個極小同時也極高的代價。

「寶貝，我受不了了。」他說。「我得跟妳在一起。我得看到妳。我得愛妳。」

這是妳的好機會。大魚已經上鉤，只需要輕輕收網。

「噢，米克。」妳說。「我們不可以這樣。我們不可以。」

「我覺得我愛妳啊，寶貝。」他說。他眼眶帶淚，這時妳明白，他或許比妳以為的更加複雜。妳也比他以為的更加複雜。

「你認真的嗎？」妳問他，彷彿非常希望一切都是真的。

「我覺得我是啊，寶貝。我是。我愛著妳的一切。我們才剛認識，不過我總覺得自己離開妳就活不下去。」他的意思是，他認為不上了妳就活不下去。妳倒是信得過這一點。

「噢，米克。」講完這句，妳不再開口。沉默是妳最好的朋友。

他輕輕蹭著妳的脖子。感覺起來濕答答的，彷彿碰上一隻紐芬蘭大狗。不過妳假裝自己愛極了。你們兩個被拉斯維加斯賭城明亮的燈光照著，所有人都看得見，而妳必須假裝自己沒注意到其他人的視線。這樣一來，隔天他們跟小報記者聊天，他們會說你們倆就像一對高中生情侶，當場親熱起來。

妳希望希莉亞不會拿起任何一份印著妳五官的小報。妳認為她很聰明，知道最好別這麼做。妳認為她知道如何保護自己。不過妳不敢確定。等這一切過去，等妳到家的頭一件事，就是確定她清楚知道自己在妳心裡有多重要，她有多漂亮，以及如果少了她，妳會覺得自己的人生也宣告結束。

「寶貝，我們結婚吧！」他朝著妳耳語。

機會來了。

等妳把握。

不過妳不能看起來太急躁。

「米克，你瘋了嗎？」

「是妳讓我發瘋。」

「我們不能結婚！」妳說道。發現他一時間沒有回話，妳有點擔心自己說得太過。「我們能嗎？」

妳問道：「我是說，我想我們可以吧！」

「我們當然可以。」他說。「我們站在世界的頂點。我們想做什麼都可以。」

妳伸長手臂摟著他，整個身體靠在他身上，讓他知道，這個提議令妳多麼興奮（而且驚喜），同時提醒他，這一切是為了什麼。妳知道自己對他很有價值。浪費任何可以提醒他的機會，那就太蠢了。

他拉著妳起身，浩浩蕩蕩地離開。妳歡呼大喊，好讓現場所有人注意到。明天他們會告訴記者，說他帶著妳離開。這讓人印象深刻。他們不會忘記的。

四十分鐘之後，你們兩個醉醺醺的，站在聖壇前面對著彼此。

他保證會永遠愛妳。

妳說自己會服從丈夫。

他攬著妳踏進這區最好的房間。他把妳扔進床鋪，妳假裝因為驚訝而嘻笑。

現在就是第二要緊的部分。

妳不能是個好床伴，妳必須令人失望。

如果他喜歡你們之間的床事，他會想再來一次。可是妳辦不到，妳只能做這麼一次。否則妳會心碎。

他打算扯掉妳的洋裝時，妳得說：「米克，天啊住手。你克制點。」

等妳慢慢脫掉洋裝，就得讓他盯著你的胸部，想看多久就看多久。

他必須看遍那對胸部的每一寸。他等了那麼久才終於看到《派對女孩》那幕的結尾。

妳必須揭開所有謎團，坦承一切詭計。

妳讓他把玩妳的胸部，直到他無聊。

接著妳張開雙腿。

直挺挺地躺在那裡，無聊得像他身下一塊板子。

還有一件事妳沒辦法習慣或接受，但也無法避免。他不用保險套。雖然妳認識一些有避孕藥的女人，不過妳手邊沒有，畢竟妳幾天前才想出這個計畫，之前本來用不著。

妳偷偷祈禱。

妳閉上眼睛。

妳感覺他沉重的身體壓上了妳，因此妳知道他完事了。

妳想起以前的狀況，性對妳來說是怎麼回事。在妳還不明白性事能有多舒服之前，在妳還沒發現自己喜歡什麼之前，而這讓妳想哭。不過妳要自己別再想。拋開這一切的念頭。

後來米克什麼都沒說。

妳也沒有。

妳不想裸睡，所以在黑暗中穿上他的內衣，接著妳睡著了。

白天的陽光透過窗戶照進房間，刺痛妳的眼睛，妳抬起手臂遮著臉。

妳的頭陣陣抽痛，心也很痛。

不過妳就快到終點了。

妳對上他的眼睛。他臉上掛著微笑，伸手抓住妳。

妳推開他說道：「我不喜歡在白天做愛。」

「那是什麼意思？」他說。

妳聳聳肩。「我很抱歉。」

他說「來嘛寶貝」，接著壓上妳。妳不確定，如果妳再說一次不要，他能不能聽進去。妳也不確定，自己是否想知道答案。妳不確定自己能不能承受。

「好吧，如果你一定要做的話。」妳說。發現他退開，並且深深地注視著妳，妳明白自己成功了。對他來說這一點都不有趣了。

他搖搖頭，跳下床。他說：「妳知道嗎？妳跟我想像中完全不一樣。」

不管一個女人有多美，對於米克．里弗這個樣的男人來說，被他睡過之後就沒那麼吸引人了。妳很清楚。妳允許這樣的事發生。妳不整理頭髮，從臉頰上撿起睫毛膏的碎屑。

妳看著米克上樓進房間。妳聽著他轉開蓮蓬頭。

他淋浴後，靠著妳坐在床邊。

他很乾淨。妳還沒洗澡。

他聞起來像香皂。妳聞起來有點酒味。

他坐著，妳躺著。

這同樣的，也出於精心算計。

他必須感覺一切都在自己的掌握中。

「寶貝，這段時光很棒。」他說。

妳點頭。

「可是我們昨天實在太醉。」他一副正在跟小孩說話的樣子。「我們兩個都是。我們根本不知道自己在幹嘛。」

「我知道，這很瘋狂。」妳說。

「寶貝，我不是什麼好男人。」他說：「妳不該搭上我這樣的傢伙。我也配不上妳這樣的女孩。」

這實在沒創意得好笑，他用同樣的句子對記者談過前妻，現在又原封不動的講給妳聽。

「你是什麼意思？」妳問道。語調中帶了點什麼，聽起來好像快要哭出來。然後接下來，因為大部分的女人都會這麼做，所以妳也得跟著做。在他眼中，妳看起來得跟大多數女人差不多，而且還因為不夠聰明而敗下陣來。

「寶貝，我覺得我們應該打給朋友。我認為我們應該宣告婚姻無效。」

「可是米克——」

他打斷了妳，這讓妳很不爽，畢竟妳的話真的還沒講完。「寶貝，這樣比較好。我恐怕不接受其他的答案。」

妳很好奇身為男人是什麼感覺，為什麼那麼理所當然地認為一切自己說了算，這種信心是怎麼來的？

他從床上跳起來，抓起外套，妳注意到這其中有個要素不能算在妳身上。他**喜歡**拒絕別人。他**喜歡**高人一等。昨天晚上他在算計該怎麼行動，已經想到了眼前此刻，他離開妳的這一刻。

於是妳做了一件沒有在腦內模擬過的事。

他在門邊轉身說：「寶貝，很抱歉我們兩個行不通。不過還是祝福妳一切順利。」而妳拿起床邊的話筒丟他。

妳這麼做，是因為妳知道他會喜歡。既然他給了妳想要的一切，妳也該禮尚往來。

他閃躲著對妳皺起眉頭，彷彿妳是一頭他不得不遺留在森林中的小鹿。

妳開始掉眼淚，然後他離開了，所以妳停止哭泣。妳心想：要是他們會頒發奧斯卡給這場鬧劇就好囉。

《光影時刻》

一九六一年十二月四日

里弗和雨果失心瘋

聽過閃電結婚嗎?那閃電婚姻呢?這個要說第一絕對沒人有意見!

上週五晚上,有人看在拉斯維加斯碰見性感尤物艾芙琳·雨果,而她就坐在頭號粉絲米克·里弗的大腿上。負責發牌和搖骰子的荷官莊家,一起享受了他們兩個的熱情演出。親親熱熱的擁抱調情親吻,同時熱熱鬧鬧地乾杯,他們從牌桌邊一路玩過街,走進了一座小教堂!!!

沒有錯!艾芙琳·雨果和米克·里弗結婚了!

而讓一切更顯瘋狂的是,他們立刻申請宣告婚姻無效。

看來他們因為酒精一時失察,等到白天,清醒的腦袋重新控制局面。

兩位都有過不只一段失敗告終的婚姻,不知道誰的紀錄比較精彩?

《花下祕聞》

一九六一年十二月十二日

艾芙琳．雨果心碎！

不要相信你之前聽過的那些傳聞，關於艾芙琳和米克的酒醉大冒險。米克可能喝得有點太急，不過知情人士表示艾芙琳才是當天晚上掌控大局的人。再說，她非常想結婚。可憐的艾芙琳，自從唐恩離開她之後，一直找不到真愛，難怪她一碰到處得來的帥哥就立刻全心投入。

自從他離開之後，我們聽說她傷心欲絕。

看起來，對艾芙琳來說，米克不僅止於一夜狂歡，她真的想過兩個人之後可以一起走下去。

我們只希望艾芙琳早日碰到對的人。

29

大約有兩個月左右的時間，我堪稱置身天堂。希莉亞和我從沒聊起米克，因為我們不需要，因為我們想去哪裡就去哪裡，想做什麼都可以。

希莉亞買了第二台車，一台無聊的棕色小轎車，每天晚上那台車都停在我的車道上，而且沒有任何人對此多說什麼。我們擁著彼此入睡，在真正入睡前的一個小時就關燈，這樣我們可以在黑暗中聊天。到了早上，我會用指尖描摹她的掌紋，叫她起床。我生日那天，她帶我去馬球酒廊。我們躲在眾目睽睽之下。

說來幸運，有很長一段時間，比起替我出櫃，把我描繪成留不住丈夫的怨婦能賣掉比較多份報紙。我不是說那些顯然是他們編出來的八卦專欄，我只是覺得他們太過歡欣鼓舞，對我兜售的謊言照單全收。因為妳很清楚對方非常希望事情真的就是那樣，那是說起來最容易的謊言。

我只需要確定自己擁有精彩的花邊新聞，精彩到能夠一直登上頭條。只要這麼做，我知道八卦小報永遠不會太用力檢視希莉亞。

一切進行得太他媽的順利。

然後我發現自己懷孕了。

「妳沒有吧。」希莉亞對我說。她穿著薰衣草色波卡圓點比基尼，戴著太陽眼鏡站在我的泳池裡面。

「是的，我有。」我說。

我才剛從廚房裡面拿了杯冰茶給她。我穿著藍色連身泳裝和涼鞋，就站在她眼前，俯身靠近她。我懷疑這件事有兩週了，不過前一天才確定。我去伯班克看了哈利推薦的一位低調的醫生。

她人在泳池中，而我端著綴有檸檬片的冰茶，就這麼告訴了她，我已經忍不下去了。

我是，也一直都是個很會說謊的人。但希莉亞對我來說是神聖不可侵犯的。我永遠都不想對她說謊。

對於希莉亞和我在一起要付出多少代價，我沒有抱著不切實際的幻想，而且我們接下來需要付出的還會更多。就像是為了過著快樂生活而支付的稅金。這個世界會拿走我百分之五十的快樂，但我能保留剩下的百分之五十。

而那就是她，以及我們能擁有的生活。

不過這樣的事情如果瞞著她，感覺不太對，我辦不到。

我踏進泳池，靠到她的身邊，試著碰觸她，試著安慰她。在我的想像中，她會因為這個消息不開心，但我沒想到她就這麼拿起冰茶走到泳池另外一側，然後把杯子砸在池邊，碎片灑在水裡。

我也沒想到她蹲到水面下開始尖叫。女演員真的非常戲劇化。

等她重新浮出水面，她整個人披頭散髮、全身濕透，臉上不但黏著髮絲，睫毛膏也掉了。她不想跟我說話。

我抓住她的手臂，可是她用力抽手。等我終於看到她的臉，看見她眼睛裡的傷痛，我才明白，在我要和米克·里弗做的事情上，希莉亞與我從來沒有**真正**達成共識。

「妳和他睡了？」她說。

「我以為這件事不用明講。」我說。

「並不是。」

希莉亞離開泳池，甚至沒有費力擦乾自己。我看著她潮濕的腳印改變了泳池邊上水泥的顏色，在木頭上留下水漬，接著沾溼樓梯上的地毯。

我抬頭看著臥室的窗戶，看見她在裡面走來走去。看起來像在打包行李。

「希莉亞！不要這樣。」我跑上樓。「什麼都不會變的。」

等我跑到臥室門口，門上鎖了。

我拍著門板。「寶貝，拜託了。」

「別來管我。」

「拜託妳。」我說。「我們談談吧！」

「不要。」

「希莉亞，妳不能這麼做。我們把這件事情說開。」我抵在門板上，努力把自己的臉推向窄窄的門縫，希望我的聲音能傳得遠一點，希望希莉亞能更快明白。

「艾芙琳，這樣不是在過日子。」她說。

她打開門，從我身邊走過。我差點跌倒，我把太多重心都靠在那扇她剛剛用力推開的門板上。不過我想辦法站好，跟著她下了樓梯。

「這是的。」我說：「這是我們的生活。我們已經為此犧牲了那麼多，妳不能現在放棄。」

「我可以。」她說。「我不想繼續這樣子下去了。我不想要這麼過生活。我不想要開著一台醜醜的棕色車子到妳家，只因為我不希望有人知道我在這裡。我不想要假裝自己一個人住在好萊塢，因為事實上我跟妳一起住在這棟房子裡。而且要是這個女人會跟某個歌手睡，還只是為了不讓其他人懷疑她愛著我，那我肯定也不想要愛她。」

「妳在扭曲事實。」

「妳是個膽小鬼，我不敢相信自己居然以為事情會有不同。」

「我這麼做都是為了妳！」我大喊。我們站在樓梯底，希莉亞一手抓著門把一手拉著行李。她還穿著泳衣，頭髮滴著水。

「妳才沒為我做過什麼見鬼的事。」她的胸口冒出點點紅痕，臉也漲得通紅。「妳是為了自己。妳之所以這麼做，因為妳受不了自己不是這個地球上最有名的女人。妳是為了保護自己，還有妳珍貴的粉絲，這些粉絲會一次又一次的進電影院，只為了知道這次是不是能隱約看到妳露半球。妳這麼做是為了這些人。」

「希莉亞，我是為了妳。如果妳的家人知道實情，妳認為他們會繼續支持妳嗎？」

「要是大家發現妳是什麼樣的人，妳會失去一切。」

她生氣了，我看著她轉開門把。

「是**我們**是什麼樣的人。」她說著轉身面向我。「不要顧左右而言他，還想假裝妳和我不一樣。」

「我是不一樣。」我說：「妳也很清楚這一點。」

「胡說八道。」

「希莉亞，我可以愛上男人。我可以和哪個我想要的男人結婚，生個小孩，過上幸福快樂的日子。我們都知道這對妳來說不會那麼容易。」

希莉亞看著我，瞇起眼睛、扁著嘴。「妳覺得自己比我更高一等嗎？現在是這麼回事嗎？妳認為我有病，至於妳，妳只是在玩遊戲？」

我抓住她，當下就想要收回自己說過的話。我完全不是這樣的意思。

不過她掙脫我的手，然後說：「永遠別想再碰我。」

我放手。「希莉亞，如果他們發現我們的事，他們會原諒我。我會跟另外一個像唐恩那樣的人結婚，他們會原諒我認識妳。我會活下來。不過我不確定妳可以。因為妳要不是得和某個男人陷入愛河，不然就得找個不愛的男人結婚。這兩個選項我都不認為妳能接受。希莉亞，我很擔心妳。擔心的程度甚至超過我自己。如果我沒有做這個**什麼**，我不確定妳的事業能不能再起，不確定妳的人生能不能恢復。所以我做了我唯一會做的事，**而且很有用**。」

「艾芙琳，那沒有用，妳懷孕了。」

「我會處理。」

希莉亞低下頭看著地板，接著對著我笑了。「妳真的很懂該怎麼處理幾乎所有的狀況，對不對？」

「是的。」我不知道自己為什麼該為此被羞辱。「我知道該怎麼處理。」

「但說到當個人類這回事，妳似乎一點概念都沒有。」

「妳不是那個意思。」

「艾芙琳，妳就是個妓女。為了名氣，妳願意讓男人上妳，這就是我離開妳的原因。」

她推門離開，甚至連回頭看我一眼都沒有。我就這樣看著她，看她走出前廊，步下台階，來到車子旁邊。我跟著她踏出門口，接著全身僵硬地站在車道上。

她把行李甩進副駕駛座，接著打開駕駛座的門，然後站在原地。

「我那麼愛妳，我認為妳是我生命的意義。」希莉亞哭著說道。「我認為人出生在世界上是為了找到另外一半，而我是來找到妳。找到妳、碰觸妳的肌膚、聞著妳的氣息，還有聽妳分享所有想法。可是我不再認為事實是這樣。」她抹掉眼淚。「我不想成為妳這種人的命中注定。」

疼痛在我胸口炸開，彷彿燒滾的熱水。「妳知道嗎？妳說的沒錯。妳不是我這種人的命中注定。」

終於，我開口：「因為只要能為我們兩個開創空間，我什麼都願意做，但妳實在太膽小。妳不願意做出困難的決定，妳也不願意做些骯髒事。我一直都知道，但我以為妳至少願意承認妳需要我這種人。

妳需要某個願意弄髒自己的手只為了保護妳的人。妳總是表現得自己高高在上。好啊，等到沒有人蹲在低賤的壕溝裡面保護妳，妳再這麼幹吧。」

希莉亞動也不動，面無表情。我不確定她有沒有聽見我說的任何句子。「我猜我們沒有自己以為的那麼適合彼此。」她說完就鑽進車子。

一直到了那一刻，看著她雙手扶上方向盤，我才意識到剛剛發生了什麼事，我們剛剛不只是吵了一架，剛剛吵的是會結束我們關係的**那場架**。一切本來進行得那麼順利，卻又一下子轉向，彷彿高速公路上的髮夾彎。

我只能說「我想也是。」我的聲音如此嘶啞，每字都如此破碎。

希莉亞發動車子往後倒去。「艾芙琳，再見了。」最後一刻她說道。說完，她倒車離開我的車道，消失在街道上。

我走進自己的屋子，開始清理她留下來的水漬。我打電話請人來放掉游泳池的水，並且清理她打破的玻璃茶杯。

接著我打給哈利。

三天之後，他開車載我到墨西哥的提華納，那個地方什麼都不會多問。那是一段我試圖不去意識到自己在場的時刻，這樣一來我永遠不需要努力忘記。程序完成之後，他們准我走回車上，我已經非常擅長分隔內心感受與抽離的技巧。就讓這件事寫在紙上吧，終止妊娠這件我從未後悔，連一分一秒都沒有。這是正確的決定。對此，我從不懷疑。

不過我仍然一整路哭著回家，任由哈利開車載著我們經過聖地牙哥，沿著加州海岸前行。我為自己失去的一切，以及自己作下的一切決定而哭。還因為自己應該要在週一開拍《安娜・卡列妮娜》、但此刻卻完全不在意演戲或榮譽而哭。我希望自己從最開始就沒有前往墨西哥的需求。而且我無比絕望地渴求著希莉亞的來電，希望她能哭著告訴我，她一直以來都做錯了。我希望她出現在我家大門口，懇求著我讓她回家。我想要……她。我只想要她回來。

我們離開聖地牙哥交流道，我終於問了哈利盤旋在我腦中好幾天的問題。

「你認為我是妓女嗎？」

哈利在路邊停下車，轉頭看著我。「我認為妳很聰明，我認為妳很堅強。我認為**妓女**這個詞出自某些無知的人，而且他們之所以到處講，只是因為自己沒有需要保護的事物。」

我聽他講完，接著轉頭看著我這邊的窗戶。「這不是方便的要命嗎？」哈利補充：「只要男人來制定規則，他們就會最用力貶低那些能夠帶給他們最大威脅感的人事物？要是地表上每個單身女子，都要求點什麼來交換自己的肉體，這裡就是妳們說了算，妳們會是一支全副武裝的大軍。只有我這樣的男人有機會對抗妳們。而這就是那些混帳最不希望看到的，由妳我這樣的人統領的世界。」

我放聲大笑，雙眼依舊腫脹而且因為哭泣而痠痛。「那我到底是不是個妓女？」

「誰知道呢？」他說。「說真的，我們全都是妓女，只不過形式不同而已。至少在好萊塢是如此。妳看，她之所以叫做希莉亞·**聖**詹姆斯，這都是有原因的。這麼多年來她都擔任好女孩的角色，我們其他人沒那麼純潔。不過我喜歡妳像這樣，我就喜歡妳不純潔、毫無條理又難以對付。我喜歡艾芙琳·雨果，我喜歡她知道世界是什麼樣子，還會衝出去想辦法從世界手上搶到想要的事物。所以啦，妳想要貼自己什麼標籤都隨便，但請不要改變。那才會是真正的悲劇。」

我們到家之後，哈利把我塞進被窩，下樓替我準備吃的。

那天晚上，他睡在我身邊，等我睜開眼睛，他正在打開百葉窗。

「小鳥兒，太陽曬屁股囉。」他說。

那之後，我有五年的時間沒和希莉亞說上話。她沒打電話給我，她沒寫信給我。我則沒辦法強迫自己主動聯絡。

從報紙上記者的說法，還有這座城市其他人的八卦耳語，我才知道她都在忙什麼。不過在頭一天早上，陽光照在我的臉上，而我還因為跑了一趟墨西哥而筋疲力盡，我其實覺得自己還行。

因為我有哈利。很長很長一段時間以來，我頭一次感覺自己擁有家人。

要等到有人站在妳身後，告訴妳：「沒關係，妳現在可以倒下了，我會接住妳。」到那一刻才會明白自己跑得有多快，有多麼努力，還有多麼筋疲力盡。

於是我倒下。

哈利接住了我。

30

「妳和希莉亞完全沒有聯絡？」我問。

艾芙琳搖頭。她起身走到窗戶邊，打開一道小縫，帶來我們正需要的微風。她回來坐下，盯著我的樣子像是準備好接著聊聊別的事。但我太困惑了。

「妳們兩個那時候已經在一起多久了？」

「將近三年吧？」艾芙琳說道。

「然後她就這麼走了？什麼都沒說？」艾芙琳點頭。

「妳有打給她嗎？」

她搖頭。「我……我那時候還不明白，面對真心渴望的事物時可以卑躬屈膝。我以為如果她不想要我，如果她不能明白我為什麼那麼做，那麼我也不需要她。」

「妳那時候覺得這樣沒問題？」

「不，我那時候很慘。有好幾年的時間我一心為她癡迷。我是說，別誤會，我當然有在找樂子。但我完全見不到希莉亞。我甚至為了希莉亞的照片跑去看《花下祕聞》，還會分析照片裡的其他人，猜測這些人是她的誰，還有他們是怎麼認識的。我現在已經知道，她就像我一樣心碎。她內心深處其實還有點在等著我，等我打給她，向她道歉。但當時，我只是暗自神傷。」

「妳會後悔沒打給她嗎？」我問她：「妳錯過了那些時間？」

艾芙琳看著我的眼神好像看著一個笨蛋。「她已經過世了。」艾芙琳說。「我的此生摯愛已經過世了，我沒辦法拿起電話就打給她，告訴她我很抱歉，然後叫她回到我身邊。她永遠離開了。所以莫妮克，沒錯，我很後悔。我後悔沒有跟她一起度過的每分每秒。我後悔自己做過那些讓她痛苦的蠢事，哪怕只有一丁點也不行。她離開我那天，我早該追上去。我應該求她留下來。我應該道歉，然後送她玫瑰花，並且站在好萊塢的大字上大喊：『我愛希莉亞．聖詹姆斯！』讓整個好萊塢把我釘死在十字架上。那些就是我早該做的事。現在她不在了，而我有一輩子花不完的錢，我的名字和好萊塢歷史分不開，但我知道這一切有多麼空洞，每一次我選擇了名與利，而不是選擇驕傲地愛著她，回想起來我只想踹自己。但那也是一種奢侈的想法。如果妳有錢又有名，想做什麼都可以。擁有名聲與財富之後，妳當然可以說那一文不值。但在當時，我以為自己手上擁有大把時間，能完成所有我想做的事。如果我能打好手中這副牌，就能把全世界收進口袋。」

「妳覺得她會回到妳身邊。」我說。

「我**知道**她會回到我身邊。」艾芙琳說。「而且她也知道。我們兩個都很清楚我們之間還沒完。」

我聽見自己手機在響。但不是熟悉的訊息聲。那是我特別為大衛設定的提示音，去年換手機的時候我們剛結婚，當時我完全沒想過他會不再傳訊息給我。

我低頭瞥了一眼，看見螢幕上出現他的名字。接著出現：**我想我們該聊聊。小莫，這件事太重大，發生得太快。我們得談一談**。我立刻把這個訊息排除在思緒之外。

「妳知道她會回到妳身邊，但妳還是跟雷克斯．諾斯結婚了？」我回到正題。

艾芙琳垂下頭，準備解釋自己的想法。「《安娜．卡列妮娜》超出預算太多。我們進度大幅落後。雷克斯飾演安娜的情人伏倫斯基。看到導演初剪版，我們就知道整部電影需要重新剪輯，我們需要其他人來拯救這部電影。」

「而且妳需要票房。」

「哈利和我都需要。這是他離開日落製片廠的頭一部電影。如果這部砸了，他在業界就很難再談到下一部電影。」

「妳呢？如果這部砸了，妳會發生什麼事？」

「如果《派對女孩》後頭一個企畫就不順利，我擔心自己會變成曇花一現的短命女星。那時候我已經浴火重生了不只一次。但我不想重來。所以我才那麼做，因為我知道這樣會讓觀眾對那部電影充滿興趣。因為我跟伏倫斯基結婚。」

聰明的雷克斯・諾斯

31

當妳不用隱瞞任何事，跟男人結婚其實保有一定程度的自由感。

希莉亞離開了。依照我當時的心境，我沒辦法和任何人談戀愛，而雷克斯似乎也不是那種有辦法墜入愛河的類型。如果是在其他人生階段相遇，或許我們有機會產生火花。不過事實就是，雷克斯和我的關係純粹建立在電影票房之上。

這段關係俗氣虛假，出自人為算計。

但這是我成為百萬富翁的第一步。

同時是我讓希莉亞回到我身邊的方式。

並且是我跟他人之間最誠實的交易之一。

因為這一切，所以我認為自己將永遠對雷克斯．諾斯懷抱一點愛意。

「所以妳完全沒打算跟我睡囉？」雷克斯說道。

他坐在我的客廳裡，雙腿悠哉地交疊，喝著一杯曼哈頓調酒。身穿黑色西裝搭配細領帶。一頭金髮往後梳成油頭。少了瀏海遮擋，他的藍色眼睛更加明亮。

雷克斯是那種俊美到幾乎顯得無聊的男人。他微微一笑，你會看到現場每個女孩被他迷倒。完美的牙齒，兩凹酒窩，輕輕挑眉，然後所有人全投降了。

他和我一樣，我們都是製片廠打造出來的明星。生於冰島的卡爾．奧弗森，一溜煙加入好萊塢，換了名字，練好腔調，同時為了他想要到手的東西跟所有需要的對象睡過一輪。他是那種受到女性觀眾歡迎的小白臉偶像，必須要想辦法證明自己能演。不過他是真的**會**演。他覺得其他人低估了自己，因為其他人真的低估了他。《安娜．卡列妮娜》是他的大好機會，讓其他人好好把他當一回事。他就跟我一樣需要這部片大賣。這就是為什麼他就跟我一樣，願意接受假面婚姻。

雷克斯一向實際，從不嬌貴。他會預先想好十步之後的事，但從不透露自己在想什麼。以這個角度而言，我們是靈魂上的親戚。

我挨著他在客廳沙發上坐下，手臂擺在他身後。「我沒辦法確定說自己永遠不跟你睡。」我說。我是說實話。「你很好看。我知道自己會被你的噱頭迷倒個一兩次。」

雷克斯放聲大笑。他總帶著一股疏離感，就好像你想怎樣都行，不過無論怎麼做都沒辦法了解他。從這個角度，他可以說是遙不可及。

「我的意思是，你有辦法說得那麼肯定嗎？說你永遠不會愛上我？」我問道。「萬一你到頭來想要這段婚姻有名有實呢？這對每個人來說都會很不對勁。」

「妳知道嗎？要是我會愛上哪個女人，那個女人是艾芙琳．雨果應該很合理。我猜一切總有可能。」

「跟你睡這回事我也是同樣的想法，」我說：「一切總有可能。」我拿起茶几上的吉布森調酒啜了一口。

雷克斯笑了。「那跟我說說，我們會住在哪裡？」

「好問題。」

「我的房子在博德街，有幾扇落地窗。車道設計不太好，不過從我的泳池能看見整個山谷。」

「那很不錯。」我說：「我不介意搬去你家住一陣子。反正我再過幾週就要去拍哥倫比亞另一部片，從你家過去距離比較近。我只有一個要求，我要帶著露易莎。」

希莉亞離開後，我又能雇用女傭。畢竟已經沒有人躲在我的臥室裡面。露易莎來自中美洲的薩爾瓦多，只比我小上幾歲。她替我工作的第一天，我聽見她午休時和母親講電話。她在我面前講著西班牙語。「La señora es tan bonita, pero loca.」（這位太太很美，可是很瘋。）

我轉過頭盯著她，開口說道：「Disculpe? Yo te puedo entender.」（不好意思？我聽得懂妳在說什麼。）

露易莎瞪大雙眼，她直接掛掉電話，然後對著我說：「Lo siento. No sabía que usted hablaba Español.」（對不起，我不知道您會說西班牙語。）

我切換回英文模式，我不想對任何人講西語，不喜歡這個語言從我嘴巴講出來，聽起來很奇怪。「我是古巴人。」我告訴她。「我一輩子都說西班牙語。」雖然事實並非如此。我已經好幾年沒講了。

她仔細地盯著我，彷彿我是一幅等待她解讀的畫作，然後她滿懷歉意地說：「您看起來不像古巴人。」

「Pues, lo soy,」我說得傲然。（嗯，我就是。）

露易莎點點頭，收拾自己的午餐，接著去換床單。我在桌子前坐了至少半個小時，震驚到無法動作。我不斷想著：**她怎麼敢？怎麼能從我身上奪走我的身分認同？**

不過我環顧自己的房子，沒有看到半張家人的照片，沒有半本拉丁美洲的書，梳子上卡著金色的髮絲，香料架上甚至沒有半罐小茴香，我才明白奪走我身分的人並不是露易莎。是我自己。是我自己決定不要當真正的自己。

斐代爾．卡斯楚控制了古巴。艾森豪總統已經對古巴實施經濟禁令。豬玀灣事件可說是災難一場。身為古巴裔美國人很複雜。我不但沒有試著在這樣的世界當個古巴人，反而簡單地拋棄了自己的出身。從某些角度看起來，這讓我進一步拋下與我父親間的牽繫，不過同時也讓我更加遠離自己的母親。

一切全都來自我的選擇。完全與露易莎無關。我明白自己沒有權利坐在廚房裡面指責她。

當晚她離開之時，我看得出來她在我身邊並不自在。於是我特地露出誠摯的笑容，並且告訴她，我很期待明天還能見到她。

後來，我再也沒對她說過西班牙語。對於背叛自己的出身，我太過羞愧，非常不安。不過她偶爾會講西語，比如跟母親講點玩笑話，如果我正巧聽見，我會露出微笑。我讓她明白我懂得她的語言。很快地，我也變得很在乎她。我羨慕她從不因為自己的出身而不安。並且毫不畏懼展現真正的自我。她很驕傲自己身為露易莎・席曼尼茲。

她是頭一個我雇用且珍惜的員工。我不打算拋下她自己搬家。

「我知道她非常棒。」雷克斯說道。「帶著她一起過來。現在來說點實際的，我們要睡在同張床上嗎？」

「我猜不需要。露易莎非常謹慎。我已經從過去的經歷學到夠多教訓。另外，我們一年得辦個三四次派對，那時候就得看起來像是住在同個房間。」

「這麼說我還是可以……照舊囉？」

「沒問題，你還是可以跟這顆星球上的所有女人睡。」

「除了我妻子以外的所有女人。」雷克斯笑著，又喝了口酒。

「只是不能被抓包。」

雷克斯擺擺手，彷彿我的擔心不值憂慮。

「雷克斯，我說真的。老公偷吃對我來說是件大事。我不能鬧出這種新聞。」

「妳不需要擔這種心。」雷克斯說。在我要求他的事情中，就屬這件事的回應最為誠摯，就連演出《安娜・卡列妮娜》的時候都不能比。「我絕不會作出任何讓妳丟臉的事。我們是合伙人。」

「謝謝你。」我說道。「這對我來說意義重大。而且我也一樣，我保證，我不會讓你感到困擾。」

雷克斯伸手，而我跟他握手為定。

「好啦，我該走囉。」他看著錶。「我跟某個特別飢渴的年輕女子有約，不希望讓她多等。」我起身的時候他正扣上大衣的扣子。「我們該在什麼時候結婚？」他問我。

「我在想，接下來這週我們應該在市區到處走動，最好讓其他人看到我們出雙入對個幾次。然後保持這種狀態一陣子。大概十一月左右我戴個戒指。哈利建議大新聞可以在上映前兩週左右公布。」

「嚇嚇大家。」

「順便讓他們聊起這部電影。」

「聊到我是伏倫斯基，而妳是安娜……」

「讓一切看起來像是粗糙的宣傳手法，但我們的婚禮卻讓整件事似乎無可挑惕。」

「既卑鄙下流又乾乾淨淨。」雷克斯說道。

「正是如此。」

「妳就靠這維生。」

「你不也是。」

「胡說八道。」雷克斯說：「我從頭到尾都是卑鄙的。」

我送他到門口，抱了他一下作為道別。他站在敞開的門口問道：「妳看過最近一次的剪輯版了嗎？好看嗎？」

「棒透了。」我說。「不過片長將近三個小時。如果我們打算讓觀眾買張電影票……」

「我們就得來場盛大演出。」他說。

「完全正確。」

「不過我們很擅長吧？我和你？」

「我們兩個就是爆點。」

《光影時刻》

一九六二年十一月二十六日

艾芙琳·雨果和雷克斯·諾斯來電！

艾芙琳·雨果捲土重來。我們想她這次真是不甘示弱。艾芙琳與雷克斯·諾斯上週末結婚，地點就在好萊塢之丘的諾斯自宅。

這兩人在拍攝即將上映的《安娜·卡列妮娜》時相識，後來立刻陷入愛河，甚至在彩排階段就為彼此神魂顛倒。接下來幾週，兩位金髮愛侶將會以安娜和伏倫斯基軍官的身份炒熱院線。

這是雷克斯的第一段婚姻，但是艾芙琳已經有過幾段失敗的婚姻。今年她赫赫有名的前夫唐恩·艾德勒與演出《帽子戲法》的女星露比·萊里分居。

全新的電影、眾星雲集的婚禮，兩人還擁有兩棟豪宅，艾芙琳和雷克斯確實正享受著他們的美好時光。

《光影時刻》

一九六二年十二月十日

希莉亞・聖詹姆斯與四分衛約翰・布萊夫曼訂婚

超級巨星希莉亞·聖詹姆斯近期在影視產業表現出色，在影集《皇家婚禮》精湛演出，並以音樂劇《歡慶》驚艷全場。

而現在她值得慶祝的事再添一樁。她在紐約巨人隊四分衛約翰·布萊夫曼身上找到真愛。有人在洛杉磯和曼哈頓看到這兩個人共進晚餐，看起來非常享受彼此的陪伴。

期盼希莉亞·聖詹姆斯能成為布萊夫曼的幸運女神。不過手指上的大鑽石對她來說肯定就已經是個幸運符！

《點評好萊塢》

一九六二年十二月十七日

《安娜・卡列妮娜》票房大放異彩

眾所期盼的《安娜・卡列妮娜》本週五上映，攻佔週末票房。

艾芙琳・雨果與雷克斯・諾斯雙雙獲得極佳好評，難怪觀眾紛紛湧入戲院。世界級的演出以及戲裡戲外的化學效應，讓觀眾對於本片的期待達到最高點。

所有人都在說，一對奧斯卡獎座可能是這對新婚愛侶最完美的結婚禮物。

身為本片的製作人，艾芙琳挺身為電影贏得絕佳票房。

幹得好啊，雨果！

32

奧斯卡頒獎典禮當晚，我和雷克斯牽著手坐在一起，讓所有觀眾都能看一眼我們向整座城市兜售的浪漫婚姻。

獎項落空時，我們兩個人都露出禮貌的微笑，並且為贏家鼓掌。我雖然失望但並不驚訝。這一切美好到近乎不可能真正實現，像我和雷克斯這樣的人贏得奧斯卡？好看的電影明星試圖證明自己也有內涵這回事？我隱隱約約感覺到，許多人希望我們不要越界。於是我們平靜地接受結果，接著整晚到處跑趴，兩個人喝酒跳舞直到清晨。

希莉亞沒參加那年的奧斯卡，儘管如此，我和雷克斯每到一個派對，我還是尋找著她的身影，不過完全沒看見她。雷克斯和我到處喝酒狂歡。

威廉．莫里斯經紀公司的派對上，我發現哈利的身影，並且把他拖到一個安靜的角落，我們兩個人啜飲香檳，聊著我們會變得多麼有錢。

關於有錢人，有件事情你要知道：他們總是想變得更有錢。賺到更多錢永遠不嫌無聊。

我還小的時候餓過肚子，挖遍廚房想找到除了放很久的米和乾掉的豆子之外有什麼東西可以吃，我告訴自己，要是能每天晚上好好吃頓飯，那我就會開心了。

進入日落製片廠之後，我告訴自己，我只想要一棟豪宅。

等我得到那棟豪宅，我告訴自己，我只想要兩棟房子和一群幫傭。

而此刻，我剛滿二十五，我已經明白錢永遠不夠多。

雷克斯和我在清晨五點左右回到家，兩個人都醉了。送我們回家的車離開車道，我在包包裡面翻找房子的鑰匙，雷克斯站在旁邊，對著我的脖子吐出發酸的琴酒味。

「我太太找不到鑰匙！」雷克斯腳步有點不穩。「她非常努力，但好像就是找不到。」

「你能安靜點嗎？」我說。「想吵醒附近鄰居嗎？」

「他們會怎樣？」雷克斯甚至比剛剛更大聲。「把我們兩個踢出這座城市？他們會這麼做嗎？我的寶貝艾芙琳？他們會說，我們不能繼續住在藍鳥路上了嗎？他們會叫我們搬到知更鳥大道嗎？還是金鶯巷？」

我找到鑰匙，插進鎖孔，轉動門把。我們兩個人跌進屋內。我向雷克斯道晚安，回到自己的房間。

我一個人脫下禮服，沒有叫人幫我拉下背後的拉鍊。那一刻我強烈感受到，我的婚姻如此孤單。

我瞥了鏡子裡面的自己一眼，毫無疑問，我非常美麗。但這不代表有人愛著我。我穿著襯裙站在那裡，盯著自己閃亮的金髮、深棕色的眼睛，還有我又直又濃的眉毛。我想念那個女人，那個應該成為我太太的女人。我想念希莉亞。

我的腦中不停閃過的念頭是，她此刻可能正和約翰．布萊夫曼在一起。我也知道不該相信八卦報紙的消息。但我也害怕自己已經不再像過去那樣瞭解她。她愛著他嗎？她已經忘了我嗎？想起她的紅髮曾經披散在我枕頭上的樣子，我的眼眶泛淚。

「好啦好啦。」雷克斯在我身後開口。我轉身看到他站在門口。

他已經脫掉燕尾服外套，拿下袖釦。襯衫的釦子半解，脖子上掛著鬆開的領結。這個國家有上百萬個女人願意為眼前這幕付出一切。

「我以為你睡了。」我說。「如果我知道你還醒著，我早就叫你幫我脫掉這件禮服。」

「我很樂意。」

我揮手要他少來。「你在做什麼？睡不著嗎？」

「還不累。」

他往房間內移動，站得離我更近。

「噢，那就試著躺下。很晚了。照這個樣子，我們兩個會睡到傍晚。」

「考慮看看吧，艾芙琳。」他說。窗戶透入光線照亮他的金髮。他的酒窩閃閃發光。

「考慮什麼？」

「考慮看看這會怎樣。」

他靠近我，一手放上我的腰側。他站在我身後，呼吸又一次打在我脖子上。被他碰觸的感覺很好。

電影明星就是電影明星，也只是電影明星。過一陣子後，我們全都會漸漸消失。我們是人類，就像其他人那樣充滿缺陷。不過我們是被選中的人，因為我們並不尋常。不尋常的人最喜歡另外一個不尋常的人。

「雷克斯。」

「艾芙琳。」他對著我的耳朵低語。「就這麼一次。不好嗎？」

「不好，」我說：「我們不該這麼做。」不過我並沒有完全被自己的答案說服，所以雷克斯也沒有。「你應該趁著我們兩個還沒做出隔天會後悔的事之前，回到你的房間。」

「妳確定嗎？」他說。「我會如妳所願，不過我非常希望妳能改變心意。」

「我不會改變心意。」我說。

「但是考慮看看吧。」他說。他的雙手往上移，只剩下我的絲質襯裙阻隔我們。「想像我壓在妳身上的感受。」

我笑了。「我不會想像那個。如果我想像那些，我們兩個都會完蛋。」

「想像我們兩個一起動作。想像我們一開始會慢慢來，接著失去控制。」

「這對其他女人管用嗎？」

「對其他女人我從來不需要這麼努力。」他親吻我的後頸。

我大可以離開他身邊。我大可以賞他一巴掌，然後他就會僵著嘴離開。不過我還沒準備好讓這一幕結束。我喜歡受到引誘。我喜歡知道自己可能會做出錯誤的決定。

而這肯定就是錯誤的決定。因為我一下了那張床，雷克斯會立刻忘記自己多麼努力得到我。他只會記得自己得到了我。

而這不是一般的婚姻，其中牽扯太多金錢。

我讓他拉下一邊的襯裙，我讓他撫摸領口下方的肌膚。

「在妳身上迷失自我不知道會是什麼滋味？」他說：「躺在妳身下，然後看著妳在我身體上方扭動。」

我幾乎要這麼做了。我幾乎要拉下自己的襯裙，然後把他扔到床上。

不過接下來他說：「來吧寶貝，妳知道妳想要的。」

一瞬間我非常清楚，雷克斯曾經對數不清的女人用過這招。

永遠不要讓任何人給妳這種感覺，讓妳覺得自己非常普通。

「出去。」我說，語氣並不嚴厲。

「可是——」

「沒有可是。去睡覺吧。」

「艾芙琳——」

「雷克斯，你喝醉了，你把我誤認成你那些女孩，可是我是你太太。」我語帶諷刺。

「一次也不要？」他說。他似乎清醒得非常迅速，彷彿半瞇著的眼睛都是演技的一部分。我對他從來不真的確定。妳永遠不會知道自己對雷克斯．諾斯來說算是什麼。

「雷克斯，別再這麼做了。不會發生那種事的。」

他翻了白眼，然後親吻我的臉頰。「艾芙琳，晚安。」接著他就跟進來的時候一樣，溜出了我的房門口。

隔天，我被電話鈴聲吵醒，嚴重宿醉的同時有點困惑自己身在何方。

「喂？」

「太陽曬屁股囉，小朋友。」

「哈利，幹嘛啊？」直射的陽光燙傷我眼睛。

「你們昨晚離開福斯影業的派對之後，我和山姆．普爾有段非常有意思的對話。」

「派拉蒙的執行製作在福斯影業的派對幹嘛？」

「他想找妳和我。」哈利說道。「啊，還有雷克斯。」

「要做什麼？」

「派拉蒙想簽下妳和雷克斯，三組片約。」

「什麼？」

「他們想要三部電影，我們兩個製作，妳和雷克斯主演。山姆說讓我們開價。」

「讓我們開價？」每次我喝太多，隔天醒來總覺得自己人在水下。一切看起來都很模糊，似乎被靜音。我必須確定自己了解現在的狀況。「你說讓我們開價是什麼意思？」

「妳希望一部電影片酬百萬嗎？我聽說唐恩演出《前塵往事》的酬勞就是這麼多。我們也可以幫妳要到那麼多。」

我想要跟唐恩賺到一樣多的錢嗎？我當然想。我想要收到那張支票之後，影印一份寄給他，順便附上一張我比中指的照片。不過我更想要的是可以自由做我想做的事。

「不要。」我說：「不。我不要簽下那種讓他們來告訴我演出什麼電影的合約。你和我一起，我們決定我拍什麼電影。就這樣。」

「妳沒在聽。」

「我聽得很清楚。」我用肩膀撐著身體，然後把話筒換了手。我想著：**我今天要游個泳，應該叫露易莎把泳池水熱一熱**。

「我們來挑電影。」哈利說：「這不是交易的重點。妳和雷克斯無論演什麼電影，無論妳開價多少，派拉蒙都想買。」

「只因為《安娜．卡列妮娜》？」

「我們證明了妳的名字可以把觀眾帶進電影院。而如果我的觀察沒錯，我認為山姆．普爾想要搞死亞里．蘇利文。我認為他想要亞里．蘇利文丟出來的東西，然後用那些東西大賺一筆。」

「所以我只是個小棋子。」

「每個人都是棋子。妳之前從來不這麼想，也不需要從現在開始認為這些事特別針對妳。」

「我們想要的任何電影？」

「我們想要的任何條件。」

「你跟雷克斯說了嗎？」

「妳真的覺得我有事會不先找妳，而先找那個無賴嗎？」

「噢，他不是無賴。」

「如果妳在喬伊．納森因為他心碎之後，跟喬伊聊過的話，妳就不會這麼說。」

「哈利，他是我丈夫。」

「不，艾芙琳，他不是。」

「你就不能在他身上找點**什麼**來喜歡嗎？」

「喔，他討人喜歡的點可多了。我喜歡他讓我們賺那麼多錢，我喜歡他**接下來還會**讓我們賺到更多。」

「他在我身邊一直表現得很好。」我跟他說不行，他就離開我的房間。從沒有男人願意那麼做。不是每個男人都辦得到。

「那是因為你們兩個想要同樣的東西。妳應該最清楚這點，如果你們想要同樣的東西，妳就不確定那個人的本性。這就像一隻狗和一隻貓處得來，只因為牠們都想殺了那隻老鼠。」

「好吧，我喜歡他。我希望你喜歡他。尤其現在我們要簽這筆合約，雷克斯和我得要繼續保持婚姻狀態，比我們一開始預設的還久一點。所以他會成為我的家人。你是我的家人。你們兩個人也是彼此的家人。」

「很多人不喜歡他們的家人。」

「閉嘴啦。」我說。

「讓雷克斯一起討論，然後簽好這份合約行嗎？叫你的經紀人一起確認合約的內容。讓我們開個天價，大幹一場。」

「好吧。」我說。

「艾芙琳。」哈利掛電話前開口。

「嗯？」

「妳知道現在的情況吧？」

「什麼？」

「妳就要變成好萊塢片酬最高的女明星了。」

33

接下來的兩年半，雷克斯和我維持婚姻狀態，一起住在山丘上的房子裡，在派拉蒙一起製作並且拍攝電影。

那時候的我們擁有一整個團隊。兩名經紀人、一位公關、幾名律師，各自的業務經理，同時還有兩名現場助理，以及包含露易莎在內的幫傭們。

我們兩人每天在各自的床上醒來，在房子的兩側打理自己，然後坐上同一台車一起前往片場，進到現場就牽起手來。整天工作之後，再一起開車回家。此時我們會分頭安排晚間計畫。

我通常和哈利還有幾個我喜歡的派拉蒙明星一起過。不然我會找個我相信可以保密的對象約個會。在我和雷克斯的婚姻中，我從沒遇過哪個讓我渴望再見一面的對象。當然，我有過一兩次開心放縱的時刻。有幾次是跟其他明星、有一回是搖滾歌手、極少數是已婚男子——這些人最可能保守祕密，不告訴其他人他們跟電影明星上床。不過一切都沒有意義。

我以為雷克斯也只進行沒有什麼意義的調情。大部份時候他是的。不過突然間他認真了。

某個週六，露易莎正在替我烤土司，他踏進廚房。我邊抽菸邊喝咖啡，等著哈利來接我去打網球。

雷克斯走到冰箱邊，倒了一杯柳橙汁，然後在我身邊坐下。

露易莎在我面前放下吐司，接著將奶油擺在桌子中央。

「諾斯先生，您需要什麼嗎？」她問道。雷克斯搖搖頭。「謝謝妳，露易莎。」

然後我們三個都知道，她得先離開廚房。有什麼事就要發生了。

「我去洗衣服。」說完她就溜走了。

只剩下我們兩個之後，雷克斯開口：「我戀愛了。」

這或許是我最沒想過會從他嘴巴說出來的句子。

「戀愛了？」我問。

看到我震驚的表情，他哈哈大笑。「這聽起來一點都不合理。相信我，我很清楚。」

「對象是誰？」

「喬伊。」

「喬伊．納森？」

「是的，這幾年我們一直斷斷續續在約會。妳也知道這是怎麼回事。」

「我知道這對你來說是怎麼回事，當然。不過根據我上次聽來的八卦，你傷了她的心。」

「沒錯，妳應該早就知道，這麼說好了，過去的我有點……沒心沒肺。」

「可以這麼說沒有錯。」

雷克斯大笑。「可是我開始覺得，早上起床時，身邊有個女人陪伴應該不錯。」

「小說情節喔。」

「而要說我會希望那個女人是誰，我想到的是喬伊。所以我們正在約會。對了，我們很低調的。然後呢，我發現自己隨時都想著她。我希望自己可以一直跟她待在一起。」

「雷克斯，太好了。」我說。

「我就希望妳能這麼想。」

「那我們現在該怎麼辦？」我問。

「這個嘛。」他深呼吸：「喬伊和我想結婚。」

「好吧。」我回答的同時腦子已經換檔，開始計算宣布離婚的最佳時機。我們已經有兩部電影上映，一部表現不錯，一部不怎麼樣。而第三部片《卡羅萊納日落》講的是一對年輕夫妻，兩人失去了小孩之後搬到北卡州療傷，結果卻跟小鎮上的人有了牽扯，這部片兩個月後就要上映。

雷克斯交出了至今最佳的表現。不過我很清楚這部片對我來說可能事關重大。「我們可以說拍攝《卡羅萊納日落》壓力很大，說看到彼此在片場親吻其他人毀了我們的關係。大家都會為我們難過，但不會太過頭。觀眾都喜歡一些傲慢自大的故事。我們拿的理所當然，現在我們得付出代價。你得等上一陣子。我們可以安排一下，我希望你快樂，所以把你介紹給喬伊。」

「艾芙琳，那樣的話很棒，真的。」雷克斯說。「不過喬伊懷孕了。我們要有孩子了。」

我挫折地閉上眼睛。「好吧。」我說：「好吧，我們好好想想。」

「如果就說我們已經有好一陣子不太開心了呢。我們各過各的？」

「然後說我們之間其實已經漸漸沒有火花。這樣誰還會想看《卡羅萊納日落》？」

哈利已經警告過我會有這種情況。雷克斯並不在意《卡羅萊納日落》，至少沒有我那麼在意。他很清楚自己在這部電影裡面沒什麼特別的，就算他有，他全部心力也都在自己的愛人、還有之後要出生的孩子身上。

他著著窗外，然後轉身背對我。「好吧。」他說：「妳說的沒錯。我們一起同意了這淌渾水，也要一起結束這一切。妳覺得我們該怎麼做？我告訴喬伊，我們會在孩子出生前結婚。」

雷克斯．諾斯向來比其他人口中的他更有擔當。

「當然囉。」我說。「當然。」

門鈴響起，哈利接著走進廚房。

我有了個主意。

並不是個完美的計畫。

天底下幾乎不存在完美的計畫。

「我們各自搞外遇。」我說。

「什麼？」雷克斯問道。

「早安。」哈利說道，他發現自己錯過了這段對話當中很大一部分。

「接演一部我們兩個各自外遇的電影，結果在拍攝程中我們真的搞了外遇。你和喬伊，我和哈利。」

「什麼？」哈利說。

「大家都知道我們一起工作。」我對哈利說。「大家早就看過我們出雙入對，我大概有上百張照片都拍到你。大家會相信這回事的。」我轉身面對雷克斯。「我們在這些緋聞傳出去之後就立刻離婚。我們顯然不能否認你和喬伊的事，不過要是有人罵你背著我偷吃，他們也知道這件事沒有受害者。因為我也這麼對你。」

「這其實不算是個糟糕的主意。」雷克斯說。

「嗯，這讓我們兩個都不好看。」我說。

「沒錯。」雷克斯說。

「不過電影能賣。」哈利說。

雷克斯笑著看向我，然後伸出手來跟我握了握。

「沒人會相信的。」哈利載著我去網球俱樂部的路上說。「至少這座城市的人不會。」

「你在說什麼？」

「妳和我的事。很多人會立刻嗤之以鼻。」

「那是因為……」

「因為他們很清楚我是個什麼。我是說，我之前也考慮過類似這樣的事，甚至哪天找個老婆。天曉得那會讓我媽多開心。她還在伊利諾州的香檳區，拼命地想著我什麼時候能找個好女孩建立家庭。我很想要個家庭。不過會有太多人看穿的。」他邊開車邊瞥了我一眼。「就像我很擔心許多人會看透這個安排。」

我看向車窗外，棕櫚樹的葉片搖曳。

「我們就讓一切無從抵賴。」我說。

我喜歡哈利的一點就是，他能立刻跟上我的想法。

「要有照片，」他說：「我們兩個的照片。」

「對啊。自然的側拍，看起來就像我們被人逮到。」

「對妳來說，直接找別人不是更容易嗎？」他說。

「我不想要再去認識其他人。」我說。「假裝自己很快樂這回事，我已經膩了。如果對象是你，至少我是假裝去愛著我真心喜愛的人。」

哈利安靜了一會兒，然後終於開口：「我認為有件事妳該要知道。」

「嗯。」

「這件事我其實之前就該告訴妳。」

「好啊，告訴我吧。」

「我在和約翰．布萊夫曼約會。」

我的心跳開始加速。「希莉亞的約翰．布萊夫曼？」

哈利點頭。

「有多久了？」

「兩三週吧。」

「你打算什麼時候跟我說？」

「我不太確定該不該說。」

「所以他們的婚姻是……」

「假的。」哈利說道。

「她不愛他？」我問。

「他們分床睡。」

「你見過她嗎？」

他沒有立刻回答。他看起來像謹慎地考慮怎麼開口。不過我沒有耐心等他精心選擇說法。

「哈利，**你見過她嗎？**」

「見過。」

「她看起來如何？」我問道，接著想到一個更好也更進一步的問句：「她曾經問起我嗎？」

儘管少了希莉亞，對我來說並不好過，不過要是我能假裝她是另個世界的一部分，生活會**稍微容易一點**。但是現在她存在在我的生活範圍之內，我勉強壓抑的情感就沸騰了。

「她沒問。」哈利說道。「不過我猜她是不想問，而不是不想知道。」

「可是她不愛他？」

哈利搖搖頭。「對，她並不愛他。」

我又轉回去看著窗外。想像著要求哈利載我到她家。想像著朝她家門口狂奔。想像著自己跪下來，告訴她一切事實，告訴她，少了她以後生活多麼空虛寂寞，很快地一切都失去意義。

可是我沒有，我只說：「我們什麼時候要拍照。」

「什麼？」

「我跟你的那些照片。我們在照片中要表現得像是被逮個正著。」

「我們可以在明天晚上拍。」哈利說。「我們可以停好車。在山丘那邊怎樣？攝影師方便拍照，照片看起來又很隱蔽。我會打給瑞奇．萊斯。他需要賺點錢。」

我搖頭。「這消息不能由我們來放。現在八卦媒體不再配合演出，它們自有傳播路徑。我們需要其他人來放風聲。而且小報會相信這個人**想要**讓我被逮個正著。」

「誰呢？」

我一想到該找誰就搖了搖頭。我意識到自己必須這麼做，但我已經想要放棄。

我在書房的電話邊坐下來。確認過門是關上的之後，我撥通對方的號碼。

「露比，我是艾芙琳，我需要妳幫忙。」她一接起電話我就開口。

「說來聽聽。」她立刻回答。

「我需要妳放消息給幾個攝影師。說妳看到我在特勞斯戴爾莊園，跟某人在車上擁吻。」

「什麼？」露比大笑。「艾芙琳，妳想做什麼？」

「別擔心我的事，妳自己已經有夠多要煩的了。」

「這表示雷克斯快要恢復單身了？」她問道。

「妳還沒撿夠我的剩菜嗎？」

「親愛的，是唐恩來追求**我**。」

「我知道是他追妳。」

「妳至少可以給我一點警告。」她說。

「妳知道他背著我做了什麼。」我說。「妳怎麼會覺得他跟妳在一起就會改？」

「小艾，我不是在說偷吃的事。」她說。

我這才明白他也揍了她。

一時之間我震驚到無語。

「妳現在還好嗎？」過了一會兒我問她。「妳逃掉了嗎？」

「我們已經確定離婚。我要搬到海邊，剛在聖塔莫尼卡買了棟房子。」

「妳不認為他接下來會到處妨礙妳的事業嗎？」

「他早就試過了。」露比說道。「不過他不會成功的，他近期三部片只有勉強回本。大家都以為他的《夜行獵手》能得到金獎提名，但後來沒有。他的運勢正在一路往下。大概就跟拔了爪子的貓一樣，沒什麼威脅。」

我的手指繞著電話線。某種程度上，我對他稍微能夠同情。不過我對她更加感同身受。「露比，狀況有多糟？」

「沒有什麼是厚粉底和長袖遮不住的。」聽她講話的方式還有語氣中的驕傲，彷彿承認自己受了傷害就是承認自己的弱點，她不願意讓步，這一切令我心痛。這件事傷害了她，多年之前，同一個人做的事也同樣傷害了我。

「找一天過來吃晚餐。」我對她說。

「噢，艾芙琳，我們別這樣。」她說。「我們經歷過太多，不需要這麼假。」

我大笑。「很合理。」

「關於明天的人選，妳有特別希望我打給誰嗎？還是只要我手上有聯絡方式的就可以？」

「隨便哪個有影響力的都行。急著要用我的失勢賺錢的人就好。」

「噢，那就是所有人了。」露比說。「沒有惡意。」

「沒感覺到。」

「妳太成功了。」她說。「太多賣座電影、太多帥氣老公。我們都想把妳從天上打下來。」

「親愛的，我知道。我很清楚。等到他們料理過我之後，他們接著就會找上妳。」

「如果有人還喜歡妳，妳就不是真正的名人。」露比說道。「我明天會打電話。無論妳在做什麼，祝妳好運。」

「謝囉。」我說。「妳救了我一命。」

掛掉電話之後我想：**要是我能告訴其他人，他對我做了什麼，他或許沒有機會這麼對待她**。

對於那些被我波及的受害者，我沒什麼興致逐一記錄，不過我確實想過如果哪天真的這麼做，就該把露比・萊里擺進名單裡。

34

我和哈利開著車往山頂去，身上的洋裝露出太多乳溝。

他在路邊停下車，我靠近他。我知道大紅色會有壓迫感，所以塗了裸色口紅。我很小心地控制妝容和打扮不要太過頭，不想看起來太過完美。我希望照片**看起來**不像是安排好的。我其實不用這麼操心。影像非常有力。一般來說，我們很難擺脫自己眼睛看到的印象。

「妳希望怎麼進行呢？」哈利說道。

「你很緊張嗎？」我問他。「你之前從來沒有吻過女生嗎？」

哈利看著我的眼神彷彿看著白痴。「我當然有過。」

「你曾經跟女人做愛嗎？」

「一次。」

「你喜歡嗎？」

哈利考慮了一下。「這個問題很難回答。」

「那就假裝我是男人。」我說。「假裝你必須要得到我。」

「艾芙琳，吻妳這回事我可以主動。我不需要妳來引導我。」

「我們必須停留得夠久，看起來彷彿我們已經在這裡待了一陣子，這樣他們經過的時候才會相信。」

哈利揉亂自己的頭髮，然後拉開衣領。我笑著弄亂自己的衣服。拉下一邊肩帶。

「哇。」哈利說道。「現場變得又色又辣。」

我笑著推開他。我們聽到車子接近的聲音，頭燈閃了過來。

哈利抓住我的雙臂，緊張萬分地吻了我。他的嘴唇貼著我，那輛車經過我們時，他一隻手正探進我的頭髮。

「我想那只是附近住戶。」我看著那輛車的尾燈繼續往山谷前進。

哈利抓住我的手。「妳知道的吧，我們辦得到的。」

「什麼？」

「我們可以結婚。我的意思是，如果我們打算假裝這些，我們也可以**真的**那麼做。這沒那麼瘋狂。畢竟我是愛妳的。或許不是丈夫對妻子該有的那種，但我想也夠了。」

「哈利。」

「而且……我昨天說過想要個老婆。我一直在想這件事，如果這行得通，如果大家都接受……那麼或許我們可以一起有個家庭。妳不想要一個家嗎？」

「我想。」我說。「說到底，我是想的。」

「我們對彼此來說會是很棒的家人。當燦爛歸於平淡時我們不會就這麼放棄，因為我們對彼此的認識早就超過這一切。」

「哈利，我不確定你是不是認真的。」

「我超級認真。至少我覺得自己很認真。」

「你想跟我結婚嗎？」

「我想跟我愛的人結婚。我想要有人陪。我想要能帶人回家見家人。我不想要繼續獨自生活。我還想要兒子或女兒。我們能一起有個小孩。我知道我什麼都不能給妳。但我想要有個家，而且我很樂意跟妳一起建立家庭。」

「哈利，我憤世嫉俗又愛發號施令，大多數的人都會覺得我不怎麼正派。」

「妳很強大、適應力好，又有才華。妳的內在和外在都不同凡響。」

他認真地考慮過這一切。

「那你呢？你的……癖好呢？這一切該如何進行？」

「就像妳和雷克斯那樣。我還是會去約會。當然會非常小心。妳也可以繼續約會。」

「但我不想要這輩子都在外遇。我想要跟我愛的人在一起。而且那個人也愛我。」

「這部分我就幫不上忙了。」哈利說道。「愛情的部分妳得找她。」

我低頭看著自己的大腿，盯著我的指甲。

她願意再次接受我嗎？

她和約翰。我和哈利。

這可能真的能成。這可能會運作得很棒。

如果我不能擁有她，我還想要其他人嗎？我很確定如果自己不能擁有她，我就想要跟哈利共度此生。

「好吧。」我說：「就這麼辦。」

又一輛車靠近我們，哈利再次抓住我的手。這一次他的動作很慢，那個吻非常熱情。有個人拿著相機跳下車，哈利假裝自己沒有立刻看見他，他的手滑下我的洋裝。

下一週印在小報上的照片，既俗氣而且令人震撼又反感。我們看起來臉部浮腫，表情充滿罪惡感，哈利的手顯然擺在我的胸口。

隔天，所有頭條都是喬伊·納森懷孕的消息。

我們四個人成了全國茶餘飯後的話題，既不道德又不忠誠，只顧滿足私慾的罪人。

《卡羅萊納日落》創下院線上映時間最長的紀錄。為了慶祝我們離婚，雷克斯和我對飲兩杯帶鹹味的髒馬丁尼調酒。

「敬我們成功的結盟。」雷克斯說。然後我們乾杯，喝下手中調酒。

35

我到家的時候已經是凌晨三點。艾芙琳喝了四杯咖啡，精神顯然十分亢奮，可以繼續講下去。我其實隨時可以告辭，但我很高興有理由可以晚點回到自己的生活。全副心神都忙著消化艾芙琳的故事，就代表不需要意識到自己的處境。

反正說到底，規則也不是我來決定。我挑選戰場，贏了一場。剩下的由她做主。

我回到家，爬上床鋪，想辦法自己盡快入睡。在我睡著之前最後閃過的念頭是，我有著很好的理由拖著大衛的簡訊不回，這讓我鬆了口氣。

我被手機鈴聲吵醒，看了一眼時間。快九點了。今天是星期六。我本來希望能睡晚一點。

我母親的臉出現在手機螢幕上。她那邊還沒六點。「媽？還好嗎？」

「當然囉。」她的語氣彷彿這通電話是中午的事。「我只是想趁妳出門之前打個招呼。」

「妳那邊甚至還不到六點欸。」我說。「而且今天是週末。我本來打算睡晚一點，然後抄一些我在艾芙琳那邊錄到的音檔。」

「半個小時前我們這邊有個小地震，所以我現在睡不著。艾芙琳的進度怎樣？我覺得直接喊她艾芙琳很怪。好像我認識她還是怎樣。」

我告訴她法蘭琪同意幫我升職。我告訴她艾芙琳同意拍攝封面。

「妳是說自己在二十四小時之內又是去找《當代人生》雜誌總編，又是去見艾芙琳・雨果嗎？後來有得到妳想要的東西嗎？」

我大笑著，驚訝母親的語氣裡包含多少讚嘆。「對啊。」我說。「我想是有。」

我母親發出只能以咯咯笑來形容的聲音。「我的好女兒！」她說。「啊我跟妳說，要是妳父親人在這裡，他一定會笑得很開心又驕傲。他一直都知道妳的能力很好。」

我不確定這是不是事實，並非因為我媽曾經真的對我扯謊，而是因為對我來說太不敢置信。我可以看見我爸想著，女兒長大之後會好心又聰明；這很合理。但我沒想過自己會變成一股難以估量的力量。或許我該**開始**這麼想像自己，或許我確實如此。

「我大概就是這樣，對吧？全世界注意囉，別小看我。我要去拿下屬於我的江山。」

「親愛的，沒有錯。妳就是這樣的。」

我跟我媽說了愛妳，結束通話之後我對自己充滿驕傲，甚至有點得意。

我不知道艾芙琳．雨果不到一週就會結束她的故事，而我會明白這一切所為何來，我會痛恨她到擔心自己真的會殺了她。

聰穎的、好心的、痛苦的
哈利·卡麥隆

36

我以《卡羅萊納日落》提名了當年奧斯卡最佳女主角，唯一的問題是，希莉亞同年也獲得提名。我和哈利一起走紅毯。我們訂婚了。他給了我一只鑽石配祖母綠的戒指。戒指被我當晚穿著的黑色綴珠禮服襯得醒目。禮服兩側開叉延伸到我的大腿中段。我愛那套禮服。

其他人也是如此。我注意到每次有人回顧我的生涯，那套禮服總是會出現。我確定禮服會出現在這次拍賣會場，那應該能賺到一大筆錢。

我很開心大家就跟我一樣喜歡那套禮服。我沒拿到大獎，但那天到頭來成了我生命中盛大的一晚。

希莉亞在典禮前抵達。她身穿淡藍色平口桃心領禮服，配上髮色令人無比驚艷。隔了將近五年終於再次親眼見到她，我發現自己不由自主屏住呼吸。

雖然我很不想承認，但我去看了希莉亞每一部電影。所以我是**看過**她的。

不過沒有任何攝影器材能夠捕捉某個人存在的樣子，特別是像她這樣的人。光是她選擇把目光停留在妳身上，就能讓妳感覺自己很重要。

二十八歲的她多了一股優雅的感覺。她變得成熟而高貴，看起來就像非常清楚自己是誰的那種角色。

她勾著約翰．布萊夫曼的手臂。他身上的燕尾服似乎被寬闊的肩膀撐開，看起來就像個標標準準的美國人。無論這一切有多麼虛假，他們是很美的一對。

「小艾，妳雙眼發直。」哈利推著我進入典禮現場。

「抱歉。」我說：「謝謝你。」

我們來到自己的座位，對周遭的人微笑揮手。喬伊和雷克斯在我們後面幾排，我客氣地揮揮手，知道大家都在看我們，而我如果跑過去擁抱他們，其他人可能會一頭霧水。

等到我們坐下，哈利說：「如果妳得獎了，妳會跟她說話嗎？」

我笑了。「順便洋洋得意一番嗎？」

「不用，不過這樣一來，妳總算搶到自己渴望已久的有利位置了。」

「她離開我。」

「妳和其他人睡。」

「為了她。」

哈利對著我皺起眉頭，彷彿我完全搞錯重點。

「好吧，如果我得獎了，我會跟她說話。」

「謝謝妳。」

「為什麼跟我道謝？」

「因為我希望妳快樂，顯然我必須因為妳採取一些對自己有好處的事情而獎勵妳。」

「喔，如果**她**得獎了，我一句話都不會跟她講。」

「如果她得獎了，」哈利溫柔地開口：「我只是說**如果**，而她過來找妳說話的話，我會牽著妳過去，逼妳聽完，然後回應她。」

我沒辦法直視他。我滿心戒備。

「反正結果怎樣也沒人知道。」我說。「大家都覺得學院會把獎頒給露比，因為她去年沒能因為《危險航班》得獎。」

「他們也可能不會。」哈利說道。

「對啦，最好是。」我應道。「我在布魯克林有座橋要賣給你呢[1]。」

不過等到燈光暗下、主持人出場，我不認為自己的機會那麼小。我只是妄想症發作，還以為學院終於要給我一座天殺的奧斯卡。

頒獎人喊出最佳女演員的入圍者時，我在觀眾裡尋找希莉亞的身影。我看到她的瞬間，她也正好看到我。我們四目交接。頒獎人既沒有說出「艾芙琳」或「希莉亞」，他說的是：「露比。」

我的心一沉，感覺既疼痛又沉重，我好氣自己竟然以為有機會得獎。然後我想著，希莉亞還好嗎。哈利握著我的手，安慰地捏了捏。我希望約翰也緊緊握著希莉亞的手。我離開座位去了趟洗手間。

我推開門，正好碰到邦妮．勒克蘭在洗手。她對我微微一笑後就離開了。剩下我自己一個人。我打開一個隔間，接著關上門。讓自己哭泣。

「艾芙琳？」

如果妳花了那麼多年的時間思念著某個人的聲音，為之食不下嚥，當那個聲音終於出現，妳一定會聽見。

「希莉亞？」我說。我背靠著隔間門版。我抹抹眼睛。

「我看到妳走進來。」她說：「我想這可能表示妳沒有……妳在難過。」

「我想替露比感到開心。」我拿著廁所衛生紙小心翼翼地擦乾眼淚，忍不住失笑。「不過那不是我的作風。」

「也不是我的。」她說。

我打開門。她就在那裡。藍色洋裝、一頭紅髮、個頭嬌小，存在感卻充滿了整個空間。她眼睛一看到我，我就知道她還愛我。我看見她的瞳孔放大而且眼神軟化。

「妳就跟從前一樣美。」她靠著水槽開口，雙手在身後撐著身體。希莉亞看著我的方式，總帶著一絲興奮。我覺得自己彷彿老虎面前的一塊生肉。

「妳也不錯。」我說。

「我們不該被人看到一起待在洗手間。」希莉亞說道。

「為什麼不該？」我問。

「因為我猜在場的好些人都知道我們曾經搞在一起。」她說：「我知道妳討厭那些人以為我們又在一起了。」

那是個試探。

我知道。她也知道。

如果我說了正確的話，如果我告訴她，我才不在乎那些人怎麼想，如果我告訴她我願意當著所有人的面在舞台中間和她做愛，我或許就能讓她回到我身邊。

我放任自己想像了一下。我想像著明天早上在她混合著香菸與咖啡的氣息中醒來。

不過我要她承認不全是我的錯。我們之所以分手，她也有份。「或者妳只是不想要其他人看到妳身邊有個……之前妳怎麼說的，我想應該是**妓女**？」

希莉亞失笑，低下頭看著地板，接著抬起頭看我。「妳想要我說什麼？說我錯了嗎？我是錯了。我想要傷害妳，就像妳傷害我那樣。」

「但我從來不想傷害妳。」我說。「我從來沒有故意做什麼事來傷害妳。」

「妳覺得愛我很丟臉。」

「我才沒有。」我說。「事情才不是這樣。」

1 表示在商業交易中欺騙某人，典出一百多年前人們相信紐約市正在出售布魯克林大橋的騙局。

「妳確實花了很多力氣來掩飾。」

「我想保護我們兩個，所以我必須採取行動。」

「有待爭論。」

「那就跟我爭論，」我說：「不要再離開我。」

「艾芙琳，我離得不遠。如果妳真的有心，妳早就能找到我。」

「希莉亞，我不喜歡被耍。我們第一次出門買奶昔，我就告訴過妳了。」

她聳聳肩。「但妳也耍了其他人。」

「我沒有說自己表裡如一。」

「妳怎麼能那麼做？」希莉亞說。

「做什麼？」

「對其他人來說那麼可怕的事，妳怎麼可以做得滿不在乎？」

「因為其他人怎樣跟我無關。」

希莉亞嗤笑，笑聲輕輕的，她低頭看著自己的雙手。

「但是妳不一樣。」我說。

她抬頭看著我的眼神，讓我覺得很值得。

「我在乎妳。」我說。

「妳**曾經在乎**我。」

我搖搖頭。「不，不是過去式。」

「那妳還放下得真快，一下子就跟了雷克斯・諾斯。」

我對著她皺眉。「希莉亞，妳該知道的。」

「所以婚姻是假的。」

「從頭到尾都是假的。」

「妳曾經跟其他人在一起嗎？別的男人？」她問道。她總是嫉妒那些男人，擔心自己爭不過他們。我嫉妒那些女人，擔心我比不上她們。

「我過得很愉快。」我說：「我相信妳也一樣。」

「約翰不是——」

「我不是在說約翰。不過我知道妳並不是守貞型的。」即使這些事可能會令我心碎，我還是想要打探，人性的弱點。

「沒錯。」她說。「妳說得對。」

「跟男人嗎？」我希望答案是肯定的。如果是男人，我知道對她而言毫無意義。她搖搖頭，我的心又碎了一點點，就像裂縫隨著張力裂得更深。

「有我認識的人嗎？」

「她們都沒什麼名。」她說。「她們對我來說都不算什麼。我碰觸她們的時候，心裡想著的是，如果能碰妳會是什麼感覺。」

聽她這麼說，我同時覺得心裡又痛又脹。

「希莉亞，妳不該離開我。」

「妳不該讓我離開妳。」

這一句話完全消除了我內心的糾結。我忍不住喊出心裡的想法：「我知道。我都知道。我知道。」

有些時候事情進展得太快，妳甚至不太確定自己是否注意到一切要發生。前一刻她還倚著水槽，接下來她的雙手就捧著我的臉，身體和嘴唇都貼在我身上。她厚重的唇膏嚐起來像麝香味的乳脂，帶著辛辣且強烈的萊姆酒氣息。

我迷失在她身上。迷失在她身體再一次緊貼著我的感受，迷失在知道她注意著我的愉悅，還有明白她愛我的榮耀。

接著門板敞開，兩個製作人的妻子走了進來。我們立刻分開。希莉亞假裝在洗手，我則移動到鏡子前面整理妝容。那兩個女人聊著天，只顧著彼此對話的內容，幾乎沒注意到我們。

她們分別進了兩個隔間，而我盯著希莉亞。她盯著我。我看著她關上水龍頭，拿起擦手巾。我好怕她就這麼走出洗手間。但她沒有。

其中一位太太離開了，接著另一位也是。我們終於又獨處了。我們側耳細聽，典禮剛結束廣告休息時間。

我抓住希莉亞吻了她。我推著她靠上門板。我對她貪得無厭。我需要她。對我來說，她比任何藥物更有效。

我甚至沒能停下來考慮風險，就直接撩起她的裙子，手溜上她的大腿。我把她抵在門上，吻著她，用她喜歡的方式撫摸她。

她的手摀著嘴巴輕輕呻吟。我親吻她的脖子。我們兩個的身體緊緊交纏，貼著門板顫慄。

我們隨時可能被人看見。要是現場哪個女人決定要在那七分鐘走一趟洗手間，我們就會失去拼命得來的一切。

我和希莉亞就這樣原諒了彼此。

我們因此明白，我們無法離開對方。

現在我們都知道，我們願意冒險。只為了能夠在一起。

《光影時刻》

一九六七年八月十四日

艾芙琳・雨果與製作人哈利・卡麥隆成婚

第五次會有好運嗎?艾芙琳・和製作人哈利・卡麥隆上週六完婚,結婚典禮在卡普利的海灘上舉行。

艾芙琳穿著灰白色絲質長禮服,長長的金髮垂落,整理成中分造型。哈利的服裝品味出名的好,這個好萊塢玩咖穿著奶油白色的亞麻西裝。

美國甜心希莉亞・聖詹姆斯以首席伴娘的身份出席,至於她優秀的老公約翰・布萊夫曼則是首席伴郎。

哈利與艾芙琳從五〇年代開始共事,當年艾芙琳因為接連演出賣座強片《父女情深》和《小婦人》而成名。去年被當場逮到婚外情之後,他們就承認彼此的關係,當時艾芙琳還與雷克斯・諾斯處於婚姻關係。

雷克斯目前已和喬伊・納森結婚,還是小女兒紫羅蘭・諾斯的傻爸爸。

很高興看到艾芙琳和哈利終於正式定下來。在這段感情令人震驚的開場以及長時間的婚約之後,我們可以說時候到了!

37

希莉亞在婚禮上喝得爛醉。即便知道一切都不是真的，她還是很難不感到嫉妒。她自己的丈夫就站在哈利旁邊大哭。我們都很清楚現在是什麼狀況。

兩個男人睡在一起，然後娶了兩個睡在一起的女人。我們四個是彼此登場用的伴侶。

我說出「我願意」時心裡想著：**我們的人生，真正的人生，就從現在開始。我們終於要成為一家人了**。

哈利和約翰愛著彼此。希莉亞和我開心得不得了。

從義大利回國後，我賣掉在比佛利山上的豪宅。哈利也賣掉他的。我們在曼哈頓上東區買下這個地方，和希莉亞和約翰的房子在同一條街上。

我請哈利先調查一下我父親是不是還活著，才能決定是否同意搬家。我不認為自己有辦法跟他居住在同一個城市，更不確定自己有沒有辦法承受在路上撞見他。

哈利的助理調查之後，我才知道我父親一九五九年死於心臟病發。他的一點點財產因為無人前來認領，被州政府收走。

知道他過世，我頭一個念頭是：**他為什麼從沒有來找我要錢**。第二個念頭是：**我竟然認為他只想要錢，真是令人難過**。

我不再掛念這些，簽約買下公寓，和哈利一起慶祝我們買了房子。我可以去任何想去的地方。我想要搬到曼哈頓上東區。我說服露易莎一起搬過來。

這間公寓距離地獄廚房區算是稍微走一下可以抵達的範圍，但我距離地獄廚房可說無比遙遠。現在全世界的人都認識我，我已婚，戀愛中，而且有錢到偶爾會膩。

我們搬進城中一個月後，希莉亞和我搭著計程車去了趟地獄廚房，在那一區繞了繞。那裡看起來和我離開時非常不同。我帶她去我以前住的公寓，站在樓下人行道上指著我舊家的窗口。

「就在那裡。」我說：「五樓那邊。」

希莉亞滿心憐惜地看著我，為我住在這裡時經歷的一切，以及從那之後我努力完成的一切。接著她平靜而充滿信心地牽起我的手。

我非常緊張，不太確定我們是否該在大庭廣眾之下碰觸彼此，擔心著其他人的反應。不過街上路人只是繼續往前走，繼續過活，幾乎沒注意到我們，或者對兩個在人行道上牽著手的女性名流不感興趣。

希莉亞和我一起在這棟公寓過夜。哈利和約翰待在他們家。我們會公開地出門共進晚餐，四個人看起來就像兩對夫妻，但在座卻連半個異性戀都沒有。

街頭小報說我們是「美國最受歡迎的四人約會組合」。我甚至聽過一些流言，說我們四個濫交，在那段期間這類事情不算太誇張。不過這真的會讓妳想著，真的不誇張嗎？大家那麼熱切地相信我們交換配偶，可是如果他們知道我們並非異性戀、且忠於單一伴侶，卻會非常驚嚇。

我永遠忘不了石牆暴動後那天早上。哈利專心收看新聞。約翰整天都和住在市區的朋友們講電話。

希莉亞在屋子裡面走來走去，心跳得又急又快。她相信，那天晚上之後一切都會改變。她相信，既然同性戀正式宣告了自己的存在，承認他們自己的身份認同，並且起身反抗，整個社會風氣將會改變。

我記得坐在屋頂外的露台上望著南邊，了解到希莉亞、約翰和我並不孤單。現在講起來似乎很蠢，不過那時候的我……只關心自己的事，幾乎不曾花時間思考過外面那些跟我一樣的人。

我的意思不是說自己沒注意到這個國家正在改變。哈利和我替巴比・甘迺迪助選。希莉亞和反對越戰的抗議者一起拍攝雜誌封面。約翰為非裔美國人民權運動發聲，我也一直是馬丁路德金恩博士的公開支持者。不過這不一樣。

這是**我們**的人。

他們在這裡對抗警方，因為他們有權利做自己。而我呢，我整天坐在自己打造出來的黃金牢籠之中。

最初的暴動過後那天下午，我穿著高腰牛仔褲和黑色背心，頂著陽光站在露台上，喝著一杯吉布森調酒。那是我甚至不敢想像的夢想，那些男男女女卻願意為這個夢想勇敢挺身，這讓我掉下眼淚。一個讓我們能做自己、不再感到恐懼或羞愧的世界。那些人比我更勇敢，也比我懷抱著更美好的想望。沒有其他言語可以形容。

「今晚預計會再有一場暴動。」約翰也踏上露台。他擁有著一副令人膽怯的體格，身高超過一百八十公分，體重一百公斤，短短的寸頭。他看起來像是那種你絕對不想惹到的人。不過認識他的人，尤其是我們這些深愛他的人都明白，他就是你最**可以**招惹的對象。

他或許是美式足球場上的戰士，不過他是我們四個當中的甜心。他會問你昨天晚上睡得如何，總是記得你三週前隨口提過的小事。而且他把保護希莉亞和哈利當成自己的工作，這股保護欲也進一步延伸到我身上。約翰和我愛著同樣的人，所以我們也愛著彼此。我也喜歡打金羅美撲克牌。我們兩個不服輸到了極點，為了搶當洋洋得意的贏家，不想可悲地輸牌，不知道有幾個晚上我撐著不睡，忙著和約翰打完手上那場牌局。

「我們應該去市區。」希莉亞加入我們，開口說道。約翰在角落的椅子上坐了下來。希莉亞坐在我椅子的扶手上。「我們應該支持他們。我們應該要成為其中的一份子。」

我聽見哈利從廚房呼喚約翰的聲音。「我們在外頭！」我喊道，同一時間約翰也說著：「我在露台上。」

哈利很快就出現在門口。

「哈利，你不覺得我們該去市區嗎？」希莉亞說道。她點起一根菸抽了一口，然後遞給我。

我已經在搖頭了。約翰馬上跟她說不行。

「不行？你是什麼意思？」希莉亞說道。

「妳不會去市區。」約翰說。「妳不能去，我們都不能過去。」

「我當然可以。」她看著我，希望我能挺她。

「抱歉。」我說著把香菸還她：「這件事情我贊成約翰的做法。」

「哈利？」她開口，希望至少能成功求得一個人的同意。

哈利搖搖頭。「如果我們過去，只會把注意力從暴動的起因拉到我們身上。報導的重點會變成討論我們是不是同性戀，而不是同性戀者的**人權**。」

希莉亞抽了口菸。吐出煙霧時，她臉上的表情非常苦澀。「那我們該做什麼？我們不能光坐在這裡什麼都不做。不能讓其他人為我們抗爭。」

「我們提供我們擁有而他們缺少的東西。」哈利說道。

「錢。」我跟上他的思緒。

約翰點頭。「我會打給彼得。他知道我們該如何資助他們。他知道哪些人需要資源。」

「我們早就該這麼做了。」哈利說。「就讓我們從現在開始吧。無論今晚發生什麼事。無論衝突進展得如何。我們負責資助金錢，就這麼決定了！」

「我加入。」我說。

「好欸。」約翰點著頭。「當然囉。」

「好吧。」希利亞說：「如果你們很確定，這就是我們能提供的最佳支援。」

「是的，我非常確定。」哈利說道。

那天之後，我們開始私下提供金錢援助，後來我也一直這麼做。

為了追求更好的將來，我認為大家可以用不同的方式貢獻心力。我一直覺得自己的方式就是賺一大堆錢，然後提供給需要的群體。這樣的邏輯有點像在追逐自己的私利。我很清楚。不過因為我的身分，因為我做出一些犧牲而隱藏起來的自我，我能提供的金錢援助比多數人有生以來看過的數字都高。我為此感到自豪。

不過這不代表我心中沒有掙扎。而且當然了，那樣子矛盾的心情多半是比較關乎個人，而與政治無關。

我知道自己必須隱藏，可是我並不認為自己非得這麼做不可。接受某些事實，不等同於認為那就是正確的。

希莉亞在一九七〇年贏得她第二座奧斯卡，她在《勇士們》飾演女扮男裝參加第一次世界大戰的女子。

那時我正在邁阿密拍攝《珍寶美人》，無法在洛杉磯陪她參加盛會。我飾演一名和酒鬼同居的妓女。不過希莉亞和我都明白，就算時間允許，我也無法挽著她的手臂參加奧斯卡。

離開典禮以及所有慶功宴回到家之後，希莉亞打電話給我。

我對著電話尖叫。我好開心她能得獎。「妳辦到了。」我說。「目前為止妳已經贏了兩座獎呢。」

「妳能相信嗎？」她說：「兩次大獎。」

「這本來就是妳應得的。要是問我的意見，這個世界應該每天都頒給妳一座奧斯卡。」

「我好希望妳在。」她任性地說道。我知道她醉了。如果是我的話，應該也會喝醉吧。不過我很氣她，她讓一切無比艱難。我希望能在場。她不知道嗎？她不知道我為什麼**不可以**出現嗎？而且我為此痛苦不已？為什麼一切都得和**她**的感受有關呢？

「我也希望自己能在場。」我說。「不過這樣比較好，妳知道的。」

「啊對，這樣一來就不會有人知道妳是**女同性戀**。」

我最討厭有人叫我女同性戀。對了，這可不是因為愛著女人有什麼不對。我早就已經逐漸接受這個用詞。不過對希莉亞來說一切非黑即白。她喜歡女人，而且只喜歡女人。我喜歡她。於是她經常否認我其他部分。

事實上我曾經真心愛過唐恩．艾德勒，以及我曾經和男人做愛，而且還很享受，她都試圖忽略。她會忽略一切事實，直到她認為這一切威脅到她的那一刻。這似乎就是她的模式。她愛著我的時候，我是女同性戀；恨我的時候我就是異性戀。

這個社會才剛開始討論雙性戀這個性取向，我那時甚至不確定這個詞是用來描述我這種人。我對於找到適合自己的標籤並不感興趣，我早就知道了。我愛男人。我愛希莉亞。這對我來說沒有問題。

「希莉亞，別這樣。這樣的對話我已經膩了。妳故意吵這些。」

她冷冷地笑了。「我這些年來面對的就是這麼個艾芙琳。什麼都沒有改變。妳害怕指認自己，而且妳還沒有任何一座奧斯卡。一直以來妳就只是那樣：一對漂亮的胸部。」

我任由沉默瀰漫了一陣子，只聽得見電話的噪音。

希莉亞接著哭了起來。「我很抱歉。」她說：「我不該說那些話。我沒有那個意思。我很抱歉。我喝太多，而且我很想妳，對不起我說了那麼可怕的話。」

「不要緊。」我說：「我該掛電話了。妳也知道這邊現在很晚。寶貝，再次恭喜妳。」

我在她回話前掛斷電話。

跟希莉亞在一起就是如此。只要妳拒絕給她想要的，只要妳傷害了她，她必定會讓妳受到同等的傷害。

38

「妳跟她說過這些嗎?」我問艾芙琳。

我聽見自己的包包裡面傳來悶悶的鈴聲,我認得那個旋律,大衛打來的。我整個週末都沒回覆他的簡訊,我不確定自己想說什麼。今天早上我抵達這裡之後,就不再思考那些事。

我伸手關靜音。

「希莉亞一旦開始胡鬧,跟她吵也沒意義。」艾芙琳說道。「如果吵得太兇,我會在緊要關頭前讓步。我會告訴她,我愛她,離開她就活不下去,接著我會脫掉上衣,對話通常就停在這裡。希莉亞和全美國的異男有一個共通點:她只想把手擺到我的胸部上。」

「不過,這會一直讓妳困擾嗎?」我問道。「這些人講的話。」

「我當然會啊。聽好了,一開始先說我只擁有一對漂亮胸部的人,就是我自己。我的性吸引力曾經是我唯一擁有的資產,我用它們來交易。我來到好萊塢的時候讀的書不多,我不太聰明,沒什麼力量,也不是訓練有素的女明星。除了變漂亮之外,我還需要精進什麼部分呢?還有,以自己的美貌為榮是件該死的事。這是因為妳讓自己相信,自己唯一值得提起的就是這種倏忽即逝的東西。」

她接著開口。「希莉亞說那些話的時候,我差不多三十五。老實說,我不確定自己還剩幾年好日子。我在想,妳也知道,因為其他人要的是希莉亞的演技,她當然會繼續接到工作。但要是我的皺紋跑出來,或者代謝變慢,我不確定會不會有人繼續找我。所以說沒有錯,這非常傷人。」

「但妳知道自己很有天分吧。」我告訴她。「目前為止妳已經獲得三次提名。」

「妳在講道理。」艾芙琳說著對我露出微笑。「這不會永遠有用。」

39

一九七四年，我三十六歲生日那天，哈利、希莉亞、約翰和我一起去了「皇宮」。那應該是當時世界上最貴的餐廳。而我曾是那樣的人，喜歡奢侈揮霍，並且行徑荒唐。

現在回想，我不知道自己為什麼隨意亂花錢，好像因為賺錢很容易，就代表著我不用珍惜。現在回想起來有點難堪。那些魚子醬、私人飛機，以及多到可以組成棒球隊的工作人員。

不過那可是皇宮啊。

我們擺好姿勢拍照，知道這些照片最終會出現在小報上。希莉亞買了一瓶香檳王。哈利自己就乾了四杯曼哈頓調酒。甜點端上來的時候中間插著一根點亮的蠟燭，他們三個在眾目睽睽之下為我唱生日快樂歌。

只有哈利吃了一片蛋糕。希莉亞和我要注意身材，而約翰遵守嚴格的飲食規範，多數時候只吃蛋白質。

「小艾，至少咬一口吧。」約翰拿走哈利手上的盤子，一邊推向我一邊好脾氣地開口。「今天妳出生了，第一次放聲大哭。」

我挑起一邊眉毛，抓起一支叉子刮下一口巧克力翻糖糖霜。「說得倒是沒錯。」我告訴他。

「他只是覺得**我**不該吃蛋糕。」哈利說道。

約翰大笑。「一石二鳥囉。」

希莉亞的叉子輕輕敲著她的酒杯。「好啦好啦。」她說道。「講點話的時間到了。」

下週她就得去蒙大拿州拍片。她推遲了開拍日，好在那天晚上陪著我。

「敬艾芙琳。」她將杯子舉向空中。「無論什麼見鬼的地方，有她在就有了光，而且每天都讓我們感覺到彷彿置身夢境。」

當天稍晚，希莉亞和約翰出去叫計程車，哈利溫柔地幫我穿上外套。「妳有發現嗎？我是妳維持最久的結婚對象？」他問道。

當時，我和哈利已經結婚將近七年。「而且也是最棒的。」我說。「沒有之一。」

「我在想……」

我已經知道他在想什麼。或者至少可以說，關於他在想什麼，我有些猜測。因為我也在想同樣的事。

我三十六歲了。生孩子這回事，我已經沒辦法再拖下去。

當然，還有些更晚懷孕生子的女人，但並不太常見。而且過去幾年我都盯著推車裡面的嬰兒，只要身邊出現嬰兒車，我就沒辦法專心。

我會抱起朋友的嬰兒，然後緊緊摟住，直到他們被母親討回去。我想過自己的小孩會是什麼樣子。我想過為這個世界帶來新生命是什麼感覺，給予我們四個另外一個可以投注關心的生命。

不過如果要這麼做，我就得儘快。

而關於小孩的話題，不真的是我們兩個人的事。這是個關乎四人的對話。

「繼續。」我們往前門走去。「說出來吧。」

「一個小孩。」哈利說道。「妳和我的小孩。」

「你跟約翰討論過嗎？」我問。

「沒有特別聊過。」他說。「妳跟希莉亞聊過嗎？」

「沒有。」

「可是妳準備好了？」他說。

我的演藝生涯將無可避免地受到影響。我會從一個女人，變成一位母親——不知怎地，在好萊塢這兩個身分不能共存。我的身體會改變。我會有好幾個月無法工作。真的沒有什麼說好的理由。「是的，我準備好了。」我說。

哈利點點頭。「我也是。」

「好啦。」我開始考慮接下來的步驟：「我們得跟約翰還有希莉亞談談。」

「對啊，我想我們接下來該這麼做。」哈利說道。

「如果大家都有共識的話？」踏上人行道前，我停下腳步問道。

「我們就開始吧。」哈利停在我身邊說。

「我知道最理所當然的解決方案是領養，可是……」我說。

「妳認為我們應該有親生的孩子。」

「沒錯。」我說：「我不想要任何人說我們之所以領養小孩是因為有什麼祕密。」

哈利點頭。「我知道了。」他說。「我也想要親生的小孩，一半是妳，一半是我，這件事我跟妳意見一致。」

我挑眉。「你知道寶寶是怎麼製造出來的吧？」我問他。

他露出微笑，靠向我輕聲說道：「艾芙琳．雨果，打從認識妳開始，我心底就有那麼一點點想要跟妳睡。」

我大笑著打他的手。「你才沒有咧。」

「那麼一點點。」哈利為自己辯護。「儘管違背我的本性，不過我不能否認。」

我微笑。「這樣啊。」我說：「那件事我們兩個知道就好。」

哈利笑著伸手。我和他握了手。「艾芙琳，一言為定。」

40

「你們兩個會一起養大那個小孩嗎？」希莉亞問道。我們光溜溜地躺在床上。汗水滑過我的背，髮絲全濕。我翻身趴著，一手撫過希莉亞的胸口。

她下週開拍的電影把她變成了棕髮。我這才發現自己其實喜歡她金紅色的頭髮，非常需要知道造型師會好好恢復髮色，好讓她能用自己原本的樣子回到我身邊。

「是的，當然了。」我說。「那會是我們兩個人的孩子，我們會一起養大那個小孩。」

「在這一切之中，我該扮演什麼角色呢？約翰呢？」

「你們想要怎麼做都可以。」

「我不懂那是什麼意思。」

「意思是我們會一邊進行一邊搞清楚。」

希莉亞盯著天花板，思考著我說的話。「這是妳想要的？」希莉亞最後這麼問。

「是的，非常非常想要。」我告訴她。

「我從來沒想要……那個，這對妳來說會造成問題嗎？」她問。

「**那個**是說妳不想要小孩嗎？」

「對。」

「不，我不覺得。」

「那我沒辦法……我沒辦法給妳那個，對妳來說是個問題嗎？」她的聲音開始不穩，雙唇也顫抖了起來。每當希莉亞拍片時需要哭泣，她會緊緊閉上眼睛，同時遮住她的臉。不過那不是真正的眼淚，是憑空擠出來的，為哭而哭。

她真正哭泣的時候，面無表情到令人痛苦，只有嘴角抽動，眼眶中泛出的淚花在睫毛上閃動。

「寶貝。」我拉過她。「當然不會。」

「我只是……不管妳想要什麼，我都想要給妳，但妳想要的那個，我卻幫不上忙。」

「希莉亞，不是的。」我說。「完全不是這樣。」

「不是嗎？」

「妳給了我太多，我從來不敢想像自己這一輩子能擁有那麼多。」

「妳確定嗎？」

「非常確定。」

她笑了。「妳愛我嗎？」她說。

「噢我的天，那樣說簡直太輕描淡寫。」我告訴她。

「妳太愛我了，整個人為我神魂顛倒嗎？」

「我愛妳愛到有時候看著妳那些瘋狂的粉絲信，心裡會想：**沒錯，聽起來很合理。我自己也想收集她的眼睫毛。**」

希莉亞放聲大笑，伸手摟住我的上臂，眼睛直盯著天花板。「我希望妳能快樂。」她終於看向我。

「妳要知道，哈利和我會需要……」

「沒有其他方法了嗎？」她問。「我以為現在女人受孕只需要用到男人的精液。」

我點頭。「我想應該有其他方式。」我說。「但我對於那些方式的安全性沒有信心。或者該說，我不知道如何確定別人不會發現我們是怎麼進行的。」

「妳的意思是，妳要跟哈利做愛。」希莉亞說。

「妳是我愛著的人。妳才是我做愛的對象。哈利和我只是在做小孩。」

希莉亞看著我，審視著我的表情。「妳確定嗎？」

「非常確定。」

她的視線又飄回天花板，然後安靜了一陣子。我看著她的眼睛來回游移。我看著她的呼吸慢慢平靜下來。她轉過身面對我。「如果那是妳想要的……如果妳想要個孩子，那麼就……去做個孩子吧。我會……我們會想出辦法。我會想辦法讓這一切運作下去。我可以當阿姨，希莉亞阿姨。我會想辦法接受這一切。」

「而且我會幫妳。」我說。

她笑了。「妳打算怎麼幫我？」

「我可以想個法子，讓妳能稍微喜歡這個點子。」我吻著她的脖子，嘴唇就落在耳朵後側，耳垂連接脖子的地方，她喜歡被人親吻那裡。

「喔，妳太過分了。」她說。不過她沒再多說什麼。我一手掠過她的胸部，經過她的肚子，往下來到雙腿之間，而她沒有阻止。她呻吟著拉近我，然後手往下探。我碰觸著她的同時，她也碰觸著我，一開始輕柔，接著更用力也更快。「我愛妳。」她喘著氣。

「我愛妳。」我回應了她。

她望進我的眼底，並且讓我體會到狂喜。那天晚上她奉獻自己，給了我一個孩子。

《光影時刻》

一九七五年五月二十三日

艾芙琳．雨果和哈利．卡麥隆喜獲千金！

艾芙琳．雨果終於當媽媽了！三十七歲這年，這位豔光四射的性感女星終於在人生履歷添上「母親」這一筆。康娜．瑪格．卡麥隆，上週二誕生於西奈山醫院，出生體重六磅九盎司[2]。

父親哈利．卡麥隆據說對這個小美人的到來「開心到飛上了天」。

艾芙琳與哈利雖然已攜手合作過多部賣座大片，不過他們一定會把小小卡麥隆當成目前最令人興奮的合作出品。

2 約2977公克。

41

康娜看著我的那一刻，我就愛上了她。看著她的髮色還有圓圓的藍眼睛，有半晌我想著，她看起來就像希莉亞。

康娜總是非常餓，並且痛恨獨處。她只想要躺在我身上靜靜睡著。她絕對很愛哈利。頭幾個月，希莉亞接連拍了兩部電影，兩組片場都不在附近。其中一部《終極買家》，我知道她很投入。不過另外那部黑幫電影，正是她痛恨的那種工作。這部片不但內容暴力又黑暗，還拍了四個星期，前半在洛杉磯，另外一半在義大利西西里。接到那項工作邀約時，我以為她會拒絕。但她卻接下了那個角色，而且約翰決定跟著她去拍片。

他們不在的那段時間，哈利和我幾乎就過著傳統的夫妻生活。哈利幫我準備培根和蛋當早餐，放好洗澡水。我餵寶寶吃飯，然後大概每隔一個小時幫她換尿布。

我們當然有請幫傭。露易莎負責家務，更換床單、清洗衣物，替我們收拾一切。她休假的那些日子，家務則由哈利接手。

哈利告訴我，我看起來很漂亮，就算我們都很清楚，現在可不是我最漂亮的時刻。哈利讀過一份又一份的劇本，尋找最適合我的案子，等到康娜年紀夠大，我就能接演。哈利每天晚上睡在我身邊，牽著我的手直到我們都睡著；我替康娜洗澡時不小心抓傷她的臉頰，滿心相信自己是個糟糕的母親，這時候也是他抱著我。

哈利和我一直都很親近，早就是家人般的關係，不過在那段時間，我確實感覺像某人的妻子。我感覺自己擁有一個丈夫。而且我越來越喜愛他。康娜的存在，還有與她共度的時光，這些緊緊連結了哈利與我，我從沒想像過這種連結。在我順利的時候，他會替我慶祝，在我不順的時候，他則會陪我度過。

那時候的我甚至相信，友情也可以是上天冥冥之中注定。某天下午我和哈利帶著康娜坐在露台上，我告訴他：「如果靈魂伴侶有各種形式，那麼你就是我的靈魂伴侶之一。」

哈利只穿著一條短褲，康娜躺在他的胸口。那天早上他沒刮鬍子，臉上的鬍鬚快要冒出來。就只是他臉頰上的一點點灰色。看著他和她，我發現他們兩個多麼相像。同樣的長睫毛，同樣的小嘴巴。

哈利一手摟過康娜，另一隻手牽起我空著的手。他說：「我非常確定自己需要妳的程度遠勝任何其他存在世上的人，只除了——」

我接下去：「康娜。」我們兩個都笑了。

我們這輩子接下來都會這麼說。所有事情的唯一例外，大概就是康娜。

等到希莉亞和約翰回到家，一切又回到正常狀態。希莉亞和我一起住。哈利和約翰一起住。康娜待在我這邊，我們也假設哈利會時常過來陪我們、照顧我們。

不過頭一個早上，就在哈利差不多要做早餐的時間，希莉亞套上睡袍走向廚房。她開始準備燕麥粥。

我才剛下樓，還穿著睡衣。哈利走進屋子時，我坐在中島旁邊照顧康娜。

「噢。」他看著希莉亞，注意到她手上的平底鍋。露易莎正在洗碗盤。「我來做點培根和蛋。」

「我搞定了。」希莉亞說。「每個人一碗熱燕麥粥。如果你肚子餓的話，也還夠你吃。」

哈利看著我，不太確定該做什麼。我看著他，同樣不怎麼確定。

希莉亞只是不停攪拌，然後抓起三個碗擺好，把鍋子放進水槽讓露易莎善後。

我這才想到這一切運作的方式多麼奇怪。哈利和我付露易莎的薪水，可是哈利根本不住在這裡。哈利住的那個家，則是希莉亞和約翰負責房貸。

哈利坐下來，拿起面前的湯匙。我們兩個人同時撈起燕麥粥。然後趁著希莉亞背對我們，看著彼此做了鬼臉。哈利用嘴型對我說了什麼，雖然我讀不太出唇語，不過我知道他在說什麼，因為我也想著完全一樣的事。

味道太淡。

希莉亞回過身來，給了我們一些葡萄乾。我們兩個都拿了葡萄乾。然後我們三個就坐在廚房裡面，安安靜靜地吃掉我們的燕麥粥，所有人都清楚希莉亞正在宣示主權。我是她的。她會幫我做早餐。而哈利是客人。

康娜哭了起來，哈利抱過她，替她換了尿布。露易莎下樓去收洗好的衣服。廚房只剩我們兩個，希莉亞開口：「麥斯．吉拉德要在派拉蒙拍一部《凌晨三點》。那應該是一部真正的藝術片，我認為妳應該去拍。」

我斷斷續續地和麥斯保持聯絡，畢竟他導演了《派對女孩》。我永遠不會忘記是和他一起拍片，我的名字才能重新在影壇登頂。不過我知道希莉亞受不了他。他對我的興趣太明顯，而且下流。希莉亞以前會開玩笑地叫他臭鼬皮皮。「妳認為我應該跟麥斯拍片？」

希莉亞點頭。「他們來邀我，但由妳來演出比較合理。就算我覺得他是個史前尼安德塔人，我也知道那個人拍得電影很棒。而且這個角色正適合妳。」

「妳的意思是？」

希莉亞站起來，收拾我們兩個人的碗。她洗好碗，接著靠在水槽邊轉身看著我。「那是個性感的角色，他們需要真正的性感尤物。」

我搖頭。「我現在是某個人的母親了。全世界都知道這件事。」

希莉亞搖頭。「這就是為什麼妳**必須**接下這個角色。」

「為什麼？」

「艾芙琳，因為妳是個性感的女人。妳能挑動觀眾的感官，而且妳很美，大家都想要妳。別讓他們拿走這些。別讓他們說妳不性感。別讓他們決定妳的職業生涯。妳想怎麼做？妳打算接下來只演母親的角色嗎？妳只想演修女和老師嗎？」

「不想。」我說。「我當然不想，我想演所有的角色。」

「那就演所有的角色。」她說。「大膽一點。做那些沒有人想過妳會做的事。」

「大家會說那樣很不得體。」

「我愛的艾芙琳不會在意那些。」

我閉上眼睛聽她說，一邊不停點頭。她想要我為自己做這些。我真的相信那一點。她知道我不喜歡受到限制，或者降級。她知道我希望觀眾繼續討論我，希望觀眾受到撩撥，希望觀眾感到驚喜。不過還有一部分她沒有說出來，我甚至不確定她是否注意到，她希望我這麼做，有一部分是因為她不想要我改變。

她想跟性感女星在一起。

事情怎麼能同時既真又假，人類怎麼能同時又好又壞，怎麼有人能無私又美好地愛著妳的同時，又冷酷無情地只考慮自己，這一切的矛盾對我來說非常迷人。

這就是我為什麼愛著希莉亞。她是個非常複雜的女人，我總是猜不透她。而此刻她再一次令我吃驚。

她說過：**去吧，生個小孩**。不過她想補充的是，**只要別表現得像個母親**。

對她來說極其幸運卻又不幸的是，對於讓別人告訴我該做什麼，或者接受操弄去做些什麼，我完全沒有興趣。

於是我讀了劇本，花了幾天考慮。我問過哈利的想法。接著我某天早上醒來時心想：**我想要那個角色，因為我想讓大家看到，我還是我自己**。

我打給麥斯．吉拉德，告訴他，如果他有興趣找我拍片的話，我有意願。他有。

「不過我很驚訝妳想要這個角色。」麥斯說。「妳非常非常確定嗎？」

「要脫嗎？」我問道。「那樣的話我也可以。說真的，我看起來棒透了，麥斯。那不成問題。」我看起來和感覺起來都稱不上棒透了？那**確實是**問題。不過這是個可以解決的問題，可以解決的就不算真正的問題，對吧？

「沒錯。」麥斯放聲大笑。「艾芙琳，妳就算到了九十七歲，全世界還是會排隊等著看妳的胸部。」

「那你是在說什麼？」

「唐恩。」他說。

「哪個唐恩？」

「妳的角色，」他說：「整部電影，從頭到尾。」

「什麼。」

「妳要跟唐恩．艾德勒演對手戲。」

42

「妳為什麼同意演出？」我問她。「為什麼不說妳想把他踢出劇組？」

「這個嘛，首先，除非妳很確定自己會贏，否則不要到處耀武揚威。」艾芙琳說。「而且要是我大發脾氣，我也只有八成左右的把握會讓麥斯踢掉他。第二點聽起來有點狠，不過老實說唐恩發展得不太順利。他已經好幾年票房失利，多數年輕的影迷不知道他是誰。他跟露比離婚後還沒再婚，而且傳聞他喝酒的狀況有點失控。」

「妳是在為他難過嗎？為那個家暴妳的人？」

「關係是很複雜的。」艾芙琳說道。「人類就是一團糟，而愛可以很醜陋。我寧可永遠都站在同情的那一邊。」

「妳是說自己對於他經歷的一切感同身受嗎？」

「我是說這一切對我來說很複雜，妳應該給我多點同情心。」

我這才發現自己的無知，直盯著地板不敢看她。「我很抱歉。」我說：「我從不曾身處那樣的情況，然後我……我不知道我在想什麼，怎麼會想要發表評論呢。我道歉。」

艾芙琳微微一笑，接受了我的道歉。「我不能代表所有被深愛的對象痛揍的人發言，不過我可以告訴妳的是，原諒不等於寬恕了他做的一切。對我來說，唐恩不再是個威脅。我不怕他。我感覺自己擁有力量，也感覺很自由。所以我告訴麥斯，我可以和他碰面。希莉亞表現得很支持我，不過她道唐恩會參與演出之後，也有點遲疑。哈利很謹慎，不過他相信我能夠處理這個狀況。所以我的代表打給唐恩的人，我們定下時間和地點，趁著我下次造訪洛杉磯碰面。我提議比佛利山莊飯店的酒吧，不過唐恩的人在最後一刻把地點改到肯特熟食店。這就是我在超過十五年之後頭一次見到前夫的經過，我們中間還隔著一份魯賓三明治。」

43

「艾芙琳，我很抱歉。」唐恩坐下之後說道。我已經點了杯冰茶，啃掉半根酸黃瓜。

我以為他是為了遲到致歉。

「現在才一點五分。」我說。「沒關係。」

「不是的。」他搖頭。他看起來很蒼白，而且看起來比一些近照還瘦。我們分開的的這些年，唐恩並不好過，他的臉發脹，腰線也粗了。不過比起現場的其他人，他還是從頭到腳都帥得多。無論發生什麼事，唐恩是那種永遠都會保持體面好看的男人。他的皮相還是那麼尊爵不凡。

「我很抱歉。」他說。再一次強調，我突然因為這句話代表的意義而大受衝擊。

我整個人措手不及。女服務生過來問他要點什麼。他沒有點馬丁尼調酒或啤酒，只點了一杯可樂。服務生離開之後，我發現自己不確定要跟他說什麼。

「我沒喝酒。」他說。「已經兩百五十六天了。」

「很久呢！」我說著喝了口冰茶。

「艾芙琳，我是個酒鬼。現在我知道這回事了。」

「你還是隻偷吃的豬。」我說。

唐恩點點頭。「我也知道那回事。我深感抱歉。」

我一路飛到這裡，只為了弄清楚自己能不能和他拍一部電影。我不是來接受道歉的。那個念頭從沒浮現在我腦海中。我只是很單純地假設，這次我也能像之前那樣利用他，他的名字和我排在附近，大家都會開始討論。

但是我眼前這個懺悔的男人令我感到吃驚與衝擊。

「我該怎麼做才好？」我問他。「你很抱歉？那對我來說有什麼意義？」

服務生過來讓我們點餐。

「請給我一份魯賓三明治。」我把菜單遞給她。如果我得針對這件事來場實在的對話，我會需要一份豐盛的餐點。

「我也一樣。」唐恩說道。

她知道我們是誰，我可以從她意圖忍著微笑的嘴角看出來。

她離開之後，唐恩往前靠。「我知道這不能補償我對妳做的事。」他說。

「很好。」我說。「因為真的不能。」

「不過我希望這能讓妳感覺好過一點。」他說：「妳知道我已經明白自己不對，我知道妳配得上更好的人，而我每天都努力變得更好。」

「這個嘛，現在說這些真的太遲了。」我說。「對我來說，你成為一個更好的男人沒什麼用。」

「我不會像以前那樣傷害身邊每個人。」唐恩說道。「比方妳，比方露比。」

我冰冷的內心微微融化，我承認那讓我感覺好了點。「不過還是一樣。」我說。「我不能就這樣到處把人貶到谷底，然後期待一句簡單的**我很抱歉**，就能抹消一切。」

唐恩卑微地搖搖頭。「當然沒辦法。」他說：「我很清楚。」

「如果你的電影沒有失敗，亞里．蘇利文也沒有這樣拋下你，就像當年你要他丟下我那樣，你大概還過著奢華的生活，喝酒喝到像隻臭鼬。」

唐恩點頭。「大概吧。我很抱歉，不過妳對那件事的看法大多是正確的。」

我覺得還不夠。我想要他卑躬屈膝嗎？想要他掉眼淚？我不太確定。我只知道自己沒有得到想要的。

「聽我說。」唐恩說道。「打從見到妳那一刻，我就愛上了妳。我瘋狂地愛著妳。而我自己毀了這一切，我成了自己並不樂見的樣子。我很抱歉，正是**因為**我那樣毀了一切，結果沒能按照妳應得的方式去對待妳。有時候我想過回到我們婚禮那天，讓一切重新來過，矯正我的錯誤，好讓妳永遠不需要經歷我逼妳經歷的一切。我知道自己辦不到，我能做的就只有誠心誠意地看著妳，告訴妳，妳有多麼了不起。我知道我們能夠一起做出非常棒的東西，我知道我們兩個之所以失去這些，錯都在我。我已經下定決心，永遠不會亂來，我真的真的很抱歉。」

離開唐恩之後，每一部電影、每一場婚姻，我一次都沒想過回到過去，和唐恩好好重新來過。離開唐恩之後，我的故事就由我自己掌控，出於我自己決定的混亂與喜悅，並且體驗了自己夢寐以求的一切。

我過得很好。我對生活有安全感。我有個美麗的女兒，忠誠的丈夫，還有另外一個好女人的愛。我擁有金錢和名聲。我在市區擁有一棟華麗的房子。唐恩．艾德勒又能從我身上奪走什麼。

如果我是來確定自己是否受得了他，我想我可以。我對他沒有一絲一毫害怕。

接著我明白了：如果真的是那樣，我又會失去什麼？

我沒有對著唐恩．艾德勒說出那句「我原諒你。」我只是拿出自己的皮夾，說道：「你想看看康娜的照片嗎？」

他笑著點頭，我給他看照片，他放聲大笑。「她看起來好像妳。」他說。

「我就把那當做稱讚了。」

「我不覺得還有其他的解讀。我認為這個國家裡面，所有女人都希望自己長得像艾芙琳．雨果。」

我仰頭大笑。我們的魯賓三明治剩下一半之後被服務生收走，我告訴他我會接下這部片。

「很棒。」他說。「聽到這個消息真的很棒。我認為妳和我，我們真的可以……我認為我們可以演一齣好戲。」

「唐恩，我們不是朋友。」我說。「我希望先講清楚。」

唐恩點點頭。「好的。」他說。「我明白。」

「不過我覺得我們可以**和平共處**。」

唐恩微微一笑。「可以和平共處是我的榮幸。」

44

就在開拍前，哈利滿四十五歲。他說不想要出門盛大慶祝，也不想要太正式的計畫。他只想要好好跟我們每個人度過一整天。

於是約翰、希莉亞和我計劃了一場公園的午餐。露易莎幫替我們打包了餐點，希莉亞做了桑格利亞水果酒。約翰去運動用品店買了一把加大尺寸陽傘，我們不但躲過了陽光還躲過路人的視線。回家路上，他想到一個絕妙的主意，替我們買了假髮和墨鏡。

那天下午，我們三個告訴哈利要給他驚喜，然後帶他來到公園。康娜騎在他的背上。她喜歡黏著他。他一邊走路一邊輕輕甩著她，這會讓她開心大笑。

我牽著他，拖著他跟上我們的腳步。

「我們要去哪裡？」他說。「至少有個人給我點提示。」

「我給你一個小小的提示。」希莉亞在我們穿越第五大道時說。

「不行。」約翰說著搖搖頭。「不能提示。他太會猜了，這樣就不有趣了。」

「康娜，大家要帶爸比去哪呀？」哈利說道。我看著康娜因為自己的名字而笑。

希莉亞走進公園，距離我們公寓不到一個街口的距離，哈利瞄到雨傘下的野餐墊和野餐籃，他露出微笑。

「野餐？」他說。

「只是家族野餐。就我們五個。」我說。

哈利微微一笑。他閉上雙眼，彷彿到達天堂。「非常完美。」他說。

「我做了桑格利亞水果酒。」希莉亞說。「食物當然是露易莎準備的。」

「當然。」哈利笑了。

「約翰弄到了這支傘。」

約和彎下身抓住假髮。「還有這些。」

他遞給我一頂黑色捲髮，然後給希莉亞一頂金色短髮。哈利拿了一頂紅色的。約翰戴上棕色長髮，他看起來就像個嬉皮。

我們看著彼此都笑了，不過我很驚訝這些假髮看起來居然這麼逼真。我戴上搭配的墨鏡，感覺更加自由。

「你買了假髮，希莉亞準備桑格利亞，那艾芙琳做了什麼？」哈利把康娜從被上抱下來，放到野餐墊上。我抓著她，扶她坐好。

「好問題。」約翰笑著。「這你可得問她。」

「喔，我有幫忙。」我說。

「對喔，說起來，艾芙琳妳到底做了啥？」希莉亞說道。

我抬起頭才發現他們三個都盯著我，存心逗我。

「我……」我朝著野餐籃的方向比了一下。「你們知道……」

「不，我不知道。」哈利放聲大笑。

「噢，我最近非常忙。」我說。

「嗯哼。」希莉亞說道。

「喔，好啦。」發現康娜皺起眉頭，我抱起她。我知道那個表情代表隨時可能會開始哭鬧。「我什麼見鬼的事都沒做。」

他們三個聽完就開始笑我，康娜也跟著笑了。

約翰打開籃子。希莉亞倒酒。哈利俯身吻了康娜的額頭。

這是最後幾次我們全都聚在一起，愉快地笑出聲，臉上帶著笑意。我們一家人。

因為在那之後，我毀了一切。

45

唐恩和我正在紐約，《凌晨三點》拍到一半。我工作時，露易莎、希莉亞和哈利輪流照顧康娜。拍攝的時間比我們當初預期的還長。

我飾演派翠西雅，這名女子愛上了由唐恩飾演的毒蟲馬克。每一天，我都能看到完全不像我認識的唐恩現身片場，充滿魅力地講著台詞。這是最不加掩飾、驚人的高級演出。他彷彿是抽取自己的生命，並且將之投注於電影裡。

拍攝當下，你會衷心期望，在鏡頭中一切能拼湊成具有魔力的成果，不過永遠沒辦法保證。即便哈利和我自己也製作電影，而且我們很常看毛片，看到我的眼睛發乾，看得我有時搞不清楚現實與電影，但還沒看到初剪版本之前，我們永遠不敢百分之百肯定一切能夠變成完美的成品。

不過在《凌晨三點》的拍攝現場，我就知道了。我知道這部電影將會改變大家對我的看法，還有大家對唐恩的看法。我認為那部片會很棒，好到足以改變人生，讓人重新來過。那部片可能會棒到改變電影本身，

於是我無比投入。

麥斯說想要多拍一些日場，我就放棄了跟康娜相處的時間待在片場。麥斯說想要多拍一些夜場，我就放棄了和希莉亞的晚餐與夜晚。我幾乎每天都從片場打電話，為了某件事向希莉亞道歉。抱歉我不能準時到餐廳見她。抱歉我需要她待在家替我照顧康娜。

我知道她其實有一點後悔，後悔自己催促我拍這部電影。我不覺得她喜歡我每天都跟前夫共事，不喜歡我每天都跟麥斯・吉拉德共事。我也不覺得她喜歡我工時那麼長。而且我還感受到，儘管她愛

著我的小女兒，但照顧小孩並不是令她享受的美好時光。

不過她沒有多說什麼，只對我表達支持。當我第一百萬次打電話說自己會晚到，她只說：「寶貝，沒事。別擔心。好好表現。」從這方面來說，她是個不可多得的好伴侶，總是把我放在第一位，把我的工作放在第一位。

後來拍攝即將完成之際，經過一整天漫長又激動的拍攝，我在更衣室準備回家，卻聽見麥斯敲我的門。

「嘿。」我說。「怎麼了嗎？」

他斟酌地看了看我，接著坐了下來。我沒坐下，打定主意離開。「艾芙琳，我認為，我們得想一想。」

「我們得想什麼？」

「下週的床戲。」

「我有注意到那場戲。」

「這部電影，差不多拍完了。」

「是的。」

「我覺得還缺了點什麼。」

「怎麼說？」

「我認為觀眾必須了解，派翠西雅和馬克對彼此那股原始的吸引力。」

「我同意，這就是我為什麼同意真的露出胸部。你已經得到了其他拍電影的人，包括你自己在內，從來沒從我這邊得到的東西。我以為你會很興奮。」

「我當然很興奮，不過我認為我們必須展現出派翠西雅這名女子，她帶走渴望的一切，而且因為罪惡的肉慾而歡愉。她啊，在那當下，就是一個犧牲者。她是個聖人，整部電影都幫助馬克，都站在他身邊。」

「沒錯，**因為**她非常愛他。」

「是的，不過我們也需要看到她**為何**愛他。他能給她什麼，她能從他身上得到什麼？」

「你想說什麼？」

「我想要拍點從來沒人拍過的。」

「那是？」

「我想展現妳是因為喜歡才打砲。」他的眼睛因為興奮而瞪大。他的創造力令人著迷，我知道麥斯向來有點好色，但這不一樣，這場戲是要造反。「想想看吧。那場床戲是關於愛，也關於權力。」

「當然。下週的床戲，目的就在於呈現派翠西雅有多愛馬克。她有多麼相信他，他們之間的連結有多強大。」

麥斯搖搖頭。「我想要讓觀眾看到的部分是，派翠西雅之所以愛著馬克，是因為他能讓她高潮。」

我感覺自己往後退，試著消化剛剛聽到的每個句子。這不該感覺起來那麼道德淪喪，但無可否認的就是如此。女人為了親密感而性，男人為了歡娛而性。我們的文化是這麼說的。

我會看起來很享受自己的身體，並且就像他人渴望著我一樣，強烈地渴望著男人的身體，身為女人優先考慮自己肉體上的快樂……這個想法，感覺上很大膽。

麥斯打算描繪女性的渴望。我的直覺是我愛這個主意。我是說，說到要和唐恩拍攝性愛場景，對我來說，吸引力就跟一碗燕麥麩片差不多。不過我想挑戰極限。我想要表現出女人也可以。女人是因為自己的快樂而不是因為一心想取悅別人，我喜歡這個概念。於是在一陣興奮中，我抓起大衣，伸出一隻手說：「我加入。」

麥斯大笑著從椅子上跳起來，握住我的手晃了晃。「太棒了，我的美人！」

我當時應該告訴他，我得考慮一下。我當時應該一回到家就告訴希莉亞這件事。我當時應該讓她表達意見。

我當時應該給她機會表示疑慮。我該知道的，雖然她沒有立場來指示我能或不能怎樣對待自己的身體，可是我確實有責任詢問她，我這些舉動可能對她造成什麼樣的影響。我應該帶她出門吃晚餐，然後告訴她我打算怎麼做，並且解釋我為什麼想這麼做。我那天晚上就該跟她做愛，讓她明白，唯一讓我真正感興趣的只有她的身體，我只想從她身上得到歡愉。

這些事做起來都不難。如果知道自己的工作將會讓全世界看見妳和另外一個人上床，這就是妳該對自己深愛的人展現的善意。

這些我一件都沒有為希莉亞做到。

我反而處處避著她。

我回家之後先去看了康娜。進到廚房吃露易莎留在冰箱裡面的雞肉沙拉。

希莉亞進來抱了我一下。「今天拍得順利嗎？」

「很好。」我說。「好得不得了。」

因為她沒問說「妳今天過得如何？」或者「和麥斯發生什麼有趣的嗎？」甚至「下週怎樣？」我就沒提起這件事。

麥斯大喊「開拍！」之前我吞了兩份波本威士忌。拍攝現場是封閉的。只有我、唐恩、麥斯、攝影師，以及幾個負責燈光和音效的工作人員。

我閉上雙眼，要自己記得多年前的心情，那時我想要唐恩，那種感覺很美好。喚醒自身的渴望，並且意識到自己喜歡性愛，知道一切不只在於男人想要什麼，也在於我想要什麼，我想著，這些感受有多麼美妙。我想著，我多麼想要把這些念頭的種子放到其他女人腦中。我想著，或許還有其他人害怕自己的愉悅、害怕自身的力量。只要能有個女子回到家，對丈夫說：「給我，就像電影裡那個男人給那個女人的。」我想著這一切代表著什麼。

我讓自己回想起極其渴望的感受，因為渴求某個人的給予而感到疼痛。我曾經對唐恩有過同樣的想法。我當時對希莉亞抱著這樣的感受。於是我閉上眼睛，專注在自己身上，然後走進拍攝現場。

後來大家都說，唐恩和我在那部電影裡面是來真的。各式各樣的傳言，都說那場性愛是真槍實彈。不過那些傳聞完全是胡說八道。

大家覺得自己看到了真正的性愛場面，因為現場的張力很強，因為我說服自己，在那一刻，我是個急需由他來滿足的女子，因為唐恩想起自己還沒得到我之前有多麼想要我。

那天在拍攝現場，我真的放手一博。我狂野又不保留地展現。比我之前拍過的電影更加投入，也超過我之後拍的電影。那一刻，我純粹地想像著不顧後果的極樂。

聽到麥斯喊出「卡！」我立刻抽身，站起來衝向我的浴袍。我臉紅了。我，艾芙琳・雨果，竟然臉紅了。

唐恩問我還好嗎？我轉身背對著他，不希望他碰到我。

「我很好。」我說完走向更衣室，關上門開始痛哭。

我不為了自己所做的一切而羞愧，我也不緊張觀眾看到這些場面。我哭泣是因為我終於明白自己對希莉亞做了什麼。

我相信她遵守著特定的規則。這份規則其他人或許不一定明白，但對我來說很合理。那個規則包含了，對希莉亞要誠實，而且要好好對待她。

而這不是好好對待希莉亞的人該做的事。

我剛剛做的一切，在沒有獲得她的理解之下，對我所愛的女人來說並不是件好事。

那天我們收工之後，我沒有叫車，而是徒步走了五十個路口回家。我需要自己獨處一會。

我途中停下來買了花。我用公共電話撥給哈利，請他那天晚上照顧康娜。

我到家時，希莉亞正在臥室吹頭髮。

「這些送妳。」我遞給她一束白色百合花。我沒有提起花店說的那些，白色百合花的花語是**我的愛意純粹**。

「噢天啊。」她說。「它們好美。謝謝妳。」

她聞著花束，然後拿了個玻璃杯，從水龍頭接水裝滿，把花放進去。「暫時先這樣。」她說。「我有空會挑個花瓶。」

「我有事想問妳。」我說。

「哇喔，這些花只是拿來討好我的嗎？」

我搖頭。「不。」我說。「送花是因為我愛妳。因為我希望妳能知道，我多常想起妳，還有妳對我來說多重要。這些事我表達得不夠。所以我希望能用這種方式告訴妳，用那些花來表示心意。」

我向來跟罪惡感處不來。每當發現罪惡感朝我襲來，總是來勢洶洶。當我因為某一件事情產生罪惡感，我就會開始注意到其他每一件我該感到內疚的事情。

我在我們的床尾坐下。「我只是……我想讓妳知道，麥斯和我討論過了，而我認為這部電影中的性愛場景會比我們以為的更真實。」

「多真實？」

「稍微激烈一點。表達出派翠西雅被人取悅的需求。」

為了掩飾之前沒提過這回事，我公然撒謊。我打算安排一個新的故事，讓希莉亞相信我**事先**徵求過她的許可，然後才去做那些我已經做的事。

「她被人取悅的需求？」

「我們需要看見派翠西雅從自己和馬克的關係中獲得了什麼？不只是愛。必須超越這樣的層面。」

「聽起來很合理。」希莉亞說。「妳是說這樣就能回答，為什麼她還待在他身邊？」

「對呀。」我忍不住興奮地想著，她或許能夠體諒，或許我能補救這個失誤。「沒有錯。所以唐恩和我，我們會拍一場限制級的床戲。我基本上是全裸拍攝。為了充分意識到這部電影的核心，我們需要看見兩位主角一起呈現出真正的脆弱，並且產生連結……性方面的連結。」

希莉亞聽著我說，緩緩吸收這些句子。我看得出來她的掙扎，努力理解我所說的一切。「我希望妳能按照自己想要的方式去拍這部電影。」她說。

「謝謝。」

「可是我……」她低下頭，開始搖頭。「我感覺非常的……我不知道。我不確定我能不能接受。知道妳一整天都和唐恩待在一起，還有那些拍攝到很晚的日子，而我永遠見不到妳，然後……性愛。我們之間的性愛是神聖不可侵犯的領域。我不確定我有辦法去看那部電影。」

「妳不需要看啊。」

「可是我會知道發生了這樣的事。我會知道電影上映了，大家都會看到。我希望能接受這件事，我真的希望。」

「那就接受啊。」

「我會試試。」

「謝謝妳。」

「我真的會努力嘗試。」

「太棒了。」

「可是艾芙琳，我不覺得自己做得到。光是知道妳曾經……妳和米克上床，那之後有好幾年的時間，光是想到你們兩個在一起，我都覺得很不舒服。」

「我知道。」

「妳還跟哈利睡了，天知道多少次。」她說。

「寶貝，我知道，我都知道。可是我沒有要和唐恩上床。」

「可是妳**曾經**和他上過床。妳曾經做過。大家看著螢幕上的你們，他們看著的會是你們兩個之前早就做過的事。」

「那不是真的。」我說。

「我知道，不過根據妳的說法，妳預計讓床戲看起來很逼真。妳說妳的打算是，讓場面看起來比起過往所有的電影都還要真實。」

「是的。」我說。「我想我是這個意思。」

她哭了。整顆頭埋進掌心。「我覺得自己對不起妳。」她說。「可是我做不到。我沒辦法。我了解我自己，我知道這對我來說太超過了。我會覺得太噁心。我會變得只要想到妳和他在一起，整個人就不舒服。」她甩甩頭，下定決心。「我很抱歉。我沒有這種能耐，我處理不了這種情況。我想要為妳變得更堅強，真的。我知道如果我們交換立場，妳會處理得來。我覺得自己好像讓妳失望了。艾芙琳，我真的很抱歉。我會用上一輩子想辦法補償妳。在我們兩個接下來的人生，無論妳想要哪個角色，我都會幫妳拿到手。我會朝著那個方向努力，這樣下一次再發生這種情況，我就能更堅強。可是……艾芙琳，拜託妳，我沒辦法眼睜睜看著妳又跟另外一個男人睡。就算這一次只是**看起來**很像真的。我辦不到。拜託妳了。」她說：「求妳別拍這一幕。」

我的心一沉，我覺得自己快要吐了。

我低頭看著地板。我仔細研究兩片木板在腳下接合的方式，釘子稍微陷進木板的平面。

然後我抬頭看著她，說道：「我已經拍了。」

我啜泣著。

接著我懇求。

我絕望地跪下來，我許久之前就學會，如果面對妳真正想要的事物，妳必須毫不保留的交出自己。

不過在我完成這些動作前，希莉亞說：「我唯一想要的，是妳能真正成為我的。可是妳從來就不是我的。不真的是。我總是必須安於得到部分的妳，而這個世界得到另外那半。我不怪妳，這不會讓我停止愛妳，可是我做不到。艾芙琳，我做不到。我沒辦法總是活得有點心碎。」

然後她走出大門，離開了我。

不到一週希莉亞就打包好了，收拾了我們倆各自的公寓裡面所有的行李，接著搬回洛杉磯。

我打過去的電話，她都不接。我聯絡不上她。

然後，在她離開之後幾週，她要求和約翰離婚。我發誓，在他收到文件的那刻，就像她直接將離婚協議交到我手上。沒有任何模糊的空間，一切清楚明白，透過和他離婚，她和我離了婚。

我讓約翰打了幾通電話給她的經紀公司和經紀人。他在貝弗利威爾榭飯店找到她。我飛到洛杉磯，直接上飯店敲她的門。

我穿著最愛的那套黛安．馮．佛絲登寶格，因為希莉亞曾經說過穿著這套衣服的我令人無法抗拒。一男一女走出旅館房間，他們經過走廊的時候忍不住一直盯著我看。他們知道我是誰，可是我不願意躲躲藏藏，只是繼續敲她的門。

等到希莉亞終於開了門，我直視著她的眼睛，一句話都說不出來。她同樣盯著我看，一語不發。然後我含著淚開口，只說了「拜託。」

她撇過頭不看我。

「我錯了。」我說。「我永遠不會再做這種事。」

上一次我們吵成這樣的時候，我拒絕道歉。我真的以為，這一次，如果我能承認自己錯得有多離譜，如果我先低頭，表現得非常誠懇而且全心全意，她就會原諒我。

但她沒有，她搖搖頭：「我沒辦法繼續這樣下去了。」她穿著高腰牛仔褲和可口可樂T恤。一頭長髮披散在肩上。她已經三十七歲了，可是外表看起來還像二十幾歲。她身上總是帶著一股青春氣息，那是我身上從來沒有的特質。我那時三十八歲，開始有三十幾歲的樣子。

聽到她說完那句，我直接在飯店走廊上跪了下來，並且痛哭失聲。

她把我拉進房間。

「希莉亞，重新接受我吧。」我求她。「只要妳願意重新接受我，我願意放棄其他的一切。我願意放棄康娜之外的一切。我不會再演戲。我會讓全世界知道我們之間的關係。我已經準備好了，我把自己全部都給妳。求求妳。」

希莉亞聽著。但是她接著非常平靜地坐在床邊的椅子上，說道：「艾芙琳，放棄這種事妳做不到的，而且妳永遠也不會這麼做。我人生的悲劇就是愛妳愛得不夠，不夠讓妳只屬於我。而妳永遠得不到足夠的愛，讓妳屬於任何人。」

我站在原地多等了一下，等著她再說點什麼。可是她沒有，她沒有其他想說的話了。我也說不出任何能改變她心意的句子。

我面對現實，控制住自己，忍著眼淚吻了她的額頭，然後離開飯店。

我掩飾著自己的傷痛，搭飛機回到紐約。踏進自己的公寓後，我立刻崩潰了。我哭得彷彿她不在人世。

結束這段感情的感受就是如此。

我逼她逼得太過，而現在一切都結束了。

46

「真的就這樣結束了嗎？」我說。

「她跟我已經完了。」艾芙琳說。

「那部電影呢？」

「妳是要問值不值得嗎？」

「我猜是吧。」

「電影賣得非常好。但就算如此也不值得。」

「唐恩因為那部電影拿了座奧斯卡，對吧？」

艾芙琳翻了個白眼。「那個混帳贏了座奧斯卡，而我甚至沒得到提名。」

「為什麼沒有？我也看過那部片。」我說。「至少看過片段。妳的演出很讚，真的很不得了。」

「妳覺得我自己不知道嗎？」

「那樣的話，妳為什麼沒拿到提名？」

「就是因為！」艾芙琳沮喪地說道：「因為我不該為了那部片得到讚賞。那部片是限制級。全國大概每家報社編輯台都收到相關投書。這部電影太驚世駭俗，也太過露骨。我讓觀眾感到興奮，而當他們產生這種感受，他們就覺得必須譴責某些人，而那個人是我。不然他們還能怎麼辦？譴責那個法國導演嗎？法國人就是那樣。他們也不會譴責他們才剛重新接受的唐恩・艾德勒。只剩下他們一手捧出來的性感尤物，現在他們改說我是蕩婦淫娃。他們不會因為那部電影給我一座奧斯卡獎。他們會獨自在黑暗的電影院看完，然後公開地譴責我。」

「但這沒有傷害到妳的職業生涯。」我說。「隔年妳拍了兩部電影。」

「我讓大家賺錢，沒有人會跟錢過不去。他們都很開心我能演出他們的電影，之後再背著我說些有的沒的。」

「而且幾年之後，妳就詮釋了被公認為當時最聖潔崇高的角色。」

「對啊，可是我不該必須扭轉自己的形象，我又沒做錯什麼。」

「我們現在知道了。大概從八〇年代中期開始吧！大家都很讚賞妳，還有那部電影。」

「一切都過去之後，看起來當然都好。」艾芙琳說道。「可是我有好幾年都帶著代表姦淫的紅字，然後全國的男男女女到處大幹特幹時，心裡還想著那部電影。大家震驚於看到電影裡出現一個希望被幹的女人。我有注意到自己的用詞很粗俗，不過這真的是唯一可以用來描述派翠西雅的方式。派翠西雅不是那種想要做愛的女人，她想要的是被幹。我們演出了這一點，而大家痛恨自己竟然喜歡這樣的電影。」

她還是很憤怒。我可以從她繃緊的下顎看出來。「妳過沒多久就贏了一座奧斯卡。」

「我因為那部電影失去了希莉亞。」她說。「我深深熱愛的生活，因為那部電影而翻天覆地。當然我很清楚這是我自己的錯。是我自己同意和前夫拍攝那幕露骨的性愛場景，還沒有先跟她討論過。我不是要把自己在感情中犯的錯怪到其他人身上。但事情就是這樣。」艾芙琳靜了下來，短暫地迷失在自己的思緒中。

「我有個問題想問，我覺得讓妳直接說明很重要。」我說。

「好啊……」

「身為一名雙性戀者，是否對妳的感情生活造成壓力？」我希望能描繪出她性向方面的細微差異以及複雜之處。

「妳的意思是？」她問道。聲音裡有一點緊繃。「因為和男人之間的性關係，妳失去了所愛的女人。我認為這和妳的身分認同有關。」

艾芙琳聽完我的說法之後想了一下，接著搖搖頭。「不，我之所以失去所愛的女人，是因為我把成名看得和她一樣重要。這和我的性取向沒有關係。」

「不過妳的性取向能讓妳從男人身上得到一些東西，那是希莉亞不能給妳的。」

艾芙琳這次更用力地搖頭。「性取向和性愛並不一樣。我利用性愛去得到自己想要的。性愛只是一個動作。性取向則是慾望與歡愉的誠實展現。這部分我永遠保留給希莉亞。」

「我之前沒有這麼想過。」我說。

「身為雙性戀者並沒有讓我對伴侶不忠。」艾芙琳說。「這兩件事沒有關聯，也不表示希莉亞只能滿足我一半的需求。」

我忍不住打斷她。「我沒有——」

「我知道妳沒有這麼說。」艾芙琳說。「不過我想讓妳聽我說出口。希莉亞說她不能擁有全部的我，那是因為我很自私，我害怕失去擁有的一切。不是因為我擁有兩種需求，所以一個人永遠無法滿足我。我讓希莉亞心碎，因為我用一半的時間愛她，另外一半的時間則用來隱藏我有多麼愛她。我一次都沒有背叛過希莉亞。如果我們對於背叛的定義是渴望另外一個人，並且和那個人做愛的話，我一次都沒這麼做過。我和希莉亞在一起的時候，就只有希莉亞，如同任何一個與男人結婚的女人，就只有那個人一樣。我有注意過別人嗎？當然有。就跟任何一個處於穩定關係中的人一樣。不過我愛著希莉亞，我只和她分享真正的自我。

「問題在於，我利用自己的身體去得到我想要的其他事物。而且就算為了她，我也不曾停止這樣的舉動。那是**我的**悲劇所在。在我只擁有身體的時候，我利用自己的身體，接著儘管我有了其他的選項，我還是一直利用自己的身體。我利用自己的身體，就算我知道這會傷害我愛的女人。更過分的是，我還要她同意這樣的事。我把責任都轉嫁到她身上，讓她不得不一直同意我的選擇。希莉亞或許是一氣之下離開我，但這個結局是因為前面千百次的錯誤而鑄成。我日復一日地，用這些細小的摩擦傷害她。直到傷口大到好不了，我才大吃一驚。

「我和米克上床，是因為想要保護我們的事業，我的還有她的。這件事對我來說，比起不要侵犯我們之間的感情關係更加重要。我和哈利上床，是因為我想要個小孩，而我認為領養孩子會讓人起疑。因為我害怕我們婚姻中缺乏性愛的狀況會引人注意。我再一次選擇這件事，而不是保護我們的關係不受侵犯。麥斯．吉拉德提了個主意，我覺得那是個對於電影來說很有創見的作法，所以我想去做。我願意以用我們之間本該神聖的關係作為代價。」

「我認為妳對自己太嚴格了。」我說。「希莉亞並不完美，她有非常殘酷的一面。」

艾芙琳輕輕聳肩。「她永遠會確保不好的部分能被許多的好抵銷，我呢……我想我從沒有替她做到這一點。我頂多一半一半。這大概是對妳所愛的人最殘酷的行為了，只願意給他們一些甜頭，好讓他們能撐過一大堆天殺的破事。沒錯，在她離開之後我才明白這一切。我試圖彌補，不過已經太遲了。就如她所說的，她就只是沒辦法繼續這樣下去。因為我花了太長的時間才搞清楚自己真正在意的是什麼，而**不是**因為我的性取向。我有信心妳會搞清楚這一點。」

「我保證會的。」我說。「我會的。」

「我知道妳會的。既然我們討論到我希望被描繪的樣子，還有一點妳必須百分之百正確。我過世之後，可就沒辦法出面澄清了。我現在就想知道，我想要百分之百確定，妳會正確地轉達我告訴妳的一切。」

「好的，那是什麼事？」我說。

艾芙琳的情緒變得有點晦澀。「莫妮克，我不是個好人。妳要保證在書裡清楚地呈現這一件事。我不打算當個好人，我做了許許多多傷害很多人的事情，而且必要的話，我還是會這麼做。」

「我不知道。」我說。「艾芙琳，妳看起來沒那麼壞。」

「妳絕對會改變主意。」她說。「很快就會了。」

我只能想著：**她到底他媽的做了什麼？**

47

約翰在一九八〇年死於心臟病。他還不到五十歲。這一點都不合理。他是我們之中身體最強壯、身材也最標準的，他沒有抽菸、每天運動，他不該是心臟停止跳動的那個人。不過世事向來不合理。他離開了我們，也在我們的生活中留下了巨大的空洞。

康娜五歲了，很難向她解釋約翰叔叔去了哪裡。更困難的則是讓她明白，為什麼她的父親如此心碎。有好幾週的時間，哈利幾乎離不開床鋪。每次下床，都是去喝一杯波本威士忌。他少有清醒的時刻，總是沒有笑容，而且常常不太友善。

希莉亞被拍到紅了眼眶，滿臉淚水地走進亞利桑那州的拖車休息室。我想抱著她。我想要和她看顧著彼此，度過傷痛。可是我知道這不可能發生。

但我能幫得上哈利。於是康娜和我每天都在他家陪著他。她睡在自己的房間。我睡在哈利房間的沙發上。我盯著他吃東西。我盯著他洗澡。我盯著他和女兒玩角色扮演遊戲。

一天早上，我起床的時候，哈利和康娜在廚房裡面。康娜替自己倒了一碗玉米片，而哈利穿著睡褲站旁邊，盯著窗外。

他手中拿著空酒杯。等到他轉過身，視線回到康娜身上，我開口說「早安。」

康娜說：「爸比，為什麼你的眼睛看起來濕濕的。」

我不太確定他是否哭了，或者那麼早就喝了幾杯。

葬禮時，我穿著侯斯頓的黑色經典款。哈利一身黑西裝搭配黑襯衫黑領帶黑皮帶，和黑色襪子。表情無時不刻帶著悲慟。

我們告訴所有人哈利和約翰是朋友，而哈利與我相愛，但他那從內心漫出來的深刻痛楚，與我們對媒體宣稱的故事並不相符。更別提約翰把房子留給哈利這個事實。不過儘管我直覺不妙，我並沒有鼓勵哈利隱藏自己的感受，也沒勸他婉拒那棟房子。我幾乎沒有力氣去隱藏我們真正的樣子。我已經上了一課，痛苦有時候大過維持體面的需求。

希莉亞也在場，她穿著黑色長袖短洋裝。她沒有和我打招呼。她甚至沒有看我一眼。我盯著她，幾乎忍不住要走過去抓住她的手。不過我沒有朝她的方向移動半步。

我不打算利用哈利所失去的，來撫平我自己的損失。我不打算要她和我說話，不是在像那樣的場合。

哈利忍著眼淚看著約翰的棺木放入墓穴。希莉亞走開了。康娜看到我在看她，她說：「媽，那位女士是誰呀？我覺得我認識她。」

「寶貝，妳是認識她。」我說。「妳之前認識。」

接著我的寶貝女兒康娜說：「她是在妳電影裡面死掉的那個人。」

那時我才知道，她完全不記得希莉亞了。她是從電影《小婦人》認出她。

「她是善良的女兒，她希望大家都開心。」康娜說。

那一刻我明白，我曾經擁有的那個家真的散了。

《此時此刻》

一九八〇年七月三日

希莉亞・聖詹姆斯與瓊安・麥可，最好的朋友

希莉亞・聖詹姆斯與與好萊塢新面孔瓊安・麥可，整個好萊塢最近都在討論這兩個人！麥可最廣為人知的，就是去年一舉捧紅她的《答應我》，她本人迅速成為這幾個月最火紅的話題女孩。還有誰比美國甜心更適合教她這一行的規矩呢？有人看見她們在聖塔莫尼卡一起購物，在比佛利山莊共進午餐，這兩個人似乎想要一直膩在一起。

我們當然希望這表示這雙人組正計劃一起拍電影，那肯定會是部傑作！

48

我知道唯一能讓哈利重拾生活的方式，就是讓他被康娜與工作包圍。康娜的部分很容易，她深愛她的父親。她想要他每分每秒的注意力。她越長越像他，冰藍色的眼睛和他高大的體型。而且陪著她的話，他就不會喝酒。

他想當個好父親，他也知道自己有責任為她保持清醒。

不過等到他每晚上回到自己的住處，那個對於外在世界還是個祕密的所在，我知道他必須灌醉自己才能入睡。而那些他沒在我們身邊的日子，我知道他不會離開床鋪。

所以我唯一的選項就剩工作。我必須找到他會熱愛的東西，必須是他會有興趣的劇本，而且我還會在裡面演出很棒的角色。不只是因為我想要很棒的角色，也因為哈利不會為了自己做任何事，不過如果他相信我需要他，他什麼都會為我做。

於是我開始讀劇本。幾個月來讀了上百本劇本。然後麥斯・吉拉德送了一本過來，他當時正愁拍不出來。電影名叫《只為我們》。

故事描述一位單親媽媽，她帶著三個孩子搬到紐約市，希望一邊養育孩子一邊追尋夢想。這是在冰冷艱困的城市裡求生的故事，也關於希望以及敢於相信自己，知道自己可以爭取更好的未來。我知道這兩樣都會吸引哈利，而芮妮這個角色，劇中的母親，她既誠實又有正義感，而且強大。

我帶著劇本衝去找哈利，求他讀一讀。發現他試圖迴避之後，我說：「我認為這部電影可以幫我終於拿到一座奧斯卡。」這句話讓他拿起了劇本。

我很愛拍攝《只為我們》。不只因為我終於拿下那座該死的獎，或者我在片場跟麥斯・吉拉德更加親近。我喜愛拍攝這部《只為我們》的原因是，雖然沒能讓哈利放下酒瓶，不過的確讓他離開了床鋪。

電影上映四個月後，哈利和我一同出席奧斯卡。麥斯．吉拉德和一位名叫布莉姬的模特兒一同現身，不過在典禮開始好幾週前，他就開玩笑地說，他只想挽著我的手，和我一起參加典禮。他甚至還開過玩笑說，一想到我都和那些男人結過婚了，卻從沒有跟他結婚，讓他很難過。我得承認麥斯很快就成為我真的感覺很親近的人。儘管他確實攜了伴，但當我們所有的人在第一排入座，我感覺自己跟兩個對我來說最重要的男人待在一起。

康娜在飯店裡面，和露易莎一起看電視。那天稍早，她給了哈利和我各一張自己畫的圖。我的是顆金色星星，哈利的是一道閃電。她說這是祝我們好運。我把自己的這張塞進小手提袋，哈利把他的放進燕尾服口袋。

他們點名最佳女主角的入圍者，我發現我從未真正相信自己會贏。奧斯卡能帶來某些我一直想要的事物：尊嚴與榮譽。如果我真正探究內心，我會知道我不認為自己**擁有**尊嚴或榮譽。

哈利捏緊我的手，看著布里克．湯瑪斯打開信封。

然後，在我給了自己那麼多心理建設之後，他講出了我的名字。

我愣愣地盯著前方，大口呼吸，無法理解剛剛聽見的事。哈利看著我說：「妳辦到了。」

我站起來擁抱了他。我踏上頒獎台，接過布里克遞給我的奧斯卡，我一手按著胸口，試著放慢自己的心跳。

等到掌聲暫歇，我靠近麥克風，講出既是事前準備也是即席發揮的得獎感言。我試著回想其他幾次我以為會贏的時候，準備好的講稿。

「謝謝你們。」我望向一大片熟悉又美麗的臉孔。「不只為了這座我會永遠珍惜的大獎，也為了讓我能在電影產業工作，謝謝你們。這一切常常不太容易，天曉得我一路走來多麼跌跌撞撞，不過能活過目前的人生，我感覺自己無比幸運。所以這句感謝，不只獻給自五〇年代中期以來每個與我共事過的製作人——天啊，我真的在這邊做生涯回顧——更要特別獻給我最愛的製作人，哈利．卡麥隆。我愛你。我愛我們的孩子。嗨，康娜。寶貝，現在就去睡覺，很晚了。還要獻給所有我曾經一起工作過的男女演員，以及所有幫助我長成表演者的導演，我尤其要感謝麥斯．吉拉德。順帶一提，麥斯，我想這算得上是帽子戲法。另外還有一個不在現場的人，我每天都會想起這個人。」

十年前，我太害怕了，甚至不敢多講什麼。就連說這出這句話，我大概都怕到不行。不過我必須告訴她，儘管我已經好幾年沒跟她說話。我必須讓她看到，我還愛她。而且我會永遠愛她。

「我知道她現在正在看轉播，我只希望她能明白自己對我來說有多重要。謝謝大家，謝謝。」

我顫抖著走向後台，想辦法控制自己。我和記者交談。我接受祝賀。我回到座位上，剛好趕上麥斯贏得最佳導演，還有哈利拿到最佳影片。典禮結束後，我們三個保持燦爛的笑容，拍了一張又一張照片。

我們爬到了山丘的最頂端，那晚，我們在山頂上插旗。

49

大概凌晨一點左右，哈利回飯店去看康娜，麥斯和我則在派拉蒙大老闆家，待在豪宅外的院子裡面。那邊有座圓形的噴泉，朝著夜空噴水。麥斯和我坐著，驚嘆於我們一起達到的成就。他的豪華轎車停在路邊。

「我能送妳回飯店嗎？」他問道。

「你帶來的伴呢？」

麥斯聳聳肩。「恐怕她感興趣的只有典禮入場門票。」

我笑了。「可憐的麥斯。」

「麥斯不可憐。」他說著搖搖頭。「我整個晚上都和世上最美麗的女人待在一起。」

我搖頭。「你太誇張了。」

「妳看起來餓了。快點上車，我們去買幾個漢堡。」

「漢堡？」

「我很確定就算艾芙琳．雨果偶爾也會吃個漢堡吧。」麥斯打開豪華轎車的車門，等我上車。「妳的夏多內白酒。」他說。

我想回家看康娜。我想看著她睡覺時嘴巴開開的樣子。不過和麥斯去買個漢堡這件事，聽起來其實也沒那麼糟。

幾分鐘後，豪華轎車的司機試著穿過速食店的得來速車道，麥斯和我覺得直接下車走進去比較容易。

我們兩個排著隊，我穿著深藍色絲質長禮袍，他穿著燕尾服，排在兩個點薯條的青少年後面。等我們排到隊伍最前面，店員發出的尖叫彷彿看到一隻老鼠。

「噢我的天！」她說。「妳是艾芙琳．雨果！」

我笑了。「我完全不知道你在說什麼。」我說。二十五年過去，這句話還是每次都有用。

「妳就是她。艾芙琳．雨果。」

「胡說八道。」

「這是我這輩子最棒的一天。」她說完對著後台大叫：「諾姆，你得出來看看。艾芙琳．雨果人在這裡，還穿著禮服。」

麥斯放聲大笑，越來越多人盯著我們看。我開始覺得自己像動物園裡的動物。妳一輩子也不會習慣這種事，在一個狹窄的地方被盯著看。幾個廚房裡的員工跑出來看我。

「我們能不能買兩個漢堡？」麥斯說。「我的那份起司加倍，謝謝。」

沒有人理他。

「我能要妳的簽名嗎？」櫃檯後方的女子問道。

「當然。」我客氣的說。

我希望能迅速結束，然後我們能拿了食物就走。我開始在菜單和紙製帽子上簽名。我還簽了幾張簽單紙。

「我們真的該離開了。」我說。「很晚了。」可是沒人停止。他們全都一直把東西推向我。

「妳贏了一座奧斯卡。」一位年長女子說道。「幾個小時前。我看到了。我看到轉播。」

「是的，沒錯。」我說。我用手上的筆指著麥斯：「他也是。」

麥斯揮揮手。

我又簽了幾個名，握了幾個人的手。「好啦，我真的得離開了。」我說。

可是更多人群擠向我。

「好啦。」麥斯說道。「給女士留點呼吸的空間。」我望向他聲音的方向，看到他撥開人群走向我。他把漢堡遞給我，抱起我甩上肩，帶著我們兩個慢慢走出餐廳，爬上豪華轎車。

「哇喔。」他把我放下時我說。

「怎麼啦？」

他爬上車，坐在我身邊。他抓過包裝袋。「艾芙琳。」他說。

「我愛妳。」

「你愛我？你的意思是？」

他傾身靠向我，壓扁了手中的漢堡，並且吻了我。

那種感覺，彷彿我是一棟廢棄許久的房屋，而有人打開了電源。自從希莉亞離開我，我就沒有被那麼吻過了。我已經許久沒有被人充滿慾望地親吻，那種會激起渴望的慾望，因為我的此生摯愛走出了那扇門。

但麥斯在這裡，我們中間夾著兩個變形的漢堡，他溫暖的嘴唇壓著我。

「這就是我的意思。」他退開時說道。「按照妳想要的方式回應吧。」

隔天早上我醒來，我是一個奧斯卡得主，床上還有個六歲大的寶貝正吃著客房服務送來的餐點。門上傳來敲門聲。我抓過睡袍，打開房門。出現在我眼前的是兩打紅色玫瑰花和一張小卡：「我對妳一見鍾情。我試著阻止自己。可是沒有用。離開他吧，我的美人。嫁給我。求求妳。啾啾，麥。」

50

艾芙琳說：「我們應該停一下。」

她說的沒錯。時間很晚了，我猜我有好幾通未接來電，還要回幾封電子郵件，我想應該還包含大衛傳來的語音留言。

「好喔。」我闔上筆電，按停錄音機。

艾芙琳收拾了一些文件，還有整天累積下來的咖啡杯。

我檢查自己的手機。大衛打來的未接來電兩通。法蘭琪一通。我母親一通。

我向艾芙琳道別，走上街道。

氣溫比我預期的還溫暖，所以我脫掉大衣。我從口袋中拿出手機。我先打開母親的語音留言。因為我不確定自己準備好了沒有，不知道我有沒有辦法聽完大衛要說的話。我不知道我**想要**他說什麼，所以我也不知道如果他沒說什麼會讓我失望。

「嗨寶貝。」我媽媽說。「只是打來提醒一下，我很快就會去找妳！我的班機週五傍晚抵達。我知道妳會堅持來機場找我，因為我在地鐵上迷路過，不過別擔心。我說真的。不管是從甘迺迪國際機場，或者從拉瓜迪亞機場，我會想辦法搞清楚怎麼去我女兒的公寓。啊天啊，妳不會以為我不小心訂了去紐澤西州紐瓦克機場的飛機吧？不會的，我不會搞錯。總之，我很期待見到妳喔，我的寶貝小餃子。我愛妳。」

語音訊息還沒有結束，我已經笑出聲。我的母親在紐約迷路好幾次，才不止一次。而且每次都是因為她不願意搭計程車。雖然她是洛杉磯土生土長，對於該怎麼轉車一點概念都沒有，但她堅持自己知道怎麼搭大眾運輸工具。

另外就是，我一直都很討厭她叫我寶貝小餃子。主要是因為我們都知道，這個暱稱的由來是因為我小時候很胖，看起來就像是料塞太滿的水餃。

聽完她的留言後我回了個訊息，（我也很想見到妳！機場見囉。記得告訴我班機號碼。）回完之後人已經在地鐵站。

我大可以告訴自己，等我回到布魯克林再來聽大衛的留言，我幾乎就要這麼做了，就差一點點。不過我站在樓梯前按下播放。

「嘿！」他粗啞的嗓音聽起來很熟悉。「我之前傳了訊息給妳，不過我沒收到妳的回覆。我……我人在紐約，我在家裡。我的意思是，我在公寓這裡。我們的公寓。或者該說……妳的公寓。隨便啦。我在這裡，在這裡等妳。我知道很突然。不過妳不覺得我們該談談嗎？妳不覺得還有很多沒說的嗎？我現在在亂講話，我該離開了。不過希望能早點見到妳。」

等到留言播放完畢，我跑下地鐵站的樓梯，刷卡通過閘門，衝進快要開走的車廂。我擠進擁擠的車廂，趁著列車在車站間呼嘯而過時，試圖冷靜下來。

他到底在家裡做什麼？

我跳下地鐵，然後踏上回家的路。新鮮的冷空氣讓我穿上大衣。今晚的布魯克林感覺比曼哈頓還冷。

我試著不要用跑的回家。我試著保持冷靜，試著表現沉著。「不需要著急。」我告訴自己。再說，我不想要出現的時候上氣不接下氣，而且真的不想毀了自己的髮型。

我穿過前門，爬上樓梯回到我家公寓。我的鑰匙滑進鎖孔。

他就在那裡。

大衛。

大衛在我的廚房裡面洗盤子，一副他就住在這裡的樣子。

「嗨。」我盯著他。

他看起來一點都沒變。藍色的眼睛，濃密的睫毛，削短的頭髮。他穿著染成深棕色的上衣和深灰色牛仔褲。

我認識他並且開始談戀愛之後，我記得自己在想，既然他是個白人，他就絕對不會說我膚色不夠黑。我想起艾芙琳頭一次聽見女傭講西班牙語的事。

我記得自己在想，他不太常閱讀，代表他絕對不會認為我是個差勁的作家。我想起希莉亞告訴艾芙琳，她不是個好演員。

我記得自己在想，兩個人之中我顯然是更有吸引力的那個，這項事實讓我感覺比較好，因為我認為這表示他永遠不會離開。我想起唐恩是如何對待艾芙琳，雖然她可以說是世界上最美麗的女人。

艾芙琳接受了世界給他的挑戰。

不過現在看著大衛，我知道我一直躲躲藏藏的。

或許一輩子都是如此。

「嗨。」他說。

那句話就這樣衝口而出。我沒有時間或精力，也無法克制自己好好組織語言，或者用更溫和的方式說出口。「你在這裡做什麼？」我說。

大衛將手中的碗擺進碗櫥，接著轉身面對我。「我回來解決幾件事。」他說。

「我是需要被解決的事嗎？」我問。

我在角落放下包包。我踢掉鞋子。

「妳是我需要修正的事。」他說。「我錯了，我認為我們兩個都錯了。」

為什麼一直到這一刻，我才發現問題在於我沒有自信呢？我大部分的問題，都是因為我需要非常多的安全感，我需要知道自己是誰，好讓我可以叫其他看不過去的人滾開？為什麼我花了這麼長久的時間，讓自己安於欠缺的狀態，儘管我該死的知道這個世界對我有著更高的期望？

「我沒有錯。」我說。這句話對我來說，至少就跟對他來說一樣驚人，我搞不好比他更吃驚。

「莫妮克，我們兩個都表現得很惡劣。我很不高興妳不願意搬去舊金山。因為我覺得自己應該有權利要求妳為了我，為了我的事業，做出一些犧牲。」

我思考著怎麼回答，但大衛繼續說下去。

「妳也很氣我沒有第一時間就問妳，因為我應該知道妳在這裡的生活有多重要。可是……還有其他的方式可以處理。我們可以暫時維持遠距離關係。一段時間之後，我可能還是會搬回來，或者妳之後可以搬去舊金山。我們有很多選項。我只是想說這個。我們不一定要離婚，我們不一定要因此放棄彼此。」

我在沙發上坐下，一邊思考一邊扭著手指。聽完他說的話，我意識到過去這幾週，我為什麼這麼難過，是什麼困擾著我，讓我覺得自己很糟。

不是受到拒絕。

也不是因為心碎。

而是因為挫敗。

唐恩離開我的時候，我沒有心碎。我只覺得自己的婚姻失敗了。這兩件事差異很大。

艾芙琳上週才剛這麼說過。

現在我懂了，為什麼這句話讓我印象深刻。

我因為自己失敗而感到暈眩，因為我選擇了錯誤的對象，因為我有了不對的婚姻，因為我已經三十五歲，但卻沒有愛著哪個人愛到願意為對方犧牲。我不夠敞開心房，不讓任何人太過深入內心。有些婚姻其實沒有那麼棒，有些愛情沒有那麼包容一切。有時候妳感到疏離，因為妳從一開始就不夠完整。

有時候，離婚不是天崩地裂的損失，有時候，只是兩個人一同從迷霧中醒來。

「我不認為……我覺得你應該回去舊金山。」最後我這麼說。

大衛過來在我旁邊的沙發上坐下。

「我還覺得我應該留在這裡。」我說。「我不認為接下來正確的做法是遠距離婚姻。我認為……我認為離婚是對的。」

「莫妮克……」

他牽起我的手，而我說：「我很抱歉，我希望自己不是這麼想。不過我在懷疑，其實你內心深處也有同樣的想法。因為你不是來這裡跟我說，你多麼想念我。或者沒有了我，生活多麼困難。你說的是你不想放棄。聽好了，我也不想放棄。我不想有一段失敗的婚姻。不過那其實不是繼續待在一起的好理由。關於**為什麼**不想放棄，我們應該有很多理由。但不應該**就**只是我們不想放棄。而且我沒有……我沒有任何繼續下去的理由。」我不知道該怎麼溫和地說出自己的想法，所以我選擇直說。「你從來就不像我的另一半。」

一直到大衛從沙發起身，我才發現到自己以為我們會坐在那裡聊很久。而且也是一直到大衛穿上外套，我才發現他大概以為自己今天晚上會睡在這裡。

不過在他準備開門離開的時候，我也發現，為了某天能夠找到一段美好人生，自己剛結束了這段平平淡淡的生活。

「我想，希望哪天妳能找到那樣的人，感覺起來像是另外一半的人。」大衛說。

就像希莉亞。

「謝謝你。」我說。「祝福你也能找到。」

大衛的微笑看起來比較接近皺眉。然後他離開了。

結束一段婚姻應該讓妳失眠，對吧？

但我沒有，我睡得很好。

隔天早上我走進艾芙琳的書房，剛坐下就接到法蘭琪的電話。我考慮轉進語音信箱，不過已經有太多事情在我腦中打轉。加上「回電給法蘭琪」可能會成為壓垮我的最後一根稻草。最好現在就處理。然後就能拋下這件事。

「喂，法蘭琪。」我說。

「喂。」她說。她的聲音輕快，幾乎是興高采烈。「我們需要安排攝影師的時間，我猜艾芙琳希望他們過去她那邊？」

「噢，那是個好問題。」我說。「等我一下下。」我把電話關靜音，然後轉身看向艾芙琳：「他們在問妳希望的拍照安排，時間和地點。」

「這裡就可以。」艾芙琳說道。「我們就約週五吧。」

「那是三天後。」

「是的，我想週五是週四隔天。我沒說錯吧？」

我笑著對她搖頭，接著回頭和法蘭琪講話。「艾芙琳說週五在公寓這裡。」

「上午，但不要太早吧。」艾芙琳說。「十一點。」

「十一點可以嗎？」我問法蘭琪。

法蘭琪同意：「太讚了！」

掛上電話後我看著艾芙琳：「妳想要三天後就拍照。」

「不，是**妳**想要我拍照的，還記得嗎？」

「可是，妳確定週五就可以嗎？」

「我們那時候就已經完成了。」艾芙琳說。「妳得比平常工作到更晚。我會讓葛麗絲準備妳喜歡的馬芬蛋糕，還有皮特咖啡店裡面妳喜歡的咖啡。」

「好吧。」我說。「好吧，不過還有很多沒講到的。」

「別擔心。我們週五前會完成的。」

我滿懷疑問地看著她，她只說：「莫妮克，妳該覺得開心。妳很快就會得到答案了。」

51

哈利看完麥斯寫給我的字條之後，震驚到說不出話。一開始我以為給他看這張紙傷害了他的感情，但是後來我發現他開始思考。

我們帶著康娜去比佛利山冷泉谷的遊樂場。我們一兩個小時後就要搭飛機回紐約。哈利和我看著康娜盪鞦韆。

「就算離婚，我們的關係也永遠不會改變。」他說。

「可是哈利……」

「約翰過世了，希莉亞也離開了。已經沒有必要用四人約會的方式來掩飾什麼了，什麼都不會變的。」

「**我們**會變的。」我看著康娜用力蹬地，盪得更高。

哈利透過墨鏡鏡片看著她，臉上露出微笑。他朝她揮手。「做得很棒，寶貝。」他喊著。「如果要盪得那麼高，記得雙手抓緊鏈子。」

他開始稍微控制飲酒的量。他學會挑選沉溺酒精的時刻。而且他永遠不會容許任何事物擋在他和工作或女兒之間。不過我還是很擔心，不知道丟下他自己一個人的話會發生什麼事。

他轉身面對我。「小艾，我們不會改變。我向妳保證。就像現在這樣，我住在我的房子裡，妳住在妳的房子裡，而且我每天都會過去。康娜想要的時候，她就睡在我家。再說考慮到外在因素，這樣安排可能更合理。大家很快就會開始問起，我們為什麼擁有兩棟不同的房子。」

「哈利——」

「妳想做什麼就去做。如果妳不想和麥斯在一起，那就不要。我只是說，我們有很多好理由該離婚。這麼做還有很多好處，只可惜我沒辦法再說妳是我老婆，我一直以來都很以此為傲。但我們還是跟過去一樣。一家人。而且……我認為，如果可以和其他人再談場戀愛，對妳來說比較好。妳應該被人愛著。」

「你也是。」

哈利露出憂傷的微笑。「我有過摯愛，他過世了。不過對妳來說，該是時候了。或許會是麥斯，或許不是。不過或許該有個什麼人。」

「我不喜歡跟你離婚這念頭。」我說。「就算這件事實際上毫無意義也一樣。」

「爸，你看！」康娜說完，雙腿往空中一甩，高高盪出去之後接著往前跳，最後雙腳著地。她差點害我心臟病發。

哈利放聲大笑。「太棒了！」他對著她說，然後轉身面向我。「抱歉，可能是我教會了她這個。」

「我發現了。」

康娜回到鞦韆上，哈利靠向我，一隻手臂繞過我的肩頭。「我知道妳不想要跟我離婚。」他說：「不過對於和麥斯結婚，我認為妳確實心動。否則的話，妳不會特地給我看那張字條。」

麥斯和我回到紐約，回到他的公寓。他說愛我之後已經過了三週。

「你說真的嗎？」我問。

「我非常認真。」麥斯說道。「俗語是怎麼說的？認真得出人命？」

「認真得要命。」

「好喔。我認真得要命。」

「我們根本不太認識彼此。」我說。

「小美人，我們一九六〇年就認識了。妳只是沒發現已經過了這麼多年。超過二十年了。」

我四十好幾了。而麥斯比我大上幾歲。既然已經擁有一個女兒、一個假丈夫，我以為對我來說，墜入愛河是不可能的。我不確定這件事怎麼會發生。

現在出現了個好男人，我確實喜歡這個人，而且我們一起經歷過一些往事，然後這個人還說他愛我。

「你是建議我離開哈利嗎？就那樣？就只因為我們覺得彼此之間有點什麼？」

麥斯對著我皺起眉頭。「我沒有妳想像中那麼笨。」他說。

「我一點都不認為你笨。」

「哈利是個同性戀。」他說。

我感覺自己往後縮，離他越遠越好。「我不知道你在講什麼。」我說。

麥斯大笑。「我們去買漢堡的時候那句台詞就不管用了，現在也不會有用。」

「麥斯……」

「妳喜歡跟我待在一起嗎？」

「我當然喜歡。」

「而且妳不覺得我們了解對方，談話也很有想法嗎？」

「當然。」

「我不是導了妳職業生涯中最重要的三部電影嗎？」

「你是。」

「妳認為那是意外嗎？」

我思考了一下。「不，我不認為。」我說。

「對，那不是意外。」他說。「那是因為我**懂**妳。那是因為我非常想要妳。那是因為，從我看到妳的那一瞬間起，我的身體就充滿了對妳的渴望。那是因為我愛上妳已經不只十年。鏡頭中的妳就像我眼裡看到的妳。而妳的聲勢因此高漲。」

「你是個有才華的導演。」

「我當然是。」他說。「但那是因為受到妳的影響。有才華的是妳，我的艾芙琳·雨果，每部有妳出現的電影都被妳施了魔法。妳是我的繆思女神。我是妳的指揮。我是那個能帶出妳最佳表現的人。」

我深深吸氣，思考著他說的話。「你說的沒錯。」我說：「你說的一點也沒錯。」

「這是我聽過最撩人的事。」他說。「兩個人成為啟發彼此的存在。」

他的身體靠過來貼近我。我感受得到他貼在我肌膚上的熱度。「而且我們理解彼此，我也想不出其他更有意義的相處模式。妳應該離開哈利。他會沒事的。沒有人知道他的性向，就算知道，也沒人在講閒話。他已經不再需要妳來保護他。**我**需要妳，艾芙琳。我非常需要妳。」他在我的耳邊低語。他吐息的熱度，他刮過的鬍鬚擦過我的臉頰，這些喚醒了我。

我抓住他，親吻了他。我脫掉自己的上衣，撕開他的衣服。我解開他的皮帶，甩開帶扣。我扯開自己扣上的牛仔褲。整個身體壓上他。

他抓住我的方式，還有他的動作，我清楚感受到他渴望著我，而且不敢相信自己竟如此幸運能碰觸我。在我拉下內衣肩帶露出胸部時，他深深地注視著我的眼睛，接著伸手撫上我的胸部，那副模樣彷彿要解開某個埋藏的寶藏。

那種感覺真好。被人那樣碰觸，解放我的渴望。他在沙發上躺下來，我坐在他身上，按照我想要的方式動作著，從他身上汲取所需，好幾年來頭一次感受到愉悅。

好像在荒漠中喝到的一口水。

一切結束之後，我不想要離開他的身邊。我希望永遠不需要離開他。

「你會成為繼父。」我說。「你明白嗎？」

「我愛康娜。」麥斯說。「我愛小孩。所以對我來說，那是個加分項目。」

「而且哈利會一直出現在我們身邊。他永遠不會離開我們。他一直都在。」

「我不介意他。我一向挺喜歡哈利。」

「我想待在自己的房子裡面。」我說。「不是這裡。我不會讓康娜離開熟悉的環境。」

「好的。」他說。

我安靜下來。我不太清楚自己到底想要什麼。只知道我還想要他。我想要再一次感受他。我吻了他。我呻吟著。我讓他壓在我身上，然後閉上雙眼，這些年來，我頭一次閉上眼睛之後沒有看見希莉亞的身影。

「我願意。」在他跟我做愛的時候，我開口說道。「我會嫁給你。」

失望的麥斯·吉拉德

《此時此刻》

一九八二年六月十一日

艾芙琳．雨果與哈利．卡麥隆離婚，嫁給導演麥斯．吉拉德

艾芙琳．雨果也太會結婚了！她與電影製作人哈利．卡麥隆在十五年的婚姻之後分道揚鑣。兩人才剛剛經歷一度順風順水的時期，今年稍早以電影《只為我們》雙雙贏回奧斯卡小金人。

不過消息來源指出，艾芙琳和哈利早已分居一陣子。過去一兩年，他們的婚姻關係變得比較接近友情。還有人表示，哈利一直住在他們過世的朋友約翰．布萊夫曼留下來的房子裡，跟艾芙琳在同一條街上。

於此同時，艾芙琳一定利用了這段時間，她和《只為我們》的導演麥斯．吉拉德感情升溫。兩人已經宣佈結婚的計畫。只有時間能告訴我們，麥斯會不會是艾芙琳通往幸福的幸運門票。不過我們現在可以確定，他會是第六任丈夫。

52

麥斯和我在南加州的約書亞樹國家公園完婚，到場的還有康娜、哈利，以及麥斯的兄弟路克。麥斯一開始提議的婚禮和蜜月地點是法國的聖特佩羅或者西班牙的巴賽隆納，不過我們兩個才剛在洛杉磯拍完電影，而且就我們一小群人在沙漠中結婚，我覺得聽起來很不錯。

我沒穿白紗，早就沒在假裝純潔無辜。已經四十四歲的我穿了海藍色長洋裝，稍微夾捲金髮。康娜的頭髮上別著花。她身邊站著哈利，身上是襯衫搭配西裝褲。

我的新郎麥斯，他穿著亞麻材質白西裝。我們開玩笑說這是他第一次結婚，所以他才應該是穿白色的那個。

當天傍晚，哈利和康娜飛回紐約。路克回到他在里昂的家。麥斯和我待在一間小木屋裡，難得地享受只有我們兩個的晚上。

我們在床上還有桌子上做愛，還有夜半星空下的走廊。

到了早上，我們邊吃葡萄柚邊打牌。我們來回切換電視頻道。我們放聲大笑。我們聊起喜歡的電影、就要開拍的電影，還有想拍的電影。

麥斯說他想要拍一部有我演出的動作片。我告訴他我不確定自己適合演出動作片主角。

「麥斯，我四十幾歲了。」我說。我們在沙漠中散步，太陽打在我們身上。我把水忘在小木屋裡面。

「妳永遠不會老。」他踢著路邊的沙。「妳什麼都辦得到。妳可是艾芙琳．雨果。」

「我是艾芙琳。」我告訴他。我停下了腳步，抓著他的手。「你不用一直叫我的全名，不用一直叫我艾芙琳．雨果。」

「但那就是妳的名字啊。」他說。「妳就是**那個**艾芙琳．雨果。妳奇特又不凡。」

我微笑著吻了他。感覺到被人愛著並且愛著什麼人，我鬆了一大口氣。又一次想要跟某個人在一起，讓我非常興奮。我認為希莉亞永遠不會回到我身邊。可是麥斯，他現在就在我身邊。他是我的。等我們回到小木屋，我們兩個都曬傷了，而且熱得有點脫水。我為我們兩個人做了花生果醬三明治，然後坐在床上看新聞。一切感覺非常寧靜。沒有什麼需要證明，也不需要隱藏。

麥斯從身後抱著我睡。我感覺得到他的心跳打在我背上。

隔天早上，我頂著一頭亂髮和滿嘴口臭醒來，我望向他，以為會看到他臉上的笑容。可是他一臉嚴肅，彷彿已經盯著天花板看了好幾個小時。

「你在想什麼？」我說。

「沒什麼。」

他的胸毛已經開始變白。我覺得這讓他看起來有點莊嚴。

「怎麼了？」我說。「你可以告訴我。」

他轉身看著我。我整理了一下頭髮，不知怎的，又點不好意思自己看起來亂糟糟的。他的視線又回到天花板上。

「這跟我想像中不一樣。」

「你想像了什麼？」

「妳。」他說。「我想像跟妳過著燦爛輝煌的生活。」

「現在你不想了？」

「不，不是那樣。」他搖頭。「我能老實說嗎？我覺得我痛恨這座沙漠。太陽太大而且食物不好吃，我們為什麼在這裡？我們是都市人，親愛的。我們應該回家去。」

我笑了，因為不是更嚴重的事情而鬆了口氣。「我們還要在這裡待上三天。」我說。

「沒錯、沒錯，我知道，我的美人兒，但拜託了，我們回家去吧。」

「這麼早？」

「我們可以在華道夫的飯店待個幾天，不用一定要待在這裡。」

「好吧。」我說。「如果你確定的話。」

「我很確定。」他說完就起床沖澡。

後來我們去了機場，等待登機的時候，麥斯跑去買點東西在飛機上讀。他帶著《時人》雜誌回來，給我看裡面關於我們婚禮的報導。

他們叫我「大膽的性感女星」，然後麥斯是我的「白騎士」。

「挺酷的，不是嗎？」他說。「我們看起來像皇室成員。妳在照片裡面看起來好美。不過妳當然很美，妳就是個美人。」

我笑著，不過滿腦子都想著演員麗塔·海華斯那句名言。**男人和電影裡面的吉爾達上床，早上卻在我身邊醒來**。

「我想或許該減個幾磅。」他拍拍自己的肚皮。「我想要為了妳變得好看。」

「你**是**很好看。」我說。「你一直都很好看。」

「不。」他搖頭。「看看他們拍到我的這張照片。我看起來像有三個下巴。」

「只是這張照片拍壞了。你本人看起來非常棒。我完全不想改變你，真的。」

可是麥斯沒有在聽。「我在想應該戒吃炸物。我已經變得太美式了，妳不覺得嗎？我想為妳變得好看。」

不過他的意思不是為了**我**變好看。他的意思是為了那些**和我一起**被拍到的照片變好看。

我們搭上飛機的時候，我的心被扯碎了那麼一點。我看著他在飛機上讀著那本雜誌，心上的裂痕越來越大。

就在我們降落之前，一個經濟艙的乘客過來使用頭等艙洗手間，發現我之後又多看了一眼。等他離開，麥斯轉頭看著我，笑著對我說：「妳覺得這些人回家之後會跟每個人說，他們和艾芙琳・雨果搭同一班飛機嗎？」

他講完那句話之後，我的心碎成了兩半。

我差不多花了四個月才明白，麥斯根本沒有打算**試著**愛我，他只有辦法喜歡**我這個形象**。明白這點之後，這麼說似乎很傻，可是我不想要離開他，因為我不想離婚。

我之前只跟一個我愛的男人結過一次婚。這是我此生第二次在踏入一段婚姻的時候，相信一切能夠長久。再說，不是我離開唐恩，而是唐恩離開了我。

至於麥斯，我以為事情可能有所改變，事情可能會上軌道，可能會發生什麼讓他看見真正的我，並且愛上那樣的我。我以為只要只要給了真正的他足夠的愛意，他也會愛上真正的我。

我以為我終於和某個人擁有一段有意義的婚姻。

不過這一切從來沒有實現。

麥斯只是牽著我在市區到處亮相，彷彿我是個獎品。每個人都想要艾芙琳・雨果，而艾芙琳・雨果想要他。

《派對女孩》裡面那個女孩迷倒眾生。甚至迷倒了那個創造她的男人。我不知道該如何告訴他，我也愛那個女孩，可是我不是她。

53

一九八八年，希莉亞接下馬克白夫人的角色，演出改編電影。她大可角逐最佳女主角。那部電影裡面沒有其他戲分比她更吃重的女性角色。不過她一定是報名最佳女配角，因為投票結果揭曉之後，她得到的是最佳女配角的提名。我一看到，我就知道那是她的決定。她就是那麼聰明。

我當然會把票投給她。

她贏得奧斯卡的時候，我在紐約和康娜還有哈利待在一起。麥斯那年自己參加頒獎典禮。我們兩個吵了一架。他希望我陪他，但我那天晚上想跟家人待在一起，而不是穿著緊身禮服和六吋高跟鞋。

還有老實說，我已經五十歲了。我得和一整個世代的新晉女演員競爭。她們全都美麗動人，擁有光滑的肌膚和閃亮的頭髮。如果大家都認為妳很美，那麼站在某人身邊覺得自己外表不如人大概是最痛苦的情境。

無論我曾經多麼美麗，那都不重要。所有人都看得出來，時間只會不斷流逝。

適合我的角色開始減少。很棒的角色會找實際上歲數不到我一半的女人，而我得到的角色是她們的母親。好萊塢的生活是個鐘形曲線，我已經盡可能延長自己待在頂端的時間，比多數的人撐得更久。不過現在我已經走到盡頭，他們根本不考慮我。

所以不，我不想參加奧斯卡頒獎典禮。我沒有飛到洛杉磯，在梳妝椅上耗費一整天，接著用力吸氣收小腹，在數以百計的鏡頭和視線前挺直身體，我選擇和女兒待在一起。

露易莎去度假，我們沒有其他喜歡的人選可以代理她的工作，所以康娜和我那一整天都在編造可以一邊打掃房子的遊戲。我們一起準備了晚餐。然後我們準備了些爆米花，和哈利坐在電視前看著希莉亞拿下獎座。

希莉亞穿著滾邊黃色絲質洋裝。她的紅髮現在剪得更短，全部往後梳成髮髻。她的年紀當然也更大了，但她看起來美得如此驚人。頒獎人喊出她的名字，她來到舞台上收下獎座，整個人既優雅又誠摯，就像觀眾一直以來認識的那樣。就在她要從麥克風前退開的時候，她說：「給今天晚上打算親吻電視的人，請小心不要撞到牙齒。」

「媽，妳怎麼哭了？」康娜問。

我伸手摸上臉頰，才發現自己淚流滿面。

哈利微笑著揉揉我的背。「妳應該打電話給她。」他說。「言歸於好總是不錯的。」

我沒打電話，我寫了封信。

我親愛的希莉亞，

恭喜妳！這個獎項絕對該是妳的。妳絕對是我們整個世代最有才能的演員。

我只希望妳能過得非常幸福。這次我沒有親吻電視，不過我跟其他幾次一樣大聲喝采。

致上我所有的愛，

艾德華

艾芙琳

我寄出這封信的時候，有如寄出瓶中信一樣滿心平靜。意思是說，我並不期待任何回覆。不過一週之後我收到了。一個小小的方形奶油色信封指名給我。

我最親愛的艾芙琳，

讀著妳的信就像被困在水面下之後終於喘過來一口氣。我希望妳能原諒我講話這麼直接，可是我們是怎麼搞砸這一切的？而且我們已經十年沒講話了，可是我還是每天都能聽見妳的聲音，這代表著什麼？

親＋抱，希莉亞

我親愛的希莉亞，

我們會搞砸都是我的錯。我自私又短視近利。我只希望妳已經在其他地方找到幸福快樂。妳應該要過得非常幸福。很抱歉給妳這些幸福的人不是我。

愛妳的，艾芙琳

我親愛的艾芙琳，

妳這是在竄改我們的過去。我沒有安全感、心胸狹窄又天真。妳為了保住我們的祕密做了一些事，但我因此責怪妳。但事實上，每次妳阻止外面的世界入侵我們的生活，我都感覺到無比安心。我此生最幸福的時光都是由妳精心安排，我卻從來沒有為此給妳該有的感謝。我們兩個人都有錯，不過從來就只有妳在道歉。現在請讓我修正這件事：我很抱歉，艾芙琳。

愛妳的，希莉亞

註：幾個月前我看了《凌晨三點》。這是一部大膽勇敢又重要的電影。如果阻止這部電影的拍攝，那我就錯了。妳一直都非常有才華，我也從來沒有對此給妳該有的肯定。

親愛的希莉亞，

妳認為愛人有機會成為朋友嗎？我很不願意思考這輩子還剩下多少時間，不想浪費在繼續不講話上。

愛妳的，艾芙琳

親愛的艾芙琳，

麥斯就跟哈利一樣嗎？跟雷克斯一樣？

愛妳的，希莉亞

親愛的希莉亞，

很抱歉，但我得告訴妳，不是的，他不像他們。他不一樣。可是我真的好想好想見妳。我們能碰個面嗎？

愛妳的，艾芙琳

親愛的艾芙琳，

老實說這個消息擊垮了我。在這樣的情況下，我不知道我能不能見妳。

愛妳的，希莉亞

親愛的希莉亞，

過去這個禮拜我打了好幾通電話給妳，但妳沒有回電。我會再試試。求求妳了，希莉亞，求妳。

愛妳的，艾芙琳

54

「喂？」她的聲音聽起來跟以前一模一樣。甜蜜但又堅定。

「是我。」我說。

「嗨。」她的聲音在那一刻變得熱絡，這一點讓我充滿希望，或許我的生命能夠再次回到正軌，回到一直該有的樣子。

「我是愛過他。」我說。「我愛過麥斯，但已經不愛了。」

電話那頭沒有聲音。

接著她問：「妳想說什麼？」

「我說我想見妳。」

「艾芙琳，我不能見妳。」

「妳可以。」

「妳希望我們一起做什麼？」她說。「再一次毀了彼此嗎？」

「妳還愛著我嗎？」我問。

「我還愛著妳，希莉亞。我發誓我還是。」

她沒有說話。

「我……我不認為我們應該聊這個。不是在……」

「不是在什麼？」

「艾芙琳，什麼都沒變。」

「一切都不一樣了。」

「大家還是不能知道真正的我們。」

「艾爾頓．強出櫃了。」我說。「出櫃好幾年了。」

「艾爾頓．強沒有小孩，而且他的演藝事業也不是建立在觀眾相信他是個異性戀男子之上。」

「妳是說我們會失去我們的工作？」

「我不敢相信還得跟妳說這些。」她說。

「好吧，讓我告訴妳**哪裡**不一樣。」我告訴她：「我不在乎了。我已經準備好放棄一切。」

「妳不是認真的。」

「我當然是認真的。」

「艾芙琳，我們有好幾年沒見過彼此了。」

「我知道妳可以忘了我。」我說。「我知道妳跟瓊安在一起。我很確定妳曾經有過別人。」我等待著，希望她能糾正我，希望她可以告訴我從來就沒有過其他人。不過她沒有，於是我繼續說下去。

「不過說實話，妳能說妳不愛我了嗎？」

「當然不能。」

「我也沒辦法。我每一天都愛著妳。」

「妳跟別人結婚了。」

「我跟他結婚是因為他能幫我忘記妳。」我說。「不是因為我已經不再愛著妳。」

我聽到希莉亞深呼吸的聲音。

「我會去洛杉磯一趟。」我說。「我們一起吃頓晚餐，好嗎？」

「晚餐？」她說。

「只是一頓晚餐。我們有些事該聊聊。我覺得我們至少還欠對方這個，好好長談一場。兩週後可以嗎？哈利可以照顧康娜。我可以待上幾天。」

希莉亞又陷入沉默。我知道她在考慮。我有種感覺，這是個重要的轉折點，關於我的未來，還有我們的未來。

「好吧。」她說。「就吃頓飯。」

那天早上我出發去機場時，麥斯還在睡。他那天下午該去片場拍晚場的戲，於是我捏捏他的手道別，接著從衣櫃裡面拿了我的行李。

我不知道自己想不想帶著希莉亞的信。每封信我都連同信封一起收著，放進我衣櫃裡的盒子。過去幾天我整理著行李，不停重複著把信件擺進行李又拿出來的動作，試著下定決心。

自從希莉亞和我恢復連絡之後，我每天都重讀那些信。我不想跟這些信分開。我想要用手指掃過那些字，感受著筆尖壓進信紙中的方式。我喜歡聽見她的聲音在腦海中響起。不過我要飛去見她。於是我決定自己不需要這幾封信。

我穿上長靴，拿好外套，接著打開包包拿出信件。把信藏在我的皮草後面。

我留了張字條給麥斯：「週四回來，麥斯。愛你的，艾芙琳。」

康娜在廚房裡，她想帶著果醬吐司餅去哈利家，我不在的時候她會待在那邊。

「妳爸沒有果醬吐司餅嗎？」我問。

「沒有黑糖口味的。他都買草莓口味的，但我不喜歡。」

我抓著她，親親她的臉頰。「再見。我不在家的時候要乖。」我說。

她朝著我翻白眼，我不確定是因為那個吻，還是因為我說的話。她才剛十三歲，正要進入青春期，但已經讓我心碎。

「好啦好啦好啦。」她說。「到時候見啦。」

我走到人行道邊，豪華轎車停在路邊等我。我把包包交給司機，最後一刻才想到，我和希莉亞共進晚餐之後，她可能會說再也不想見到我。她可能會告訴我，她不認為我們該繼續保持聯絡。我可能會在回程的飛機上，想她想到心痛不已。我覺得自己需要帶著那些信。我想要那些信陪在身邊。我需要它們。

「等一下。」我告訴司機，接著衝回屋裡。康娜從電梯走出來的時候，我剛好要衝進去。

「這麼快就回來啦？」她背著包包說道。

「我忘了個東西。寶貝，週末玩得開心。跟妳爸說，我一兩天後就回來。」

「喔，好喔。對了，麥斯剛起床。」

「我愛妳。」我一邊按下電梯按鈕，一邊說道。

「我也愛妳。」康娜說。她揮手道別，然後走出大門。

我上樓回到臥室。而麥斯人就在那裡，站在我的衣櫃前。

希莉亞的那些信，那些我一直保持得乾乾淨淨的信，現在飛散在整個房間裡，多半連同信封直接扯開，彷彿只是些垃圾郵件。

「你在做什麼？」我說。

他穿著黑色上衣和運動褲。「**我**在做什麼？」他說。「太過分了。妳走進這裡問**我**，**我**在做什麼。」

「那些是我的東西。」

「喔，我知道啊，**我的美人**。」

我彎下身，試著從他手上拿回信件。他躲開。

「妳外遇了？」他露出微笑。「妳真是非常像法國人。」

「麥斯，夠了。」

「親愛的，我不在意妳跟人外遇。前提是好好處理，而且不該留下證據。」

聽他這樣講，我才明白他婚後跟其他人睡過，我也不確定在麥斯和唐這樣的男人身邊，是否真的有哪個女人能全身而退。我在想，外面不曉得有多少女人想著，如果她們跟艾芙琳・雨果一樣美，就能阻止自己的丈夫偷吃。但這一點從未阻止過我愛的男人。

「麥斯，我沒有背著你偷吃，所以你別鬧了可以嗎？」

「妳可能沒有。」他說。「我想我信得過這點。不過我不敢相信的是，妳是個拉子。」

我閉上眼睛，我的內心太過憤怒，甚至必須暫時脫離這個世界，暫時讓自己振作起來。

「我不是拉子。」我說。

「這些信可不是這麼說的。」

「那些信跟你沒有關係。」

「可能吧。」麥斯說道。「如果這些信是希莉亞・聖詹姆斯寫來告訴妳，她過去對妳的感情，那就是我搞錯了。我會立刻把這些信擺到一邊，而且立刻向妳道歉。」

「很好。」

「我說的是**如果**。」他起身靠近我。「這是個巨大的**如果**。如果這些信讓妳決定今天跑一趟洛杉磯，那我會很生氣，因為妳把我當傻瓜。」

如果我告訴他，我沒有打算去洛杉磯見希莉亞，如果我的說詞夠好，他就會放手。他甚至可能會說他很抱歉，然後親自載著我去機場。我真的這麼想。

這是我的直覺，我想要說謊、想要隱藏、想要掩飾我在做什麼，以及我的性傾向。不過就在我要開口講出那些台詞的當下，其他的句子冒了出來。

「你說的沒錯。我是要去見她。」

「妳要背叛我嗎？」

「我打算離開你。」我說。「我想你也知道。我想你已經知道一陣子了。我打算離開你。就算不是為了她，也是為了我自己。」

「為了她？」他說。

「我愛她，我一直愛著她。」

麥斯看起來被打倒了，彷彿他逼我加入這場遊戲，而且假設我會棄權。他不敢置信地搖著頭。「哇喔。」他說。「不敢相信。我跟個拉子結婚了。」

「別再講那個詞。」我說。

「艾芙琳，如果妳和女人上床，妳就是個女同性戀。別當個討厭自己的女同性戀。那樣不……那樣不適合。」

「我不在乎你覺得怎樣才適合。我一點都不討厭女同性戀。我愛著一個女同性戀。但是我也愛著你。」

「喔，拜託了。」他說。「妳已經讓我像個傻瓜，求妳不要再讓我看起來更蠢。我花了好幾年的時間愛妳，結果卻發現一切對妳來說毫無意義。」

「你他媽的一天都沒愛過我。」我說道。「你愛的是手裡挽著一個電影明星。你愛的是能夠成為睡在我床上的人。那不是愛情，只是佔有慾。」

「我不知道妳在說什麼。」他說。

「你當然不知道。」我說。「因為你搞不清楚兩者之間的差別。」

「妳曾經愛過我嗎？」

「我愛過。在你跟我做愛，讓我感覺到渴望，還有你照顧我的女兒，以及在我相信你看見我身上某些從沒有人看過的部分，這些時候我都愛你。我非常愛你。」

「所以妳不是女同性戀。」他說。

「我不想跟你討論這件事。」

「嗯，妳會的，妳必須跟我談這件事。」

「不。」我說著，撈起信紙和信封塞進我的口袋。「我不要。」

「要的。」他擋住門口。「妳要跟我談。」

「麥斯，別擋路。我要走了。」

「別去見她。」他說：「妳不可以這麼做。」

「我當然可以。」

我聽到電話響起，但離話筒太遠，沒辦法接電話。我知道那是司機。我知道如果我不走，可能就會錯過我的班機。還會有其他航班，可是我想搭上那班飛機。我想儘快見到希莉亞。

「艾芙琳，住手吧。」麥斯說道：「好好想一想，這樣一點都不合理。妳不能離開我。我一通電話就能毀了妳。我可以把這件事告訴其他人，隨便什麼人都行，這樣一來妳的生活就永遠不一樣了。」

他不是在威脅我。他只是向我解釋顯而易見的現況。聽起來他彷彿說：**寶貝，妳沒想清楚。這件事不會善了**。

「麥斯，你是個好男人。」我說。「我看得出來你很生氣，氣到想要傷害我。不過我認識你夠久，我知道你至少多數時間會**試著**做正確的事。」

「如果這次我不這麼做呢？」他說。這下才終於是句威脅。

「麥斯，我要離開你。就算不是現在也是不久之後，不過終究會發生。如果你打算藉機拉下我，那你就去做吧。」

因為他沒有動作，所以我推開他，從他身邊走了出去。

我此生摯愛在等著我，我要去帶她回來。

55

等我抵達施帕戈餐廳，希莉亞已經入座。她穿著黑色寬褲，奶油白的無袖薄紗上衣。戶外是溫暖的華氏七十八度[3]，不過餐廳裡面空調開得很強，她看起來有點冷，手臂上都是雞皮疙瘩。

她的紅髮依然美麗動人，不過現在顯然是染出來的。之前因為陽光的關係有點偏金的底色稍微滲到表面，讓髮色變得紅棕。她的藍眼珠一如往常吸引人，不過現在眼周的肌膚比較鬆軟。

過去幾年我動過幾次醫美手術。我猜她也是。我穿著深V領的黑色洋裝，腰上繫著腰帶。漸漸冒出來的灰髮讓我的金髮變淡，削短的髮絲框出我的五官。

看到我之後她站起身。「艾芙琳。」她說。

我摟了她。「希莉亞。」

「妳看起來很棒。」她說。「妳向來如此。」

「妳看起來就跟我上次看到妳的時候一樣。」我說。

「我們從來不會對彼此說謊。」她微笑著說。「別從現在開始。」

「妳看起來美極了。」我說。

「妳也一樣。」

我點了一杯白酒。她點了蘇打水加檸檬。

「我不喝酒了。」希莉亞說道。「我的身體對酒精的接受度不比以前了。」

3 約攝氏二十五度。

「沒關係。有必要的話，我那杯酒一送上桌我就會丟出窗外。」

「不用。」她笑了。「我對酒精的接受度怎麼會是妳的問題？」

「我希望妳的一切都是我的問題。」我說。

「妳知道自己在說什麼嗎？」她傾身越過桌面對我耳語。她敞開的領口落進麵包籃。我擔心她的衣服會沾到奶油，不過不知怎的沒有發生。

「我當然知道自己在說什麼。」

「妳摧毀了我。」她說。「到現在已經發生過兩次了。我花了好幾年想忘掉妳。」

「成功了嗎？這兩次？」

「不太成功。」

「我認為這代表了某些意義。」

「為什麼是現在？」她問。「為什麼幾年前不打給我？」

「在妳離開我之後，我打了幾百通電話。我甚至跑去敲妳的門。」我提醒她。「我以為妳恨我。」

「我是恨妳。」她退開了一點。「我覺得我還是恨妳，至少還有那麼一點。」

「妳認為我不恨妳嗎？」我試著壓低聲音，試著假裝這是一場兩個老朋友之間的閒聊。「就一點點嗎？」

希莉亞微微一笑。「是啊，我想妳恨我也是很合理的。」

「不過我不打算讓那些事阻止我。」我說。

她嘆了口氣，看著手上的菜單。

我心照不宣地靠近她。「在此之前，我不覺得自己有機會。」我這麼告訴她。「妳離開我之後，我以為機會之門已經關上。現在開了一條門縫，我想要趁機拉開大門，然後走進去。」

「是什麼讓妳認為門開了？」她問道，看著左手邊的菜單。

「我們正要共進晚餐，不是嗎？」

「朋友也會共進晚餐。」她說。

「妳和我永遠做不成朋友。」

她闔起菜單，放到桌面上。「我看東西要戴老花眼鏡。」她說。「妳能相信嗎？老花眼鏡。」

「歡迎加入高齡俱樂部。」

「如果我受傷了，可能會變得很刻薄。」她提醒我。

「這些事我早就知道了。」

「我讓妳覺得自己沒有才華。」她說。「我試圖讓妳認為自己需要我，因為我能讓妳得到認可。」

「我知道。」

「但觀眾一直都是認同妳的。」

「我現在也明白那一點了。」我告訴她。

「我以為妳贏了奧斯卡之後就會打給我。我以為或許妳會想要讓我看看，想把獎座甩到我的臉上。」

「妳有聽完我的得獎感言嗎？」

「我當然聽完了。」她說。

「我試過聯絡妳。」我說。我拿起一片麵包塗上奶油。不過我立刻放下來，一口都沒咬。

「我不確定。」希莉亞說。「我是說，我不確定妳是不是對我說話。」

「我只差講出妳的名字。」

「妳說了女字旁的**她**。」

「正是如此。」

「我想妳或許有了另外一個**她**。」

我看過希莉亞身邊的其他女子。我想像過自己和她身邊女子在一起的樣子。但我這一輩子對其他人的分類，一直都是「希莉亞」和「不是希莉亞」。我考慮過和其他女人開啟話題，但每個人的額頭上同樣蓋著「不是希莉亞」這幾個字。如果我要為了愛著一個女人而賭上事業和一切，那非得是她不可。

「除了妳之外，沒有其他的**她**。」我告訴她。

希莉亞聽完之後閉上眼睛。然後她開口。感覺上就像她試圖阻止自己，但卻做不到：「可是有**他**。」

「老話題了。」我說著，努力不要翻白眼。「我和麥斯，妳顯然是跟瓊安。瓊安可以和我相提並論嗎？」

「不能。」希莉亞說。

「麥斯和妳也不能比。」

「可是妳還是跟他結婚了。」

「我提離婚了。他會搬走。一切都結束了。」

「這麼突然。」

「其實並不突然，還拖了一段時間。總之，他發現妳寫給我的信。」我說。

「所以他要離開妳？」

「不，他威脅我，如果我不留在他身邊，就要讓我出櫃。」

「什麼？」

「我要離開他。」我說。「而且隨便他見鬼的想幹嘛，我都不管。因為我已經五十歲了，我沒有力氣去控制每個人想怎麼說我，不可能到我老死都這麼做。我拿到的角色爛透了。我的壁爐上擺著奧斯卡獎座，我有個了不起的女兒，我有哈利，我家喻戶曉。接下來許多年，大家都會聊起我的電影。我還想要什麼？打造一座黃金塑像嗎？」

希莉亞笑了。「奧斯卡就這麼回事。」她說。

我也笑了。「沒有錯！說得很有道理。那麼我已經有一座了。沒其他的了，希莉亞。我沒有其他高峰要爬了。我一生都在躲躲藏藏，以免有人把我踢出這些山頭。妳知道嗎？我躲夠了。就讓他們來抓我吧。他們可以把我遠遠扔進哪個深不見底的地方，我不在乎。我簽了約要在福斯拍最後一部片，就在今年晚一點，之後就沒我的事了。」

「妳不是說真的。」

「我是。如果我不能這麼想……那就是我為什麼會失去妳。我不想再失去妳了。」

「那不只是我們兩個的演藝事業。」她說。「我們無法預測結果如何。要是他們搶走康娜呢？」

「因為我愛上了一個女人嗎？」

「因為他們認為她的兩個家長都是『酷兒』。」

我啜了口酒。「我說不過妳。」我終於開口：「如果我想要隱藏，妳說我是懦夫。如果我厭倦隱藏，妳說他們會帶走我的女兒。」

「我很抱歉。」希莉亞說。她的抱歉似乎不太是為了自己說的話，比較是因為我們活在這樣的世界裡面。「妳是認真的嗎？」她問。「妳真的要放棄嗎？」

「真的。」我說。「是的，我會放棄。」

「妳非常確定嗎？」她問的時候，服務生正好在她面前放下牛排，在我面前擺上沙拉。「我是說，非常確定嗎？」

「是的。」

希莉亞安靜了一會兒，低頭盯著自己的盤子。她似乎正思考著此刻的一切，她花的時間越長，我的身體就越往前，想要靠近她。

「我有慢性阻塞肺病。」她終於開口。「我大概沒辦法活到六十歲。」

我盯著她。「妳說謊。」我說。

「我沒有。」

「妳在說謊。這不可能是真的。」

「這是真的。」

「不，這不是。」我說。

「就是。」她拿起叉子。喝了一口眼前的開水。

我心思紛亂，腦中亂糟糟，心口也七上八下。

然後希莉亞再次開口，我之所以能聽進她說的話，只因為我很清楚這很重要。我知道那很要緊。

「我認為妳應該拍完那部電影。」她說。「盛大地息影。然後……然後，拍完之後，我想我們應該搬去西班牙的海邊。」

「什麼？」

「我生命中最後幾年在美麗的海邊度過，我一直都很喜歡這個想法。還有個好女人的愛陪伴著我。」她說。

「妳……妳快死了嗎？」

「妳拍戲的時候我可以研究一下西班牙的住處。我會找個康娜能好好上學的地方。我會賣掉這邊的房子。我會弄到一個院落，哈利也會有足夠的空間。還有羅伯。」

「你哥哥羅伯？」

希莉亞點頭。「他幾年前搬來這邊做生意。我們很親。他……他知道我的狀況。他支持我。」

「那是什麼？慢性阻塞——？」

「大概算是肺氣腫。」她說。「抽菸的結果。妳還抽菸嗎？妳該戒了。現在就戒。」

我搖頭，很久以前就不抽了。

「治療可以減緩病程。我大致上能過著普通的日子，至少過上一陣子。」

「然後呢？」

「然後，到頭來，會變得很難活動，呼吸困難。等到這種情況出現，我的時間就不多了。所有的醫生都說，如果我幸運的話，還有十年的預期壽命，差不多這個數字。」

「十年？妳才四十九歲。」

「我知道。」

我開始掉眼淚。我忍不住。

「大家都在看我們。」她說。「妳別哭了。」

「我沒辦法。」我說。

「好吧。」她說。「好吧。」

她拿起皮包，丟下一張百元鈔。她拉著我站起來，然後我們走向代客泊車的服務生。她把自己的停車券交給他，然後把我推上副駕駛座。她載著我回到她的房子，讓我坐在她的沙發上。

「妳有辦法應付這個嗎？」她說。

「妳是什麼意思？」我問她。「我當然沒辦法應付這個。」

「如果妳**可以**應付這個，那我們就能這麼做。」她說。「我們可以在一起。艾芙琳，我想我們可以，可以共度餘生。如果妳能應付這個情況。但我的良心不允許，如果妳不覺得自己能承受這樣的結局，那我沒辦法這麼對妳。」

「說得明確一點，怎麼樣的結局？」

「再一次失去我。如果妳不認為自己有辦法再一次失去我的話，我不想要讓妳愛我。愛我這最後一次。」

「我沒辦法，我當然沒辦法。可是我無論如何都想要。我無論如何都會這麼做。」我總算說道：「好吧，我能承受。我寧可經歷這一切，總好過從未感受這些。」

「妳確定嗎？」她說。

「是的。」我說。「是的，我確定。我從來沒有對其他的事這麼確定過。希莉亞，我愛妳。我一直愛著妳。我們應該一起度過餘生。」

她捧著我的臉吻了我。而我還在哭。

她跟著我掉眼淚，我很快就分不出來自己嚐到的是她的淚水還是我的。我只知道，自己注定要愛上這個女子，而我又再一次被她摟在懷裡。

希莉亞的衣服總算掉在地上，我的洋裝則卡在大腿。我感覺到她的雙唇壓在我胸口，雙手在我肚子上游移。我脫掉洋裝裸著身子。她的床單是柔軟的純白色。她聞起來不再像菸與酒，只有一股柑橘味。

早上醒來，她的頭髮有些睡到我的臉上，其餘披散在枕頭上。我翻身側躺，用自己的身體貼著她的背後。

「接下來我們的計畫是這樣，」希莉亞說：「妳會離開麥斯。而我會打給眾議院一個朋友。他是佛蒙特州的議員，需要一點媒體版面。大家接下來會注意到妳和他常一起出現，我們會散播謠言，說妳打算為了年輕男人拋棄麥斯。」

「他幾歲？」

「二十九。」

「希莉亞，天啊。他還是個小孩。」我說。

「這正是他們會講的話。大家會很驚訝妳和他約會。」

「如果麥斯打算說我壞話呢？」

「無論他說了你什麼，看起來都只會像是他在不爽。」

「然後呢？」我問。

「然後妳跟我哥哥結婚。」

「為什麼我要跟羅伯結婚？」

「這樣等我死掉之後，我擁有的一切都會歸妳所有。我的資產會由妳處置，這樣妳就能留著我的遺產。」

「妳也可以把遺產指名給我啊。」

「因為妳曾經是我的愛人，結果被人搶走嗎？不行。這個做法比較好，也比較聰明。」

「可是和妳哥哥結婚？妳瘋了嗎？」

「他會同意的。」她說。「為了我。也因為他是個花花公子，他會跟每個看到的女人上床。妳對他的名聲有好處。這是雙贏。」

「不直接說實話而是搞這些？」

我感覺到希莉亞的肋骨在我身下舒展，而後收合。「我們不能說實話。妳有看到他們對洛克・哈德森做了什麼嗎？如果他得的是癌症，還會有電視節目替他募款。」

「大家不了解愛滋病。」我說。

「他們夠了解了。」希莉亞說道。「只是因為他染病的方式，他們就認為他活該。」

我的頭靠回枕頭上，同時感覺心頭一沉。當然，她說得沒錯。過去幾年，我看著哈利因為愛滋病，失去了一個又一個朋友，還有前男友。我看著他哭紅了眼睛，他害怕自己會染病，也難過不知道該怎麼幫助他深愛的人。我也看著雷根總統甚至不肯承認眼前發生的事態。

「我知道現況已經跟六〇年代不一樣。」她說。「可是變化沒有那麼大。雷根不久前才剛說同性戀的權利不是公民權。妳不能冒著失去康娜的風險。所以我會打給我在眾議院的朋友傑克，我們會安排這個故事。妳會去拍電影，妳會跟我哥哥結婚，然後我們會搬去西班牙。」

「我得跟哈利談談。」

「當然了。」她說。「跟哈利談談。如果他討厭西班牙，我們就去德國。或北歐。或亞洲。我不在乎。我們只是需要找個地方，那邊沒有人在乎我們是誰，也不會來煩我們，然後康娜可以度過正常的童年。」

「妳會需要醫療照顧。」

「有需要的話我可以飛過去，或者我們可以把醫護人員叫來我身邊。」

我想了想。「這是個好計畫。」

「對吧？」我看得出來，希莉亞受寵若驚。

「當年的學生已經出師了。」我說。

她笑了，我吻她。

「我們到家了。」我說。

這裡不是我家。我們之前從未一起住在這裡。不過她明白我的意思。

「沒錯。」她說。「我們到家了。」

《此時此刻》

一九八八年七月一日

出軌醜聞讓艾芙琳・雨果和麥斯・吉拉德離婚場面難堪

艾芙琳・雨果將再次站上離婚法庭。她本週送出的申請文件中寫著「無法化解的分歧」。儘管她已經是離婚老手，這一次似乎特別糟糕。

消息來源指出，麥斯・吉拉德想要贍養費，而且近期還有報導表示吉拉德到處講雨果的壞話。

「他太生氣了，只要能報復她，他什麼都說得出口。」一名和這對前夫妻關係密切的知情者說道。「你想得到的，他都提過。她背著他偷吃、她是女同性戀、她的奧斯卡都是他的功勞。我們都知道他非常傷心。」

上週才有人看到雨果和一個**年輕許多**的男子外出。傑克・伊斯頓，這位佛蒙特州的共和黨議員才二十九歲。比艾芙琳小了**不只二十歲**。要說他們在洛杉磯一起出門共進晚餐的照片呈現出任何跡象，我們會說看起來就像是正要開始的戀情。

雨果過去的紀錄不是很好，但這一次，有一件事似乎很顯而易見：吉拉德的說詞聽起來就像酸葡萄。

56

哈利沒打算加入。

他是這個計畫中我無法掌握的部分，我不想透過手段讓他按照我的想法行事。而他不想丟下一切飛去歐洲。「妳是在建議我退休。」哈利說。「天啊，艾芙琳。我都還沒六十歲呢。我一整天到底要做什麼？在海邊玩牌嗎？」

「那聽起來不好嗎？」

「如果只會持續一個半小時的話，聽起來不錯。」他他手上的飲料看起來像是柳橙汁，不過我懷疑那是螺絲起子調酒。「然後我的餘生就會忙著找事做。」

我們在《聰明泰瑞莎》拍片現場，我的更衣室裡面。哈利找到了這個劇本，並且推銷給福斯影業，附帶條件是由我演出泰瑞莎。這個女子打算離開丈夫，同時也拼命地想留住她的小孩。

那是開拍第三天，我身上的戲服是白色香奈兒長褲套裝搭配珍珠項鍊，正準備去拍泰瑞莎和丈夫宣布離婚的聖誕節晚餐。穿著卡其休閒褲搭配牛津襯衫的哈利瀟灑一如往常。那時他的頭髮幾乎全灰，他年紀越大越有魅力讓我很不滿，因為我只能看著自己就像發霉的檸檬那樣，身價一天天下降。

「哈利，你不想要停止這種假裝的生活嗎？」

「假裝什麼？」他問。「我明白對妳來說這樣的生活並不真實，因為妳想跟希莉亞過下去。妳知道我也支持的，真的。不過現在的生活對我而言不是假裝。」

「你有過一些對象。」我說道，我的聲音漸漸失去耐心，就像在指控哈利試圖矇騙我。「別假裝**那些男人**並不存在。」

「當然，不過沒有半個男人和我之間存在什麼有意義的連結。」哈利說道。「因為我只愛約翰，而且他已經死了。小艾，我之所以有名，只是因為妳很有名。除非跟妳有關，否則他們才不在乎我，也不在乎我做什麼。我生活中的任何人，我都只約會個幾週，然後他們就不會再出現了。我沒有假裝什麼。我只是在過自己的生活。」

我深吸了口氣，試著不要太激動，以免影響等等上戲演出一名壓抑的上流社會菁英。「你不在乎我必須隱藏自己嗎？」

「我在乎。」他說。「妳知道我在乎。」

「那就——」

「但是為什麼妳和希莉亞的關係，卻代表著我們應該讓康娜離開熟悉的地方？還有我也得一起？」

「她是我一生的摯愛。」我說。「你知道的。我想跟她在一起。該是團圓的時候了，我們所有的人。」

「我們**無法**重新團圓。」他壓著桌面。「不是**所有**的人。」然後他離開了。

每個週末，哈利和我都飛回去陪康娜，週間拍片的時候，我跟希莉亞待在一起，而他……嗯，我不知道他人在哪裡。不過他似乎很開心，所以我沒有多問。我有點懷疑，他可能遇到了某個讓他不只兩三天熱度的人。

後來聯合主演班．麥德利累倒住院，《聰明泰瑞莎》拍攝時程因此延遲約三週，我面臨痛苦的抉擇。

一方面，我每天晚上都想回去陪女兒。

另一方面，康娜對我越來越不耐煩。她覺得自己的母親就是尷尬的化身。儘管我是全球知名的電影明星，但似乎完全不影響康娜對我的看法，她覺得我就是個大白痴。我在紐約總是不斷被自己的骨肉拒於門外，所以相比之下，和希莉亞一起待在洛杉磯的我比較快樂。不過要是我認為康娜可能會想要我陪，就算只有一個晚上，我也會立刻拋下一切。

那天拍攝結束，我一邊打包行李，一邊和康娜用電話討論隔天的計畫。

「妳父親和我今天晚上會搭紅眼班機，妳早上起床我就到家了。」我告訴她。

「好喔，讚欸。」她說。

「我在想，我們可以去查寧吃早餐。」

「媽，現在沒人在去查寧了啦。」

「我很不想這麼說，不過如果**我**會去查寧，那大家會覺得查寧還是很不錯的。」

「我說妳莫名其妙就是這種狀況。」

「小康，我只是想帶妳去吃法式吐司。這沒那麼糟。」

我在好萊塢租了一間單層平房，此時門口傳來敲門聲。我開門看見哈利來找我。

「媽，我要掛電話了。」康娜說。「凱倫要過來玩。露易莎要幫我們烤肉捲。」她說。

「等一下。」我說。「妳爸在這裡，他想跟妳打個招呼。寶貝，掰掰，明天見。」

我把電話交給哈利。「嗨，喔，她說的其實沒錯。如果妳母親出現在某個地方，那某種程度上確實可以說那裡很熱門……好……好。明天早上，我們三個出門吃早餐，我們可以去個最近最潮的地方……餐廳叫什麼？威浮？那是哪門子的名字？……好、好。我們就去威浮。好啦寶貝，晚安囉。我愛妳。明天見。」

哈利坐在我的床上，他看著我說：「看起來我們得去威浮了。」

「哈利，你真的完全被她擺布。」

他聳聳肩。「我一點都不覺得可恥。」他起身倒了杯水，而我繼續打包。「聽著，我有個想法。」他說。他靠近我之後，我發現他聞起來稍微有點酒味。

「關於什麼的想法？」

「關於歐洲。」

「好喔……」我說。在我和哈利回到紐約之前，我本來暫時不打算提起這個話題。我覺得到時候，他和我會有比較充足的時間和耐心，更深入地討論這件事。

我認為這個作法對康娜比較好。儘管我愛紐約，但那裡已經變成危險的居住環境。一飛沖天的犯罪率，還有氾濫的毒品。我們住在上東區，相對來說算是比較不受影響，不過一想到康娜在這麼靠近混亂的地方成長，我還是很不安心。更重要的是，那時候，我已經不確定現在這樣和父母分隔東西兩岸，主要由露易莎照顧的生活，對她來說是最好的。

沒錯，我們要讓她離開從小生長的家園，而且我知道她會因為和朋友分開而恨我。但我也知道，在小鎮生活會對她有益。母親比較常待在身邊，對她來說也比較好。老實說，她的年紀已經大到會讀八卦專欄，也會收看娛樂新聞。打開電視就看見她母親離婚六次，對小孩來說真的好嗎？

「我想我知道該怎麼做。」哈利說。我坐在床上，他坐在我身邊。「我們搬來這裡。我們搬回洛杉磯。」

「哈利……」我說。

「然後希莉亞和我朋友結婚。」

「你朋友？」

他朝我靠近。「我認識了一個人。」

「什麼？」

「我們很常碰面。他在另外一個劇組。我本來覺得這不是認真的關係。我覺得他也是這麼想的。不過我覺得，我……我可以想像自己和這個人在一起的樣子。」

那一刻我好替他開心。「我以為你沒辦法想像自己跟其他人在一起。」我驚訝歸驚訝，但很開心。

「我沒辦法。」他說。

「發生什麼事了呢？」

「現在我有辦法了。」

「哈利，你一定不知道，聽到你這麼說我有多高興！我只是不確定這是個好主意。」我說道。「我甚至不認識這個人。」

「妳不需要認識。」哈利說。「我是說，又不是說我選擇了希莉亞，是妳選了她。而我……我覺得我想要選擇他。」

「哈利，我不想再演戲了。」我說。

在拍這最後一部電影的過程中，我發覺自己筋疲力竭。每次導演要求我重拍某場戲，我就想翻白眼。達成目標感覺像是跑馬拉松，而且還是我過去已經跑過上千次的那種。這麼容易、這麼沒挑戰性，一點都引不起我的興趣，就連工作人員要我綁鞋帶都我都嫌煩。

要是我能拿到感興趣的角色，如果我覺得還需要證明什麼，或許吧，我不知道，或許我的反應會有所不同。有許多女人到了八九十歲，還是繼續完成了不起的演出。希莉亞就像那樣。她總是投身於工作，她能夠永無止盡地交出吸引人的表現。

不過我的心不在這裡。我想要的從來就不是演戲，我只想要**證明**。證明我的力量、證明我的價值、證明我的才華。

我已經證明了一切。

「沒關係，妳不需要再演戲了。」哈利說道。

「但如果我不演，我們為什麼要住在洛杉磯？我想要住在我能自由過活的地方，沒有人會注意到我的地方。你還記得嗎？小時候，通常就在你家這一帶或附近，總會有一對住在一起的老太太，沒有人會多問什麼，因為也沒有人在乎。我想要成為那樣的老太太。在這裡我辦不到。」

「妳在哪裡都辦不到。」哈利說。「這是妳為了成名而付出的代價。」

「我不接受。我覺得我很有機會做到。」

「這個嘛，我不想那麼做。所以我的提案是，妳和我再婚。然後希莉亞和我朋友結婚。」

「我們之後可以討論一下。」我說著起身，拿著盥洗用品的袋子走進洗手間。

「艾芙琳，妳不能單方面決定這個家庭該怎麼走。」

「誰說我要自己決定？我說的是，我想要晚點再討論。我們現在有好幾個選項。我們可以去歐洲，我們可以搬到這裡，我們可以待在紐約。」

哈利搖頭。「他不能搬去紐約。」

我嘆氣，有點失去耐性。「所以我們更有理由**晚一點**再來討論。」

哈利站了起來，彷彿打算狠狠唸我一頓。但他接著冷靜了下來。「妳說得對。」他說。「我們晚一點討論。」

我正在收拾香皂和化妝品，他走進洗手間，牽起我的手，並親吻我的太陽穴。

「妳今晚會過來接我嗎？」他說。「到我那裡？我們去機場的路上，還有整趟飛機的時間可以再討論。我們可以在飛機上喝個一兩杯血腥瑪莉調酒。」

「我們會想出辦法的。」我告訴他。「你知道的，對吧？我做任何事都會帶上你。你是我最好的朋友，我的家人。」

「我知道。」他說。「妳也是，我的家人。我從來沒想過，約翰離開之後，我可以愛上其他人。可是這個人……艾芙琳，我愛上他了。光是知道我**能夠**去愛，我**可以**……」

「我懂。」我抓著他的手捏了捏。「我懂。我保證我會盡力。我保證我們會想出辦法。」

「好吧。」哈利說道，然後他回捏了我的手，走了出去。「我們會想出辦法的。」

我的司機在九點左右來接我，我上車的時後，他說他叫做尼克。

「去機場嗎？」尼克說。

「其實我們要先繞去西區。」我說完給了他地址，那是哈利這段時間住的地方。

我們開過市區，穿過好萊塢破舊骯髒的街道，經過日落大道，

我離開之後，洛杉磯變得這麼不像樣，這讓我很沮喪。就這方面來說，其實類似紐約曼哈頓，歲月並沒有善待這些地方。哈利說要在這裡撫養康娜，可是我忍不住覺得應該永遠離開這兩座大城市。

我們在哈利租屋處附近等紅綠燈，此時尼克轉過頭對著我露出微笑。他下顎方正，留著寸頭。光從他的笑容就看得出來，他大概睡過不少女人。

「我是個演員。」他說。「就跟妳一樣。」

我露出禮貌的微笑。「拿得到角色的話，那是不錯的工作。」

他點頭。「這個禮拜弄了個經紀人。」我們重新上路的時候他說道。「我覺得自己終於真的上了軌道。不過妳也知道，如果我們到機場還有時間的話，我很想知道妳會給剛起步的人什麼建議。」

「嗯哼。」我看著窗外。我們在黑夜中轉過街道開向哈利租屋處，而我下定決心，要是尼克又開口問起，等到我們抵達機場，我要告訴他，這一切多半是好運。此外，你必須願意否認自己的出身，願意讓自己的身體成為商品，願意對好人說謊，願意為了其他人的想法犧牲自己所愛，並且一再地否

認真正的自己，直到忘記最初的樣子，也忘記這一切是為了什麼。

不過就在我們彎進哈利租屋處狹窄的小巷時，我此前所有的想法都消失了。

我只顧著往前靠，嚇得全身僵硬。

我們眼前是一台車，打橫在一棵倒下的樹幹前。

那台轎車彷彿一頭衝向樹幹，撞倒的樹幹壓在車頂上。

「呃，雨果小姐。」尼克說道。

「我看到了。」我告訴他，不希望他證實我眼前發生的事，不想知道這一切不是幻覺。

他在路邊停下車。我聽見樹幹刮擦著駕駛座那側的車身。我的手停在門把上。尼克跳下車跑上前去。

我打開車門。尼克站在車子旁邊，試圖打開這輛事故車的車門。不過我直接走到樹幹旁邊，就在車子前方。我透過前擋風玻璃看著車內。

眼前的一切景象，我既害怕，也還不敢真正相信。

哈利倒在方向盤上。

我瞥向旁邊，看到副駕駛上坐著一個比他年輕的人。

面對生死交關的時刻，人會陷入慌亂，大家大多如此假設。

不過幾乎每個真正經歷過類似事件的人都會告訴你，當下根本沒有慌亂的本錢。

在那一刻，你甚至沒有多想，你的行動出於擁有的資訊。

等到一切都結束，你才有空放聲尖叫，以及哭泣，並且懷疑自己是如何撐過一切。不過更可能的狀況，在真正的創傷情境下，你的大腦並不太擅長記憶。有點像是攝影機開著，但沒人錄影。於是在那之後，你回放影像卻發現一片空白。

以下是我記得的事：

我記得尼克撬開哈利的車門。

我記得幫忙拉出哈利。

我記得自己想著不該移動哈利，因為我們可能會害他癱瘓。

不過我也記得自己想著，我不可能就這樣站在旁邊讓哈利待在那裡，像那樣倒在方向盤上。

我記得抱著淌血的哈利。

我記得他眉毛上那個深深的傷口，還有他半邊臉龐都是鐵鏽般的紅色。

我記得安全帶在他脖子下側劃開的傷口。

我記得他兩顆牙齒落在腿上。

我記得不停搖晃他。

我記得自己說：「哈利，別走。別昏過去。別離開我。」

我記得旁邊還有另外一個人。我記得尼克告訴我那個人死了。我記得自己想著，不可能有人傷成這樣還活著。

我記哈利睜開右邊眼睛。他的眼白在鮮紅的血液襯托下看起來那麼明亮，這讓我充滿希望。我記得他吐出的氣息，連他的毛孔都散發著波本威士忌的味道。

我記得意會過來的驚人瞬間：一旦我明白哈利可能活下來，我就知道該做什麼。

這不是他的車子。

沒人知道他在這裡。

我必須送他去醫院，我必須確保不會有人發現開車的是他。我不能讓他被抓。要是他們因為駕駛車輛過失殺人起訴他怎麼辦。

我不能讓我的女兒發現她父親酒駕，而且還害死別人。害死他的愛人，那個他說讓他發現自己能夠再次去愛的人。

我叫來尼克，幫我把哈利搬上車。我要他幫忙，把另外那個人移回報廢的轎車上，放進駕駛座。接著，我很快地掏出包包中的圍巾，擦乾淨方向盤，擦掉血跡，擦過安全帶。我抹去哈利存在的痕跡。

接著我們把哈利帶去醫院。

到了醫院，我滿身是血，用公共電話哭著報警，說路上發生事故。掛掉電話之後，我轉身看到坐在等候區的尼克，胸口和手上沾著血跡，脖子也沾到了一點。我走到他身邊。他站起來。

「你應該回家。」我說。

他點點頭，顯然還很震驚。

「你有辦法自己回家嗎？你要我幫你叫輛車嗎？」

「我不知道。」他說。

「那樣的話，我會幫你叫台計程車。」我抓起皮包，從皮夾裡面抽出兩張二十元。「這樣應該夠你回家。」

「好的。」他說。

「你等等會回家，然後忘掉發生的這一切。忘記你看到的每件事。」

「我們要怎麼做？」他說。「我們怎麼……我們怎麼可以……」

「你晚點打給我。」我說。「我會住在比佛利山莊旅館。明天早上打給我。早上一醒來就打。從現在開始到打給我之前，你不會跟任何人講起這件事。你有聽懂嗎？」

「有。」

「不會跟你媽說、不會跟你朋友說，計程車司機也不行。你有女朋友嗎？」

他搖頭。

「室友呢？」

他點頭。

「你會告訴他們，你發現有人倒在路邊，所以帶他去醫院，可以嗎？你只會跟他們說到這裡，而且他們問起的話你才回答。」

「好的。」

他點頭。我替他叫了輛計程車，陪他等車抵達。我送他搭上後座。

「你明天早上要做的第一件事是什麼？」我透過降下來的車窗看著他問道。

「打電話給妳。」

「很好。」我說。「要是你睡不著的話，那就想一想。想想自己需要什麼。你需要我給你什麼，當作你做了這一切的謝禮。」

他點頭，計程車開走了。

大家都盯著我。艾芙琳．雨果穿著一身長褲套裝，滿身是血。我擔心狗仔隊隨時會出現。

我走進去。我想辦法弄到幾件刷手服，還得到一個私人用的等待空間。我丟掉衣服。

醫院派了個員工來問我哈利出了什麼事，我說：「多少錢可以讓你別來打擾我？」我皮包裡的現金還夠付他開的數字，我當下鬆了口氣。

時間剛過半夜，有個醫生走進來告訴我，哈利大腿的動脈撕裂，他失血過多。

我甚至思考著，是否應該拿回我丟掉的衣服，我能不能把一些血還給他，不知道這樣有用嗎。

不過接下來醫生的話讓我分心。

「他撐不過去的。」

我這才明白，哈利，我的哈利快要死了，我大口喘著氣。

「妳想跟他道別嗎？」

我走進病房時，他意識不清地躺在床上。他看起來比平常蒼白，不過醫院裡的人有稍微替他清理過。血沒有流得到處都是。我看得見他英俊的五官。

「他沒剩多少時間了。」醫生說道。「不過我們可以給妳一會兒。」

我沒有慌亂的餘裕。

於是我爬上床躺在他身邊。儘管感覺起來如此癱軟，我還是握著他的手。或許我應該生氣，他喝醉了還開車。不過我向來沒辦法太生哈利的氣。我知道他已經盡力了，在這種無時不刻感到痛苦的狀態下，他已經盡力做到最好。而此刻，儘管情況如此淒慘，他也已經盡力了。

我的額頭抵上他，開口說道：「哈利，我想要你留下來。我們需要你。我和康娜都需要你。」我更用力抓緊他的手。「不過如果你得離開，那就走吧。如果很痛，如果時候到了，就走吧。走的時候要知道，有人愛著你，還有我永遠不會忘記你，你會活在康娜和我的生命中。走的時候要知道，我愛著你，哈利，還有你是一位了不起的父親。走的時候要知道，我和你分享所有的祕密，因為你是我最好的朋友。」

哈利在一個小時後死去。

等到他走了，我終於有本錢任由自己被恐慌擊垮。

到了早上，在我入住飯店不過兩三個小時之後，電話吵醒了我。

我的眼睛因為哭過而腫脹，喉嚨也很痛。枕頭還沾滿了淚水。我滿確定自己只睡了一個小時，搞不好還更少。

「喂？」我說。

「我是尼克。」

「尼克？」

「妳的司機。」

「喔。」我說。「喔對，你好。」

「我知道我想要什麼。」他說話的語調聽起來充滿自信。其中蘊含的力量嚇到了我。那時，我覺得自己非常虛弱。不過我很清楚，這通電話是我的主意。這通電話是出於我的安排。我只是沒有直接說：**告訴我要給你什麼才能讓你閉嘴**。

「我想要妳讓我出名。」聽完這句話，我對明星身分地位的最後一絲喜愛也消耗殆盡。

「你理解這個要求代表什麼嗎？」我說。「如果你是個名人，昨天晚上對你來說也會很危險。」

「這不是問題。」他說。

我失望地嘆口氣。「好吧。」我無奈地說道。「我可以幫你拿到角色。其他的就看你自己了。」

「沒問題，我只需要這些。」

我跟他要了經紀人的名字，然後掛掉電話。我打了兩通電話。一通給我自己的經紀人，叫他去把尼克挖過來。第二通電話，則是打給拿到全國動作片最高票房的那個男人。那部電影演的是一位五十好幾的警長，在他應該退休那天打敗了俄羅斯間諜。

「唐恩？」他接起電話時我開口。

「艾芙琳！有什麼我能幫上忙的地方嗎？」

「我需要你下一部電影雇用我的一個朋友。演出你能幫他搞到最大的角色。」

「好的。」他說。「沒問題。」他沒有問為什麼。他沒有問起我還好嗎。我們經歷過的已經夠多，他不至於不識相亂說話。我只給了他尼克的名字，接著掛了電話。

等到我把話筒擺回去，我放聲大哭、我用力哭嚎，我扯著床單。那是我唯一愛得那麼長久的男人，我好想念他。

想到要打電話告訴康娜，想到沒有他該如何生活，想到沒有哈利．卡麥隆的世界，我的胸口又痛了起來。

是哈利創造了我，並且給我力量，他無條件地愛著我，還給了我一個家以及一個女兒。

於是我在飯店房間放聲大哭。我打開窗戶，朝著窗外用力尖叫。我任由淚水浸濕視線所及的所有事物。

如果我的精神狀態稍微好一點，看到尼克這麼懂得把握機會，攻勢非常主動，我可能會很讚歎。在我年輕的時候，我可能會對他留下深刻印象。哈利很有可能會說，他很有膽量。許多人因為在正確的時機出現在正確的地點，因此獲得好處。不過尼克是在錯誤的時機出現在錯誤的地點，他卻把這次遭遇轉換成自己職涯的機會。

話又說回來，我可能太高估那一刻對尼克本身的影響力。他換了名字、剪了頭髮，然後去做了非常厲害的大製作。而我因此明白，就算他從來沒有碰上我，他也能靠自己的能力實現這一切。我猜我想說的是，這一切不是只出於好運。

這需要好運，**同時**還需要當個混帳。

那是哈利教我的。

《此時此刻》

一九八九年二月二十八日

電影製作人哈利・卡麥隆逝世

哈利・卡麥隆，這位多產的製作人暨艾芙琳・雨果的前夫，據聞上週末在洛杉磯死於動脈瘤。他今年五十八歲。

這位獨立製作人曾是日落製片廠巨頭，製作了幾部好萊塢最棒的電影，包括五〇年代經典作品《情深意重》與《小婦人》，以及六〇、七〇與八〇年代扣人心弦的電影，比如一九八一年的《只為我們》。他才剛完成即將上映的《聰明泰瑞莎》。

卡麥隆最著名的就是他敏銳的品味，以及溫和但堅定的風度。好萊塢因為頓失摯愛而傷心欲絕。「哈利是為演員著想的製作人。」一位前同事說道。「如果他挑了個案子，你知道自己會想參與其中。」

卡麥隆身後留下他與艾芙琳尚值青春期的女兒，康娜・卡麥隆。

《此時此刻》

一九八九年九月四日

小野貓

匿名爆料！

哪個矜貴的好萊塢明星之女光著屁股被逮個正著？而且是名副其實的光著屁股！

這位過去超級A咖女星的女兒最近過得很不好，看起來她不但沒有低調行事，反而更加張狂。

我們聽說這個野孩子才十四歲，就經常從她唸的名門高中翹課，還被人看到出入紐約好幾間高級俱樂部——而且她在那裡的時候，很少是，嗯哼，清醒的。我們說的也不只是酒精。鼻子下方似乎有些粉末類的東西……

看樣子她的母親一直試圖控制整個情況，不過小野貓和兩個同伴被人逮個正著，而且人還在……床上，只能說大事不妙！

57

哈利過世後六個月，我知道自己必須讓康娜離開這座城市，我別無選擇。我什麼都試過了。我細心體貼地照顧他。我試著讓她接受心理諮商。我跟她聊她的父親。和其他人不一樣的地方是，她很清楚他出了場車禍。她能理解為什麼這樣的事情需要謹慎處理。不過我知道這樣的狀況只是讓她的壓力變本加厲。我想要讓她對我敞開心房。不過我無論做什麼，都沒辦法讓她做出更好的選擇。

她十四歲就失去了父親，事情發生得既快速又令人心碎，和我多年前失去母親的狀況相同。我必須照顧自己的小孩。我必須採取某些行動。

我的直覺告訴我，讓她遠離鎂光燈，遠離願意兜售毒品給她的人，遠離利用她的傷痛佔便宜的人。我需要把她帶去某個我能照看她，能保護她的地方。

她需要時間消化，也需要時間療傷。而我建立起來的生活方式之中，她無法辦到這一點。

「阿爾迪茲。」希莉亞說道。

我們正在講電話。我已經好幾個月沒見到她，不過我們每天晚上都會聊天。希莉亞讓我不至於惶然不安，幫助我繼續前進。大多數的晚上，我躺在床上跟希莉亞用電話聊天，我的話題都圍繞著我女兒的苦痛。要是我能講點其他的，那就會是我自己的苦痛。我才開始脫離傷痛，才剛看到隧道盡頭的亮光，而希莉亞提議了阿爾迪茲。

「那是在哪裡？」我問道。

「在西班牙南邊的海岸，是個小鎮。我和羅伯討論過。他打了電話給馬拉加那邊幾個朋友，兩個地方距離不遠，他會問問看那附近有沒有英語學校。基本上是個以捕魚為生的小鎮。我不認為有其他人會注意到我們。」

「是個清幽的地方嗎？」我問。

「我是這麼認為。」她說。「我想康娜得非常非常努力，才有辦法惹出麻煩。」

「那似乎正是她的模式。」我說。

「妳會在那裡陪著她，我也在，羅伯也是。我們會確保她沒事。我們會保證她得到支持，而且她找得到人聊聊。還有她會交到對的朋友。」

我心裡清楚，搬到西班牙代表著會失去露易莎。她已經跟著我們從洛杉磯搬到紐約。她不會想再次離鄉背井，搬到西班牙。不過我也知道，她照顧我們家人好幾十年，也已經很累了。我多少感受到，我們一家離開美國，正好可以讓她藉機轉換生活方式。我會讓她好好受到照顧。再說，我也準備好親自理家。我想要成為那種會準備晚餐，會刷廁所，永遠都有空和女兒相處的人。

「妳有沒有電影在西班牙大賣？」我問。

「最近沒有。」希莉亞說。「妳呢？」

「只有《派對女孩》。」我說。「所以沒有。」

「妳認為自己有辦法搞定嗎？」

「沒辦法。」我甚至還不知道希莉亞指的是什麼，就開口回答。「妳說哪個部分？」

「變得無足輕重。」

我放聲大笑。「噢天啊。」我說。「我有辦法，那大概是我唯一準備好的一部分。」

等到我確定康娜會上哪間學校，我知道我們會買哪些房子，以及我們會怎麼生活，計畫都底定之後，我走進康娜的房間，坐在她的床上。

她穿著杜藍杜藍樂團的上衣，套著刷淡牛仔褲，一頭金髮亂翹。我抓到她和人搞三人行之後，她就被禁足了，所以她別無選擇，只能苦著臉坐著聽我說話。

我告訴她我要退休不演戲了。我告訴她我們要搬去西班牙。我告訴她，如果我們能跟好人待在一起，遠離所有的名聲和相機鏡頭，我認為她和我都會快樂一點。

接著我非常小心翼翼地、非常猶豫地告訴她，我愛著希莉亞。我告訴她，我要跟羅伯結婚，並且簡潔又清楚地解釋了原因。我沒有把她當成小孩，我把她當大人在說話。我終於告訴她事實，所有關於我的真相。

我沒有告訴她哈利的狀況，或者我和希莉亞在一起多久，以及她並不需要知道的事。那些事情會在適當的時間點聊到。

不過我把她應當了解的事告訴了她。

我說完之後，開口說道：「妳想說的每件事，我都準備好要聽了，也準備好回答任何問題。我們討論一下這個決定吧。」

不過她只是聳聳肩。「媽，我不在乎。」她背靠著牆壁坐在床上。「我真的不在乎，妳要愛什麼人都行，儘管去跟任何人結婚。妳要我住在哪邊，去哪個妳決定的學校，都可以。我不在乎，好嗎？我真的不在乎。我只想要自己一個人待著。所以……就出去吧，拜託。如果妳能做到這一點，那其他的我什麼都不在乎。」

我看著她，直直看進她眼底，因為她的痛苦而心痛。看著她一頭金髮，配上日漸消瘦的臉蛋，我開始擔心，她看起來越來越像我，而不是哈利。當然，依照傳統的觀點，她如果長得像我會比較有魅力。不過她**應該**要長得像哈利，這個世界至少應該給我們這一點。

「好吧。」我說。「我暫時不打擾妳了。」

我起身給她一點空間。

我打包我們兩個的家當，我雇用搬家公司，我和希莉亞還有羅伯一起計劃。

我們離開紐約前兩天，我走進她房間說道：「在阿爾迪茲，我會讓妳自由生活。妳可以自己選房間。我會讓妳回來拜訪一些朋友。只要能讓妳生活好過點，我什麼都願意做。不過我有兩個要求。」

「什麼要求？」她說道。她的聲音聽起來並不感興趣，不過她看著我，和我說話。

「每天晚上一起吃晚餐。」

「媽——」

「我會給妳很多餘地、很多信任。我只要求兩件事：一個是每天晚上一起吃晚餐。」

「可是——」

「這沒得商量。反正妳上大學之前，也只剩下三年。每天一頓飯的時間，妳可以應付的。」

她別過頭。「好吧，第二件是什麼？」

「妳要去看心理醫師。至少看個一小陣子。妳經歷了太多事，我們都一樣。妳得想辦法跟某個人聊聊。」

我前一次試著提起這件事是幾個月前了，那時候我太軟弱。我任由她拒絕我。這一次，我不打算這麼做。現在我比較堅強了，有辦法當個比較好的母親。

或許她從我的語氣裡察覺到些什麼，因為她沒有試圖抗議。她只說了：「好吧，隨便啦。」

我抱住她，親吻她的頭頂，正當我打算放手，她的手環抱上來，也抱緊了我。

58

艾芙琳的雙眼濕潤。那雙眼睛已經維持這個狀態一陣子了。

她起身，從房間另外一頭抓了些面紙。

她是個如此引人入勝的女子，我是說她本身就是如此精采。不過她同時也如此、如此充滿人性。對我來說，這一刻就是無法簡單地保持客觀。儘管與新聞從業者該有的倫理相互牴觸，我還是太過在乎她，所以深受她的傷痛影響，也會對她遭受的一切感同身受。

「這一定非常困難……妳所做的一切，包括用這麼坦誠的態度聊起自己的故事。我只是希望妳知道，我很欽佩妳這一點。」

「別這麼說。」艾芙琳說道。「好嗎？幫我個忙，別說這種話。我知道自己是什麼德性。等到明天妳也會知道的。」

「妳一直這麼強調，但我們每個人都有缺點。妳真的認為自己無藥可救嗎？」

她沒管我說了什麼。她只是望著窗外，甚至沒有費事看我一眼。

「艾芙琳。」我說道：「妳到底——」

她的視線回到我身上的同時，打斷了我。「妳同意不會逼我。我們很快就會完成這回事，這樣妳就不會有任何疑問了。」

我狐疑地看著她。

「我說真的。」她說。「就這件事，妳可以相信我。」

好商量的羅伯・詹姆森

《此時此刻》

一九九〇年一月八日

艾芙琳．雨果梅開七度

艾芙琳．雨果上週六與未婚夫羅伯．詹姆森完婚。儘管對艾芙琳來說，這是第七度踏過紅毯，卻是羅伯的頭一次。

要是有人覺得他的姓名聽起來很耳熟，可能因為艾芙琳並非他在好萊塢這個圈子唯一的關聯。詹姆森是希莉亞．聖詹姆斯的哥哥。消息來源指出，這兩個人在希莉亞的派對上認識，而且這只是兩個月前的事。自此之後，他們就墜入愛河。

婚禮在比佛利山莊法庭舉行，艾芙琳一襲奶油杏色套裝，羅伯特身上的條紋花色看起來很時髦。康娜．卡麥隆（艾芙琳與亡夫哈利．卡麥隆的女兒）是首席伴娘。

婚禮過後不久，三個人搭機飛往西班牙旅行。我們推敲唯一的可能性，就是他們前去拜訪希莉亞，畢竟近期她才剛買下南岸的房子。

59

康娜在阿爾迪茲崎嶇的岸邊恢復了朝氣。進展雖緩慢但穩定，像種子發芽。

她喜歡和希莉亞玩拼字遊戲。而且她遵守了承諾，每晚都和我共進晚餐，有些時候甚至還提早下來廚房幫我的忙，無論是從頭開始製作玉米薄餅，或者是燉煮我母親的「加利西亞肉湯（caldo gallego）」。

不過真正讓她穩定下來的，其實是羅伯。

羅伯一頭灰髮，又高又壯，稍微有點啤酒肚，他一開始其實不知道該怎麼應對青少女。我想他有點被她嚇到，不太確定自己該說些什麼。於是他給她多一點空間，那個空間甚至有點太大。

先伸手的人是康娜，她請他教怎麼打撲克牌，請他傳授財金知識，還問他想不想去釣魚。

他從未取代哈利，沒有人能。不過就算只有一點點，他確實減緩了心痛。她問他對於男孩們的看法。她花時間找到完美的上衣，送他當生日禮物。

他為她重新漆了臥室。到了週末，他會準備她最愛的烤肉。

而慢慢地，康娜開始相信這個世界，相信這裡是個安全的地方，她可以對我們敞開心胸。我知道失去父親的傷口永遠無法真正痊癒，她用了整個高中時光癒合那道傷痕。不過我發現，她不再沉迷派對生活。我發現她漸漸在課堂上拿到優等或者優異成績。後來，她申請上史丹佛大學，我看著她，忽然之間明白，我有個腳踏實地的女兒，無論面對什麼狀況都會抬頭挺胸好好面對。

趁著我帶康娜去大學之前，希莉亞、羅伯和我，我們帶她出門吃晚餐。我們在水上一間小小的餐廳聚餐。羅伯打算送她一個禮物，而且包裝好了。那是一盒撲克牌。他說：「把所有人的錢贏到手，就像妳在那些牌局裡拿走我所有的錢那樣。」

「然後你就能拿那些錢幫我投資。」她帶著邪惡的喜悅說道。

「好女孩。」他說。

羅伯總說他之所以跟我結婚，是因為他願意為了希莉亞赴湯蹈火。不過我認為他之所以這麼做，至少有那麼一小部分的原因在於，這給了他機會去擁有一個家庭。他永遠不會和某個女人定下來，而事實證明，西班牙女人就和之前那些美國女人一樣為他著迷。不過這個系統，這個家庭，他有辦法成為其中的一部分，我認為他簽字加入的時候就很清楚這點。

或者羅伯只是誤打誤撞，而這對他來說剛好行得通，因為實際擁有之前，他也不確定自己想要什麼。有些人就是這麼幸運。我呢，我總是用盡全力追求我想要的事物。其他人是墜入幸福之中。有些時候我希望自己能像他們一樣，不過我也很確定，他們有時候也會希望能夠像我。

康娜回到美國，只在學校放假的時候回家，希莉亞和我過去從沒有這麼多時間陪伴彼此。沒有電影等著我們去拍，也無須煩惱八卦專欄。我們幾乎從來沒有被認出來，就算有人認出我們其中一人，他們多半只是默默避開。

在西班牙的海邊，我擁有自己真正想要的生活。能夠再一次體會每天早上醒來，看著希莉亞的長髮披散在我的枕頭上，我感到平靜。我珍惜屬於我們自己的每一刻，還有我的手臂摟著她的每一秒。

我們的臥室連著一個巨大的陽台，從陽台上可以直接看到海。晚上常有海上吹來的微風灌進房間。慵懶的早晨，我們會坐在陽台上一起讀報紙，讓油墨沾黑我們的手指。

我甚至重新開口講西班牙語。最開始是因為有這個需要。有太多我們需要對話的人，而真的準備好開口的人只有我。不過我認為這個需要，對我來說是件好事。因為我沒空擔心太多，或者覺得沒安全感，我只是必須完成那些交易。隨著時間經過，我很驕傲自己能輕鬆地使用這個語言。方言不太一樣，古巴人使用的西班牙語，至少我年輕時代的那些，和西班牙人的用法不太一樣，不過儘管好幾年沒有使用，卻沒有從我腦中抹除太多這個語言的印象。

就算在家裡，我也常講西班牙語，讓希莉亞和羅伯就著他們有限的知識拼湊我的句子。我熱愛與他們分享這個語言。我深愛能夠展現這一部分的自己，而且這部分的我已經埋藏太久。我很開心自己能發覺這一切，發現過往還在那裡，靜靜等待著我。

不過當然，無論這些日子看起來多麼完美，夜復一夜，還是有件事情困繞著我們。

希莉亞狀況不好。她的健康狀況日趨惡化。她沒剩多少時間了。

「我知道不應該。」某天晚上我們一起躺在黑暗中，希莉亞趁著我們兩個沒人睡著時開口說道。「不過有些時候我真的很氣我們兩個，氣我們失去的那些時光，還有我們浪費掉的時間。」

我抓住她的手。「我知道。」我說：「我也一樣。」

「如果妳真的很愛某人，應該能夠克服一切。」她說道。「而且我們一直都如此深愛彼此，甚至超過我以為自己能夠承受的愛，也遠遠超過我能付出的愛。但是為什麼……為什麼我們沒辦法克服這件事？」

「我們辦到了。」我轉身面向她：「我們都在這裡。」

她搖頭。「可是**那些年**！」她說道。

「我們很固執。」我說。「而且嚴格說起來，我們不具備成功的條件。我們兩個都習慣當掌控全局的人。我們都覺得整個世界繞著我們轉動……」

「而且我們還必須隱藏自己是同性戀這回事。」她說：「或者應該說，我是同性戀。妳是雙性戀。」

我在黑暗中笑著捏了捏她的手。

「這個世界沒那麼容易。」她說。

「我想我們兩個想要的都太多，不太實際。如果就我們兩個待在一個小鎮上，我還滿有信心可以成功。妳可以當個老師。我可以當護理師。我們本來可以讓自己輕鬆點。」

我感覺到希莉亞在我身邊搖頭。「不過我們不是那樣的人，我們從來就不是，也無法成為那樣的人。」

我點頭。「我在想，做自己這回事——我是說真正的、完整的自己——感覺起來永遠像是逆流而上。」

「對啊。」她說。「但要說最後跟妳過的這幾年給了我什麼啟示，我認為感覺就像在一天結束之後脫掉胸罩。」

我大笑。「我愛妳。」我說。「永遠別離開我。」

不過她說：「我也愛妳。我永遠不會離開。」我們都知道她正在許下不會實現的承諾。

我無法承受再次失去她這個想法，而且還是更深沉的失去，遠超過我之前曾經失去她的程度。我會永遠失去她，再也與她沒有牽繫，我受不了這個念頭。

「妳願意嫁給我嗎？」我說。

她笑起來，但我制止了她。

「我沒開玩笑！我想跟妳結婚。一勞永逸。這不是我應該得到的嗎？經過七次婚姻，我難道不應該總算娶到這輩子的真愛嗎？」

「我不認為婚姻是這樣進行的，寶貝。」她說。「而且應該不用我來提醒妳，我這樣是偷吃我的嫂嫂。」

「希莉亞，我認真的。」

「艾芙琳，我也是。我們沒辦法結婚。」

「婚姻只是一個承諾。」

「妳說了算。」她說：「妳是專家。」

「我們現在就在這裡結婚吧！我和妳，就在這張床上。妳連白色睡袍都不用穿。」

「妳在說什麼？」

「我說的承諾是靈魂上的，我們兩人對彼此承諾共度餘生。」

接下來希莉亞什麼都沒說，所以我知道她正在思考。

就我們兩個在那張床上，她正在思考這是否足以代表什麼。

「接下來我們就這麼做。」我試著說服她。「我們會看著彼此的眼睛，握著對方的手，然後我們會說出自己的心底話，接著保證永遠會陪伴在彼此左右。我們不需要任何政府文件，不需要見證人，也不需要宗教的認可。我在法律上的已婚身分也不重要，因為我們兩個人都知道，我之所以和羅伯結婚，是為了跟妳在一起。我們不需要遵從其他人的規則，只需要彼此。」

她沒說話。她嘆了口氣，然後說：「好吧，我加入。」

「真的嗎？」我很訝異於這一刻變得如此別具意義。

「對啦！」她說。「我想跟妳結婚，我一直都想跟妳結婚。只是我……我從來沒想過我們可以這麼做，沒想過我們不需要其他人的允許。」

「我們不需要。」我說。

「那麼我願意。」

我笑著起身坐好。我打開床邊桌上的燈。希莉亞也坐起來。我們面對面，手牽手。

「我覺得應該由妳來主持儀式。」她說。

「我參與的婚禮應該是比較多。」我笑說。

她笑了，我也跟著笑。我們都五十多歲了，卻因為總算能夠做一件幾年前就可以完成的事興奮到頭昏腦脹。

「好吧。」我說。「別笑了，我們要開始了。」

「好吧。」她微笑著。「我準備好了。」

我吸了口氣，看著她。烏鴉腳爪般的皺紋爬上她的眼周，嘴巴周圍冒出笑紋，剛剛躺下的時候頭髮在枕頭上壓出小小的摺痕。她穿著紐約巨人隊的舊上衣，肩膀上還破了個洞。常識什麼都去他的，她看起來從未如此美麗。

「我親愛的愛人。」我說。「我猜就只有我們兩個了。」

「好的，我在聽。」希莉亞說道。

「今天我們相聚於此，歡慶……我們兩個人的結合。」

「很棒。」

「這兩個人將陪伴彼此共度餘生。」

「我同意。」

「希莉亞，妳願意接受我，艾芙琳，成為妳的妻子嗎？無論病痛或健康、富裕或貧窮，在此生中都如此，直到死亡將我們分開？」

她對著我微笑。「我願意。」

「我，艾芙琳，是否願意接受妳，希莉亞，成為我的妻子？無論病痛或健康，還有其他那一切東西嗎？我願意。」我發現我們有個小問題。「等等，我們沒有戒指。」

希莉亞四處張望，想找個可以代用的東西。我沒放開牽著她的手，我查看著床邊桌。

「有了。」希莉亞拿下頭上的髮圈。我笑著拉下馬尾上的髮圈。

「好。」我說。「希莉亞，跟著我一起說。艾芙琳，收下這個戒指，作為我永恆愛戀的象徵。」

「艾芙琳，收下這枚戒指，作為我永恆愛戀的象徵。」

希莉亞拿起髮圈，在我的無名指上繞了三圈。

「說。以這只戒指為信，我嫁給了妳。」

「以這只戒指為信，我嫁給了妳。」

「好，現在換我。希莉亞，收下這枚戒指，作為我永恆愛戀的象徵。以這只戒指為信，我嫁給了妳。」我用自己的髮圈繞過她的手指。「啊，我忘記誓詞。我們應該交換誓言嗎？」

「我們可以啊。」她說。「妳想的話。」

「好。」我說。「妳想一下想說什麼，我也想一下。」

「我不需要想一下，我已經準備好了，我知道要說什麼。」她說。

「好。」我很訝異自己心跳得很快，急著想聽她說。「開始吧。」

「艾芙琳，我從一九五九年就愛著妳。我或許不總是有表現出來，我或許讓其他的人事物阻擋我們，不過妳要知道我已經愛了妳那麼久。要知道我從未停止愛妳，而且也永遠不會停止。」

我閉了一下眼睛，任由她的話語沉入心中。

接著我給了她我的誓言。「我已經結過七次婚，但沒有哪次感覺像此刻如此正確。我認為愛著妳，對我來說就是最真實的事。」

她微笑得如此用力，我以為她會哭出來。可是她沒有。

我說：「根據……我們賦予我的權力，現在我宣佈我們結為伴侶。」

希莉亞大笑。

「我現在可以親吻新娘了。」我說著放開她的手，捧起她的臉，然後吻了她。我的妻子。

60

又過了六年，那時我和希莉亞已在西班牙的海邊度過了超過十年的時光，康娜已經大學畢業，並在華爾街就職，整個世界都忘記了《小婦人》、《派對女孩》，也不記得希莉亞的三個奧斯卡獎座，那時，希希莉亞．詹姆森死於呼吸衰竭。

她死在我的懷裡，在我們的床上。

那時是夏天，我們開著窗戶透氣。房間聞起來充滿疾病的味道，不過如果夠專心，還是聞得出海邊飄來的鹹味。她的眼睛變得死寂。我大喊護理師，他那時人在樓下廚房。希莉亞從我身邊被奪走的時刻，我想自己停止了記憶的機制。

我只記得自己倚著她，用盡全力抱緊她。我只記得自己說著：「我們的時間還不夠。」

救護人員帶走她的遺體，彷彿同時撕裂我的靈魂。後來，等到大門關上，等到所有的人離開，等到我在哪裡都看不到希莉亞，我望向羅伯，然後跌坐在地。

我脹紅的皮膚貼著磁磚，感覺很涼。堅硬的石頭壓痛我的骨頭。淚水漸漸在我身下積成水窪，但我抬不起頭。

羅伯沒有來扶我。

他在我身邊坐下，跟著掉眼淚。

我失去了她。我的摯愛。我的希莉亞。我的靈魂伴侶。我用一輩子的時間得到這名女子的愛。

而她就這麼死了。

無法改變，且直到永遠。

毀滅一切的恐慌再次佔據了我。

《此時此刻》

二〇〇〇年七月五日

影后希莉亞．聖詹姆斯逝世！

三屆奧斯卡得主，女演員希莉亞．聖詹姆斯上週因肺氣腫併發症過世，享壽六十一歲。出身喬治亞州小鎮的富有家庭，紅髮的聖詹姆斯早年常被稱為喬治亞甜心。一九五九年改編的《小婦人》電影中，她以貝絲一角拿下第一座奧斯卡，成為實至名歸的明星。

接下來三十年間，聖詹姆斯又獲得四次提名，並且兩度帶回獎座。一九七〇年以《勇士們》獲得最佳女主角，一九八八年演出改編自莎士比亞悲劇的電影，並以馬克白夫人一角拿下最佳女配角。

除了令人印象深刻的演技，聖詹姆斯出了名的還有她鄰家女孩般的魅力，還有與美式足球球星約翰．布萊夫曼之間十五年的婚姻。兩人在七〇年代晚期離婚，不過直到一九八〇年布萊夫曼過世之前，兩個人的關係一直很好。此後她未曾再婚。

聖詹姆斯的資產後續將由她哥哥羅伯．詹姆森管理，他同時也是女演員艾芙琳．雨果的丈夫。艾芙琳過去曾與聖詹姆斯一同演出電影。

61

希莉亞就和哈利一樣，葬在洛杉磯的森林草坪紀念園區。羅伯和我在一個週四早晨舉行她的葬禮。儀式不對外開放。不過大家都知道我們在那裡。他們知道她將要下葬。

看著她被放進墓穴，我盯著地面上的洞口。我盯著她棺木光澤閃亮的表面。我忍不住心中潰堤的情緒。我攔不住真正的自己。

「我需要靜一靜。」我對著羅伯和康娜說道，接著轉身離開。

我往前走。沿著墓園曲折蜿蜒的山坡路不停前進，直到我找到自己的目標。

哈利．卡麥隆。

我面對著他的墓碑坐下，然後將心裡累積的情緒全部哭出來。我哭到耗盡一切。我一句話都沒說，我不覺得需要這麼做。多年來，我已經在腦中還有心裡和哈利對話了那麼久，感覺我們兩個早已超越言語。

他是那個幫我一把的人、支持我的人，他陪著我走過生命中的一切。而此刻，我比以往更需要他。於是我用自己唯一知道的方式找上他。我讓他以只有他能辦到的方式療癒我。然後我起身，拍掉裙子上的灰塵，轉身背對墓碑。

而就在樹林裡面，有兩個狗仔隊對著我拍照。我既不憤怒也不覺得受寵若驚。我就只是不在乎了，在乎太過費力。此刻的我沒有任何心力能花在這裡。

於是我只是轉身走掉。

兩週後，羅伯和我回到阿爾迪茲，康娜寄來一本雜誌，封面是我在哈利的墓前哭泣。她在封面上貼了張字條。上面只寫了：「我愛妳。」

我撕下字條之後讀了雜誌頭條：「傳奇女星艾芙琳・雨果數年後在哈利・卡麥隆的墓前哭泣。」

儘管我早已過了巔峰時期，大家還是很容易就被轉移注意力，看不見我對希莉亞・聖詹姆斯的感受。雖然這次不一樣，這次我什麼都沒在藏。

只要他們留意，真相就在那裡等著他們。我展現了真實的自我，我向自己最要好的朋友求助，希望他能幫忙減緩失去愛人的痛苦。

不過他們當然還是誤會了。他們從不在乎對錯。媒體只會講述自己想說的故事。他們向來如此，未來也會繼續如此。

那一刻我才明白，任何人要搞清楚關於我人生的真相，唯一的機會就是我直接說出來。

透過一本書。

我留下康娜的字條，然後扔了那本雜誌。

62

希莉亞過世了，哈利也不在了，而我處於一段純潔而穩定的婚姻關係，我的人生終於正式與緋聞無緣。

我，艾芙琳．雨果，一個無聊的老太太。

羅伯和我在接下來的十一年間保持著友善的婚姻關係。我們在兩千年代中期搬回曼哈頓，希望住得離康娜近一點。我們翻修公寓，並捐出一部分希莉亞的錢給LGBTQ+組織及肺部疾病研究。

每年聖誕節，我們捐款給紐約市的少年無家者組織。在安靜的海邊生活許多年後，以某些方式重新成為社會一份子的感覺很好。

不過我真正在乎的是康娜。

她在美林證券一路往上爬，在羅伯和我搬回紐約沒多久之後，她向他坦承自己痛恨金融體系的文化。她告訴他，自己需要離開這樣的環境。他顯然很失望，她沒能在讓他快樂的領域裡面感到開心。不過他從未對她感到失望。

而且在她接下華頓商學院的教職後，他是頭一個道賀的人。她永遠不會知道，羅伯替她打了幾通電話。這件事他永遠不想讓她知道。他只想著以自己能夠辦到的任何方式，幫她一把。他就是這樣滿懷愛意地照顧著她，一直到他在八十一歲過世。

康娜在葬禮上唸了悼詞。抬棺人之一是她的男友克雷格。葬禮後，她和克雷格來陪我住了一陣子。

「媽，妳有過七個老公，我不太確定妳有沒有實際上自己生活過。」她坐在我的餐桌邊，她小時候也曾經在同樣的位置坐著兒童椅，身邊是哈利、希莉亞、約翰，還有我。

「妳出生之前，我的人生就過得很充實了。」我告訴她。「我曾經自己生活，現在也活得下去。我說真的，妳和克雷格應該去過自己的日子。」

不過送走他們之後，我才發現這間公寓有多巨大，有多安靜。

於是我雇用了葛麗絲。

我陸續從哈利、希莉亞，現在則是羅伯那邊繼承了數百萬遺產。但現在只能用來寵壞康娜。於是我也用在葛麗絲還有她的家人身上。我這一生大部分的時間都擁有這些錢財，只是給了他們一小部分，而且讓他們開心這件事也讓我愉快。

只要習慣了，獨自生活也沒有那麼糟。至於住在像這裡這麼大的公寓，嗯，雖然我留著這棟公寓，主要是想留給康娜，不過我自己也喜歡這裡。我當然比較喜歡康娜來過夜的時候，她和克雷格分手之後更是如此。

光是舉辦慈善晚宴和收集藝術品，自己也能好好過活。而無論真相為何，妳都能找到快樂的方式。除非妳的女兒過世。

兩年半前康娜被診斷出末期乳癌，當時她三十九歲。她只剩幾個月的時間。知道妳愛的人會早一步離開世界，我非常清楚那是什麼感受。不過我沒準備好眼睜睜看著自己的孩子受苦。

她因為化療嘔吐時，我抱著她。她冷到哭出來時，我用毯子裹住她。我親吻她的額頭，彷彿她又是我的寶寶，因為她永遠都是我的寶寶。

我每天都告訴她，她的生命是這個世界給我最美好的禮物，我相信我之所以來到這個世界上，不是為了拍電影或穿上翡翠綠禮服對著群眾揮手，而是為了成為她的母親。

我坐在她病床邊告訴她：「我這輩子做過的一切，都沒有生下妳那天來得讓我驕傲。」

「我知道。」她說：「我一直都知道。」

自從她父親過世之後，我就決定再也不對她瞎扯。我們之間比較是那種相信彼此、**信任**彼此的關係。她知道自己為人所愛。她知道自己改變了我的生命，也因此改變了這個世界。她過世之前撐了十八個月。

看著他們把她擺進父親旁邊的墓穴，我崩潰得無以復加。毀滅一切的恐慌壓垮了我。

自此未曾離去。

63

我的故事就這麼結束。失去每個我愛過的人。只剩下我，住在上東區巨大美麗的公寓中，懷念著每個曾經對我來說代表過些什麼的人。

莫妮克，等妳寫到結尾，這些一定要寫得清清楚楚，告訴所有的人，我不愛這棟公寓，我不在乎我的錢財，我也不在乎大家是不是把我當成傳奇人物，成千上萬人對我的崇拜從沒讓我睡得更暖。

莫妮克，等妳寫到結尾，告訴所有的人，我懷念的是那些人。告訴所有的人，我弄錯了，我多數的時間都做出了錯誤的選擇。

莫妮克，等妳寫到結尾，一定要讓讀者明白，我真正想要的是家人。一定要寫清楚我找到了家人。還要確定他們知道，失去家人令我心碎。

如果有必要，就一個字一個字寫清楚。

說艾芙琳．雨果不在乎其他人是不是忘了她的名字。艾芙琳．雨果不在乎是不是每個人都忘記她曾經活在這世上。

最好可以提醒他們，艾芙琳．雨果從未存在。她是我為了觀眾捏造出來的，因為我希望他們愛我。告訴他們，我一直都搞錯了，我不懂愛是什麼。告訴他們，我現在懂了，我再也不需要他們的愛了。

對他們說：「艾芙琳．雨果只想要回家。該是時候讓她去找她的女兒，去找她的愛人，去找她最好的朋友，還有她的母親。」

告訴他們，艾芙琳．雨果在此道別。

64

「妳說『道別』是什麼意思？艾芙琳，別說再見。」

她直盯著我，但並不理會我說的話。

「等到妳把這些故事寫出來，記得要講清楚，我做的一切都是為了保護我的家人，就算重來，我也會再做一次。只要我認為可以救他們，我甚至可能會做得更過分，可能會表現得更惡劣。」

「我覺得大部分的人可能都會有同感。」我告訴她。「對於自己的生活，還有他們愛著的人。」

對於我的回覆，艾芙琳似乎很失望。她站起來，走到書桌邊拿出一張紙。

那張紙看起來有點年代。皺巴巴地對折著，一邊看起來因為燒焦呈現橘色。「和哈利一起在車上的那個人，我丟下的那個人。」艾芙琳說道。

沒錯，那是她最令人震驚的行動。不過我不確定自己不會為了所愛的人做出同樣的事。我不是說我也做得出來，我只是不確定。

「哈利愛上了一個黑人。他的名字是詹姆斯・格蘭特，他死於一九八九年二月二十六日。」

65

盛怒是這樣的。

怒火會從胸口燃起。

最開始的感覺是恐懼。

恐懼很快就會變成否認。**不，一定是搞錯了什麼。不，不可能是這樣**。

接著意識到事實如此。**沒錯，她是對的。沒錯，就是這樣**。

因為妳發現，**沒錯，這是真的**。

接著妳得選擇。妳是難過，還是生氣？

兩者之間些微的差異，最終會變成這個問題的答案：妳能責怪其他人嗎？

我七歲時失去了父親，在此之前，這件事我只能怪在一個人頭上。就是我的父親。我父親酒駕。他以前從來不會這樣，這完全不像他的作風，可是事情就是發生了。而我可以因此恨他，或試著理解他。**妳父親喝醉了，還選擇開車並且控制不了車子**。

可是現在，知道我父親從來不曾在喝醉的狀況下開車，知道他被這個女人放在路邊等死，不但死況遭人設計，名聲也受到傷害。事實上，我從小到大一直相信是他自己造成了那場意外。現在有那麼一份歸屬未定的責任等著我，等著我定艾芙琳的罪。

而她坐在我面前的姿態，雖然懊悔但並不真的感到抱歉，在在顯示她已經準備好接受加諸於身的罪名。

這一切彷彿點燃了我多年來的苦痛，接著熊熊燃燒成狂怒。

我的身體發燙，目眥欲裂。我的雙手緊握成拳，然後我退開，因為不知道自己會做出什麼事。

接著，因為從她身邊退開感覺起來太過寬容，我慢慢回到她旁邊，把她抵在沙發上，開口說：「我很高興妳身邊一個人都沒有了。我很高興這世界上再沒有人活下來愛妳。」

我放開她，有點被自己嚇到。她看著我，恢復了原本的坐姿。

「妳以為把故事給我就能彌補什麼嗎？」我問她：「這段時間妳就讓我坐在這裡，聽妳暢談人生，好讓妳能夠告解，妳覺得自己的**回憶錄**可以彌補嗎？」

「我不覺得。」她說。「我認為現在妳已經夠了解我，知道我沒那麼天真，還會相信寬恕與赦免。」

「那是為什麼？」

艾芙琳伸出手，讓我看到她手上的紙。

「哈利過世那晚，我在他的長褲口袋找到這個。我的猜測是他讀過了，所以會才喝那麼多。這是妳父親寫的字條。」

「然後呢？」

「然後我……在女兒明白關於我的真相之後，我獲得了巨大的平靜。了解真正的她對我來說是也無比的安慰。我在想……我在想這世上還活著的人中，只有我可以給妳這個，還有給妳爸這個。我想讓妳知道，他真正的樣子。」

「我知道他對我來說是什麼樣子。」開口的同時，我也發現，這句話不完全是事實。

「我認為妳會想知道他的一切。莫妮克，收下吧！讀一讀這封信。如果妳不想要，不用留著。不過我一直想要把信寄給妳，我一直認為妳該知道這一切。」

我從她手中扯過那張紙，不想展現任何善意，甚至不想要溫柔地接下來。我坐下，打開折起的紙張。紙張的上半部沾著的，只有可能是血跡。我想了一下，不知道那是不是我父親的血。還是哈利的？我決定不繼續想。

開始閱讀之前，我抬起頭看她。

「妳能迴避一下嗎？」我說。

艾芙琳點點頭，離開自己的辦公室。她關上門之後，我低下頭。我心中有太多事需要重新思考。

我父親沒有做錯任何事。

我父親沒有害死自己。

我生命中有好幾年的時間都是這麼看待他，透過這樣的視角接受他的所作所為。

而現在，將近三十年來，我頭一次有了來自我父親的新說法和新觀點。

親愛的哈利，

我愛你。我從沒想過自己能這樣子去愛。我的人生中已經花了太多時間這麼想，認為這種愛情只是傳說。但現在這份愛就在我手邊，真實到我可以觸碰，我終於明白披頭四這些年在唱些什麼。

我不想要你搬去歐洲。可是我也知道，我不想要的這些，對你來說可能是最好的。所以儘管違背我的心意，我還是覺得你該去。

在洛杉磯，我沒辦法，也不能給你夢想中的生活。

我不能和希莉亞．聖詹姆斯結婚——雖然我同意你的看法，她是個極為美麗的女子，而且如果我老實一點，我確實有點迷《皇家婚禮》中的她。

不過儘管我從未像愛著你那樣愛著我的妻子，可是事實還是一樣，我永遠不會離開她。我太愛自己的家人，哪怕只有短短一段時間，我也不想要拆散我們。我的女兒是我活下去的理由，非常希望你有一天能見見她。而我知道，她和我還有她母親在一起，才是最快樂的。我也知道只有我繼續保持現況，她才能夠過上最好的生活。

安琪拉或許不是我此生摯愛。這我現在懂了，因為我感受過真正的熱情。可是我也認為在很多方面，她之於我正如同艾芙琳對你的意義。她是我最好的朋友，我的知己，我的夥伴。我很欣賞你能坦率地和艾芙琳討論你的性向，和你的渴望。不過我和安琪拉不是這樣，我也不確定自己想要改變這一點。我們沒有很活躍的性生活，但我愛她正如同任何人對伴侶的愛。如果造成她的痛苦，我永遠不會原諒自己。我發現自己不在她身邊的每一刻，我都非常渴望打給她，聽聽她的說法，知道她過得如何。

我的家人就是我的心。我不能拆散我們。哈利，就算我在你身上找到了獨一無二的愛情，這點還是不變。

去歐洲吧。如果你相信這對你的家人來說是最好的選擇。

只要知道在洛杉磯這裡，我還想著你。

永遠屬於你的，

詹姆斯

放下信紙，我雙眼發直盯著空中。到了這一刻，我才明白這件事。

我的父親和男人談過戀愛。

66

我不知道自己呆坐在沙發上盯著天花板看了多久。我想起關於我爸的回憶，想起他會在後院把我扔向空中，想起他每隔一段時間就會讓我吃香蕉船當早餐。

一直以來，那些回憶都會連同他的死法一起浮現。這些回憶永遠甜中帶苦，我一直都覺得這是他的錯，是他害我這麼早就失去他。

現在我不知道該怎麼看待他。我不知道對他該怎麼想。失去了那個明確的錨點，太多東西取而代之，而且有好有壞。

我在心中一次又一次不停重複同樣的畫面，關於我父親生前的記憶，還有我想像出來的他的臨終時刻以及他的死亡。而在某一刻，我意識到自己沒辦法繼續這樣坐著。

於是我起身，踏進走道，開始尋找艾芙琳的身影。我發現她在和葛麗絲一起待在廚房裡。

「這就是我在這裡的原因嗎？」我高舉信紙。

「葛麗絲，可以麻煩妳給我們一點時間嗎？」

葛麗絲離開她的椅凳。「當然可以。」她沿著走道離開。

她走掉之後，艾芙琳看著我。「這不是我想見妳的唯一理由。沒有錯，我想找到妳，然後把這封信交給妳。我也一直在想該怎麼自我介紹，對妳來說才不會那麼突然，那麼震驚。」

「看得出來，《當代人生》替妳辦到了。」

「對，它給了我一個藉口。比起直接打電話給妳，然後試著解釋我是怎麼知道妳這個人，我覺得讓大雜誌社派妳過來比較好。」

「所以妳想說直接把我拐來這裡，並且保證給我一本暢銷書。」

「不。」她搖頭。「開始調查妳之後，妳大部分的文章我都讀過。說得精確一點，我讀了妳寫死亡權的那幾篇。」

我把信擺在桌上，考慮著要不要坐下來。「然後呢？」

「我認為那篇寫得很好，不只資訊量豐富，既聰明又均衡，而且還充滿同情心。這篇文章很用心。妳處理了容易情緒泛濫又複雜的主題，我很讚嘆妳的靈活。」

我不想讓她稱讚我，因為我不想必須為此感謝她。不過我母親把我教得很有禮貌，然後在我最不想要的時候發揮了功效。「謝謝妳。」

「讀完之後，我就在想，妳會把我的故事寫得很好。」

「因為我寫過的一小篇文章？」

「因為妳有才能，我的身分認同還有所作所為如此複雜，要是有什麼人能理解，大概只會是妳。我越了解妳，就越清楚自己是對的。無論妳打算怎麼寫這本關於我的書，都不會有簡單的解法。不過我預測，這本書將會寫得大膽無懼。我想把那封信交給妳，同時想要妳來寫我的故事，因為我相信妳是最適合接下這份工作的人選。」

「所以妳讓我經歷這一切，不但減輕自己的罪惡感，同時確保能擁有一本想要的自傳？」

艾芙琳搖頭，準備糾正我的說法，但我還沒說完。

「妳竟然能這麼自私自利，這真的很驚人。就算已經到了現在，就算妳顯然想要獲得救贖，都還是與**妳**有關。」

艾芙琳手一抬。「別表現得像妳沒有從中得到好處。妳一直都是自願來到這裡，妳想要那個故事。妳利用我了讓妳陷入的處境，而且要我說，利用得靈活又聰明。」

「艾芙琳，說真的。」我說。「廢話少說！」

「妳不想要這個故事嗎？」艾芙琳逼問。「如果妳不想，那就別拿。讓我的故事跟我一起死，那樣也很好。」

我沒開口，不確定該怎麼回應，不確定自己**想要**怎麼回應。

艾芙琳充滿期待的伸出手。這個提議她不只是說說而已。那不是個修辭上的反問，而是需要回答的問句。「去啊。」她說。「去拿妳的筆記和錄音。我們可以現在就把一切燒掉。」

雖然她給了我很多時間，但我沒有動。

「我也不覺得會是這樣。」她說。

「我至少應該得到這個。」我充滿防備地對她說。「妳該死的至少可以給我這個。」

「沒有人應該得到任何東西。」艾芙琳說道。「只看誰願意去拿到手。莫妮克，妳願意站出來拿到自己想要的。妳早就已經證明了這一點。所以坦白一點吧。沒有人單純是受害者或勝利者，每個人都在這兩者之間。大家想辦法把自己塑造成其中一種形象，這種做法不只自欺欺人，而且相當缺乏創意。」

我離開餐桌，走到水槽邊。我討厭手感覺起來黏糊糊的，於是洗了手。我擦乾雙手。然後看著她。「我恨妳，妳知道吧。」

艾芙琳點頭。「對妳來說是件好事。痛恨？這是個很單純的感受，對吧？」

「是的，沒錯。」我說。

「人生中其他的一切都比較複雜。特別是妳的父親。所以我才認為讀這封信對妳來說很重要。我想要妳**知道**。」

「妳到底要我知道什麼？知道他是無辜的？或者知道他愛著一個男人？」

「知道他愛著**妳**。就像那樣。為了待在妳身邊，他願意拒絕浪漫的戀愛。妳知不知道自己的父親多棒？妳知不知道自己接受過什麼樣的愛？很多男人都說過永遠不會離開家人，但妳的父親是直接受到考驗，卻毫不猶豫。我想要妳知道那一點。如果我有個這樣的父親，我會想要知道。」

沒有人是百分之百的好或壞。我當然清楚，我很小的時候就被迫知道。不過有時候真的很容易忘記這一點是如此貨真價實，而且**所有人**都適用。

直到妳坐在這裡，妳對面的這個女人曾把妳父親的屍體放在駕駛座上，以便挽救她摯友的名聲，妳還發現她留著一封信，收藏了將近三十年，只因為她想要妳知道，妳曾經被這樣深愛著。

她大可以早點把信交給我，她也可以直接丟掉。艾芙琳．雨果就是如此，就在中間某處。

我坐下來，按著眼睛揉了揉，暗自希望自己如果揉得夠用力，或許我就能前往不同的現實。

等我睜開眼睛，我還在這裡。我沒得選，只能接受。

「我什麼時候能出這本書？」

「我沒多少時間了。」艾芙琳說著在中島旁的凳子上坐下。

「艾芙琳，不要在那邊莫測高深。我什麼時候能出這本書？」

艾芙琳拎起一條沒歸位的餐巾，心不在焉地摺起隨意擺在流理台上的這塊布。接著她抬頭看我。

「大家都知道，乳癌的基因可能是遺傳性的。」她說。「只不過如果這世上還有什麼公平正義的話，母親應該要比女兒更早因此而死。」

我檢視著艾芙琳臉上的細節，盯著她的嘴角、她的眼角，還有眉毛的角度。任何地方都沒有透露任何情緒。她的表情就像正為我朗讀報紙內容。

「妳得了乳癌？」我問。

她點點頭。

「有多嚴重？」

「嚴重到讓我需要加快腳步完成這件事。」

她望向我，但我別開了視線。我不確定為了什麼。真的不是出於憤怒。而是因為羞愧。我其實並不怎麼替她感到難過，這讓我很有罪惡感。我那有點傻氣的部分確實如此。

「我看著自己的女兒經歷這一切。」艾芙琳說。「我知道什麼自己要經歷什麼。重要的是，我得好好安排一切。另外就是定案我最後一版遺囑，確保葛麗絲獲得良好照顧，並且把最珍貴的禮服交給佳士得拍賣。然後這個……這就是最後一件事了。那封信。還有這本書。和妳。」

「我要走了。」我說。「我今天沒辦法再接受更多衝擊了。」

艾芙琳正打算開口，但我阻止了她。

「不行，我不想再聽妳說其他的。」我說。「半個他媽該死的字都別講，好嗎？」

她橫豎還是講了，對此我也不太驚訝。「我只是要說，我能理解，還有明天見。」

「明天見？」我說完才想起來，艾芙琳和我還有事沒完成。

「明天要拍照。」她說。

「我不太確定自己能不能做好回到這裡的心理準備。」

「嗯。」艾芙琳說。「我非常希望妳可以。」

67

我一到家就把包包丟到沙發上。我很累，我很生氣，我的眼睛乾澀又僵硬，很像剛被擰乾的濕衣服。

我坐下來，沒有費事脫掉外套或鞋子。我媽寄信告訴我飛機班次，我回了信。接著把腿抬上茶几，碰到桌上的一個信封。

那一刻，我才意識到自己竟然有張茶几。

大衛把它搬回來了。而且上面擺著一封署名給我的信封。

莫，

我不需要這張桌子，本來就不該拿走它。讓它就這麼躺在出租倉庫太蠢了。我離開的時候大概很小心眼吧。

信封裝著我的公寓鑰匙，還有我律師的名片。

我想就這樣了，不過我得謝謝妳，妳做了我辦不到的事。

大衛

我放下信紙，腳也擺回去。我扭動著掙脫外套，踢掉鞋子，然後頭往後靠，深深呼吸。

沒有艾芙琳．雨果，我不認為自己會結束這段婚姻。

沒有艾芙琳．雨果，我不認為自己能勇敢面對法蘭琪。

沒有艾芙琳・雨果，我不認為自己有機會寫出肯定大賣的作品。
沒有艾芙琳・雨果，我不認為自己能夠體會父親對我多麼忠誠。
所以我認為艾芙琳至少有一點說錯了。
我的恨意並不單純。

68

我早上抵達艾芙琳的公寓的當下，還不太確定自己是什麼時候下定決心。

我只是睡醒了，然後發現自己已經在路上。等到我離開地鐵站，繞過街角走向這裡，我才發現自己絕對不可能不來這一趟。

我不能、也不會採取任何行動傷害我未來在《當代人生》的地位。我不打算拼死拼活，結果最後一刻沒能成為自由撰稿人。

我準時抵達，不過不知怎的成了最後一名。葛麗絲替我開了門，整個人看起來像是已經受到颶風襲擊。她的馬尾有點散開，而且比平常更努力保持微笑。

「他們抵達的時間比預定早了快四十五分鐘。」葛麗絲低聲告訴我：「艾芙琳一大清早就找來化妝師，在雜誌的化妝師抵達之前就做好準備。她請一位燈光顧問在早上八點半到場，帶她找到這間公寓光線最棒的地方。結果是在露台。因為現在外面每天都還很冷，所以那裡我一直掃得不夠乾淨。總之，我這兩個小時一直忙著把露台從頭刷到腳。」葛麗絲開玩笑地把頭靠在我的肩膀上。「好險我要去度假了。」

「莫妮克！」法蘭琪一看到我出現在走廊上就喊道。「妳怎麼這麼晚？」

我看了自己的錶。「現在才十一點六分。」我記得自己見到艾芙琳．雨果的頭一天。我記得自己多麼緊張。我記得她看起來多麼耀眼奪目。但此刻她對我而言無比人性化。不過對法蘭琪來說一切都很新鮮。她還沒有見過真正的艾芙琳。她依然認為我們正在拍攝的是一名偶像巨星，不是一個人。

我踏上戶外露台，看見艾芙琳身處燈光、反光板、電線和照相機之間。還有許多人圍著她。她坐在一把椅凳上，電風扇吹得她的灰髮飛揚。她身穿招牌的翡翠綠色，這次是長袖設計的絲質禮服。某處的音響播放著歌手比莉．哈樂黛的歌曲。陽光在艾芙琳身後閃耀。她看起來彷彿身處宇宙正中心。

她如魚得水。

她對著相機鏡頭露出微笑，棕色的眼睛閃閃發亮，我從沒看過其他人的眼睛這麼閃耀。她似乎莫名地平靜，完美地展現自己，我在想，或許真正的艾芙琳**並不是**過去這兩週以來和我交談的那名女子，而是此刻我眼前的這位。儘管年近八十，整個場子仍在她的掌控之中，對我來說前所未見。明星永遠永遠都是明星。

艾芙琳注定成名。我認為她的身體幫了她一把，我認為她的長相幫了她一把，不過頭一次看到她在拍攝現場，她在相機前的樣子，我第一次感受到，某種層面上她自我推銷的方式其實是虧待了自己：就算她沒有與生俱來這麼多的身材優勢，她大概還是能夠成功。她就是擁有**明星特質**。那種無法定義的特質，會讓每個人停下腳步注意到她。

我站在其中一個燈光助理身後，她發現了我。然後立刻停了下來，揮手叫我過去。

「各位、各位！」她說道。「我們需要幾張我和莫妮克的合照。麻煩各位了。」

「喔，艾芙琳。」我說。「我不想拍照。」我甚至還不太想靠近她。

「拜託妳。」她說。「拍來紀念我吧。」

幾個人笑出來，彷彿艾芙琳講了個笑話。因為當然沒有人會忘記艾芙琳．雨果。不過我知道她是認真的。

於是，我就穿著牛仔褲和夾克站到她身邊。我拿下眼鏡，感覺到燈光的熱度，和照在眼底的炫光，也感覺到微風拂過我的臉。

「艾芙琳，我知道妳早就聽多了。」攝影師說：「可是天啊，鏡頭真的愛妳。」

「喔。」艾芙琳聳聳肩。「多聽一次總是不錯。」

她的上衣是低胸剪裁，露出仍舊傲人的乳溝，我突然想到，正是這一項成就她的特色，最終會將她擊倒。

艾芙琳注意到我的視線，微微一笑。那是個誠摯而友善的笑容。笑容中有種幾乎可以稱之為慈愛的氣氛，就好像她想知道我還好嗎，就好像她在乎我。

一瞬間，我了解到她確實是的。

艾芙琳．雨果想知道我沒事，發生了這些事之後，我還是會好好的。

我一時鬆懈了心防，回過神來發現自己伸手攬住她。我下一秒就想抽手，我還沒準備好這麼親近她。

「我喜歡！」攝影師說道。「就那樣。」

現在我沒辦法抽手，所以我假裝沒事。就拍這麼一張照，我假裝自己沒有緊張得要命。我假裝自己不是既氣憤又困惑又心碎又拉扯又震驚並且不安。

我假裝自己只是著迷於艾芙琳．雨果。

畢竟儘管發生過這麼多事，我還是為她著迷。

等到攝影師離開，等到所有人都收拾完畢，等到法蘭琪開開心心的離開，差點長出翅膀飛回辦公室，我也準備走人。

艾芙琳在樓上換衣服。

「葛麗絲。」我發現她在廚房整理免洗杯和紙盤。「我想跟妳道別，艾芙琳和我的訪談已經完成了。」

「完成了？」葛麗絲問道。

我點頭。「我們昨天把故事講完。今天拍好照片。現在我得開始動筆。」儘管我其實毫無頭緒，不知道怎麼處理這個故事，老實說就連下一步要做什麼都不知道。

「喔。」葛麗絲聳肩。「我一定是誤會了。我以為我放假的時候妳還會在這裡陪艾芙琳。不過老實說，我的心思只放在手上那兩張飛哥斯大黎加的機票。」

「太棒了！妳什麼時候出發？」

「晚一點的紅眼班機。」葛麗絲說道。「艾芙琳昨天晚上給了我票。我和我先生。整整一週，而且所有費用都已經付清。我們會待在靠近蒙特韋爾德的地方。我聽到『在充滿雲霧的森林裡空中飛索』就立刻答應了。」

「妳應該享受一下。」艾芙琳出現在樓梯上，然後朝著我們走下樓。她穿著牛仔褲和短袖上衣，不過妝髮還在。她看起來非常美麗，不過也很樸素。只有艾芙琳‧雨果可以同時融合兩種相反的特質。

「您確定這裡不需要我嗎？我以為莫妮克會陪著您。」葛麗絲說道。

艾芙琳搖頭。「不用，妳去吧。妳最近幫了我太多，需要一點自己的時間。如果有什麼事，我總是可以打電話給樓下門房。」

「我不需要——」

艾芙琳打斷她。「妳需要。讓妳清楚我多麼感謝妳在這裡的付出，這很這重要。就讓我用這種方式說謝謝吧。」

葛麗絲羞澀地笑了。「好吧。」她說。「如果您堅持。」

「我堅持。不如妳現在就回去吧！妳整天都在打掃，而且我確定妳需要更多時間打包行李。所以去吧，離開這裡。」

我很驚訝葛麗絲沒有爭辯。她只是說了謝謝，並且拿好自己的東西。一切進展得非常順利，不過艾芙琳在她踏出公寓前攔下她，給了她一個擁抱。

葛麗絲好像有點驚訝，不過很開心。

「妳知道的吧，要不是有妳在，我這兩三年一定過不下去。」退開時，艾芙琳說道。

葛麗絲紅了臉。「謝謝您。」

「在哥斯大黎加玩得開心點。」艾芙琳說。「好好享受。」

葛麗絲踏出門口之後，我想我知道現在是什麼狀況。

艾芙琳絕對不會讓成就自己的事物反過來毀了她。她絕對不會讓任何事物擁有那樣的權力，就算那是自己身體的一部分。

艾芙琳會在她想要的時刻死去。

那就是現在。

「艾芙琳，」我說：「妳打算……」

我講不下去，連暗示都無法。這聽起來如此荒謬，光想都很奇怪。艾芙琳．雨果結束自己的生命。我想像自己大聲說出來，然後看著艾芙琳笑我，笑我太有想像力，笑我太傻。

不過我也想像著自己講完之後，艾芙琳就只是簡單又無奈的確認。

這兩種情況我都不確定自己有辦法承受。

「嗯？」艾芙琳看著我。她看起來一點都沒有擔心、不安或緊張的樣子，彷彿這就是個尋常日子。

「沒事。」我說。

「謝謝妳今天過來。」她說。「我知道妳不確定自己有沒有辦法辦到，但是我……我只是很開心妳來了。」

我痛恨艾芙琳，不過我在想，我也非常喜歡她。

我希望她從未存在過世界上，但我也忍不住心裡對她的欽佩。

我不確定該怎麼處理這種心情。我不確定這一切有什麼意義。

我轉動門把。只能擠出心底真正的想法。「艾芙琳，請多保重。」我說。

她伸手拉住我，很快地捏了我的手一下，然後放開。「莫妮克，妳也是。妳會有大好前程，會從這個世界裡搶到最美好的事物。我真心這麼相信。」

艾芙琳看著我，有那麼短短一刻，我能讀懂她的表情。非常細微，稍縱即逝。不過確實存在。我知道自己的懷疑是對的。

艾芙琳．雨果向這個世界道別。

69

我走進地鐵站通道，穿過旋轉柵門，一路上不停思考著該不該回頭。

我該敲她的門嗎？

我該打電話報警嗎？

我該**阻止**她嗎？

我可以直接回頭跑上地鐵站階梯。我可以一步一步走回艾芙琳的公寓，然後說「別這麼做」。

我做得到。

我只是必須決定自己想不想那麼做，是否該那麼做，以及那樣做是否正確。

她選中我，並非只因為認為自己虧欠我。她選中我，是因為我那篇生命終止權的文章。

她選中我，是因為我能夠理解，死亡的尊嚴有其必要。

她選中我，是因為她相信，我能看得出來解脫的必要，即便構成的方式難以令人接受。

她選中我，是因為她相信我。

我還覺得她現在也相信著我。

我要搭的車次轟鳴著進入車站。我得搭上這班車，去機場找我母親。

車門開啟。乘客湧出。乘客湧入。背著背包的青少年用肩膀撞開我。我沒有踏進地鐵車廂。

列車警示音響起。列車車門關上。車站月台空無一人。

而我站在原地。動彈不得。

要是你認為有人將結束自己的生命，你不會試著阻止她嗎？

你不會叫警察嗎？你不會打穿牆壁去找她嗎？

車站又開始慢慢擠滿了人。母親帶著小小孩。男子提著雜貨。三個蓄鬍的文青都穿著法蘭絨。人群湧現的速度越來越快，我來不及替他們計時，

我得搭上下一班車，這樣才來得及和我媽碰面，並把艾芙琳拋在腦後。

我需要轉過身，然後拯救艾芙琳，讓她不至於傷害自己。

我看著軌道上兩盞柔和的燈光，指示著列車即將到站。我聽見地鐵轟鳴。

我媽自己就有辦法到我家。

艾芙琳從來就不需要其他人的拯救。

列車駛入車站。車門開啟，乘客湧出。車門關上後，我才發現自己踏進車廂。

艾芙琳相信我，把她的故事交代給我。

艾芙琳相信我，把她的死亡託付給我。

在我內心深處，我認為阻止她是一種背叛。

無論我對艾芙琳有什麼感覺，我很清楚她並沒有失去理智。我知道她沒事。我知道她可以死去，正如她可以活下去，完全按照她自己的意願，由她自己親手掌握，不給命運或機會留下任何空間。

我抓緊面前冰涼的金屬柱。我隨著車廂的速度搖擺。我換車。我搭上紐約機場線轉乘地鐵。到了站在接機口，看到我媽對我揮手，才發現自己已經整整一個小時都處在緊張性精神焦慮的邊緣。

一切就是太多了。

我父親、大衛、這本書、艾芙琳。

等我媽靠得夠近，我立刻抱住她，把頭埋進她的肩膀。我哭了出來。

那些從我眼中流出來的淚，彷彿都經過幾十年的醞釀。就好像過去某部分的我跑了出來，放開手

向過去道別，努力為全新的自己騰出空間。那是個比較堅強的我，在對人性更加偏激的同時，卻也不知怎的對於自己在這個世界上的處境更加樂觀。

「喔，寶貝。」我媽把肩膀上的包包一甩，讓它直接掉在地上，完全不管經過的路人。她緊緊抱著我，還用雙手揉著我的背。

我不急著止住眼淚。我不覺得需要解釋。面對一個好媽媽，妳不必勉強自己配合對方；好媽媽會為了配合妳調整自己。我母親一向都是好媽媽，非常棒的媽媽。

哭完之後，我退後擦掉眼淚。很多人經過我們身邊，拎著公事包的上班族，和揹著背包的家庭。有些人盯著我們看。不過我很習慣其他人盯著我媽和我。就算是在紐約市這樣的大熔爐，還是很多人沒想過像我們這樣的母女組合。

「寶貝，怎麼啦？」我媽問道。

「我連要從哪邊開始講起都不知道。」我說。

她抓住我的手。「不如我放棄證明自己懂得地鐵系統，然後直接攔一台計程車？」

我大笑著點頭，擦乾眼角。

我們搭上一台氣味不佳的計程車，車上重複播放晨間新聞，我振作起來，不再哽咽。

「告訴我吧，妳有什麼心事？」她說。

我要告訴她，我知道的這些嗎？

我們一直相信我父親死於酒駕，我要告訴她，這件讓我們非常痛心的往事，其實不是真的嗎？我打算用那個罪過去交換其他的錯事嗎？在他生命即將告終之時，他其實和另外一名男子有婚外情？

「大衛和我正式決定離婚了。」我說。

「寶貝，我真的很遺憾。」她說。「我知道經歷這種事一定很不容易。」

我有點擔心艾芙琳，但我不能讓她為這件事煩心。我就是沒辦法。

「而且我很想爸爸。」我說。「妳會想念爸爸嗎？」

「天啊，每天都想。」她說。

「他是個好老公嗎？」

她似乎被問得措手不及。「是的，他是個很棒的老公。」她說。「為什麼這麼問？」

「我不知道。我在想，我只是突然發現自己不太了解你們之間的關係。和妳待在一起的時候，他是什麼樣子啊？」

她露出微笑，彷彿嘗試過了，但仍然無法阻止自己的笑意。「喔，他非常浪漫。以前每到五月三日，他就會買巧克力送我。」

「我以為你們的結婚紀念日是在九月。」

「沒錯。」她大笑。「就不知道為什麼，他總是想在五月三日寵寵我。他說用來慶祝我的正式節日不夠多。他說他得特別為我安排一個節日。」

「聽起來真的很可愛。」我說。

我們的司機開上高速公路。

「他會寫非常美的情書。」她說。「真的很美。情書裡面的詩寫著他認為我有多漂亮，那很傻，因為我一點都不漂亮。」

「妳當然很美。」我說。

「不。」她用一種就事論事的語調。「我真的不漂亮。不過天啊，他讓我覺得自己是美國小姐。」

我放聲大笑。「聽起來是一段充滿激情的婚姻生活。」我說。

我媽安靜了下來。然後她說：「不是的。」並且拍拍我的手。「我不確定自己會不會說充滿激情。我們只是真的**喜歡**彼此。認識了他，幾乎就像是認識了另外一個自己。有個人能了解我，而且讓我感覺很安心。那並不真的是激情，和想要扯掉彼此身上的衣服無關。我們只是知道，我們在一起會很開心。我們知道，我們能養個孩子。我們也知道，這一切不太容易，還有我們的父母不會太高興。不過從很多方面來說，那只讓我們更親近。多少有種我們一起對抗全世界的味道。

「我知道這種說法不太受歡迎。我知道大家現在都想要充滿激情的婚姻。不過，和妳父親在一起，我真的很快樂。我很愛有個人照顧我，同時也有人能夠照顧。有個人能和我分享日常生活。我一直覺得他非常迷人。他的想法、他的才華。我們幾乎什麼都能聊。總是聊上好幾個小時才罷休。我們以前會熬到很晚，就連妳還不太會走路的時候也一樣，就只是**聊天**。他是我最好的朋友。」

「所以妳才一直沒有再婚嗎？」

我媽思考了一下這個問題。「妳知道，說起來還滿有趣。聊到激情。自從我們失去妳爸，我時不時會在男人身上尋找激情。不過我願意用所有激情的夜晚，多換幾個和他相處的日子。或者再一次和他聊到深夜。激情對我來說從來都不重要。不過我們擁有過的親密感呢？那是我最珍惜的事物。」

或許哪天我會告訴她吧！關於我知道的這些事。

或許我永遠不會開口。

或許我會寫進艾芙琳的自傳裡，也或許我只會從艾芙琳的角度講起這個故事，而完全不提那輛車的副駕駛座上坐著什麼人。

或許我會完全跳過那部分。我在想，為了保護我母親，我會願意在艾芙琳的人生故事中說謊。我在想，為了我深愛的人，為了他們的幸福快樂和心理健康，我願意不顧社會大眾知道真相的權利。

我不知道自己會怎麼做。我只知道，我只會考慮怎麼做對我媽最好。如果代價是我的誠信正直，如果這麼做會減損我的誠信，我能接受。我對此毫無意見，完全接受。

「我認為自己非常幸運，可以碰上像妳父親那樣的夥伴。」我媽說道。「找到那樣的靈魂伴侶。」只要稍微深入挖掘，每個人的愛情故事都很特別，有趣又各有不同，而且無法被簡單定義。或許有一天我能找到某個人，我愛著對方就像艾芙琳愛著希莉亞。或許我會找到某個人，我愛著對方就像我父母愛著彼此。知道可以用心尋覓，知道世界上存在著不同類型的偉大愛情，對此刻的我來說就已足夠。

關於我父親，我還有許多不了解的地方。或許他是同性戀。或許他自我認同是異性戀，可是愛上了一個男人。或許他是雙性戀。或者屬於其他的名詞。不過重點是，一切真的不重要。

他愛我。

他也愛我媽。

此刻我對於他的了解，沒有任何一點能改變這些事實。

司機在我家門口放我們下車，我拿起我媽的行李。我們兩個進了屋。

我媽說要替我準備晚餐，她的拿手菜是玉米巧達濃湯，不過發現我冰箱裡面基本上什麼都沒有之後，她同意我們最好還是叫披薩。

食物送到之後，她問我想不想看一部艾芙琳．雨果的電影，我差點放聲大笑，結果發現她是認真的。

「打從妳說妳在訪問她之後，我就一直很想看《只為我們》。」我媽說。

「我不知道。」我不想和艾芙琳有任何瓜葛，但也希望我媽說服我，因為我知道某種程度上，我還沒真的準備好向她道別。

「來吧。」她說。「為了我。」

電影開始播放，我驚嘆於螢幕上的艾芙琳，她是如此吸引人，只要有她出現的場景，就不可能不盯著她看。

幾分鐘之後，我感到一股急切的衝動，我想起身套上鞋子，敲她的門，說服她放棄。不過我壓下了這個感覺。我任由她去。我尊重她的希望。

我閉上眼睛，讓艾芙琳的聲音伴我入睡。

我不清楚這個念頭確切產生的時間點，我懷疑自己趁著做夢整理思緒，不過早上醒來之後，我突然明白現在雖然為時尚早，但總有一天我會原諒她的。

《紐約論壇報》

電影界傳奇性感女星艾芙琳・雨果逝世

普里雅・安里特報導　二〇一七年三月二十六日

艾芙琳・雨果週五晚間過世，享壽七十九歲。起初的報導並未指明死因，不過許多消息來源指出，醫生診斷為意外用藥過量，主要因為雨果的遺體檢驗結果，發現許多與處方籤不符的藥物。甚至有報導指出，這位明星過世之時正在對抗初期乳癌，但此消息尚未得到證實。

這位女星將埋葬在洛杉磯的森林草坪紀念園區。

她是五〇年代的時尚人物，在六〇到七〇年代成為性感女星，並且在八〇年代成為奧斯卡得主。雨果以性感的身材、大膽的電影角色和複雜的感情生活聞名。她結了七次婚，而且比所有的丈夫都長命。

引退之後，雨果奉獻出可觀的時間與金錢給許多非營利機構，例如婦女庇護協會、LGBTQ+社群以及癌症研究等等組織。佳士得最近也才剛宣布接受她十二件最有名的禮服，作為替美國乳癌基金會募款的品項。該場拍賣會本來就預期能募得超過百萬美金，現在成交金額一定會更往上飆。

不過稍微有點令人吃驚的是，雨果的遺囑將大部分的資產捐給慈善機構，只留下一些贈送給她的員工。絕大部分的受贈對象顯然是同志相關媒體。

「我這一輩子蒙受太多餽贈。」雨果女士在去年的人權運動演說中說道。「不過我也為此竭盡全力。要是哪天，對於那些後輩來說，我能讓這個世界變成更安全的空間、讓他們的日子過得稍微輕鬆一些……那麼，或許這一切就值得了。」

《當代人生》

艾芙琳與我

作者：莫妮克．格蘭特

二〇一七年六月

今年稍早，在艾芙琳．雨果這位傳奇女星兼製作人以及慈善家逝世時，我們正在進行她的回憶錄。

能夠和艾芙琳一起度過她生命最後幾週的時光，若說是一種榮幸，可能既是低估了這件事的價值，老實說也是同時有點誤導。

艾芙琳是個非常複雜的女子，我和她共度的時光，就跟她的形象、她的人生，還有她此生的傳奇同樣複雜。直至今日，我還是掙扎著找尋艾芙琳真實的樣貌，以及釐清她對我造成的影響。有些時候我發現自己一心崇拜她，遠勝任何我認識的人事物，但其他時候，我覺得她不過是個愛說謊的騙子。

我認為艾芙琳其實很滿意這種說法。她對於純粹的崇拜或下流的醜聞都不感興趣。她只在乎事實的真相。

重看了幾百次文字紀錄，同時在腦海中重播我們共度的每一刻，我認為相對於自己，我可能更了解艾芙琳。我知道艾芙琳希望搭配她過世幾個小時前拍下來的照片，透過書頁一同公諸於世的，是一項令人驚訝但非常美麗的真相。

真相就是：艾芙琳・雨果是個雙性戀者，而且她這輩子大部分的時間都愛著同為女演員的希莉亞・聖詹姆斯。

她希望你明白，她愛著希莉亞，而且這份愛意既令人屏息又令人心碎。

她希望你明白，或許愛上希莉亞・聖詹姆斯，正是她此生最盛大的政治行動。

她希望你明白，因為她的親身經歷，越來越注意自己對LGBTQ+社群有著某種責任，比方現身，以及能夠被其他人看見。

不過更重要的，是她希望你明白，因為這就是她最重要的核心所在，這是她最坦然真實的自己。

就在她此生的盡頭，她終於準備成為真實的自己。

因此我打算讓你見識一下真正的艾芙琳。

接下來的內容節選自我即將於明年出版的傳記《艾芙琳・雨果的七個丈夫》。

我決定使用這個書名，是因為我曾經問過她：結過這麼多次婚，她會覺得不好意思嗎？

我說：「妳這些丈夫已經變成頭條新聞標題，大家常常提起他們，而妳的作品、還有妳本人，幾乎是相形失色。其他人聊到妳的時候，說的總是艾芙琳・雨果的七個丈夫，這會讓妳困擾嗎？」

她的回答就是典型的艾芙琳風格。

「不會。」她告訴我。「因為他們只是丈夫，**我**才是艾芙琳・雨果。再說，只要大家知道事實真相，他們會對我的妻子更感興趣。」

致謝

我在此作證，我的編輯莎拉・肯廷通情達理、充滿信念並且自信沉著，因為我告訴她想寫些完全不一樣的東西，故事取決於讀者是否相信一個結過七次婚的女子，而她只說：「寫吧。」在這樣的安全感與信賴之下，我才能自由地創作出艾芙琳・雨果。莎拉，我在此致上誠心的感謝，能讓妳擔任編輯，我知道自己非常幸運。

非常非常感謝卡莉・華特斯，感謝她為我的職業生涯所做的一切。我有幸能持續與妳，一起出版這麼多本書。

感謝我無敵的出版團隊：你們全都做得非常好，而且看起來充滿熱情，讓我感覺在各方面都獲得充足支援。泰瑞莎・朴，感謝妳的加入，並且一舉以無與倫比的力與美成就這一切。有妳掌舵，我有信心可以做得更好。布拉德・孟德爾頌，感謝你本著對我的強烈信心執行這個計畫，並且以溫暖的態度對待我複雜的精神失衡症狀。希薇亞・拉比諾和吉兒・吉列特，或許只有妳們自身的熱情才能與妳們的才智與技術相比擬。

感謝愛胥莉・庫斯朵夫、克莉絲塔・席普、阿比蓋兒・昆斯、安卓雅・麥伊、艾蜜莉・史威特、艾力克斯・葛尼、布萊爾・威爾森、凡妮莎・馬丁尼茲，以及WME經紀公司、彌散圓和帕克文學媒體的所有夥伴，你們總是表現得如此傑出，老實說我真的不知所措。特別感謝凡妮莎*para el español*（對於西班牙語的協助），*Me salvaste la vida*（妳救了我一命）。

感謝茱蒂絲、彼得、托瑞、希拉蕊、艾伯特還有阿特里亞出版社的每個人，協助讓這本書來到世界上，我衷心感謝各位。

感謝克莉絲朵、珍奈、羅伯，以及火花出版團隊，你們是銳不可擋的優秀出版機器，也是很棒的人。我要發給你們一千次雙手合十的表情符號，感謝你們做的一切。

感謝一次又一次陪伴著我的朋友們，感謝你們聽我朗讀、感謝你們購買我的書、感謝你們向其他人推薦我的作品，並且偷偷摸摸地把我的書擺在店頭最前排，我永遠感念在心。感謝凱特、寇特妮和莫妮克，謝謝妳們幫我寫出和自己大不相同的角色。我接受這件艱鉅的任務，而有妳們在身邊對我來說幫助很大。

感謝書籍部落客們撰寫、發推與拍攝照片，盡力讓世界發現我的作品，因為有你們，我才能繼續寫下去。娜塔莎·米諾索與維爾瑪·岡薩雷太殺了，我甘拜下風！

感謝里德與漢斯家族，感謝你們支持，感謝你們永遠最用力為我喝采，而且我需要的時候你們都在。

感謝我的母親明蒂，感謝妳以這本書為傲，而且總是急著想讀我寫的東西。

感謝我的兄弟傑克，感謝你能以我希望的方式對待我，深刻地理解我想做的事，並且讓我不至於失去理智。

感謝世上獨一無二的艾力克斯·詹金斯·芮德。感謝你能理解這本書對我來說有多重要，並且**如此投入**。不過更重要的是，感謝你會鼓勵我大聲表達、大膽追夢，少接受點不公平的待遇。感謝你從未讓我覺得，應該委屈自己來讓別人好過一點。知道我們的女兒無論如何都會在父親的陪伴下長大，而且還會親自示範，讓她知道別人該如何對待自己，這帶給我無比的驕傲與喜悅。艾芙琳沒能得到這樣的對待，我沒能得到這樣的對待，但她可以。因為有你。

最後，感謝我的寶貝女兒。妳是我的小小小寶貝，在我開始寫這本書的時候，妳應該才不到這個句號的一半大。而在我完稿之後，妳再過沒幾天就要來到世界上。妳一整路都陪著我。很大程度上，我相信是**妳**給了我寫下去的力量。

為了回報妳，我保證會無條件地愛妳，而且永遠接納妳，讓妳感覺強大又安全，讓妳放心去做任何打定主意要做的事。艾芙琳也會想要為妳做這些。她會說：「莉拉，去吧，要善良，而且好好抓住想從世界上得到的事物。」好吧，她或許不會太過強調善良的那部分。不過身為妳的母親，我必須堅持。

讀書會討論主題與提問

1. 每個丈夫的段落都以描述性的綽號開頭。(例如，『可憐的厄尼・迪亞茲』、『該死的唐恩・艾德勒』、『好商量的羅伯・詹姆森』)討論其中一些描述的意義和重要性。這些單字如何為接下來的段落定調？讀到這些形容詞時，你會覺得是來自艾芙琳、莫妮克、全知的敘述者，或者是其他人？
2. 在這七名丈夫中，誰是你的最愛，為什麼？誰最讓你感到驚訝？
3. 莫妮克在筆記裡提到，艾芙琳・雨果的人生故事給她許多啟發，讓她能以不同以往的方式度過自己的人生。莫妮克在小說的過程中，發生了什麼樣的成長？可討論在艾芙琳最後與莫妮克度過的時光，是否也改變了她，是的話，什麼引發了這樣的變化。
4. 在第二十三章，莫妮克說：「我必須對著艾芙琳・雨果展現**艾芙琳・雨果**的手段。」「艾芙琳・雨果的手段」是什麼意思？你能想到自己可能會想採取「艾芙琳・雨果的手段」的時候嗎？
5. 你閱讀的時候，相信艾芙琳是個可靠的敘事者嗎？為什麼？為什麼不？結尾的劇情是否徹底改變你的看法，為什麼？
6. 貫穿全書的新聞、小報和網路文章，對於敘事有什麼作用？我們是不是至少能說，讀者是透過這些了解外界對於艾芙琳感情關係的看法？
7. 在本書許多段落，比方第十二章，還有二十八章，艾芙琳以第二人稱「妳」的方式講述故事。這種敘事方式對於閱讀體驗產生什麼影響？你認為她為什麼選擇以這個方式重述這幾段回憶？

8. 妳認為艾芙琳對於性的意識，是否受到那個在五分錢商店工作的男孩比利影響？她的情感是如何從這段最初的接觸演變至今？年紀漸長之後，艾芙琳對於性的態度是如何受到身邊的人影響，影響的程度有多大？

9. 在第六章，艾芙琳用俗語「結果好一切都好」解釋她不後悔自己所作所為。你認為艾芙琳真的這麼相信嗎？使用她後續人生中的例子來討論為什麼是，或不是。你如何看待與此相似但更為負面的俗語：「只要達成目的可以不擇手段」？

10. 艾芙琳在講述自己的人生時，提到一些堅定而且有智慧的句子，例如「小心那些急著想證明什麼的男人」（第十一章）、「永遠不要讓任何人給妳這種感覺，讓妳覺得自己非常普通」（第三十二章），還有「面對真心渴望的事物時可以卑躬屈膝」（第三十章）。你最愛的艾芙琳建議是哪個？有沒有任何說法是你強烈不同意的？

11. 艾芙琳多次提到進行整形手術。你對這一點的看法如何？這些決定如何與她賴以為生的價值系統和道德觀相互呼應？你認為艾芙琳為什麼一直到最後都持續染髮？

12. 評論第三十一和第五十九章的場景，艾芙琳提起自己多年之後重新講西班牙語。討論在她理解自我認同的過程中，語言所扮演的角色。她對於古巴的身份認同，和她對於自己性向的認同，哪些部分一致，哪些部分不同？

13. 如果你能在某位名人生命的尾聲進行訪問，你會希望是誰？你會問他們什麼？

進階讀書會提案

本書中艾芙琳・雨果在一九五六年演出第一部電影。不妨考慮替讀書會安排一場好萊塢經典電影的觀賞會，播放那些年代類似經典明星的電影，例如《上流社會》（*High Society*）中的葛麗絲・凱莉（Grace Kelly）或《巴士站》（*Bus Stop*）中的瑪麗蓮・夢露（Marilyn Monroe）。要更有趣的話，讓所有參加者都穿上艾芙琳最經典的翡翠綠穿搭。

莫妮克・格蘭特撰寫了關於死亡權的文章，讓自己的老闆和艾芙琳都印象深刻。若要對這個爭議題目深度探討，可以共讀黛博拉・齊格勒（Deborah Ziegler）的《狂野又寶貴的生活》（*Wild and Precious Life*）。這本回憶錄回顧一名母親和自己孩子共度最後一年的時光，她的孩子布莉塔妮・梅納爾（Brittany Maynard）因為自己的生活紀錄影片而引發關注，影片講述被診斷出末期癌症之後，她決定結束自己的生命。

泰勒・詹金斯・芮德另外出版過四本小說：《不只一個真愛》（*One True Loves*，暫譯）、《或許在另一段人生》（*Maybe in Another Life*，暫譯）、《說了我願意之後》（*After I Do*，暫譯），以及《中斷的永恆》（*Forever, Interrupted*，暫譯）。挑一本共讀並且與本書相互比較：其他作品中傳遞了什麼關於愛的訊息？與本書有哪些相符合以及相違背的地方？

臉譜小說選 FR6599

銀幕女神的七個新郎

The Seven Husbands of Evelyn Hugo

原著作者	泰勒・詹金斯・芮德(Taylor Jenkins Reid)
譯者	新新
書封設計	莊謹銘
責任編輯	廖培穎
行銷企畫	陳彩玉、林詩玟
業務	李再星、李振東、林佩瑜
出版	臉譜出版
發行人	凃玉雲
編輯總監	劉麗真
	城邦文化事業股份有限公司 台北市民生東路二段141號5樓 電話:886-2-25007696 傳真:886-2-25001952
發行	英屬蓋曼群島商家庭傳媒股份有限公司城邦分公司 台北市中山區民生東路141號11樓 客服專線:02-25007718;25007719 24小時傳真專線:02-25001990;25001991 服務時間:週一至週五上午09:30-12:00;下午13:30-17:00 劃撥帳號:19863813 戶名:書虫股份有限公司 讀者服務信箱:service@readingclub.com.tw 城邦網址:http://www.cite.com.tw
香港發行所	城邦(香港)出版集團有限公司 香港灣仔駱克道193號東超商業中心1樓 電話:852-25086231 傳真:852-25789337
馬新發行所	城邦(馬新)出版集團Cite(M)Sdn. Bhd. 41, Jalan Radin Anum, Bandar Baru Sri Petaling, 57000 Kuala Lumpur, Malaysia. 電話:603-90563833 傳真:603-90576622 電子信箱:services@cite.my
初版一刷	2023年9月
ISBN	978-626-315-366-0

城邦讀書花園
www.cite.com.tw

售價:480元
(本書如有缺頁、破損、倒裝,請寄回更換)

國家圖書館出版品預行編目資料

銀幕女神的七個新郎/泰勒・詹金斯・芮德(Taylor Jenkins Reid)著;新新譯. -- 初版. -- 臺北市:臉譜出版:英屬蓋曼群島商家庭傳媒股份有限公司城邦分公司發行, 2023.09
面; 公分. --(臉譜小說選;FR6599)
譯自:The seven husbands of Evelyn Hugo
ISBN 978-626-315-366-0(平裝)

874.57 112011472